# VOL AU-DESSUS D'UN NID DE COUCOU

*Ken Kesey est né en 1935. Il a couru l'Amérique des années soixante, purgé diverses peines de prison et sans doute connu l'expérience qu'il raconte dans* Vol au-dessus d'un nid de coucou *qui est son premier roman. Publié en février 1962, le livre, salué par toute la presse comme un chef-d'œuvre, devient très vite un best-seller. L'année suivante, le roman est adapté à la scène avec un succès égal. C'est en 1963 que* Vol au-dessus d'un nid de coucou *est paru pour la première fois en France sous le titre* La Machine à Brouillard. *Milos Forman a également tiré un film de* Vol au-dessus d'un nid de coucou *dont le succès a été retentissant. Ken Kesey a écrit un second roman :* Sometimes a great notion, *non publié en France mais adapté au cinéma par Paul Newman sous le titre « Le Clan des irréductibles ».*
*Ken Kesey vit maintenant avec sa femme et ses enfants dans son pays natal, l'Oregon.*

Ce premier roman de Ken Kesey est paru pour la première fois en France en 1963 sous le titre *La Machine à Brouillard*. On lui rend aujourd'hui son titre original. En dix ans, *Vol au-dessus d'un nid de coucou* est devenu un classique, traduit dans tous les pays du monde, vendu à plus d'un million d'exemplaires dans son pays d'origine. C'est que la critique américaine, comme le public, a reconnu en *Vol au-dessus d'un nid de coucou* le livre le plus significatif, le plus révélateur de la vie actuelle. Trois héros dominent ce roman : McMurphy, le héros américain par excellence, rayonnant de force et d'une joie de vivre qu'il veut faire partager, Miss Ratched, l'infirmière au visage impassible, incarnation sadique du système, enfin et peut-être surtout Grand Chef, l'Indien géant que l'on croit sourd et muet et qui, grâce à McMurphy, retrouve la parole et réussit à s'évader. La critique a fait de *Vol au-dessus d'un nid de coucou* l'un des plus grands livres de notre temps et le public a répondu. Ken Kesey est devenu l'un des chefs de file de sa génération.
Milos Forman a tiré un film de *Vol au-dessus d'un nid de coucou*. Le rôle de McMurphy est tenu par Jack Nicholson, celui de l'infirmière par Louise Fletcher et celui de Grand Chef par Will Sampson.

D1331865

# KEN KESEY

# *Vol au-dessus d'un nid de coucou*

ROMAN

TRADUIT DE L'AMÉRICAIN PAR MICHEL DEUTSCH

STOCK

*Titre original :*

ONE FLEW OVER THE CUCKOO'S NEST
(The Viking Press, New York, 1962)

*A Vic Lovell,*
*qui m'a dit que les dragons n'existaient pas,*
*et puis qui m'a conduit à leurs cavernes.*

# AVERTISSEMENT

Ce livre est paru pour la première fois en 1963, en France, sous le titre La Machine à brouillard. *Traduction extrêmement libre comme on voit du titre original :* One Flew over the cuckoo's nest, *qui devient aujourd'hui plus littéralement :* Vol au-dessus d'un nid de coucou.

C'était un premier roman plein de bruit et de fureur et qui empruntait à la vie les pulsations d'un cœur en révolte. Ce coucou était insolite mais on était loin de penser alors qu'en dix ans il deviendrait un classique américain, traduit dans tous les pays du monde, vendu à plus d'un million d'exemplaires, et surtout rassemblant un faisceau de critiques comme aucun livre américain ne l'a fait depuis la guerre. D'année en année, le public de ce roman — qui devient un symbole — n'a cessé d'augmenter.

C'est que sans doute, il était porteur d'un avertissement que les événements n'ont fait que confirmer : violences et guérillas, drogues, enlèvements, etc. D'un côté, l'oppression, des moyens de coercition de plus en plus divers et insidieux, de l'autre, des sursauts de vie frénétiques et d'appétit de liberté.

D'un côté l'infirmière-chef, Miz Ratched, de l'autre

7

*McMurphy ; entre eux, des victimes plus ou moins atteintes, plus ou moins impuissantes, asservies ou frustrées et qui attendent de la société qui les a condamnées qu'elle les sauve.*

*Le fameux journaliste Tom Wolfe a éprouvé le besoin d'écrire tout un livre sur Ken Kesey :* The eletric kool-aid acid test [1], *1968. C'est que Ken Kesey est devenu l'animateur, le McMurphy, le chef de file des « easy riders » ; il intéresse tous ceux, innombrables, qui sont conscients de ce qu'on peut appeler, après R. D. Laing, une « politique de la folie [2] ».*

*On ne peut évoquer ce* nid de coucou *sans parler de son narrateur-témoin, porte-parole de Ken Kesey. C'est à travers le « Balai » Browden, géant au sang mêlé, moitié indien moitié blanc, et qui a réussi à faire croire qu'il était sourd et muet, que le lecteur prend connaissance des événements. Ce géant surnommé Grand Chef, est en fait sain d'esprit et pourvu de ses cinq sens mais il voit et il entend ce qui demeure habituellement un monde clos et secret, celui d'une clinique de la folie à la mode occidentale. Cet Indien narrateur, qui sera le seul à s'échapper, c'est le coup de génie de Ken Kesey. Le grand critique Leslie Fiedler, dans son livre :* Le Retour du Peau-Rouge [3], *écrit :*

*« On assiste au premier exemple le liebestod de notre longue littérature d'amour entre Indiens et Blancs, et c'est aussi la première fois que l'Indien survit à son compagnon et frère blanc. » Même dans* Les Mémoires d'un Visage pâle [4], *le vieil Indien s'écroule après une ultime prière et c'est son fils adoptif qui raconte l'histoire. Pour Leslie Fiedler,*

---

1. Tom Wolfe, Acid Test, Le Seuil, 1975.
2. Bernard Cuau, *La Politique de la Folie*, Stock, 1974.
3. Le Seuil, 1971.
4. Thomas Berger, *Mémoires d'un Visage pâle*, Stock.

Vol au-dessus d'un nid de coucou *renouvelle le vieux mythe de l'Ouest. McMurphy prend le relais d'Huck Finn et Ken Kesey celui de Mark Twain.*

*L'homme est à la recherche d'une culture qui le délivrerait du cauchemar climatisé. Il s'agit aussi de la revanche de l'Indien massacré telle que l'avait prévue D. H. Lawrence* [1].

*Quoi qu'il en soit, ce roman est à facettes et on peut l'aborder et en considérer le contenu de bien des façons.*

*Le martyr de McMurphy est aussi un martyr chrétien. Ce livre noir est aussi un livre rayonnant de joie de vivre et un plaidoyer. Il s'agit de mieux comprendre, de mieux prendre conscience du monde fou dans lequel nous vivons. Tout ce qui compte dans la critique américaine s'est penché sur* Le nid du coucou *pour y voir, qui une fantastique bande dessinée, qui un chef-d'œuvre de l'absurde, qui le plus grand roman de l'antipsychiatrie, etc.*

*Il a été comparé aux livres les plus significatifs de l'époque contemporaine :* L'Homme invisible *de Ralph Ellison,* Les Fous du Roi *de Robert Pen Warren,* Sur la Route *de Jack Kérouac.*

*En dix ans, il est devenu l'un des rares classiques du monde contemporain.*

*De* One Flew over the cuckoo's nest *a été tiré un film mis en scène par Milos Forman et dont la vedette principale est interprétée par Jack Nicholson.*

André BAY

---

1. *Etudes sur la Littérature classique américaine,* Le Seuil.

# PREMIERE PARTIE

Ils sont dehors, les moricauds en blanc.

A mon nez et à ma barbe, dans le hall, à faire des cochonneries qu'ils essuieront avant que je ne puisse les pincer.

En sortant du dortoir, je les trouve tous les trois en train de passer le lave-pont. Ils sont pleins de hargne, ils suent la haine. Ils en ont après tout : après l'heure qu'il est, après l'endroit, après les gens au milieu de qui il faut qu'ils travaillent... Quand ils sont de cette humeur massacrante, il est préférable de passer inaperçu. J'avance, plaqué contre le mur, sans faire plus de bruit qu'un flocon de poussière avec mes savates de toile, mais ils sont équipés d'un détecteur particulièrement sensible qui décèle ma peur et, tous les trois en même temps, ils lèvent les yeux, leurs yeux qui brillent dans leur figure noire comme des lampes de radio à l'envers d'un vieux poste.

« Tiens, les gars ! V'là le grand chef qui rapplique ! Hé ! grand chef balayeur, amène-toi voir par ici... »

Ils me collent un lave-pont dans les mains et m'indiquent le coin qu'ils veulent que je nettoie aujourd'hui. L'un d'eux me caresse au passage le derrière des mollets avec un manche à balai pour me faire me dépêcher.

« Non, mais regardez-moi ce cul-de-plomb ! C'est assez grand pour me manger la soupe sur la tête et ça file aussi doux qu'un nouveau-né ! »

Ils ricanent et, rapprochant leurs têtes, marmonnent derrière mon dos. Cela fait un bourdonnement mécanique où bruissent la haine, et la mort, et les secrets de l'hôpital. Ils ne prennent pas la peine de baisser la voix pour échanger leurs odieuses confidences quand je suis dans les parages car ils me croient sourd et muet. Tout le monde le croit. Je suis assez à la redresse pour les en avoir convaincus. Si le fait d'être à moitié indien ne m'a jamais servi à rien d'autre dans cette saloperie de vie, cela m'aura au moins permis de les rouler pendant des années.

Au moment où je suis près de la porte à passer mon lave-pont, j'entends un bruit de clef, et rien qu'au geste vif et plein d'une aisance dénotant une longue habitude, je sais que c'est l'infirmière-major. Elle se glisse par l'entrebâillement, accompagnée d'une bouffée d'air froid, et rabat le panneau derrière elle. Ses doigts effleurent l'acier poli. Ils ont le bout de la même couleur que ses lèvres. Un drôle d'orange. Comme du fer en fusion. Une couleur tellement chaude, ou tellement froide, que, lorsqu'elle vous touche, on ne peut pas dire si ça vous brûle ou si ça vous gèle.

Elle porte un sac en osier semblable à ceux que les Umpque vendent au bord de la grande route pendant la canicule ; il a la forme d'une boîte à outils avec une poignée tressée. Je le lui ai toujours connu depuis que je suis ici. Les mailles en sont lâches et je peux voir ce qu'il y a dedans : ni poudrier, ni rouge, ni aucun machin féminin de ce genre, mais des tas d'instruments — des centaines d'accessoires dont elle entend se servir aujourd'hui : des rouages et des engrenages, des cliquets tellement polis qu'ils luisent d'un éclat dur, de petites pilules brillantes pareilles à de la porcelaine, des aiguilles, des forceps, des pinces d'horloger, du fil de cuivre...

Elle me gratifie d'un petit plongeon de la tête en arrivant à ma hauteur. Je laisse le lave-pont me repousser contre le mur, je souris, j'essaie de tromper son attirail, je m'efforce de ne pas lui laisser voir mes yeux. C'est inouï ce qu'ils sont capables d'apprendre sur votre compte quand on ne ferme pas les yeux !

Dans ma nuit me parvient le claquement de ses talons de caoutchouc frappant le carrelage, le cliquetis de son bric-à-brac qui s'entrechoque dans son sac à chacun de ses pas tandis qu'elle s'éloigne. Sa démarche est sèche. Lorsque je relève les paupières, elle est arrivée au bout du hall et s'apprête à entrer dans la salle de garde. Elle y restera toute la journée, assise à son bureau, à épier et à enregistrer pendant huit heures de rang tout ce qui se passera de l'autre côté de la vitre. C'est cette perspective qui lui donne cette expression satisfaite et sereine.

Soudain, elle aperçoit les infirmiers toujours en train de chuchoter. Ils ne l'ont pas entendue entrer. Ils sentent son regard s'appesantir sur eux, mais il est trop tard. Ils devraient pourtant savoir qu'il y a intérêt à ne pas se réunir pour faire des messes basses à l'heure où elle doit prendre son service ! Les têtes des trois moricauds interloqués s'écartent vivement. Le corps ramassé, elle se dirige vers le fond du couloir où, pris au piège, le trio se blottit. Elle sait bien de quoi ils parlaient et je me rends compte que, dans sa rage, elle a perdu le contrôle d'elle-même. Si furieuse, elle est, qu'elle va leur arracher les membres les uns après les autres, aux moricauds ! Elle grossit, elle grossit jusqu'à ce que son dos tende son uniforme blanc à le faire craquer. Ses bras se déplient au point de pouvoir s'enrouler cinq fois, six fois autour d'eux trois. Elle regarde dans tous les

15

sens en faisant pivoter sa tête démesurée. Il n'y a personne pour la voir, à part le brave « Balai » Bromden, le demi-sang indien qui se cache là-bas, derrière son lave-pont, et qui est incapable d'appeler à l'aide. Alors, elle se laisse vraiment aller. Ses lèvres peintes se tordent, s'étirent, découvrant les dents ; elle gonfle, elle devient de plus en plus grosse, grosse comme un tracteur, si grosse que je sens l'odeur des mécaniques qu'elle a à l'intérieur, une odeur semblable à celle d'un moteur qui fatigue. Je retiens mon souffle et je me dis : Cette fois, bon Dieu, ils vont y aller ! Ils vont le faire ! Ce coup-ci, ils ont trop laissé grandir et se durcir leur haine ! Ils vont l'étriper avant même de se rendre compte de ce qu'ils font !

Mais juste au moment où les bras déployés de la Chef vont se refermer sur les moricauds et où les moricauds vont la déchirer à coups de manche de balayette, voilà que les malades, attirés par le remue-ménage, sortent du dortoir, et l'infirmière-major est bien obligée de reprendre son attitude d'avant pour ne pas révéler la hideur de son vrai moi. Le temps que les patients se frottent les yeux pour se rendre à moitié compte de quoi il retourne, il n'y a rien d'autre à voir que la Chef, aussi souriante, aussi calme, aussi froide que d'habitude, qui explique aux moricauds qu'il vaut mieux ne pas bavarder comme ça le lundi matin. Il y a tellement, mais tellement à faire le premier jour de la semaine...

« ... Lundi matin, vous savez bien, messieurs...

— Ouais, Miz Ratched...

— ... Nous avons une foule de dispositions à prendre, le lundi. Alors, si ce dont vous avez à discuter n'est pas vraiment urgent...

— Ouais, Miz Ratched... »

Elle s'arrête, fait un signe de tête à quelques-uns des pensionnaires qui regardent en écarquillant leurs yeux rouges et bouffis de sommeil. Chacun a droit au coup de menton. Le geste est appliqué, automatique. Le visage de Miss Ratched est lisse, étudié, sculpté avec autant de précision que celui d'une poupée de luxe : un teint d'émail, nuance chair, avec des dégradés blancs et crème, des yeux pervenche, un petit nez aux minuscules narines roses. Tout est harmonieux dans sa personne, sauf la couleur de ses lèvres et de ses ongles, sauf sa poitrine volumineuse. On a sûrement commis une erreur quelque part en collant ces seins lourds, débordants de féminité, sur ce qui, sans cela, eût été un parfait chef-d'œuvre. Et il est visible qu'elle en conçoit de l'amertume.

Les hommes sont toujours là, debout, attendant de savoir ce qu'elle reproche aux moricauds. Alors, elle se souvient de moi et dit :

« Puisque c'est lundi, pourquoi ne pas donner un bon départ à la semaine en faisant la barbe à ce pauvre M. Bromden avant la cohue d'après le petit déjeuner et voir s'il y a moyen d'éviter les... heu... les difficultés qu'il a tendance à causer, ne croyez-vous pas ? »

Avant que personne n'ait eu le temps de se tourner vers moi, je me suis précipité dans le placard aux balais, j'ai refermé la porte d'un coup sec et, dans le noir, je retiens mon souffle. Avant le petit déjeuner, c'est le plus mauvais moment pour la barbe. Quand on a quelque chose dans le ventre, on se sent plus fort, plus alerte et il est moins facile aux salopards qui travaillent pour le Système de remplacer le rasoir électrique par un de leurs engins. Mais quand il faut se faire raser *avant* le petit déjeuner, comme elle le décide parfois — à six heures et demie, dans la salle d'eau aux murs et aux lavabos tout blancs, où les grandes rampes électriques du plafond mangent les ombres, où l'on est environné de visages hurlants, pris au piège des miroirs — alors, quelle chance vous reste-t-il contre leurs machines ?

Du fond du cagibi aux balais, je tends l'oreille et mon cœur bat dans l'ombre. Je m'efforce de maîtriser ma peur, de m'enfuir ailleurs par la pensée, de me remémorer les choses du village, le grand fleuve Columbia, de me rappeler... tiens, une fois, papa et moi, on était allé chasser les oiseaux dans un bois de cèdres, près des Dalles... Mais ainsi qu'il en va toujours quand j'essaie de me réfugier dans le passé, la peur s'infiltre dans mes souvenirs. Je devine que le plus petit des moricauds remonte le hall, flairant ma peur à la trace ; les narines comme de sombres entonnoirs grand ouverts, sa tête énorme qui ballotte, il renifle et hume la peur d'un bout à l'autre de la salle. Cette fois, j'entends son reniflement : il m'a senti. Il ne sait pas où je suis caché, mais il me sent, il flaire tout autour. J'essaie de rester immobile...

(Papa me dit de rester immobile, que le chien a repéré un oiseau tout près. On a emprunté un pointer à quelqu'un, aux Dalles. Les chiens du village, c'est des bâtards qui valent rien, des mangeurs de vidures de poisson qui n'ont aucune classe, il dit, papa ; mais ce chien-là, lui, il a de l'instinct ! Je ne réponds pas. J'ai déjà vu l'oiseau perché sur un arbre rabougri, tout pelotonné comme une boule de duvet gris. Au-dessous de lui, le chien tourne en rond ; il n'est pas sûr de la piste : il y a trop d'odeurs. Tant qu'il ne bouge pas, l'oiseau est en sécurité. Il tient pas mal le coup, mais le chien continue de souffler de plus en plus fort et les cercles se rétrécissent. Soudain, l'oiseau n'en peut plus et, dans un tourbillon de plumes, il s'élance pour recevoir de plein fouet la décharge que crache le fusil de papa.)

L'infirmier maigrichon et un des deux costauds m'attrapent avant que j'aie pu quitter le placard et me traînent jusqu'à la salle d'eau. Je ne résiste pas. Je ne fais pas de bruit. Si l'on crie, c'est encore pis : voilà tout. Je ravale mon hurlement, je le retiens jusqu'à ce qu'ils en soient aux tempes. Avant, on ne sait pas au juste si c'est ou non un rasoir factice. Mais quand ça arrive aux tempes, je ne peux plus me maîtriser. Ce n'est plus quelque chose qui obéit à la volonté... C'est... c'est un bouton, un bouton qu'on pousse, qui dit : Alerte aérienne, Alerte aérienne, si fort que c'est comme s'il n'y avait pas de son, tout le monde me crie après derrière un mur de miroirs, les mains aux oreilles, la bouche ouverte qui fait comme un grand rond. Mais rien ne sort de toutes ces bouches. Le bruit que je fais recouvre les autres. Ils mettent à nouveau la machine à brouillard en marche ; elle fait pleuvoir sur moi une neige froide et blanche comme du lait écrémé, si épaisse que je pourrais m'y dissimuler s'ils ne me tenaient pas. Je ne vois pas à deux mètres. Tout ce que je parviens à distinguer à travers ma clameur, c'est l'infirmière-chef qui tousse et se précipite dans le hall en repoussant avec son sac en vannerie les malades plantés sur son chemin. Elle approche, je l'entends, mais je suis toujours incapable de refréner mon boucan. Je gueule jusqu'à ce qu'elle arrive. Ils m'étreignent et elle m'enfonce dans la bouche le sac et tout, en poussant avec un manche à balai.

(Dans le brouillard, un chien aboie, s'élance, affolé. Il est perdu car il ne voit plus rien. Il n'y a plus de piste sur le sol, sinon la sienne. Sa truffe froide et rouge comme une gomme renifle dans tous les sens. Les seuls effluves qu'il détecte sont ceux de sa propre peur, cette peur qui s'insinue en lui comme une vapeur brûlante.) Et la peur va me brûler tout pareil, me faire parler de tout ça, de l'hôpital, d'Elle, des types — et de McMurphy. Je me tais depuis si longtemps que je vais tout lâcher comme un torrent furieux. Seigneur ! On dira que le gars qui raconte ça a des visions, qu'il déblogue. On croira que c'est trop affreux pour que ce soit réellement arrivé, trop horrible pour être vrai. Mais, s'il vous plaît, croyez-moi ! Aujourd'hui encore, il m'est difficile de garder l'esprit clair quand j'y pense. Mais c'est la vérité. Même si ce n'est pas arrivé.

Quand le brouillard s'est suffisamment dissipé pour que je puisse à nouveau voir, je me retrouve assis dans la salle de jour. Ils ne m'ont pas fait passer à la Casserole, ce coup-ci. Je me rappelle qu'ils m'ont sorti de la salle d'eau et enfermé à l'Isolement. Mais je ne sais plus si j'ai pris mon petit déjeuner. Probable que non. Il m'arrive de me souvenir de certains matins passés à l'Isolement. Les moricauds apportent le double de tout — pour moi, en prïncipe, mais ce sont eux qui le mangent tandis que, couché sur le matelas qui pue la pisse, je les regarde saucer les œufs, je sens l'odeur de la friture, je les entends mâchonner leurs toasts. D'autres fois, ils me forcent à avaler de la bouillie froide, même pas salée.

Mais ce matin-là, franchement je ne me rappelle pas. Ils m'ont tellement fait ingurgiter de ces pilules, comme ils les appellent, que je n'ai aucun souvenir de ce qui s'est passé avant que la porte ne se soit ouverte. Il est donc au moins huit heures : cela veut dire que je suis peut-être resté une heure et demie à l'Isolement et que les techniciens ont pu installer tout le fourbi que la Chef leur a ordonné de placer sans que je m'en sois rendu compte.

Il y a du bruit du côté de l'entrée à l'autre bout du hall, en dehors de mon champ de vision. Cette porte, on l'ouvre pour la première fois à huit heures. Pendant la journée, elle se rouvre et se referme cent fois. Chaque matin, on s'assied en rang d'oignons de part et d'autre de la salle de jour, après le déjeuner, on mélange les pièces des jeux de patience en guettant le tintement de la clef dans la serrure, on attend pour voir qui va entrer. Il n'y a pas grand-chose d'autre à faire. Parfois, c'est un jeune interne qui s'est levé tôt pour voir comment on est avant les soins ; parfois, c'est la femme d'un malade qui vient en visite avec des talons hauts, son sac serré sur le ventre ; d'autres fois encore, c'est un groupe d'institutrices pilotées par ce stupide bonhomme chargé des *public relations*, qui n'arrête pas de frotter ses mains moites et de proclamer à quel point il est ravi que la barbarie des hôpitaux psychiatriques d'autrefois ait été éliminée : « Quelle atmosphère joyeuse, ne trouvez-vous pas ? » Il virevolte autour des maîtresses d'école qui se sont serrées les unes contre les autres pour se sentir en sécurité. Et il se frotte les mains : « Quand je pense à ce qui se passait dans le temps ! A la saleté, à la mauvaise nourriture, et même à la cruauté qui y régnait — mais oui ! Oh ! mesdames, c'est là que je me rends compte de la longue route que nous avons parcourue pour faire aboutir notre campagne ! »

Les gens qui passent cette porte sont généralement décevants, mais l'exception est toujours possible : aussi, dès que la clef heurte le pêne, toutes les têtes se redressent, comme mues par des ressorts.

Ce matin, la serrure cliquette d'une façon inhabituelle. Ce n'est pas un visiteur comme les autres. La voix impatiente du convoyeur s'élève : « Une Admission. Faut venir signer ! » Les moricauds y vont.

Une Admission. Chacun abandonne sa partie de cartes ou de Monopoly, se tourne vers la porte. Si c'était un autre jour, je serais à peu près certainement en train de laver le hall et je pourrais voir qui c'est. Mais, aujourd'hui, comme je vous l'ai expliqué, la Chef m'a écrasé sous un poids de cinq cents kilos et je suis cloué sur mon siège. Tous les autres jours, ou presque, je suis le premier à voir l'Admission se couler par la porte, se glisser dans la pièce en rasant le mur, attendre, plein d'effroi, que les moricauds viennent signer le bordereau et le conduire à la douche où, après l'avoir déshabillé, ils le laissent frissonner dans les courants d'air tandis qu'ils se précipitent en riant dans toutes les directions à la recherche de la vaseline : « On a besoin de vaseline pour le thermomètre », disent-ils à la Chef. Le regard de celle-ci va de l'un à l'autre. « Je suis convaincue que vous en avez besoin, répond-elle en leur tendant un bocal d'au moins un gallon, mais évitez de venir tous ensemble. » Sur ce, deux des moricauds, peut-être même tous les trois, s'en retournent à la salle de douches et tournent le thermomètre dans le bocal jusqu'à ce qu'il soit enduit d'une couche de vaseline d'un doigt d'épaisseur. Alors, ils repoussent la porte et ouvrent les robinets, de sorte qu'on n'entend plus que le sifflement hargneux de l'eau qui ruisselle sur les carreaux verts. La plupart du temps, je suis bien placé pour voir ce qui se passe.

Mais ce matin, je suis forcé de rester assis à ma place et je peux seulement écouter les moricauds régler les formalités de prise en charge. Cependant, je me rends bien compte que, cette fois, ils n'ont pas affaire à une Admission ordinaire. Je n'entends pas le nouveau frôler les murs avec terreur et, quand les infirmiers parlent de le faire passer à la douche, il ne capitule pas ; il n'a pas une lueur d'affolement dans le regard : du tac au tac, il leur répond d'une voix claironnante qu'il est « déjà foutrement propre comme ça, merci ! »

« On m'a douché ce matin au tribunal et hier soir à la prison. Sans blague, je crois qu'ils m'auraient récuré les oreilles dans le taxi s'ils avaient eu ce qu'il fallait pour ! Parole ! Chaque fois qu'on m'expédie quelque part, faut qu'ils me torchent avant, pendant et après ! Au point que maintenant, dès que

22

j'entends le bruit de l'eau, je prépare mes cliques et mes claques. Hé, dis donc, Toto, écrase un peu, avec ton thermomètre ! Tâche à voir à me laisser le temps de jeter un coup d'œil sur mon nouveau domicile ! J'ai encore jamais été dans un Institut de psychologie ! »

Tout le monde se dévisage avec ahurissement, puis, derechef, les regards convergent vers la porte derrière laquelle le nouveau continue de vociférer. On ne dirait pas que les moricauds sont avec lui tant il mène grand bruit. Il braille comme s'il s'adressait à eux ou je ne sais quelle hauteur, comme s'il planait à cinquante mètres au-dessus du sol. Il doit être fort : il s'avance dans le hall et ça se devine rien qu'à sa façon de marcher. Sûr que, lui, il ne se colle pas contre le mur ! Il a des coins métalliques aux talons qui sonnent sur le plancher comme des fers à cheval. Soudain, il apparaît dans l'encadrement de la porte et s'immobilise, les jambes écartées, les pouces enfoncés dans les poches, face aux types qui le regardent.

« Salut, les potes ! »

Une de ces chauves-souris de papier qu'on fixe par un fil au plafond, à la Toussaint, se balance au-dessus de sa tête ; il lève le bras et la fait tournoyer d'une chiquenaude.

« Rudement belle journée d'automne. »

Sa voix rauque et caverneuse me rappelle celle de papa, mais il ne lui ressemble pas. Papa était un Indien pur sang — un chef —, dur et bruni comme une crosse de fusil. Le type, lui, est poil de carotte ; de longues pattes de lapin rousses, une tignasse emmêlée et bouclée qui n'a pas connu le ciseau depuis longtemps s'échappent de sa casquette. Il est aussi large que papa était grand : large sa mâchoire, larges ses épaules, large sa poitrine et large son sourire éclatant et sardonique. Lui aussi, il est dur, mais autrement que papa — dur comme une balle de base-ball sous le cuir griffé qui la recouvre. Une estafilade court le long de son nez et de sa joue, souvenir d'un bon coup écopé lors d'une rixe ; on voit encore les points de suture de la cicatrice.

Il reste là, à attendre, et comme personne ne se décide à parler, il se met à rire. Nul ne sait pourquoi au juste : il n'y a rien de drôle. Mais son rire ne ressemble pas à celui du bonhomme des *public relations*. Il rit à gorge déployée d'un rire franc et profond, s'irradiant en cercles concentriques de plus en plus grands qui viennent se briser en clapotant contre les murs. Rien à voir avec celui du gros type à la peau moite. Son rire à lui fait un bruit réel et je songe, tout à coup, que c'est le premier que j'entends depuis des années.

Il nous observe en se balançant sur ses jambes et il rit, il rit. Sans sortir les pouces de ses poches, il se croise les mains sur le ventre et je vois alors comme elles sont épaisses. Des mains habituées à cogner.

Dans le pavillon, tout le monde — les malades et le personnel — , tout le monde est médusé, tout le monde reste muet devant cet homme et ce rire. Personne n'essaie de le faire taire ou de dire quelque chose. Enfin, lorsqu'il a ri tout son soûl, il entre dans la salle de jour. Son rire s'est éteint, et pourtant il palpite encore autour de lui comme le frémissement d'une cloche qui vient de s'arrêter de carillonner — il subsiste dans ses yeux, dans son sourire, dans la façon qu'il a de marcher en bombant le torse, dans sa manière de parler.

« Je m'appelle McMurphy, les gars, R. P. McMurphy. Le roi de la flambe ! »

Il cligne de l'œil et se met à fredonner : « ... Chaque fois que je touche un paquet de brêmes... j'étale... l'oseille... » Et, de nouveau, il éclate de rire.

Il s'avance vers une table et, de son doigt massif

et lourd, fait glisser une carte du jeu d'un Aigu, coule un regard en biais vers le paquet et hoche la tête.

« Eh oui, braves gens ! Pourquoi je suis venu dans cet établissement ? Pour apporter de l'animation autour de vos tapis verts, mes cocos ! Restait plus personne à la ferme pénitentiaire de Pendleton pour égayer mes journées. Alors, j'ai demandé comme ça à être muté, vous saisissez ? D'un peu de sang nouveau, que j'avais besoin. Oh ! là ! là. Regardez cet oiseau-là, comment il découvre ses cartes ! Crénom ! J'm'en vas vous tondre comme des agneaux, bande de gamins ! »

Cheswick rassemble son jeu et le rouquin lui tend la main.

« Salut, mon pote. A quoi vous jouez ? Au *pinochle* [1] ? Seigneur ! Pas étonnant que vous vous en moquiez, de faire voir vos lames à tout le monde ! Personne n'a un jeu de cinquante-deux ? Tiens, je vais te dire... j'ai amené le mien à toutes fins utiles. Y a autre chose que des figurines. Quelles images, hein ? Mate un peu ! Pas deux de pareil, il y a ! Cinquante-deux positions, mon vieux. »

Les yeux de Cheswick sortent déjà de leurs orbites à l'état naturel, mais ce qu'il voit n'est pas fait pour arranger les choses.

« Eh ! du calme ! Les salope pas ! On a tout le temps. On a des tas de parties en perspective. J'aime bien me servir de mes cartes à moi parce que, avec, il faut au moins huit jours aux autres joueurs rien que pour distinguer les couleurs... »

Son pantalon et sa chemise sont tellement brûlés par le soleil qu'ils ont pris la couleur du lait coupé. A force d'avoir travaillé dans les champs, sa figure, son cou, ses bras sont comme du cuir tanné. Une

--------

1. Sorte de jeu qui ressemble un peu à la belote.

casquette de motocycliste, jadis noire, est vissée sur son crâne. Son blouson de peau se balance à son épaule. Ses bottes, grises tant elles sont poudreuses, sont si lourdes qu'il pourrait pourfendre un homme d'un coup de pied. S'éloignant de Cheswick, il ôte son couvre-chef et l'époussette à grands coups sur la cuisse, ce qui soulève aussitôt une véritable tempête de poussière. Le moricaud au thermomètre tourne autour de lui ; il n'est pas assez leste : le rouquin se faufile au milieu des Aigus et commence à serrer les mains à la ronde avant que le nègre ait eu le temps de parvenir à ses fins. Sa diction, son verbe claironnant, ses œillades, son aplomb — tout, dans son attitude, évoque un représentant en voitures, un vendeur à la criée ou un de ces aboyeurs de foire, plantés devant les banderoles claquant au vent, moulés dans une casaque à rayures ornée de boutons dorés, qui attirent à eux, comme un aimant, les regards braqués sur la sciure de bois.

« Vous comprenez, pour vous dire la vérité vraie, j'ai été deux fois mêlé à des bagarres à la ferme et le tribunal a déclaré que j'étais psychopathe. Tu parles que j'allais discuter avec les juges ! Ça, vous pouvez parier votre dernier dollar ! Pour me tailler de ces foutus champs de fayots, je voulais bien être ce qu'ils voulaient, les mignons — un psychopathe, un chien enragé ou un loup-garou ! Du moment que j'vois plus un seul sarcloir avant mon dernier soupir, ça m'est bien égal. Et puis, ils m'ont expliqué qu'un psychopathe, c'est un type qui cogne trop et qui entube trop. Mais ils ont pas entièrement raison, vous croyez pas ? Quoi ! On a jamais entendu dire d'un homme qu'il est trop marle, non ? Eh, comment tu t'appelles, mon pote ? Moi, c'est McMurphy et j'te parie deux dollars — là, tout de suite — que t'es pas capable de dire combien t'as de points dans ton jeu. Regarde pas, surtout. Deux papiers ? D'accord ? Crénom, Toto, tu peux pas attendre trente secondes pour me tanner avec ton foutu thermomètre ? »

Le nouveau reste une bonne minute à considérer attentivement la disposition des lieux.

D'un côté de la pièce les malades les plus jeunes, ceux que l'on dénomme les Aigus parce que les médecins ne les estiment pas encore assez atteints pour être immobilisés, jouent au bras de fer ou se livrent à des tours d'adresse (le genre de truc qui consiste à ajouter un nombre, à en retrancher un autre, à compter tant de cartes pour sortir celle qui avait été annoncée). Billy Bibbit s'exerce à rouler une cigarette. Martini farfouille sous les tables et sous les chaises pour découvrir des choses. Les Aigus se remuent beaucoup. Ils échangent des plaisanteries en pouffant derrière leur main (jamais personne n'ose se laisser aller à rire : cela suffirait pour que les infirmières s'abattent aussitôt sur l'imprudent, le bloc à la main, et le mettent sur le gril), ils écrivent des lettres à l'aide de bouts de crayons jaunes tout mâchonnés.

Tout le monde passe son temps à s'espionner. Il arrive parfois qu'un pensionnaire livre par inadvertance un renseignement sur lui-même ; on voit aussitôt un de ses copains bâiller, se lever et se diriger d'un air faussement innocent vers le gros cahier près du bureau des infirmières pour y noter le tuyau qu'il a ainsi surpris. Ce cahier, la Chef dit qu'il est d'une grande utilité thérapeutique pour l'ensemble du service mais, moi, je sais qu'elle n'attend qu'une chose : avoir assez de preuves contre Pierre ou Paul pour le faire reconditionner, pour l'envoyer au pavillon central où on lui rectifiera quelque chose dans la tête afin d'arranger ce qui ne va pas. On met une croix sur la liste d'appel devant le nom du type qui a fourni l'information et, le lendemain, il aura le droit de se coucher plus tard.

L'autre côté de la salle est réservé au rebut du Système : les Chroniques. Ceux-là, ce n'est pas seulement pour les mettre hors d'état de nuire qu'ils sont à l'hôpital : c'est pour les empêcher d'aller et venir librement car ils jetteraient alors le discrédit sur le Système dont ils sont le produit. De l'aveu même du personnel médical, les Chroniques sont ici pour de bon. On les divise en trois catégories : les Circulants, comme moi, qui sont encore capables de se déplacer si on les nourrit, les Brouettes et les Légumes. Les Chroniques — la plupart d'entre eux, tout du moins — ne sont ni plus ni moins que des machines présentant des malfaçons irréparables, des vices de constitution ou des fêlures qui sont venues de ce que, pendant des années, le type s'est jeté la tête la première contre les obstacles, de sorte que, lorsque l'hôpital l'a découvert, il pourrissait sous la rouille dans quelque terrain vague.

Mais on compte aussi parmi les Chroniques des victimes d'anciennes erreurs de l'hôpital : il y a des patients qui étaient classés Aigus à leur arrivée et qui ont changé de catégorie. Ellis, par exemple, est un ex-Aigu qui a été affreusement bousillé quand il est passé à la Casserole, comme disent les moricauds pour parler de cette saloperie de machine à décerveler. A présent, Ellis est collé au mur dans l'attitude qu'il avait le jour où ils l'ont enlevé de la table : les mains ouvertes au bout de ses bras en croix, les traits figés dans une immuable expression d'horreur. Comme un trophée de chasse accroché à la cloison. On le détache à l'heure des repas, pour le conduire au lit ou pour le déplacer afin que je puisse éponger sa place. Dans l'ancien local, il était resté si longtemps au même endroit que sa pisse avait fini par ronger le plancher et les poutres, de sorte qu'on le retrouvait tout le temps dans la salle d'en dessous ce qui donnait des migraines terribles aux surveillants au moment du contre-appel.

Ruckly, lui aussi, était catalogué Aigu il y a quelques années, mais lui, c'est d'une autre façon qu'ils ont réussi à le saboter : ils ont fait une boulette avec un de ces engins qu'on introduit dans la tête. Comme Ruckly créait la pagaille, flanquait des coups de pied aux moricauds, mordait les infirmières stagiaires aux mollets, il fut décidé de le stabiliser. On l'a attaché sur cette fameuse table. Il a cligné de l'œil avant que la porte ne se referme en disant aux moricauds qui repartaient : « Vous ne l'emporterez pas au paradis, bande de mal blanchis ! » Quand on l'a vu revenir, le crâne rasé, quinze jours plus tard, sa figure à vif avait pris une teinte lie-de-vin. Au-dessus de ses yeux étaient insérées deux petites chevilles grosses comme des boutons. Il suffisait de voir son regard pour comprendre qu'ils l'avaient grillé jusqu'à l'os ; grises et brouillées, ses prunelles vides faisaient penser à des fusibles sautés. Maintenant, du matin au soir, il ne fait rien d'autre que de tenir une vieille photo en face de son visage brûlé. Il la tourne et la retourne sans fin avec ses doigts glacés et, à force, elle est devenue si noire des deux côtés qu'elle ne ressemble plus à rien.

A présent, les médecins admettent qu'avec Ruckly, ils ont raté leur coup, mais je me demande si cela ne vaut pas mieux, en définitive. Les appareils qu'ils installent maintenant donnent en général de bons résultats. Les techniciens sont plus habiles et ils ont acquis de l'expérience. On ne vous ouvre plus de boutonnière dans le front, on ne se sert plus du moindre bistouri : on passe directement par les orbites. De temps à autre, un type part se faire trafiquer. Quand il quitte le service, il est dans un état lamentable : il est déchaîné, il en a après le monde entier ; quand il revient au bout de quelques semaines, les yeux pochés comme s'il venait de se faire boxer, c'est l'être le plus doux, le plus gracieux, le plus sage qu'on ait jamais vu. Un ou deux mois plus tard, il se peut même qu'il rentre chez lui, un chapeau enfoncé jusqu'aux oreilles au-dessus d'un visage de somnambule perdu dans un rêve simple et heureux. Ils prétendent que c'est un succès, mais moi je dis que ça n'est qu'un robot de plus pour le Système et qu'il aurait été préférable pour le type d'être un loupé comme Ruckly, qui reste assis dans son coin à tripoter sa photo en bavant. Il ne fait à peu près rien d'autre. Parfois, un des moricauds, le nabot, tire de lui une étincelle. Il se penche et lui demande : « Dis donc, Ruckly, qu'est-ce qu'elle peut fabriquer en ville ce soir, ta petite femme, à ton avis ? » Alors, Ruckly lève la tête et, quelque part dans cette mécanique disloquée, des souvenirs se mettent à chuchoter. Il devient écarlate, ses veines s'engorgent et cela le fait tellement gonfler qu'il ne parvient pas à sortir de sa gorge autre chose qu'un petit sifflement. Des bulles se forment aux coins de ses lèvres, il crispe les mâchoires de toutes ses forces pour dire quelque chose. Enfin, il en arrive au point d'être capable de balbutier les seuls mots qui sortent jamais de sa bouche — « P'tain d'femme ». Et, à peine les a-t-il proférés d'une voix creuse et hachée qui vous donne la chair de poule, que, rompu par l'effort, il sombre dans l'inconscience.

Ellis et Ruckly sont les plus jeunes des Chroniques. Le colonel Matterson est le plus âgé. C'est un vieux soldat pétrifié qui a fait la guerre de 14-18 dans la cavalerie. Il a deux manies : soulever au passage les jupes des infirmières avec sa canne ou raconter à qui veut bien l'entendre Dieu sait quelles histoires qu'il déchiffre dans le creux de sa main. S'il est le patient le plus âgé du service, il n'est pas le plus ancien. Il y a quelques années seulement, lorsqu'elle a cessé de pouvoir s'occuper de lui, que sa femme l'a amené à l'hôpital.

C'est moi qui suis ici depuis le plus longtemps, depuis la seconde guerre. Personne parmi les malades n'est là depuis plus longtemps que moi. Il n'y a que la Chef qui m'a précédé.

En règle générale, les Chroniques et les Aigus ne se mélangent pas. Chaque groupe se tient d'un côté de la salle de jour, conformément aux désirs des moricauds. Ils disent que c'est plus ordonné comme cela et ils font comprendre à tout le monde que c'est ainsi qu'ils veulent que ce soit.

Après le petit déjeuner, ils ouvrent la pièce, regardent comment on se groupe et disent en hochant approbativement le menton : « Très bien, messieurs. Ça, c'est bien. Maintenant, restez comme vous êtes. »

Au fond, ils pourraient se passer de ces précautions parce que les Chroniques ne circulent pas beaucoup, moi excepté, et que les Aigus prétendent qu'ils préfèrent rester de leur côté à eux sous prétexte que le coin des Chroniques sent encore plus mauvais que les couches de nouveau-nés. Mais je sais que s'ils se tiennent à l'écart, c'est moins à cause de la puanteur que parce qu'ils n'aiment pas qu'on leur rappelle que le sort des Chroniques pourrait bien être un jour le leur. La Chef, qui n'ignore rien de cette crainte, sait bien en tirer parti : il faut se conduire comme un bon garçon et coopérer avec la politique du service qui a été mise au point pour vous guérir, s'empresse-t-elle de préciser si un Aigu se met à devenir hargneux. Sans cela, vous vous retrouverez en face ! (Tout le monde est fier de la coopération dont les pensionnaires de notre service font preuve. Sur le mur, au-dessus du cahier, juste entre le côté des Aigus et celui des Chroniques, est accrochée une plaque de cuivre dans un cadre, où l'on peut lire : FÉLICITATIONS

A CE SERVICE POUR LA TACHE QU'IL MÈNE A BIEN AVEC UN PERSONNEL PLUS RÉDUIT QUE PARTOUT AILLEURS DANS CET HÔPITAL. C'est un prix de coopération.)

Le rouquin qui vient d'entrer, McMurphy, a immédiatement compris que sa place n'est pas chez les Chroniques. Après avoir examiné les lieux un bon moment, il s'est rendu compte que c'est à l'autre groupe qu'il appartient et, le sourire aux lèvres, il s'ébranle avec décision du côté des Aigus en serrant les mains à mesure qu'il avance. Tout de suite, je sens que sa gouaille et ses bouffonneries, sa façon d'invectiver d'une voix tonitruante le moricaud au thermomètre, qui est toujours sur ses talons, et, surtout, cette manière qu'il a de rire à ventre déboutonné mettent tout le monde mal à l'aise. Les sonorités de ce rire font tressauter les aiguilles des cadrans sur le tableau de contrôle et les Aigus ont l'attitude effarouchée et penaude d'écoliers qui, voyant un chahuteur profiter de ce que la classe n'est pas surveillée pour mener un tapage infernal, sont terrorisés à la pensée que la maîtresse risque de surgir d'un moment à l'autre et de décider de coller toute la classe. Ils se tortillent, se trémoussent au rythme des soubresauts des aiguilles sur les cadrans. McMurphy a remarqué leur gêne mais cela ne l'engage pas à faire preuve de plus de retenue.

« Bougre de bougre, vous parlez d'une équipe ! Vous m'avez pas l'air tellement fondus, les gars ! »

Il cherche à les mettre à l'aise à la manière d'un commissaire-priseur qui fait des facéties pour dégeler son public avant de commencer les enchères.

« Lequel d'entre vous prétend être le plus fou ? Hein ? Qui est le plus dingue ? Qui est-ce qui tient la banque, ici ? Je suis nouveau et je veux faire, d'entrée, bonne impression sur l'homme de la situation à condition qu'il me prouve qu'il est vraiment le caïd. Alors, qui c'est, le dingo trois étoiles ? »

32

C'est à Billy Bibbit qu'il s'est adressé. Il s'est penché vers lui et il le dévisage avec tant d'intensité que Billy se sent obligé d'affirmer en bégayant qu'il n'est « p-p-pas encore d-d-dingo trois étoiles, tout en étant le candidat le mieux p-p-placé ».

McMurphy allonge sa grosse main que l'autre est bien forcé de secouer. « Je suis sincèrement content que tu sois le candidat le mieux p-p-placé, mon pote, mais comme j'ai l'intention d'être le tenant du titre, toutes catégories, j'crois qu'il vaut mieux que ce soit avec le numéro un que je discute. » Son regard se braque sur un groupe de joueurs qui ont posé leurs cartes : « Tu vois, mon vieux, poursuit-il, en faisant craquer ses jointures, tu vois, j'ai comme une idée que tu joues les barons dans une partie truquée. A tant faire, présente-moi donc au chef, qu'on règle la question de savoir qui sera le patron ici. »

Personne ne sait si l'homme à la balafre, cette armoire à glace au rire frénétique, joue la comédie ou s'il est fou au point de parler sérieusement — ou si les deux hypothèses sont également valables : toujours est-il que l'envie de fraterniser avec lui commence à les démanger tous. Ils l'observent, qui pose sa lourde patte rouge sur le bras frêle de Billy dont ils guettent les réactions. Comprenant qu'il lui faut rompre le silence, Billy tourne la tête :

« Je crois que c'est de toi que-que-qu'il s'agit, dit-il à l'un des joueurs de pinochle. Tu es le p-p-président du Conseil des Malades. Il veut te p-p-parler. »

Harding est un garçon insignifiant et timide avec une tête qu'on a l'impression d'avoir déjà vue au cinéma — comme si ses traits étaient trop gracieux pour être ceux d'un simple passant. Il a des épaules larges et fines qu'il efface en creusant la poitrine quand il essaie de se cacher, et des mains si longues, si blanches, si fragiles qu'on les dirait ciselées dans du savon. Parfois, elles s'échappent et volettent légèrement devant lui comme deux oiseaux blancs jusqu'à ce qu'il s'en aperçoive. Alors, il les emprisonne entre ses genoux serrés. Cela l'embête d'avoir de belles mains. Il a été désigné comme président du Conseil des Malades à cause d'un papier qu'il possède disant qu'il est diplômé. Le document, encadré, est posé sur sa table de nuit à côté d'une photo représentant une femme en costume de bain. Elle aussi, elle a l'air de quelqu'un qu'on a vu dans un film. Elle a de très gros seins et elle tient le haut de son maillot pour les cacher en regardant l'objectif de côté. Harding est derrière elle, assis sur une serviette, tout maigrichon dans son slip ; on dirait qu'il attend qu'un gros type lui lance du sable. Il est terriblement fier d'avoir une femme pareille. Il dit qu'il n'en existe pas deux aussi voluptueuses et que, la nuit, il n'arrive pas à lui en donner assez.

Quand Billy l'a montré du doigt, Harding s'est carré sur son siège et a pris un air important.

« Ce... ce monsieur a-t-il rendez-vous, monsieur Bibbit ? demande-t-il, les yeux au plafond sans regarder ni Billy ni McMurphy.

— Avez-vous rendez-vous, monsieur McMurphy ? M. Harding est un homme occupé. Il ne reçoit que sur rend-d-dez-vous.

— Cet homme occupé, est-ce que c'est le maboul trois étoiles ? »

Le rouquin jette un coup d'œil à Billy, qui opine énergiquement du bonnet, tout frétillant d'attention.

« En ce cas, dites à votre maboul trois étoiles que R. P. McMurphy veut le voir, qu'il n'y a pas assez de place dans cet hôpital pour nous deux. J'ai l'habitude d'être le numéro un. Chez les bûcherons du Nord-Ouest, j'ai été le caïd des conducteurs de tracteurs à chaque campagne d'abattage ; je suis le caïd des flambeurs, d'ici à la Corée. J'étais même le caïd des ramasseurs de fèves à c'te ferme pénitentiaire de

Pendleton. Par conséquent, si je dois être un cinglé, y a pas : faut que je sois un bon cinglé. Dites ceci de ma part à Harding : ou bien il me rencontre d'homme à homme, ou bien c'est un dégonflé et je lui donne jusqu'à ce soir pour quitter la ville.

Harding se renverse encore plus sur sa chaise, glisse ses pouces derrière ses revers.

« Bibbit, vous direz à ce jeune fanfaron que je le rencontrerai dans le hall à midi tapant et que nous règlerons cette affaire une fois pour toutes. »

Il essaie d'imiter l'intonation traînante de McMurphy et cela fait drôle, avec sa voix aiguë et nasillarde. « Vous l'avertirez aussi, rien que pour faire preuve d'équité, que cela fait près de deux ans que je suis le maboul trois étoiles du service et que je suis plus fou qu'aucun homme vivant.

— Monsieur Bibbit, veuillez faire savoir à ce M. Harding que je suis tellement fou que je reconnais avoir voté pour Eisenhower.

— Bibbit ! dites à McMurphy que je suis tellement fou que j'ai voté deux fois pour Eisenhower, moi.

— Dites à M. Harding — McMurphy s'appuie des deux mains sur la table, se penche et sa voix s'assourdit — dites à M. Harding que je suis tellement fou que j'envisage de voter encore pour Eisenhower en novembre.

— Je vous tire mon chapeau », soupire Harding en inclinant la tête et en secouant les mains de McMurphy.

Je ne doute pas une seconde que celui-ci ait gagné. Seulement, je ne sais pas exactement quoi.

Les autres abandonnent ce qu'ils étaient en train de faire et se rapprochent lentement pour voir à quoi ressemble le nouveau.

On n'a jamais vu un type pareil. Ils lui demandent d'où il vient, ce qu'il fait : c'est la première fois que je les entends interroger quelqu'un de cette façon. Il répond qu'il possède un don particulier, qu'il n'était rien qu'un vagabond, un bûcheron sans emploi fixe avant que l'armée ne lui eût révélé son génie. De même qu'il apprend aux uns à tirer au flanc et à d'autres à devenir des fumistes, elle a fait de lui un joueur de poker. Depuis, il s'y est mis pour de bon et s'est consacré exclusivement au jeu. Si on le laissait faire, il se bornerait à cette seule activité, il resterait célibataire, il vivrait où et comme ça lui chanterait, mais, ajoute-t-il, « vous savez bien que la société persécute les génies. Depuis que j'ai répondu à l'appel de ma vocation, j'ai connu tant de prisons de province, que je pourrais écrire un livre. On prétend que je suis un bagarreur invétéré sous prétexte que j'ai assommé quelques types. Merde ! Ils ne faisaient pas tant de raffut quand je cognais du temps que j'étais un va-nu-pieds de bûcheron ! C'était excusable, ils disaient alors : c'est un mec qui travaille dur et qui lâche de la vapeur. Mais quand vous êtes joueur, qu'on sait que vous en organisez une par-ci par-là dans un tapis, suffit de cracher de travers pour être considéré comme un criminel ! Bon Dieu ! A force de quitter une cabane pour entrer dans une autre, je commençais à revenir cher au contribuable ! »

McMurphy hoche la tête et gonfle les joues.

« Mais ça n'a duré qu'un temps. J'ai pas tardé à piger la combine. A dire vrai, la bagarre à Pendleton, ça a été ma première anicroche en presque un an. J'avais perdu la main. Le type a réussi à se tirer et à avertir les flics avant que je n'aie quitté la ville. Un gars méchamment coriace... »

Il rit à nouveau, serre les mains à la ronde en s'asseyant pour jouer au bras de fer chaque fois que le moricaud au thermomètre s'approche un peu trop. Quand il a fait le tour des Aigus, il se dirige sur sa foulée du côté des Chroniques comme s'il n'y avait aucune différence. Impossible de savoir si cette cordialité est sincère ou si c'est simplement un réflexe de joueur qui le pousse à faire ami-ami avec des types tellement déboussolés qu'il n'y en a pas beaucoup parmi eux à connaître leur propre nom.

Il décroche la main d'Ellis, lui secoue le bras comme un politicien candidat à je ne sais quel fauteuil pour qui la voix d'Ellis serait aussi bonne que n'importe quelle autre. « Mon pote, lui déclare-t-il d'un ton solennel, je m'appelle McMurphy et j'aime pas voir un adulte patauger dans sa pisse. Pourquoi tu vas pas te sécher ? »

Ellis considère la mare qui lui lèche les pieds avec toutes les marques de la stupéfaction la plus pure. Il murmure : « Merci bien » et tente même de faire quelques pas vers les latrines, mais les sangles qui lui tiennent le poignet le repoussent contre le mur.

Et McMurphy continue de passer les Chroniques en revue. Il serre la main du colonel Matterson, de Ruckly, du vieux Pete, la main des Brouettes, la main des Circulants, la main des Légumes. Des mains qu'il lui faut prendre sur les genoux où elles gisent comme autant d'oiseaux morts, oiseaux mécaniques, merveilleux d'assemblages d'os minuscules et de fils métalliques, oiseaux tombés d'épuisement. Il serre toutes les mains qui se présentent à mesure qu'il avance, sauf celle du gros George, notre maniaque de l'eau, qui s'écarte en souriant de cette patte insalubre. McMurphy se contente de le saluer d'un signe et, en s'éloignant, il murmure à l'adresse de sa main droite : « Comment ce bonhomme peut-il bien être au courant de tous les péchés auxquels tu as été mêlée ? »

Personne n'est capable de deviner ses intentions, de comprendre pour quelles raisons il fait tant de cérémonies, mais c'est plus amusant que de brouiller les jeux de patience. Il affirme qu'il est absolument nécessaire de faire la connaissance de tous ceux à qui il aura affaire, que ça fait partie du boulot d'un joueur. Pourtant, il doit bien se douter qu'il n'aura pas affaire à un octogénaire incapable de faire autre chose avec une carte que de la mâchonner ! Néanmoins, il a l'air de s'en donner à cœur joie, à croire qu'il est du genre à rire aux dépens des gens.

C'est moi le dernier de la file. Je suis toujours dans le coin, ficelé sur ma chaise. McMurphy s'arrête en arrivant à ma hauteur, enfonce à nouveau ses pouces dans les poches et, se renversant en arrière, le voilà qui se met à rigoler comme s'il découvrait quelque chose de plus drôle chez moi que chez aucun des autres. Brusquement, j'ai peur que ce soit parce que, à me voir assis, attaché, les bras autour des genoux, le regard fixé droit devant moi comme si je n'entendais rien, il ait compris que je jouais la comédie.

Je me rappelle parfaitement la scène, la façon qu'il a eue de fermer un œil en redressant la tête pour me considérer par-dessus la cicatrice lie-de-vin qui lui barrait le nez. J'ai d'abord attribué son hilarité au fait que ça devait être drôle, ce visage d'Indien aux cheveux noirs et luisants sur les épaules d'un type comme moi. J'ai cru que c'était ma débilité qui l'amusait. Mais, quand j'y repense, je me rappelle que je me suis dit qu'il n'a pas été dupe un seul instant. Ma comédie du sourd-muet avait beau être habile, il m'avait percé à jour, et c'était pour que je le sache qu'il riait et me lançait des œillades.

« Qu'est-ce qui t'est arrivé, Grand Chef ? On dirait Sitting Bull qui fait la grève des bras croisés. »

Il se retourne vers les Aigus pour voir s'ils apprécient la plaisanterie, mais ils se contentent de ricaner sous cape. Alors, il revient vers moi, avec un nouveau clin d'œil :

« Comment tu t'appelles, Chef ?

— B-B-Bromden, lui lance Billy Bibbit de l'autre

côté de la pièce. Mais tout le monde l'appelle Chef-B-B-Balayeur parce que les garçons de salle le font balayer une bonne partie du t-t-temps. Il ne peut pas faire grand chose d'autre, je crois bien : il est sourd. Si j'étais s-s-sourd, ajoute-t-il, le menton entre les mains, je me suiciderais. »

McMurphy m'étudie.

« Ça l'a pas empêché de grandir. Il est rudement baraqué. Je me demande qu'elle taille il fait.

— S-ix pieds sept pouces, je crois. Mais il a beau être grand, il a p-p-peur de son ombre. C'est rien qu'un g-g-grand Indien sourd.

— A le voir, j'ai pensé qu'il avait un peu le type. Mais c'est pas un nom indien, Bromden. De quelle tribu vient-il ?

— Je ne sais pas. Il était déjà là quand je s-s-suis arrivé. »

C'est alors que Harding intervient :

« Le docteur m'a dit qu'il n'est qu'à moitié Indien. Il est issu d'une tribu éteinte de Colombie, je crois, dont son père était le chef. C'est pourquoi on lui donne ce titre. Quant au nom de Bromden, j'ai bien peur que mes connaissances en matière de traditions indiennes soient trop minces pour que je puisse l'expliquer. »

L'autre avance la tête afin de me forcer à le regarder.

« C'est vrai ? Tu es sourd ?

— Il est s-s-sourd et muet. »

McMurphy me regarde longuement en plissant les lèvres. Enfin, il se redresse et me tend la main.

« Et puis après ? Sourd ou pas sourd, c'est pas ça qui l'empêche de donner une poignée de main. Crénom, t'es peut-être un malabar, Grand Chef, mais tu me serreras la main, sinon je me considérerai comme offensé. Et il n'y a pas intérêt à insulter le nouveau maboul trois étoiles de cet hôpital. »

Quand il a eu dit ça, il s'est tourné vers Harding et Billy en faisant une grimace, mais sa main, large comme une assiette, n'a pas bougé.

Je me la rappelle clairement. Sous les ongles, il y avait du cambouis, souvenir d'un stage dans un garage. Une ancre y était tatouée. Un sparadrap sale dont les extrémités s'effilochaient était collé à son majeur et ses phalanges étaient couturées de cicatrices, les unes vieilles, les autres récentes. La peau, habituée aux manches des cognées et des pioches, était lisse et dure comme de l'os — on n'aurait vraiment pas dit la main d'un joueur — avec des cals fendillés où la crasse s'était mise : la carte de ses vagabondages au long des routes de l'Ouest... La paume de McMurphy crissa contre la mienne. Je me rappelle la force des doigts épais qui se refermèrent sur mes doigts. Je me rappelle l'étrange sensation que j'éprouvai alors. Au bout de mon bras rigide, ma main se mit à gonfler comme s'il lui infusait sa propre sève. Elle vibrait sous la poussée de ce flux d'énergie. Elle devenait presque aussi grosse que celle de McMurphy. Je me le rappelle.

« Monsieur McMurphy ? »

La Chef...

« Monsieur McMurphy, pouvez-vous venir ici, je vous prie ? »

C'est le moricaud au thermomètre qui est allé la chercher. Elle tapote l'instrument sur sa montre-bracelet et ses yeux vrombissent tandis qu'elle essaie de jauger le nouveau. Ses lèvres dessinent un triangle comme celles d'une poupée qui s'apprête à téter un biberon imaginaire.

« Monsieur McMurphy, ce que m'apprend Williams est-il bien vrai ? Feriez-vous des difficultés pour passer à la douche ? Sachez que j'apprécie la manière dont vous avez pris l'initiative d'entrer en contact avec les autres malades. Mais chaque chose en son temps, monsieur McMurphy. Je suis au regret de devoir vous séparer de M. Bromden, mais il faut que vous le compreniez : personne, monsieur McMurphy, personne ne peut faire exception à la règle. »

Il renverse la tête et fait ce clin d'œil qui signifie qu'elle ne le trompe pas mieux que je ne l'ai trompé moi-même avec mon numéro de sourd-muet ; qu'il l'a percée à jour.

« Je sais, m'dame, je sais... Il y a toujours quelqu'un pour me dire exactement ça à propos des règles... »

Il a une grimace amusée. Elle et lui se sourient, chacun prend la mesure de l'autre.

« ... Juste au moment où on pense que je vais faire tout le contraire. »

Il me lâche la main.

La Chef, dans le bureau vitré, remplit des seringues d'un liquide glauque en les plongeant dans les fioles contenues dans le paquet qu'elle a ouvert avec une surprenante dextérité. Une petite infirmière aux yeux fureteurs — elle en a toujours un qui s'inquiète de ce qui se passe derrière son dos tandis que l'autre vaque à ses occupations habituelles — se saisit du petit plateau où sont rangées les aiguilles prêtes. Mais elle ne l'emporte pas sur-le-champ.

« Dites, Miss Ratched, qu'est-ce que vous pensez du nouveau ? Je veux dire... enfin... qu'il a de la prestance, qu'il est sympathique, et tout. Mais, à mon humble avis, ce gaillard est certainement un meneur. »

La Chef essaie une aiguille contre son ongle. « Je crains... » Elle l'enfonce dans la capsule caoutchoutée du flacon, tire sur le piston.

« Je crains qu'il ne médite de nous jouer de mauvais tours. Il est ce que l'on appelle un « manipulateur », Miss Finch, un personnage qui se servira de n'importe quoi et de n'importe qui pour parvenir à ses fins.

— Mais... comment ? Voyons ?... dans un établissement psychiatrique ? Que pourrait-il bien chercher ?

— Une foule de choses. »

Elle est calme et souriante, absorbée par sa tâche. « Une vie confortable et facile, par exemple, l'assouvissement d'un besoin de puissance ou du besoin d'être respecté. Peut-être nourrit-il un espoir de gains matériels... Tout cela à la fois, qui sait ? Parfois, le but d'un manipulateur est simplement de semer le désordre pour le plaisir. Il y a des gens comme cela dans la société. Il arrive qu'un manipulateur ait barre sur les autres patients et les trouble au point qu'il faut des mois pour que les choses reprennent leur cours régulier. C'est fréquent. L'esprit de tolérance qui règne dans les asiles mentaux leur facilite la tâche. Je me souviens d'un certain Taber qui était ici voilà quelques années. C'était un manipulateur absolument insupportable. Pendant un temps...

Elle lève les yeux et brandit une seringue à moitié remplie à la hauteur de sa figure comme un petit bâton de commandement. L'évocation de ce souvenir lui alanguit le regard.

« Mister Taber, murmure-t-elle, la voix lointaine.

— Mais enfin, Miss Ratched, pourquoi un homme chercherait-il à désorganiser un service ? Pour quelle raison au monde... »

Elle coupe la parole à la petite en replongeant son aiguille dans la capsule du flacon, achève de remplir l'instrument, le ressort et le dépose sur le plateau. Je vois sa main qui repart, file comme un trait, bascule et fond sur la seringue suivante.

« Vous paraissez oublier que nous sommes dans un asile d'aliénés, Miss Finch. »

42

La Chef entre en transes si quelque chose vient entraver le fonctionnement sans heurt ni à-coups de sa machine de précision. Que se produise le moindre contretemps, le moindre accroc, qu'apparaisse le plus léger signe de perturbation, et la voilà, toute blanche derrière son rictus crispé, transformée en furie. Elle continue d'aller et venir avec ce même sourire de poupée plaqué à demeure entre son nez et son menton ; le bourdonnement qui émane de ses yeux est toujours aussi égal, mais, intérieurement, elle est tendue comme une lame d'acier. Je le sais parce que je le sens. Et cette tension ne se relâche pas d'un iota tant que le trouble-fête n'a pas été remis dans le droit chemin — « ajusté à l'environnement » selon son expression.

Sous sa férule, l'ajustement est presque parfait au sein du service. Seulement, elle ne peut pas être éternellement à son poste : il lui faut passer un certain temps à l'extérieur. Aussi accomplit-elle sa besogne avec l'arrière-pensée d'ajuster également le monde extérieur. A force de travailler la main dans la main avec ceux qui lui ressemblent et qui constituent ce que j'appelle le « Système », énorme organisation dont l'objectif est d'ajuster l'Extérieur aussi efficacement qu'elle a ajusté l'Intérieur, elle a acquis une longue expérience de ce genre de choses. Elle était déjà la Chef de l'ancien service quand je suis arrivé, il y a bien longtemps, et Dieu sait si, depuis, elle s'est consacrée à l'ajustement ! A mesure que les années ont passé, je l'ai vue devenir de plus en plus habile. L'entraînement lui a donné une telle sûreté et une telle force qu'elle détient maintenant une énergie jamais en défaut, qui rayonne dans toutes les directions et que transmettent des fils minces comme des cheveux, si ténus qu'ils échappent à tous les regards, sauf au mien. Je la vois — robot aux aguets tapi au centre de sa trame — tisser sa toile avec une adresse d'insecte mécanique, sachant à chaque instant où aboutit chaque fil, quelle intensité exacte de courant envoyer pour obtenir le résultat qu'elle désire. Dans l'armée, j'ai été aide-électricien pendant mon instruction avant d'être affecté en Allemagne et durant mon année à l'Université, je me suis un peu frotté à l'électronique : c'est comme cela que j'ai appris comment on s'y prend pour installer ce genre de dispositifs.

Ce dont elle rêve, à l'affût au cœur de son réseau, c'est un univers efficace et précis, réglé comme une montre de gousset au fond de verre ; un lieu où l'ordre serait inébranlable ; où les patients, coupés de l'Extérieur, dociles aux impulsions de guidage qu'elle leur communiquerait, seraient tous des Chroniques à fauteuil roulant ; où, de chaque jambe de pantalon, sortiraient des sondes flexibles aboutissant à un collecteur courant sous le plancher. Au cours des années, elle est parvenue à constituer peu à peu une équipe conforme à son idéal. Des docteurs, il s'en est succédé, de tous âges et de toutes espèces, qui avaient une opinion arrêtée sur la manière dont un service doit être mené, et dont quelques-uns avaient assez de caractère pour ne pas abandonner leurs idées. Son regard de glace demeurait posé sur eux du matin au soir jusqu'au moment où, saisis d'un froid étrange, ils battaient en retraite. « Franchement, je ne sais pas du tout ce qui se passe, disaient-ils au type chargé du personnel. Depuis que j'ai commencé à travailler dans le service de cette femme, j'ai l'impression d'avoir de l'ammoniaque dans les veines. Je frissonne tout le temps, les gosses ne veulent plus venir sur mes genoux, ma femme ne veut plus dormir avec moi. Je tiens absolument à être transféré ailleurs — à la neuro, à la désintoxication ou en pédiatrie, cela m'est absolument égal ! »

Elle a appliqué sa tactique pendant des années. Les médecins restaient trois semaines, trois mois. Enfin, elle a fixé son choix sur un petit bonhomme au grand front dégarni et aux bajoues flasques ; sa face forme un étranglement accusé à la hauteur des yeux, qu'il a minuscules, comme s'il avait, autrefois, porté des lunettes beaucoup trop petites pendant si longtemps qu'elles lui ont scié le visage par le milieu. De sorte qu'à présent ses verres sont accrochés au bout d'un cordon fixé à son bouton de col. Voilà son docteur à elle.

Ses trois moricauds, il lui a fallu plus de temps encore pour les obtenir. Elle en a essayé et éliminé des milliers avant de fixer son choix. Interminablement s'étirait la sombre procession de masques renfrognés au nez épaté des candidats qui, au premier coup d'œil, la haïssaient, elle et sa crayeuse blancheur de poupée. Elle les jaugeait, jaugeait la qualité de leur haine durant quelque chose comme un mois, et puis elle les congédiait : ils ne haïssaient pas assez fort. Les trois qu'elle a finalement élus — elle les a engagés un par un et il lui a fallu des années pour les intégrer à son plan, les insérer dans sa toile —, elle sait catégoriquement qu'ils haïssent suffisamment pour être efficaces.

Le premier est rentré cinq ans après moi. C'est un nain musclé et difforme. Il a la couleur de l'asphalte. En Georgie, quand il avait cinq ans, il avait vu, caché dans un placard, sa mère se faire violer sous les yeux de son père, lui-même ligoté après un poêle chauffé au rouge avec des courroies de harnais et dont le sang dégoulinait sur ses chaussures. Il avait observé la scène en louchant par le jour de la porte entrebâillée. Après cela, il n'avait pas grandi d'un pouce. Ses paupières minces pendent mollement.

On dirait qu'une chauve-souris s'est perchée au-dessus de son nez. Quand un Blanc est admis dans le service, il soulève un tout petit peu cette peau parcheminée, semblable à une pellicule de cuir gris, examine le nouveau de la tête aux pieds et secoue la tête — rien qu'une fois, comme s'il avait la confirmation formelle de quelque chose dont il était déjà certain. Au commencement, il prétendait dresser les patients à l'aide d'une chaussette bourrée de grenaille de plomb. Mais elle lui a expliqué qu'on n'appliquait plus cette méthode. Elle l'a convaincu de garder son assommoir à la maison et lui a enseigné sa propre technique, lui a appris à ne pas laisser transparaître sa haine, à rester calme, à attendre la moindre occasion favorable, le moindre relâchement. Alors, on serre la corde et on ne la lâche plus. Voilà comment on les dresse, lui a-t-elle appris.

Les autres sont arrivés deux ans plus tard, à seulement un mois d'intervalle environ et ils se ressemblent tellement que, pour moi, elle a fait exécuter un double du premier. Ils sont grands, osseux, anguleux, avec des traits grossièrement équarris, figés en une expression qui ne varie jamais. Ça fait penser à des pointes de flèches en silex. Leurs yeux ne sont que des points. Quand leurs cheveux vous effleurent, cela vous râpe la peau au passage.

Ils sont tous les trois aussi noirs que des téléphones. Le long défilé des négros qui les ont précédés a appris une chose à la Chef : en principe, plus ils sont noirs, plus ils passent de temps à laver, à frotter et à mettre de l'ordre. Leurs uniformes, par exemple, sont toujours immaculés, blancs, froids et raides comme le sien : pantalons de neige tout amidonnés, chemises crayeuses avec des fermoirs de métal sur le côté, chaussures blanches au poli de miroir munies de semelles rouges en caoutchouc qui ne font pas plus de bruit que des souris en glissant dans le

46

hall. On ne les entend pas quand ils se déplacent et ils se matérialisent partout où un malade s'imagine à l'abri des regards indiscrets ou pour peu qu'il confie quelque secret à un ami. Un patient est tout seul dans un coin : soudain, il perçoit comme un crissement, sa joue se glace ; il se retourne et voit, se détachant sur le mur, un froid visage de pierre qui se balance au-dessus de lui. Rien qu'un masque noir. Sans corps. Les murs sont blancs comme les uniformes blancs, aussi nets, aussi reluisants qu'une porte de réfrigérateur. La figure, les mains noires d'un spectre flottant dans l'air...

Des années d'entraînement ont amené le trio à s'accorder de plus en plus étroitement à la fréquence de la Chef. Ils sont capables de débrancher l'un après l'autre les fils de transmission directe et d'opérer à distance. Jamais elle ne donne d'ordres à haute voix, jamais elle ne laisse d'instructions écrites qui pourraient tomber sous les yeux d'une épouse ou d'une maîtresse d'école en visite. Ce n'est plus la peine. Elle et eux sont en contact, synchronisés, sur la même longueur d'onde de haine survoltée, et les moricauds accomplissent ses désirs avant même qu'elle ne songe à les exprimer.

Depuis qu'elle a ainsi constitué son équipe, le service marche avec une régularité de chronomètre. Ce que pensent les types, ce qu'ils disent, ce qu'ils font, tout est décidé des mois à l'avance sur la base des notes journalières de la Chef. Une fois transcrites, on les introduit dans la machine qui bourdonne derrière la porte d'acier, au fond du bureau. Et la machine les restitue sous forme de cartes portant toute une série de petits trous carrés, les cartes de Programme quotidien. Tous les matins, on glisse celle qui porte la date voulue dans une fente de la porte d'acier et les murs se mettent à vibrer. La lumière jaillit dans les dortoirs à six heures et demie ; les Aigus sortent du

47

lit aussi vite que les moricauds arrivent à les en éjecter et, sous la direction de ces derniers, ils briquent le plancher, vident les cendriers, effacent les égratignures laissées sur un mur par le bonhomme qui, la veille, a eu un court-circuit et s'est dissipé dans un horrible nuage de fumée grise sentant le caoutchouc brûlé. Les Brouettes balancent leurs jambes mortes semblables à des souches en attendant, telles des statues assises, qu'on leur apporte leurs fauteuils roulants. Les Légumes compissent leurs draps, ce qui actionne un ronfleur et une secousse électrique qui les envoie rouler sur le carreau où les moricauds les passeront au jet et leur mettront une tenue propre.

A six heures quarante-cinq s'élève la rumeur des rasoirs électriques et les Aigus s'alignent par ordre alphabétique devant les miroirs, A, B, C... Après, c'est le tour des Chroniques capables de marcher, comme moi, puis celui des Brouettes. Les trois vieux qui restent et dont une sorte de pellicule de moisissure jaunâtre recouvre les fanons flasques, on les rase plus tard dans la salle commune après les avoir installés dans une chaise longue, le front maintenu par une courroie qui les empêche de s'écrouler pendant l'opération.

Certains jours, le lundi en particulier, je me cache pour essayer de faire une entorse au programme. D'autres fois, je trouve plus malin de me mettre exactement à ma place alphabétique, entre les A et les C, et de suivre la procession comme tout le monde, sans lever les pieds. Sous le plancher, il y a de puissants aimants qui font aller et venir les gens comme des marionnettes.

A sept heures, on ouvre le réfectoire et l'ordre de marche est inversé : les Brouettes prennent leurs plateaux les premiers, puis les Circulants et, enfin, les Aigus. Le déjeuner se compose de flocons d'avoine, d'œufs au jambon et de toasts. Ce matin, il y avait une pêche en conserve posée sur une feuille de laitue déchiquetée. Quelques-uns des Aigus servent les Brouettes, pour la plupart de simples Chroniques aux jambes faibles qui peuvent manger tout seuls. Mais il y a les trois qui sont incapables de baisser le cou et qui le lèvent très difficilement. Ce sont eux qu'on appelle les Légumes. Les moricauds les introduisent dans le réfectoire lorsque tout le monde s'est assis, alignent leurs petites voitures le long du mur et leur apportent trois plateaux identiques remplis d'une espèce de boue et auxquels sont attachées des fiches de régime portant la mention « Alimentation Triturée ». Les œufs, le jambon, le pain, le lard destinés au trio d'édentés, tout a été mâché trente-deux fois et réduit en bouillie par la machine d'acier inoxydable de la cuisine. Ses lèvres plissées s'écartent, telles des embouts d'aspirateur, et il en gicle un caillot de jambon mâché qui choit dans l'assiette avec une sorte de gloussement.

Les moricauds enfournent la nourriture un rien trop vite dans les bouches roses qui font un mouvement de succion, de sorte que la Triturée dégouline sur les petits mentons bosselés et souille les uniformes verts. Ils injurient les vieux et leur écartent les babines avec un mouvement tournant de la cuiller comme on fait pour creuser une pomme blette : « Sacrée figure de pet ! I's'démantibule sous mes prop's yeux. Pas moyen de dire si c'est de la purée de lard qu'j'y donne ou des bouts de sa langue de merde ! »

Sept heures et demie : on réintègre la salle de jour. La Chef qui surveille la manœuvre à travers son carreau personnel, toujours si astiqué qu'il est impossible de le distinguer, hoche approbativement la tête et arrache une feuille du calendrier : le but se rapproche d'une journée. Puis, elle appuie sur un bouton pour que les choses se mettent en branle. Quelque part, le tintamarre d'une grande plaque de métal que l'on remue me frappe les oreilles. Tout le monde vient aux ordres. Les Aigus : restez assis de votre côté en attendant qu'on vous apporte les cartes et le Monopoly. Les Chroniques : restez assis de votre côté en attendant qu'on vous apporte la boîte de puzzle de la Croix-Rouge. Ellis : allez à votre place près du mur, les mains levées pour qu'on vous les attache et faites pipi dans votre pantalon. Pete : balancez la tête comme une poupée. Scanlon : faites remuer vos mains noueuses sur la table pour fabriquer un simulacre de bombe qui fera sauter un simulacre de monde. Harding : commencez à parler, faites voltiger vos mains comme des colombes et cachez-les sous vos aisselles parce qu'une grande personne n'est pas censée faire étalage de mains aussi gracieuses. Sefelt : commencez à ronchonner, à vous plaindre parce que vous avez mal aux dents et que vos cheveux tombent. Tout le monde : aspirez... expirez... Dans un ordre parfait. Les cœurs battent à l'unisson selon le rythme indiqué sur les cartes-programmes. Bruit de cylindres synchrones...

Un monde de carton-pâte peuplé de personnages en trompe-l'œil, simplement cernés d'un trait noir, surgis de quelque histoire de fou qui serait vraiment drôle si ses héros n'étaient pas des types en chair et en os...

Sept heures quarante-cinq : les moricauds passent devant la rangée des Chroniques pour fixer des sondes souples à ceux qui les supportent encore. Ce sont des capotes d'occasion dont l'extrémité, décapitée, est attachée à l'aide de sparadrap à un tuyau glissé dans le pantalon et qui aboutit à un sac en matière plastique sur lequel on lit : « A JETER APRÈS USAGE », qu'il entre dans mes attributions de nettoyer tous les jours. Les capotes, les moricauds les assujettissent au moyen d'un bout de ruban adhésif qu'ils collent à même les poils. A force de se les faire arracher, les vieux Chroniques ont des pubis imberbes de nouveau-nés...

Huit heures : les murs chuintent et bourdonnent à plein régime. « Médicaments », annonce le haut-parleur logé dans le plafond en empruntant la voix de la Chef. Nous lorgnons du côté de la cage de verre où elle trône, mais elle n'est pas à côté du micro. En fait, elle en est à trois mètres, en train d'expliquer à une des petites infirmières l'art et la manière de disposer les pilules bien en ordre sur le plateau. S'alignent devant la porte les Aigus groupés par ordre alphabétique (les A, les B, les C, les D...), puis les Chroniques, puis les Brouettes (les Légumes prennent leur drogue plus tard avec une cuillerée de compote de pommes).

L'un après l'autre, on reçoit une timbale de carton avec son cachet que l'on coince contre le palais, on tend la timbale à la petite pour qu'elle la remplisse et on avale. Parfois, mais c'est bien rare, un abruti s'inquiète de la nature de ce qu'on lui fait ingurgiter.

« Hé ! belle enfant, minute ! Qu'est-ce que c'est, ces deux pilules rouges avec mes vitamines ? »

Je le reconnais, celui qui a posé la question : c'est un râleur qui est déjà en train de se faire une réputation de trublion.

« Rien qu'un médicament, monsieur Taber. Cela vous fera du bien. Allez, avalez.

— Mais quel genre de médicament ? Je vois bien que ce sont des pilules, bon Dieu...

— Vous n'avez qu'à tout avaler, monsieur Taber. Allons... pour me faire plaisir. »

La petite lance un regard fugitif à la Chef, histoire de se rendre compte de la façon dont celle-ci apprécie sa technique de charmeuse, puis ses yeux se posent à nouveau sur Taber qui n'a toujours aucune envie, même pour lui faire plaisir, d'avaler quelque chose dont il ne sait pas ce que c'est.

« J'cherche pas à faire d'histoires, mon petit. Mais je veux pas non plus avaler un truc sans savoir. Et si c'était une de ces drôles de pilules qui me transforment en quelque chose que je ne suis pas, hein ?

— Ne vous inquiétez pas, monsieur Taber...

— M'inquiéter ? Tout ce que je demande, pour l'amour de Dieu... »

Tranquillement, l'infirmière-major s'est approchée et sa main s'est refermée sur le bras de l'homme, le paralysant jusqu'à l'épaule.

« Parfait, Miss Flinn. Puisque M. Taber se conduit comme un enfant, il sera traité en conséquence. Nous avons essayé de faire preuve d'indulgence, d'agir avec des égards. Il est clair que ce n'était pas la bonne méthode. De l'hostilité : voilà son seul remerciement ! Si vous ne voulez pas prendre votre remède par la voie buccale, vous pouvez disposer, monsieur Taber.

— Tout ce que je demande, pour l'amour de Dieu, c'est qu'on me dise...

— Vous pouvez partir, monsieur Taber. »

Elle lui lâche le bras et il s'éloigne en grommelant. Toute la matinée, il passera le lave-pont dans les latrines en méditant sur ces pilules rouges.

Une fois, j'ai fait semblant d'en avaler une pareille, mais je l'avais cachée sous ma langue. Un peu plus tard, je l'ai ouverte dans le placard aux balais. L'intérieur est devenu une poudre grise mais, juste avant, pendant une fraction de seconde, j'avais vu que c'était un élément électronique miniature, comme ceux dont je me servais dans l'armée quand j'étais radariste : des fils, des circuits, des transistors microscopiques... Seulement, ces pièces étaient prévues pour se dissoudre au contact de l'air...

52

Huit heures vingt : on sort les cartes et les patiences...

Huit heures vingt-cinq : un Aigu déclare qu'il avait l'habitude d'observer sa sœur quand elle prenait son bain. Ses trois voisins engagent une mêlée acharnée pour savoir lequel arrivera bon premier afin d'inscrire cet aveu sur le grand livre...

Huit heures trente. La porte s'ouvre et deux techniciens qui sentent la vinasse pénètrent dans la salle au petit trot. Les techniciens marchent toujours à vive allure, et parfois même au pas de gymnastique, afin de garder l'équilibre parce qu'ils sont toujours pliés en deux. Toujours, ils se penchent en avant et, toujours, ils sentent comme leurs instruments qu'ils stérilisent avec du vin. Ils referment la porte du labo derrière eux. Je m'approche avec mon balai et j'arrive à distinguer les voix à travers les crissements déchirants de l'acier sur la meule à affûter.

« Qu'est-ce qu'il y a à faire à cette heure indue ?

— Installer un bloc anticuriosité permanent chez un bougre qui pose trop de questions. Boulot de première urgence, qu'elle a dit, et je ne sais même pas s'il y a encore un de ces bidules en stock.

— On pourrait téléphoner à I.B.M. de nous en expédier un en vitesse. Je vais toujours vérifier au magasin...

— Hé ! ramène donc une bouteille de gnole. J'en suis arrivé au point de ne plus pouvoir monter la plus simple de ces saloperies quand j'ai rien dans le buffet. Enfin, ça vaut quand même mieux que de travailler dans un garage, nom de Dieu !... »

Les répliques sont trop artificielles et trop rapides pour une conversation réelle. Cela ressemble plutôt à un dialogue de dessin animé. Je vais balayer un peu plus loin pour éviter d'être surpris à écouter aux portes.

Les deux grands moricauds vont chercher Taber

dans les latrines et l'entraînent vers la chambre mate-lassée. Il reçoit en chemin un bon coup de pied dans les tibias qui le fait hurler comme un voleur. Je suis surpris de voir à quel état d'impuissance il a l'air d'être réduit, ceinturé par les négros. Comme si des bandes de fer noir le garrottaient.

Ils le jettent à plat ventre sur le matelas. L'un d'eux s'assied sur sa tête tandis que l'autre défait le pantalon vert et arrache les sous-vêtements, dénudant un derrière pareil à une pêche dont la couleur tranche sur le vert cru d'une feuille de laitue chiffonnée. Taber bafouille des injures dans son matelas.

« Tout va bien, m'sié Taber, tout va bien », lui dit celui qui s'est juché sur sa tête. L'infirmière traverse le hall en enduisant de vaseline une longue aiguille. La porte se referme, me cachant la scène l'espace d'une seconde. Déjà, voilà la Chef qui ressort en essuyant la seringue après un lambeau de pantalon. Elle a laissé le pot de vaseline dans la chambre. Avant que le panneau n'ait eu le temps de se rabattre, j'ai pu apercevoir le moricaud qui est assis sur la tête de Taber lui tamponner les fesses à l'aide d'un kleenex. Un long moment s'écoule avant qu'ils ne réapparais-sent en poussant vers le labo leur victime, entière-ment dépouillée de ses vêtements et enveloppée dans un drap humide.

Neuf heures. Entrée des internes. Ils ont des empiè-cements de cuir aux coudes. Pendant quelque cin-quante minutes, ils vont interviewer les Aigus sur leur enfance. La Chef se méfie de ces jeunes gens aux cheveux en brosse et ces cinquante minutes lui sont une dure épreuve. Tout le temps qu'ils passent dans le service, la machine cafouille. L'infirmière-major affiche un air menaçant et prend note de rechercher dans les dossiers des internes pour en exhumer de vieilles contraventions et autres délits du même genre.

54

Neuf heures cinquante. Les internes s'esquivent. La machine se remet à tourner rond. Dans sa cage de verre, la Chef surveille la salle et tout retrouve son éclat bleuté d'acier, son mouvement précis et régulier de dessin animé. Taber quitte le labo sur une civière roulante.

« On a été forcé de lui refaire une injection, il allait se réveiller pendant la ponction lombaire, expliquent les techniciens à la Chef. Si on l'emmenait au Pavillon Un pour un électrochoc pendant qu'on y est ? Comme ça, la seconde dose de Seconal ne sera pas perdue.

— Excellente idée ! Après, passez-le donc à l'encéphalographe. Peut-être découvrira-t-on qu'une intervention directe s'impose. »

Les techniciens s'en vont au petit trot en poussant la civière. Comme des personnages de dessin animé, comme des pantins mécaniques, comme les poupées de ces spectacles où le fin du fin est de voir le héros rossé par le gendarme disparaître la tête la première dans la gueule hilare d'un crocodile...

Dix heures. Distribution du courrier. Parfois, on nous donne une lettre ouverte...

Dix heures et demie. Le bonhomme des *public-relations* fait son apparition, précédant les membres d'un club féminin. Il s'arrête sur le seuil et frappe dans ses mains grassouillettes.

« Bonjour, les enfants ! Allons, allons... sourions un peu ! Regardez, mesdames ! Quelle propreté, quelle gaieté, n'est-ce pas ? Je vous présente Miss Ratched. J'ai choisi ce service parce que c'est le sien. C'est une véritable mère. Il va de soi que ce n'est pas à l'âge que je pense en disant cela, vous m'avez compris, bien sûr... »

Son col est si serré que sa figure gonfle quand il rit, et il rit presque tout le temps, je me demande vraiment à cause de quoi. Un rire strident, rapide, comme s'il voulait s'arrêter mais n'y arrivait pas. Et sa figure gonfle, devient rouge et ronde, on dirait un ballon sur lequel on aurait peint un visage. Il n'a pas un poil sur les joues et pour ainsi dire pas un cheveu sur la tête. On a l'impression qu'il s'en est collé quelques-uns sur le crâne un jour, mais qu'ils n'arrêtent pas de se détacher et de dégringoler sur ses revers, dans sa poche de chemise, derrière son col. C'est peut-être pour cela que celui-ci est tellement serré : pour empêcher les petits bouts de cheveux de passer.

— Et c'est peut-être cela qui le fait rire, de ne pas réussir à les faire tenir... »

Il fait le cicérone pour des troupes de dames en blazer, au maintien grave et qui hochent la tête d'un air pénétré quand il leur explique à quel point les choses se sont améliorées depuis quelques années. Il fait un sort à la télévision, aux grands fauteuils de cuir, aux postes d'eau potable. Et puis les infirmières offrent le café aux visiteuses dans le bureau vitré. Parfois, le bonhomme reste en arrière, tout seul au milieu de la salle de jour, il se tapote les mains à deux ou trois reprises (rien qu'au bruit, on devine qu'elles sont moites) jusqu'à ce qu'elles soient sèches ; alors, il les joint dans un geste de prière sous l'un de ses mentons et se met à tourner sur place. Il tourne, il tourne, là, au beau milieu de la pièce, contemplant d'un air délirant la télévision, les tableaux récemment accrochés aux murs, les postes d'eau. Et il rit.

Que trouve-t-il de si amusant ? Il n'en a jamais fait confidence à aucun de nous. Moi, la seule chose qui me semble drôle, c'est de le voir tourbillonner comme un toton. Si on lui donnait une poussée sur le derrière, là où c'est lesté, il se redresserait aussi sec et continuerait de tourner sur lui-même. Jamais il ne regarde les hommes en face. Jamais.

Dix heures quarante, quarante-cinq, cinquante. Les patients vont et viennent, se rendant qui à l'électrothérapie, qui à l'éducation physique, qui à la formation professionnelle.

Certains sont dirigés vers de bizarres petites chambres dont les murs n'ont jamais les mêmes dimensions et dont le plancher n'est pas horizontal. La machine a son ronronnement de vitesse croisière.

C'est le même bourdonnement que j'ai entendu un jour dans une filature de coton en Californie quand mon équipe de football a rencontré celle de l'université locale. On avait fait une bonne saison et les organisateurs étaient si fiers de nous, si enthousiastes qu'ils nous avaient payé l'avion. Il était de règle de visiter les industries régionales lors de nos déplacements. Notre entraîneur tenait à convaincre les gens que le sport a une valeur éducative du fait des occasions d'apprendre qu'il procure à ceux qui s'y adonnent en leur faisant voir du pays. Aussi, à chaque voyage, nous commencions à faire sous sa houlette le tour des laiteries, des silos à betteraves ou des conserveries. En Californie, c'est à une filature de coton que nous avons eu droit. Après un coup d'œil, la plupart des gens de l'équipe avaient regagné le car pour jouer au poker sur les couvercles de valises mais, moi, j'étais resté dans un coin, à l'écart des allées et venues des ouvrières noires qui couraient entre les machines. L'usine, avec tous ces ronronnements, ces cliquetis, ce vacarme humain et mécanique, ce motif sonore syncopé m'avait mis dans un état second. C'est pour quoi je n'avais pas suivi les autres. Et aussi parce qu'elle me rappelait les hommes de ma tribu qui, quelques jours plus tôt, avaient quitté le village pour travailler à la concasseuse du barrage en construction.

Frénésie du thème sonore, visages hypnotisés par la routine de la tâche... J'aurais bien voulu rejoindre l'équipe dans le car, mais j'en étais incapable.

On était au début de l'hiver et c'était le matin. Je portais encore la veste que l'on nous avait distribuée lorsque nous avions remporté la coupe — une veste rouge et verte avec des empiècements de cuir aux coudes et, dans le dos, un ballon brodé pour dire qu'on était vainqueur — et beaucoup de filles noires ouvraient de grands yeux en me regardant. Je l'ai enlevée mais elles continuaient à me contempler. J'étais rudement plus costaud en ce temps-là.

Une ouvrière a abandonné sa machine et, après avoir inspecté la travée pour s'assurer qu'il n'y avait pas de contremaître dans les environs, elle s'est approchée de moi. Elle m'a demandé si le match aurait lieu ce soir et m'a dit que son frère jouait aussi dans l'équipe adverse. On a pas mal parlé de football et de choses du même ordre ; tout à coup, je me suis rendu compte que son visage était flou comme s'il m'apparaissait à travers un rideau de brume : c'était parce que l'air était plein de duvet de coton. Quand je le lui ai expliqué, ses yeux se sont mis à rouler et quand je lui ai dit que c'était comme si je la regardais dans le brouillard par un matin de chasse aux canards, elle a pouffé dans le creux de sa main. « Seigneur ! Qu'est-ce que je pourrais bien fabriquer toute seule avec vous un matin de brouillard dans une cache à canards ? » Je lui ai répondu qu'elle pourrait tenir mon fusil, et alors toutes les filles ont ri. Moi aussi, j'ai ri un peu de mon astuce. On a continué de parler et de rire et, soudain, elle m'a saisi par les poignets. Ses ongles se sont enfoncés dans ma chair. D'un seul coup, ses traits sont devenus nets. J'ai compris qu'elle était terrifiée par quelque chose.

« Emmène-moi, a-t-elle murmuré dans un souffle, emmène-moi loin de cette usine, loin de cette ville, loin de cette vie. Emmène-moi dans une vieille cache à canards. Ailleurs... N'importe où. Tu veux, dis ? Tu veux ? »

Son joli visage noir était tout brillant. Moi, je demeurais la bouche ouverte, essayant de trouver quoi lui répondre. On est restés comme ça, accrochés l'un à l'autre, peut-être deux secondes. Et puis, le bruit des machines s'est intensifié et je ne sais quoi l'a fait s'écarter de moi. Une ficelle que je n'avais pas vue, attachée à sa jupe rouge à fleurs, qui la tirait en arrière. Ses ongles m'égratignèrent les mains. Dès que le contact eut été rompu, sa figure redevint trouble, s'affaissa, se déforma comme du chocolat qui fond, derrière le nuage de coton. Elle a ri, elle a pivoté sur ses talons. J'ai entrevu sa jambe d'ambre au moment où sa jupe s'est soulevée. Elle m'a envoyé une petite tape sur l'épaule avant de s'élancer vers la machine, a ramassé le paquet de fibres qui étaient tombées du plateau et a couru d'un pas léger les enfourner dans la trémie. Puis, je ne l'ai plus vue.

Les fuseaux qui s'embobinent en tournoyant, les navettes qui sautent, les filières qui détordent le fil, les murs chaulés, les grises machines d'acier, la sarabande des filles en jupons fleuris, les filaments blancs flottant dans l'air qui ligotent tout, emprisonnent l'usine entière dans leur réseau — ce souvenir est resté vivant en moi et, de temps en temps, quelque chose, ici, fait remonter la filature à ma mémoire.

Oui. Je sais ce que c'est : le service est une usine qui travaille pour le Système. C'est à réparer les erreurs commises dans le quartier, dans les écoles, dans les églises que sert l'hôpital. Lorsque le produit fini s'en retourne à la société, presque en aussi bon état que s'il était neuf, parfois même en meilleur état encore, le cœur de la Chef se réjouit. Quelque chose qui est arrivé complètement détraqué est désormais un élément prêt à fonctionner, un élément adapté, un bon point pour toute une équipe, une pure merveille. Regardez-le glisser sur la terre avec un sourire soudé aux lèvres, s'insérer dans une gentille petite communauté où l'on est précisément en train d'éventrer les rues pour installer les conduites d'eau. Il est heureux comme ça. Il est enfin ajusté à l'environnement...

« Je n'ai jamais rien vu de plus extraordinaire que la façon dont Maxwell Taber a changé depuis qu'il a quitté l'hôpital. Les yeux un peu cernés, un peu maigri... et c'est un autre homme ! Ah ! La science de l'Amérique moderne... »

La fenêtre de son rez-de-chaussée reste éclairée longtemps après minuit car, grâce aux Blocs à Action Différée que les techniciens lui ont installés, ses doigts ont acquis souplesse et agilité, et il se penche sur sa femme endormie, sur ses deux petites filles (l'une a quatre ans, l'autre six), sur le voisin avec qui il joue aux boules le lundi : il les ajuste comme on l'a lui-même ajusté. C'est ainsi que cela fait tache d'huile.

Quand, finalement, il lâche la rampe après un nombre prédéterminé d'années, la ville le chérit tendrement, les journaux publient une photo de lui en train d'aider les scouts à l'occasion du jour de Désherbage des Cimetières et sa femme reçoit une lettre du principal du collège qui lui dit que Maxwell était un exemple pour la jeunesse de cette belle cité. Il n'est pas jusqu'aux croque-morts, une paire de ladres finis, qui ne soient influencés : « Ouais... c'était un brave type, le vieux Max Taber. Si on lui faisait le cercueil extra pour le même prix ? Et puis, non, que diable ! Ce sera aux frais de la maison ! »

Une telle réussite ravit l'âme de la Chef qui vante son savoir-faire et l'industrie en général. Un Sortant, ça fait plaisir à tout le monde.

Mais une Admission, c'est une autre affaire. Le plus docile des nouveaux a besoin d'être un peu travaillé pour être placé sur les rails. Et on ne sait jamais s'il n'aura pas assez le goût de la liberté pour tout mettre sens dessus dessous, s'il ne va pas faire un affreux gâchis et perturber le fonctionnement du service. Or, comme je le disais tout à l'heure, quand les choses ne tournent pas rond, ça la met dans tous ses états, la Chef.

Avant midi, ils ont mis la machine à brouillard en route mais pas à pleine puissance. Le brouillard n'est pas assez épais et j'arrive à voir en faisant un gros effort. Un de ces jours, je renoncerai et je m'abandonnerai complètement, je me laisserai sombrer dans le brouillard comme l'ont fait quelques Chroniques. Mais, pour l'instant, le nouveau m'intéresse et je veux savoir comment il se comportera à la réunion qui va bientôt avoir lieu.

A une heure moins dix, le brouillard se dissipe entièrement et les moricauds ordonnent aux Aigus de débarrasser la pièce. On transporte toutes les tables dans la salle d'hydrothérapie de l'autre côté du hall. On dirait qu'on fait de la place pour danser, dit McMurphy.

La Chef surveille les préparatifs derrière son carreau. Ça fait trois heures bien sonnées qu'elle n'a pas bougé de son poste d'observation. Même pour le déjeuner. A une heure, le docteur sort de son bureau, fait un signe de tête à Miss Ratched en passant devant sa fenêtre et il s'installe dans son fauteuil à gauche de la porte. Les malades s'asseyent à leur tour. Puis les petites infirmières et les internes pénètrent en ordre dispersé dans la salle. Quand tout le monde est prêt, la Chef se lève, se dirige vers le panneau d'acier hérissé de cadrans et de boutons au fond du bureau, branche une sorte de pilote automatique qui s'occupera de tout en son absence et nous rejoint avec le cahier et une pleine corbeille de notes.

Elle s'assied juste à droite de la porte.

Aussitôt, le vieux Pete Benchini bondit sur ses pieds et se met à dodeliner de la tête en geignant. « Je suis fatigué. Oh ! là ! là. Seigneur, mon Dieu ! Je suis affreusement fatigué. » Il fait cela chaque fois qu'il y a quelqu'un de nouveau qui risque de l'écouter.

Elle fouille dans ses papiers sans même le regarder. « Que quelqu'un aille s'asseoir à côté de M. Benchini et le fasse tenir tranquille pour que nous puissions commencer », dit-elle.

C'est Billy Bibbit qui y va. Pete s'est tourné pour être en face de McMurphy. Sa tête bringuebale de droite à gauche comme un feu de signalisation à un passage à niveau. Il a travaillé trente ans aux chemins de fer. Il est complètement usé, mais il fonctionne sur la lancée de ses souvenirs.

« J'suis fatigué, répète-t-il, le menton tendu vers McMurphy.

— Du calme, Pete, fait Billy en lui posant sa main tavelée sur la cuisse.

— ... Affreusement fatigué...

— Je sais, Pete, je sais... »

Billy tapote les genoux squelettiques du vieux et, comprenant que nul ne s'intéressera aujourd'hui à ses plaintes, Pete reprend son expression normale.

L'infirmière-major détache sa montre et, après avoir jeté un coup d'œil sur l'horloge, elle la remonte, la place devant elle dans la corbeille dont elle extrait une chemise cartonnée.

« Bien. Est-ce que nous commençons ? »

Avec un sourire impassible, elle lance un regard à la ronde pour voir si personne ne va encore l'interrompre. Sa tête pivote dans son col. Les types évitent ses yeux. Tous examinent leurs ongles. Tous, sauf McMurphy.

Il s'est trouvé un fauteuil dans le coin et s'y est enfoncé comme si c'était son dû ; il ne perd aucun des mouvements de la Chef. Sa casquette de motocycliste est toujours enfoncée sur sa tignasse rousse. Il coupe le paquet de cartes posé sur ses genoux, le referme avec un claquement qui résonne au milieu du silence. L'œil inquisiteur de la Chef se pose une seconde fois sur lui. Elle l'a vu jouer au poker toute la matinée et, quoiqu'elle n'ait pas constaté que la moindre somme d'argent eût changé de main, elle se doute bien que ce n'est pas précisément le genre de garçon à se contenter de miser des allumettes comme le règlement le prescrit. Les cartes s'étalent, leur éventail se replie avec un bruit sec, puis le jeu disparaît au fond de la grosse main de McMurphy.

La Chef consulte encore une fois sa montre, sort de la chemise un papier qu'elle étudie. Le range. Repose la chemise et s'empare du cahier. Ellis, qui est toujours contre le mur, tousse. Elle attend qu'il ait fini.

« Bien. A la fin de la réunion de mercredi, nous discutions du cas de M. Harding... à propos de sa jeune femme. Il avait déclaré que celle-ci était extrêmement bien fournie en ce qui concerne son postérieur, ce qui gênait M. Harding car son épouse attirait le regard des passants. »

Elle feuillette le cahier dont certaines pages sont indiquées par de petits signets qui dépassent.

« Selon les renseignements émanant de différents patients, on a entendu M. Harding dire qu'elle « donne bougrement raison aux salauds qui la relu- « quent ». On l'a également entendu dire qu'il peut lui donner, à elle, des motifs pour exciter encore plus les hommes. On l'a entendu dire « mon adorable « mais inculte épouse pense que toute parole, tout « geste dépourvu de brutalité n'est que maniérisme « d'impuissant... »

Elle continue de lire en silence pendant un moment, puis referme le cahier.

« Il a aussi affirmé que l'ample postérieur de sa femme lui donne parfois un sentiment d'infériorité.

Voilà. Quelqu'un désire-t-il soulever à nouveau la question ? »

Harding ferme les yeux. Personne ne souffle mot. McMurphy dévisage les autres pour voir si quelqu'un va répondre et lève la main en faisant claquer ses doigts comme un gosse à l'école.

Elle lui fait un signe de tête.

« Monsieur... ah ! McMurry ?

— Soulever quoi ?

— Hein ? Soulever...

— N'avez-vous pas demandé : quelqu'un désire-t-il soulever... je ne sais quoi ?

— Soulever... la question, monsieur McMurry. Le problème de M. Harding et de sa femme.

— Ah ! bon. Je croyais que vous parliez de soulever son... enfin, quelque chose d'autre.

— Est-ce que vous ne... »

Elle s'arrête. Une seconde, elle a été démontée. Quelques Aigus dissimulent un sourire et McMurphy s'étire sans façon, bâille et lance un clin d'œil à Harding. Avec un calme olympien, l'infirmière-major repose le cahier dans la corbeille et ouvre une autre chemise.

« McMurry, Randle Patrik, lit-elle. Transféré de la ferme pénitentiaire de Pendleton pour diagnostic et traitement éventuel. Trente-cinq ans. Célibataire. Décoré du D.S.O.[1] pour s'être évadé d'un camp de prisonniers communiste en Corée. Exclu ultérieurement de l'armée pour insubordination. S'est trouvé mêlé à des histoires de bagarres sur la voie publique et de rixes dans des débits de boisson. Arrêté à plusieurs reprises pour ivresse, coups et blessures, tapage nocturne, infractions répétées à la loi sur les jeux — et une fois pour viol.

Le docteur redresse la tête.

---

1. Distinguished Service Order.

« Pour viol ?

— Selon la définition de la loi[1]. La victime avait...

— Tiens donc ! s'exclame McMurphy en regardant le docteur. Ils ont rien pu prouver. La fille a jamais déposé sous serment.

— Elle avait quinze ans, poursuit la Chef.

— Elle prétendait en avoir dix-sept, docteur. Et elle était tout ce qu'il y a de consentante.

— L'expertise a prouvé qu'il y avait eu pénétration, pénétration réitérée. Le dossier établit...

— Elle en voulait tellement qu'il m'a fallu coudre mon pantalon.

— L'enfant a refusé de témoigner malgré les résultats de l'examen médical. Il semble qu'il y ait eu des manœuvres d'intimidation. L'accusé a quitté la ville peu après le procès.

— Dame ! Il fallait bien que je m'en aille. Je vais vous dire, docteur... »

Il se penche en avant, le coude sur la cuisse et baisse la voix.

« Cette petite garce m'aurait mis ni plus ni moins sur les genoux avant d'avoir atteint l'âge légal... »

La Chef referme le dossier et le tend au docteur.

« Notre nouveau pensionnaire, docteur Spivey, annonce-t-elle comme si elle avait plié l'homme à l'intérieur de la chemise jaune pour le lui faire examiner. J'avais l'intention de vous parler de lui un peu plus tard, mais puisqu'il semble tenir à participer à notre réunion, autant nous occuper de lui tout de suite. »

Le docteur s'en va pêcher ses lorgnons dans la poche de son veston en tirant sur le cordonnet, les

---

1. Selon la législation américaine, avoir des rapports sexuels en dehors du mariage avec une femme de moins de seize ans est qualifié de viol, même si aucune contrainte physique n'est exercée et si la partenaire est consentante. *N.D.T.*

chausse. Comme ils penchent un peu à droite, il bascule la tête à gauche pour rétablir l'équilibre. Un léger sourire joue sur ses lèvres tandis qu'il feuillette les pièces comme si le verbe claironnant du nouveau, l'assurance de ses discours l'amusaient. Cependant, il prend soin, lui aussi, de ne pas se laisser aller à rire franchement. Arrivé au bout de sa lecture, il referme le dossier, le lorgnon réintègre la poche et son regard se dirige sur McMurphy qui, de l'autre côté de la pièce, l'observe toujours, le buste en avant.

« Vous n'avez pas d'autre passé psychiatrique, monsieur McMurry, j'ai l'impression... ?

— McMurphy, docteur.

— Pardon ? Je croyais... L'infirmière disait... »

Il récupère ses lorgnons, rouvre le dossier, le compulse encore une minute. Le referme. Remet ses verres en place.

« C'est vrai. McMurphy. Vous avez raison. Je vous demande pardon.

— De rien, docteur. L'erreur vient de la dame. J'ai connu des gens qui avaient tendance à se tromper comme ça. Tiens, un de mes oncles, un nommé Hallahan. Une fois, il s'était mis avec une femme qui faisait semblant de ne pas pouvoir se rappeler son nom. Elle l'appelait Hooligan rien que pour le mettre en boîte. Ça a duré des mois avant qu'il la fasse cesser. Et pour de bon.

— Ah oui ? Et comment s'y est-il pris ? »

McMurphy ricane et se frotte le nez avec le pouce.

« Ça, je peux pas vous le dire. Je conserve la méthode de l'oncle Hallahan rigoureusement secrète, vous comprenez ? Au cas où j'aurais moi-même besoin de m'en servir un jour. »

Il regarde fixement l'infirmière en disant cela. Elle lui sourit et il revient au docteur.

« Mais qu'est-ce que vous me demandiez à propos de mon passé, docteur ?

« — Oui... Je voulais savoir si vous avez un passé psychiatrique. Vous a-t-on psychanalysé ? Avez-vous déjà été dans un autre établissement ?

— C'est-à-dire que si l'on compte tous les violons...

— Je parle d'établissements psychiatriques.

— Ah ! Alors, non. C'est mon premier. Mais je suis fou, docteur, je vous jure. D'ailleurs, je crois que le médecin de la ferme... Attendez, je vais vous montrer... »

Il se lève, fourre ses cartes dans sa poche et s'approche du docteur Spivey. Penché au-dessus de lui, il feuillette le dossier. « Je crois bien qu'il a noté quelque chose par-derrière.

— Tiens ! Je n'ai pas remarqué. Une minute. »

Il reprend ses lorgnons, les pose sur son nez et regarde l'endroit que désigne McMurphy.

« Ici, docteur. L'infirmière a laissé tomber ça en résumant mon dossier. Là, c'est écrit : « M. McMur- « phy est sujet à des crises de colère répétées... — « je veux être sûr que je me fais bien comprendre, « docteur — répétées... permettant vraisemblable- « ment de penser que nous avons affaire à un psycho- « pathe. » Psychopathe, il m'a expliqué que ça veut dire que je suis un bagarreur et que je b... — pardon, mesdames — que je manifeste une ardeur sexuelle exagérée. C'est l'expression qu'il a employée. Est-ce que c'est très grave, docteur ? »

En demandant ça, il a l'air d'un petit garçon inquiet et son visage buriné respire une anxiété telle que le docteur est obligé de baisser la tête pour dissimuler un nouveau gloussement. Ses lorgnons glissent et tombent droit dans sa poche. Cette fois, tous les Aigus, et même quelques Chroniques sourient également.

« Je parle de cette ardeur exagérée. Vous, vous n'avez jamais eu d'ennui de ce côté, docteur ? »

Le docteur s'essuie les yeux.

« Non, monsieur McMurphy, je dois l'avouer : je n'ai pas connu ce genre d'ennuis. Toutefois, je remarque que le médecin du pénitencier a ajouté une appréciation qui ne manque pas d'intérêt : « Ne pas « négliger l'éventualité que le sujet simule pour « échapper à un travail pénible. »

Il dévisage McMurphy.

« Alors, qu'en pensez-vous, monsieur McMurphy ? »

L'interpellé se redresse de toute sa taille ; le front plissé, les bras écartés, il est l'image même de la sincérité et de la bonne foi.

« Docteur... Docteur ! Ai-je l'air d'un homme qui a toute sa raison ? »

Le docteur a tellement de mal à retenir son hilarité qu'il ne peut proférer un son. McMurphy pivote sur ses talons et se plante devant la Chef.

« Hein ? En ai-je l'air ? »

Au lieu de répondre, elle se lève, reprend la chemise et la range dans la corbeille, sous sa montre.

« Docteur, dit-elle en se rasseyant, docteur, vous devriez peut-être mettre M. McMurry au courant des règles qui régissent nos réunions.

— Je ne vous ai pas parlé de mon oncle Hallahan et de la bonne femme qui écorchait son nom, m'dame ? »

Elle le considère longuement. Sans sourire. Elle a le don de passer à son gré du sourire à n'importe quelle mimique selon l'impression qu'elle veut donner aux gens. Mais cela ne fait aucune différence : c'est toujours une expression calculée, mécanique, un moyen destiné à parvenir à ses fins.

« Je vous demande pardon, monsieur Mac-Murphy, dit-elle enfin. Docteur, si vous vouliez bien expliquer... »

Le docteur joint les mains et se renverse en arrière.

« Oui. Et je pense que, pendant que nous y sommes, je devrais exposer toute la théorie de notre

Collectif thérapeutique, bien que je réserve d'habitude cela pour plus tard. Oui. C'est une bonne idée, Miss Ratched, une excellente idée.

— La théorie aussi, docteur, certainement, mais j'ai en tête la règle qui exige des patients qu'ils restent assis pendant la durée de la réunion.

— Bien sûr ! Bien sûr ! Je parlerai ensuite de la théorie. Monsieur McMurphy, une des premières choses est que les patients restent assis pendant la durée de la réunion. Voyez-vous, c'est de cette façon seulement que nous pouvons maintenir l'ordre.

— Evidemment, docteur. Je me suis levé rien que pour vous faire voir cette chose dans mon livret. »

Il regagne son siège, s'étire longuement en bâillant et s'agite encore un moment comme un lion qui se prépare à se coucher. Une fois confortablement installé, il lève les yeux sur le docteur et attend.

« La théorie, donc... »

Le docteur respire un bon coup avec satisfaction.

« Pute de femme », déclare Ruckly.

La main en cornet devant la bouche, McMurphy demande d'une voix basse et rocailleuse qui porte à l'autre bout de la salle :

« La femme à qui ? »

Martini relève brusquement la tête et écarquille les yeux :

« Ouais. La femme à qui ? Oh ! Elle ? Ouais, je la vois là. Ouais !

— Je donnerais gros pour avoir les yeux de ce gars », murmure McMurphy.

Il ne soufflera plus mot jusqu'à la fin de la réunion, immobile, le regard vigilant, attentif à tout ce qui se passe, à tout ce qui se dit.

Le docteur développe sa théorie jusqu'à ce que la Chef, trouvant que cela a assez duré, l'interrompe pour que l'on en revienne à Harding, qui fera les frais du reste de la réunion.

A deux ou trois reprises, McMurphy s'est avancé sur le bord de son siège comme s'il voulait intervenir, mais il s'en est abstenu et s'est, chaque fois, renversé en arrière. Une expression d'étonnement s'est peu à peu peinte sur ses traits. Il découvre qu'il se passe ici quelque chose de bizarre mais n'arrive pas à mettre le doigt dessus. Ainsi, il était sûr qu'en demandant à Ruckly : « La femme à qui ? », il déchaînerait l'hilarité générale. Or, personne n'a ri. L'air de la maison est tellement comprimé par les murs qu'il n'y a pas de place pour le rire. C'est anormal cet endroit où les gens se retiennent de rire ; c'est insolite, cette façon qu'ils ont tous de ployer l'échine devant cette mémère souriante et enfarinée, aux lèvres trop rouges et aux nichons trop gros ; et McMurphy se dit qu'il est préférable d'attendre un peu pour se rendre compte de ce qui se passe dans ces lieux avant d'entrer dans la danse. C'est une bonne règle pour un joueur à la hauteur d'observer un moment la partie avant de s'y lancer.

La théorie du Collectif thérapeutique, je l'ai entendue si souvent ressassée que je pourrais la répéter par cœur à l'endroit et à l'envers : il faut apprendre à s'intégrer à un groupe avant d'être capable de prendre sa place normale dans la société ; le groupe aide les types en leur montrant où le bât les blesse ; c'est la société qui décide qui est sain d'esprit et qui ne l'est pas, ce qui nous oblige à nous surpasser — et toute la lyre. Chaque fois qu'un nouveau est admis, le docteur saute dans sa théorie à pieds joints. C'est à peu près le seul cas où il prend les choses en main et conduit la réunion. Le Collectif thérapeutique, explique-t-il, vise à promouvoir un fonctionnement démocratique du service qui, entièrement dirigé par

70

les malades eux-mêmes conformément à leurs votes, se consacrera à remettre en circulation des citoyens dignes de ce nom.

Toutes nos petites contrariétés, tous nos griefs, tout ce qu'on souhaite voir changer, dit-il, il faut le déballer devant le groupe et en discuter au lieu de le garder au fond de soi. On ne se sent d'ailleurs à l'aise dans le milieu où l'on vit que dans la mesure où l'on peut débattre librement des problèmes affectifs qui se posent en présence des patients et du personnel médical. Parlez, discutez, confessez-vous. Et si, au cours d'une conversation banale, un ami lâche quelque aveu, notez-le dans le cahier. Ce n'est pas du « mouchardage », comme on dit dans les films : c'est une aide que vous apportez à votre camarade. Ramenez les vieux péchés à la surface, à la vue de tous, pour les effacer. Et participez à la Discussion Collective. Sondez les secrets de votre subconscient, aidez vos amis à le faire. Il ne doit pas y avoir de secrets entre amis.

Notre but, conclut-il généralement, est d'arriver à ce que notre communauté ressemble d'aussi près que possible au milieu démocratique et libre qu'est votre voisinage, à un petit monde clos qui soit la réduction du vaste monde extérieur où, un jour, vous reprendrez votre place.

Peut-être a-t-il encore quelque chose à dire, mais, d'habitude, quand il en arrive à peu près là, l'infirmière-major lui impose silence et, profitant du temps mort, le vieux Pete se lève ; sa tête, qui évoque une marmite bosselée, oscillant de gauche à droite, il se plaint à tous les échos de sa fatigue. Elle charge alors quelqu'un de le faire taire lui aussi afin que la réunion puisse se poursuivre, ce qui est le plus souvent le cas.

Une fois — la seule dont je me souvienne —, c'était il y a quatre ou cinq ans, les choses prirent une autre

71

tournure. Le docteur avait fini de pérorer et la Chef avait immédiatement ouvert la discussion : « Bien. Exhumons ces vieux secrets. Qui va commencer ? » Et elle avait plongé tous les Aigus dans un véritable état de transe en conservant le silence pendant les vingt minutes qui suivirent, attendant avec le calme d'un réveille-matin prêt à se déclencher que quel-qu'un se décidât à s'engager dans la voie de l'auto-confession. Son regard balayait l'assistance d'un mouvement régulier de phare. Vingt minutes durant, la salle demeura figée dans son mutisme : les patients étaient immobiles et hébétés. Ce laps de temps écoulé, elle regarda sa montre :

« Dois-je comprendre que personne n'a jamais commis d'actes répréhensibles qu'il n'a jamais avoués ? » demanda-t-elle. Et, saisissant le cahier, elle enchaîna : « Faut-il revenir sur le passé ? »

Cela mit quelque chose en marche, quelque engin acoustique scellé dans les murs et préparé de façon à entrer en action à l'instant même où la question devait être posée. Les Aigus se raidirent, leurs bou-ches s'ouvrirent à l'unisson et tous les regards se bra-quèrent sur le dernier de la file.

Les lèvres de l'homme frémirent :

« J'ai volé la caisse d'une station-service. »

Elle regarda le suivant.

« J'ai essayé de coucher avec ma sœur. »

Ses yeux se posèrent sur le troisième. Ils oscillaient de haut en bas comme les œufs sur un jet d'eau dans un stand de tir, à la foire.

« Je... une fois... J'ai voulu coucher avec mon frère.

— J'ai tué mon chat quand j'avais six ans. Par-donnez-moi, mon Dieu ! Je l'ai tué à coups de pierres et j'ai dit que c'était la voisine.

— J'ai menti en disant que j'ai essayé de coucher avec ma sœur : j'ai couché avec elle !

— Moi aussi ! Moi aussi ! »

72

— Et moi ! Et moi ! »

Cela dépassait ses rêves. Chacun criait plus fort que l'autre, allait de plus en plus loin. Ils ne parvenaient plus à s'arrêter de clamer à cor et à cri des choses qui les empêchaient à tout jamais de se regarder les yeux dans les yeux. La Chef opinait du bonnet à chaque nouvel aveu. Oui, oui, disait-elle.

Alors, le vieux Pete s'est levé.

« Je suis fatigué », hurla-t-il à pleins poumons d'une voix rageuse que nul ne lui avait encore entendue.

Tout le monde se tut, vaguement honteux. C'était comme si quelqu'un avait brusquement dit une chose vraie, importante, à côté de quoi leurs vociférations présentes étaient avilissantes. La Chef était furieuse. Ses yeux pivotaient dans tous les sens. Son regard étincelant se posa sur Pete tandis que son sourire s'effaçait. Tout allait pourtant si bien !

« Que l'on s'occupe de ce pauvre M. Bancini. »

Deux ou trois malades s'efforcèrent de l'apaiser en lui tapotant l'épaule. Mais Pete ne voulait rien savoir : il continuait de protester de sa lassitude à tous les échos. En définitive, elle dut envoyer chercher un moricaud pour l'expulser par la force. Mais elle oubliait que ses aides étaient impuissants contre des gens comme le vieux Pete.

Pete était déjà un Chronique congénital, bien qu'il eût dépassé la cinquantaine, quand il fut admis à l'hôpital. Il y a deux dépressions profondes de part et d'autre de son crâne. C'est la marque des fers qu'il avait fallu utiliser pour l'accouchement. En sortant du sein de sa mère, Pete avait regardé ; il avait vu l'appareillage de délivrance qui l'attendait et confusément compris qu'il naissait. Dans un sursaut de refus, il s'était agrippé à tout ce qui se trouvait à sa portée. Le docteur l'avait rattrapé ; il lui avait pris la tête entre les branches de glace ternie de ses pinces et l'avait arraché à la matrice en se figurant que tout allait pour le mieux. Mais la tête de Pete, trop neuve, était molle comme de l'argile. Quand elle s'est durcie, la marque des fers est restée. Voilà pourquoi Pete est resté un demeuré, au point qu'il lui faut d'extraordinaires efforts de concentration et une volonté farouche pour accomplir ce que fait un enfant de six ans en se jouant. Mais cette simplicité a son avantage : le Système n'a pas prise sur lui. Ils ne sont pas parvenus à le laminer suffisamment pour qu'il passe dans la filière et ils lui ont confié un travail facile aux chemins de fer : tout ce qu'il avait à faire, c'était de rester assis dans une petite cabane de bardeaux perdue au milieu des bois, près d'un aiguillage isolé ; là, il agitait une lanterne rouge ou verte au passage des trains selon que l'aiguillage était dans une direction ou dans une autre, une jaune s'il y avait un second convoi quelque part en aval. Et Pete, tout seul devant son aiguillage, faisait ce qu'il y avait à faire en y mettant un acharnement, une énergie qu'ils n'ont jamais réussi à saper... On ne lui a pas installé de contrôles dans la tête.

Voilà pourquoi le moricaud était sans pouvoir sur lui. Mais il n'y songeait pas plus que l'infirmière lorsqu'elle avait donné l'ordre de faire évacuer Pete. Le négro s'avança, lui donna une bourrade comme on en flanque à un cheval pour qu'il tourne.

« Allez... Ça va comme ça. Rentrez au dortoir. Vous embêtez tout le monde. »

Pete dégagea son bras.

« Je suis fatigué, fatigué...

— V'nez mon vieux ! Arrêtez de semer la pagaille. On va monter se coucher comme un bon garçon...

— ...fatigué !

— J'ai dit : au dortoir, mon vieux. »

Le moricaud lui donna une autre bourrade. La tête de Pete cessa de se balancer. Il s'est dressé de tout son haut, bien carré sur ses jambes, et une lueur s'était allumée dans son regard. D'habitude, il a les yeux à moitié fermés et tout brouillés comme s'ils étaient remplis de lait mais, à présent, ils brillaient, bleus comme du néon. Le personnel et presque tous les malades discutaient par petits groupes et personne ne prêtait attention au vieux et à son éternel refrain sur sa fatigue, s'imaginant qu'il s'était calmé comme à l'accoutumée et que la réunion allait reprendre. Ils ne virent pas que, au bout de son bras qui montait et descendait, sa main s'ouvrait et se fermait en grossissant de plus en plus. J'ai été le seul à le remarquer. Je l'ai vue se gonfler, se crisper, filer sous mes yeux, devenir lisse et dure, se transformer en un boulet de fer rouillé oscillant après une chaîne. Je la regardais et j'attendais. Le moricaud l'a encore bousculé pour lui faire prendre la direction du dortoir.

« Mon vieux, je vous répète qu'il faut... »

Il a vu la main de Pete. Il essaya de l'éviter en murmurant : « Vous êtes un brave garçon », mais il s'écarta un tout petit peu trop tard. Le boulet partit, projetant le moricaud contre le mur où il resta plaqué un instant avant de glisser et de s'effondrer comme si le plancher était recouvert de graisse. J'ai entendu sauter les lampes scellées dans la cloison. Le plâtre s'est fendillé, dessinant la sihouette de l'homme à l'endroit où il avait percuté la cloison.

La stupéfaction cloua sur place les deux autres négros, le nabot et le malabar, mais, au claquement de doigts de la Chef, ils s'ébranlèrent soudain dans un mouvement reptilien. Le petit semblait être l'image en réduction de son compagnon reflétée par un miroir concave. Ils étaient presque arrivés à la hauteur de Pete quand ils se rendirent compte de ce que leur acolyte aurait dû savoir : Pete n'était pas en prise comme nous autres ; lui donner un ordre, le bousculer ne le ferait pas bouger d'un pouce. Pour l'avoir, il fallait agir comme pour s'emparer d'un ours ou d'un taureau furieux, mais la vue de leur collègue, étendu raide sur le sol, leur ôtait l'envie de jouer les audacieux.

La prise de conscience leur vint à tous deux en même temps et les arrêta net, le gros et son image réduite, figés exactement dans la même attitude : le pied gauche en avant, la main droite étendue, à mi-chemin de Pete et de la Chef. Le boulet de fer se balançait devant eux et, derrière eux, vibrait la colère blanche de l'infirmière ; ils transpiraient, de la fumée montait de leur corps et j'entendais grincer leurs rouages. La confusion où ils étaient jetés les faisait se tordre sous mes yeux. On aurait dit des machines fonçant à plein régime et dont on aurait soudain bloqué les freins à mort.

Pete, au milieu de la pièce, continuait de balancer le boulet dont le poids le pliait en deux. A présent, tout le monde le regardait. Son regard allait du grand moricaud au petit et, quand il eut compris qu'ils ne s'approcheraient pas, il se tourna vers les malades :

« C'est bête, c'est bête... »

La Chef s'était levée. Sa main s'avança vers le sac en osier appuyé contre la porte.

« Oui, monsieur Bancini, oui, fit-elle de sa voix la plus mélodieuse. Maintenant, calmez-vous...

— Une bêtise, rien qu'une bêtise. »

Le timbre de Pete avait perdu son éclat ; il était à présent tendu, angoissé, comme s'il ne lui restait plus guère de temps pour dire ce qu'il avait à dire.

« J'y peux rien, j'y peux rien, v'comprenez ? Je suis mort-né. Vous, pas. Vous êtes pas morts-nés. Ah ! Ç'a été dur. »

Il se mit à pleurer, incapable de former ses mots. Sa bouche s'ouvrait et se fermait mais il n'arrivait plus à faire de phrases. Il secoua la tête pour éclairer ses idées et regarder les Aigus en cillant.

76

« Ah !... Je... vous... dis... Je vous dis... »

Son corps s'affaissa ; le boulet de fer se contracta, redevint une main creusée en forme de coupe qu'il tendait devant lui comme pour faire une offrande aux autres

« J'peux rien y faire. J'suis une fausse couche. J'ai subi tant d'insultes que j'en suis mort. Mort à ma naissance. J'peux rien y faire. J'suis fatigué. A bout de résistance. Vous, vous avez des chances... Tant d'affronts, j'ai eus. Vous, ça a été facile. J'suis mort-né et la vie a été dure. J'suis fatigué. De parler. D'être debout. J'suis mort il y a cinquante ans. »

L'infirmière lui a fait une piqûre en pleine salle à travers ses vêtements et elle s'est éloignée sans retirer l'aiguille, qui sortait de son pantalon, comme une petite queue de verre et d'acier. Le vieux Pete s'affaissait toujours davantage. Pas à cause de la piqûre : à cause de l'effort. Les deux minutes précédentes l'avaient complètement, définitivement brisé. Rien qu'à le regarder, on comprenait qu'il était cassé.

En fait, la piqûre était totalement superflue. Il s'est remis à branler du chef et ses yeux étaient à nouveau laiteux. Lorsque l'infirmière est revenue récupérer sa seringue, Pete s'est tellement penché en avant que ses larmes tombaient directement sur le sol, sans même lui mouiller les joues. Sa tête oscillait, ses larmes giclaient, giclaient en formant une large traînée régulière comme s'il les semait. Il n'a pas bronché quand elle a retiré l'aiguille.

Il était revenu à la vie l'espace d'une minute pour nous dire quelque chose, quelque chose à quoi nul ne s'est soucié de prêter l'oreille, que nul n'a essayé de comprendre, et l'effort l'avait vidé de sa substance. Cette piqûre, on aurait aussi bien pu la faire à un mort : pas de cœur pour pomper la médecine, pas de veine pour l'amener jusqu'à la tête, pas de cervelle dans cette tête pour que le poison y portât sa gangrène. Oui : la Chef aurait tout aussi bien pu piquer un cadavre racorni.

« J'suis... fatigué...

— Bien. Si ces deux garçons ont assez de courage, je pense que M. Bancini va aller se coucher comme un bon garçon.

— ... Terriblement fatigué.

— Williams revient à lui, docteur. Voudriez-vous vous en occuper ? Sa montre lui a coupé le bras quand elle s'est cassée. »

Pete n'a jamais cherché à recommencer. Et jamais il ne le fera. Maintenant, quand il fait la comédie durant une réunion et qu'on essaie de le calmer, il s'apaise toujours. Il persiste à se lever de temps en temps en branlant la tête, à nous dire qu'il est fatigué, mais ce n'est plus ni une réclamation, ni une excuse, ni une mise en garde. Cela, c'est fini. Il est pareil à une vieille horloge qui n'indique plus l'heure qu'il est mais qui ne s'arrête pas non plus, une horloge aux aiguilles faussées, au cadran aveugle, dont la sonnerie rouillée demeure silencieuse, une vieille horloge sans valeur continuant à émettre son tic-tac et à coucouler sans que cela ne veuille plus rien dire.

A deux heures, le groupe est toujours en train de s'acharner après le malheureux Harding. C'est le moment où le docteur Spivey commence à se tortiller sur son siège. Il n'est à son aise dans ce genre de réunion que lorsqu'il parle de sa théorie et il préférerait être dans son bureau à dessiner des graphiques.

Il s'agite donc, et, finalement, s'éclaircit la gorge. L'infirmière consulte alors sa montre et donne l'ordre de remettre les tables à leur place ; la discussion reprendra demain. Les Aigus, sortant soudain de leur transe, jettent un bref coup d'œil en direction de Harding. Ils sont rouges d'humiliation comme s'ils venaient de prendre conscience qu'ils ont été joués une fois de plus. Les uns vont chercher les tables à l'hydrothérapie, les autres traînaillent autour du porte-magazines en affectant d'éprouver le plus vif intérêt pour les vieux numéros de *McCall's* [1] mais, en réalité, ce qu'ils veulent, c'est éviter Harding. On les a amenés à cuisiner un ami comme un criminel ; ils étaient tout à la fois accusateurs, juges et jurés. Pendant quarante-cinq minutes, ils ont déchiré un homme, presque en y prenant plaisir, sous le feu roulant des questions : Qu'y a-t-il en lui, à son avis, qui déplaît à la petite dame ? Pourquoi affirme-t-il avec tant de vigueur qu'il n'y a jamais rien eu entre elle et quelqu'un d'autre ? Comment peut-il espérer s'en sortir s'il ne répond pas franchement ? Ils l'ont bombardé de questions, d'insinuations : maintenant, ils sont gênés et se tiennent à l'écart de leur victime pour ne pas l'être plus encore.

McMurphy observe la scène dont rien ne lui échappe. Il est resté assis et il a à nouveau l'air étonné. Pendant un moment encore, passant distraitement son jeu de cartes sur son menton mal rasé hérissé d'une barbe rousse, il contemple les malades. Enfin, il s'extrait de son fauteuil, bâille, s'étire, se gratte le nombril avec le coin d'une carte ; puis, fourrant le jeu dans sa poche, il s'avance vers la chaise où, solitaire, Harding en sueur est affalé.

McMurphy l'observe une minute. Sa poigne massive s'abat sur le dossier d'un siège proche qu'il fait pivoter et sur lequel il s'installe à califourchon comme s'il s'agissait d'un petit cheval. Harding n'a rien remarqué. Le rouquin se fouille, sort une cigarette qu'il allume. Il la tient devant lui, fronce les sourcils en en considérant le bout et régularise la combustion d'un coup de pouce préalablement mouillé de salive.

---

1. Revue féminine populaire. *N.D.T.*

Aucun des deux hommes ne paraît prêter attention à l'autre. Je suis moi-même incapable de dire si Harding s'est aperçu de la présence de McMurphy. Il creuse ses épaules qui l'enveloppent presque à la manière de deux ailes vertes. Assis très droit sur le bord de son siège, les mains serrées entre les genoux, il regarde fixement devant lui tandis qu'un léger fredonnement s'échappe de ses lèvres. Il essaie d'avoir l'air calme mais se mord les joues, ce qui lui donne un curieux sourire de tête de mort, un sourire qui n'a rien de serein.

McMurphy fiche sa cigarette entre ses dents, pose ses mains croisées sur le dossier de la chaise et y appuie son menton en fermant un œil à cause de la fumée. Son autre œil se pose un instant sur Harding. Puis il se met à parler avec cette cigarette collée à ses lèvres qui se balance de haut en bas.

« Dis donc, gars, c'est comme ça que ça se passe d'habitude, vos réunions ?

— D'habitude ? »

Le fredonnement s'interrompt. Harding cesse de se mordiller les joues. Mais ses yeux restent toujours braqués sur un point au-delà de l'épaule de McMurphy.

« C'est ça, la procédure habituelle de ces petites sauteries de thérapeutique collective ? Le rentre-dedans à coups de bec ? »

Harding tourne vivement la tête et son regard croise celui de McMurphy. On dirait qu'il vient de découvrir que quelqu'un lui fait face. Son visage se plisse au milieu, là où il recommence à se mordre les joues, et ça fait comme s'il riait. Ses épaules se redressent, se projettent vers le dossier et il s'efforce de paraître détendu.

« A coups de bec ? J'ai bien peur de ne pas saisir votre étrange patois, l'ami. Je ne vois pas du tout de quoi vous parlez.

« — Eh bien, je m'en vais t'expliquer. »

McMurphy a baissé la voix. Bien qu'il ne regarde pas les Aigus qui l'écoutent derrière son dos, c'est à eux qu'il s'adresse.

« Dans une basse-cour, quand les poules aperçoivent un poulet taché de sang, elles fondent sur lui en rangs serrés et le lardent de coups de bec jusqu'à ce qu'il soit réduit en charpie, jusqu'à ce qu'il ne soit plus qu'une masse d'os et de plumes sanguinolente. Mais en général, il y en a toujours une ou deux que le sang éclabousse : alors, c'est à leur tour. Et puis, il y en a de nouvelles qui sont souillées et que les volailles en furie massacrent, et d'autres encore, toujours d'autres. En l'espace de quelques heures, le poulailler tout entier peut y passer, mon pote, je l'ai déjà vu. Et c'est pas beau à voir. La seule façon d'empêcher cela, chez les poules en tout cas, c'est de leur bander les yeux. »

Enlaçant son genou de ses doigts effilés, Harding se renverse en arrière.

« Une partie de becs... L'image est jolie...

— C'est exactement à quoi me fait penser cette réunion, mon pote, si tu veux savoir. Ça m'a rappelé une bande de saloperies de poules.

— Et le poulet à la tache de sang, c'était moi ?

— Tout juste. »

Ils continuent à se regarder en souriant, mais leurs voix sont devenues si basses, si tendues, que je m'approche avec mon balai pour pouvoir entendre. Les autres en font autant.

« Tu veux que je te dise encore autre chose, mon pote ? Tu veux que je te dise qui c'est qui a donné le premier coup de bec ? »

Harding attend la suite.

« Eh bien, c'est cette infirmière. »

Un gémissement de peur vibre dans le silence. J'entends les machines, à l'intérieur des murs, qui l'enregistrent, puis repartent. Harding s'efforce de conserver son calme mais il a du mal à garder ses mains immobiles.

« Comme c'est simple ! Ridicule de simplicité ! Vous êtes ici depuis quelques heures et vous avez déjà réduit toute l'œuvre de Freud, de Jung et de Maxwell Jones en une image qui, à elle seule, la résume : une bagarre de basse-cour !

— Ce n'est ni de Freud Young ni de Maxwell Jones que je cause, mon pote, mais de cette gironde petite réunion, de ce que cette infirmière et les autres corniauds t'ont fait subir. Et en y mettant le paquet, encore !

— M'ont fait subir ? A moi ?

— Dame ! Ça, ils t'ont pas loupé ! J'sais pas ce que t'as fabriqué pour te faire autant d'ennemis mais comme déshabillage, c'était réussi.

— Incroyable ! Il y a toutefois un détail dont vous faites bon marché : ce qui s'est passé tout à l'heure, c'était pour mon bien. Les questions posées par Miss Ratched et tous les autres, les discussions soulevées avaient à la base des raisons strictement thérapeutiques. Vous n'avez pas dû écouter un mot de l'exposé du docteur Spivey sur la théorie du Collectif thérapeutique. Ou alors, c'est que vous n'avez pas assez d'instruction pour l'avoir compris. Vous me décevez, mon ami, vous me décevez beaucoup. Lors de notre entrée en contact, ce matin, je vous avais cru plus intelligent. J'ai pensé que vous étiez peut-être un bouseux ignorant et certainement un tranche-montagne aussi sensible qu'une volaille mais que, fondamentalement, vous étiez au moins intelligent. Je suis habituellement perspicace et intuitif mais il m'arrive quand même de me tromper.

— Va te faire foutre, mon pote !

— C'est vrai ! J'ai oublié d'ajouter que j'avais également été frappé par votre brutalité de primitif. Un psychopathe à tendances franchement sadiques, probablement motivées par un égocentrisme aveugle. Oui. Ces talents naturels font évidemment de vous un clinicien compétent et vous donnent bien entendu la capacité requise pour critiquer les méthodes de Miss Ratched, en dépit du fait qu'avec vingt années de pratique derrière elle, elle est considérée comme une infirmière psychiatrique hautement qualifiée. Je suis certain que vos dons vous permettraient d'opérer des miracles dans le domaine du subconscient, d'apaiser l'id tourmenté et de calmer le superego déchiré. Vous pourriez probablement guérir tout le monde dans le service, y compris les Légumes, en six mois par un de plus, m'sieu, dames — guéris ou remboursés ! »

McMurphy, dédaignant de relever le sarcasme, continue de dévisager Harding. Enfin, il lui demande d'une voix égale :

« Tu crois vraiment que les conneries de tout à l'heure vous guérissent ? Qu'elles vous font du bien ?

— Mais pour quelle autre raison nous soumettrions-nous à ce traitement, mon cher ? L'équipe médicale souhaite notre guérison autant que nous la souhaitons nous-mêmes. Ces gens-là ne sont pas des monstres. Peut-être Miss Ratched est-elle une personne un peu sévère : en tout cas, ce n'est pas je ne sais quel ogre de poulailler n'ayant d'autre but que de nous crever sadiquement les yeux à coups de bec. Pouvez-vous la croire capable de cela, voyons ?

— De cela ? Oh ! non, mon pote ! C'est pas après vos yeux qu'elle en a. C'est pas ça qu'elle cherche à vous arracher. »

Harding a un mouvement de recul. Ses mains commencent à se glisser hors de l'étau de ses genoux serrés — deux blanches araignées qui surgissent entre deux branches couvertes de mousse après lesquelles elles grimpent en direction de l'enfourchure du tronc...

« Si ce n'est pas nos yeux qui l'intéressent, dites-moi donc, je vous prie, ce que Miss Ratched veut nous arracher ? »

McMurphy se met à rire.

« Allons ! Comme si tu ne le savais pas, mon pote !

— Bien sûr que je ne le sais pas ! Je veux dire que si vous insin...

— C'est tes couilles qu'elle veut t'arracher, bonhomme, tes couilles bien-aimées... »

Les araignées sont arrivées à l'enfourchure et, frémissantes, s'y rencognent. Harding essaie de ricaner mais son visage, mais ses lèvres sont si blêmes que la tentative avorte. Il dévisage McMurphy qui crache son mégot et répète :

« Directo aux couilles. Non, c'est pas un ogre de basse-cour, mon pote : c'est une croqueuse de couilles — voilà tout ! Des comme ça, j'en ai connu en pagaille, des jeunes et des vieilles, des hommes et des femmes. Il y en a dans tous les pays, dans toutes les maisons, des gens qui cherchent à t'écraser pour que tu dises amen, le petit doigt sur la couture du pantalon, pour que tu te soumettes à leurs règles, pour que tu vives comme ils l'entendent. Pour arriver à ça, pour qu'on courbe l'échine, le mieux c'est d'attaquer là où ça fait le plus mal. T'as déjà encaissé un coup de genou dans les couilles pendant une bagarre, mon pote ? Ça t'arrête net, ça ! Y a rien de pire. Ça te flanque en l'air, ça te pompe jusqu'à ta dernière bribe d'énergie. Si t'es en face d'un gars qui veut t'avoir, pas en étant plus fort mais te rendant plus faible, méfie-toi de son genou : c'est tes pendeloques qu'il cherchera. Voilà sa tactique, à l'autre vieille chouette : elle vise les parties. »

Harding est toujours aussi pâle mais il contrôle de nouveau ses mains qui voltigent mollement devant lui comme pour rejeter les paroles de McMurphy :

« Miss Ratched ? Cette femme que nous aimons, cet ange de miséricorde, si douce, si souriante — une « croqueuses de couilles » ? Voyons, mon ami ! Qu'est-ce que vous racontez là !

— Ça prend pas avec moi, le truc de la sainte mère, mon pote. Une mère ? Moi, je veux bien. Mais grosse comme une maison, la garce, et dure comme une lame. Le coup de la bonne maman, j'y ai cru pendant trois minutes en arrivant. Mais pas plus. Et je pense pas non plus qu'elle ait pu vraiment mystifier aucun d'entre vous pendant plus de six mois ou d'un an. Crénom, des garces, j'en ai connu quelques-unes mais c'est elle qui tient le pompon !

— Une garce ? Il y a un moment, c'était une croqueuse de couilles, après une chouette... ou une poule, non ? Vos métaphores se télescopent, mon bon ami !

— Laisse tomber ! C'est une garce et une vieille chouette et une croqueuse de couilles. Et me raconte pas de salades : tu sais parfaitement de quoi je parle ! »

Le visage et les mains de Harding remuent plus fiévreusement que jamais. Il se tortille, ricane, grimace, renifle à toute vitesse comme dans un film accéléré. Et plus il essaie de se maîtriser, plus la cadence s'emballe. Quand ses mains et son visage bougent ainsi librement, c'est vraiment joli à voir ; mais quand il lutte pour les immobiliser, il se transforme en une marionnette endiablée, qui danse sur un rythme saccadé. Ses contorsions se font de plus en plus rapides et, pour que sa voix soit en harmonie avec sa mimique, son débit devient hâtif, lui aussi.

« Eh bien, je vais vous dire une chose, mon cher McMurphy, mon camarade psychopathe : notre chère Miss Ratched est un ange de miséricorde, et je pèse mes mots. Tout le monde, vous entendez ? tout le monde le sait. Aussi généreuse que l'océan, elle se consacre au bien de tous jour après jour, cinq longs jours par semaine, sans en retirer profit. Pour cela, mon cher, il faut du cœur... D'ailleurs, j'ai appris — je n'ai pas le droit de divulguer mes sources d'information mais je puis dire que Martini est en contact avec les mêmes personnes pendant une bonne partie de son temps —, j'ai donc appris qu'elle sert encore l'humanité pendant ses week-ends à titre bénévole. Poussée par son esprit de charité, elle collecte des tas de choses — des conserves, du fromage, du savon — qu'elle distribue à de jeunes couples qui, financièrement parlant, traversent une mauvaise passe. »

De ses mains qui fendent l'air, Harding pétrit la scène qu'il décrit :

« Tenez... La voilà, notre infirmière... Un coup discret frappé à la porte. Le panier enrubanné. Les deux jeunes gens tellement transportés de joie qu'ils sont incapables de proférer un son. Le mari bouche bée. La femme qui pleure sans honte. Elle examine le logis d'un œil critique. Elle leur promet de leur faire parvenir de l'argent pour acheter... quoi donc ? mais de la poudre à récurer. Elle dépose le panier au milieu de la pièce. Et quand notre ange s'en va en envoyant à la ronde des baisers, en souriant d'un sourire éthéré, elle est tellement grisée par le lait de tendresse humaine que sécrète son vaste sein qu'elle ne se sent plus de générosité. Elle ne se sent plus, vous m'entendez ? Elle s'arrête devant la porte, prend la jeune épousée timide à l'écart et lui donne cinq dollars sur sa propre bourse : « Tenez, pauvre enfant « sous-alimentée. Avec cela, vous vous offrirez une « robe correcte. Je me rends bien compte que votre « mari est incapable de vous en payer une. Prenez cet « argent et achetez de quoi vous habiller. » Et voilà le jeune couple définitivement à la merci de la charité. »

Harding a parlé d'un débit de plus en plus pressé. Sur son cou, les tendons sont apparents. A ses paroles succède un silence total que meuble seulement un faible et régulier ronron de dévidoir que j'attribue au magnétophone qui a tout enregistré.

Voyant que tout le monde l'observe, il fait de son mieux pour éclater de rire mais le bruit qui s'échappe de sa bouche fait penser au crissement d'un clou que la tenaille extrait d'un madrier de pin vert. Il ne peut s'arrêter. Cet horrible son grinçant lui fait se tordre les mains, fermer les yeux. Mais il est incapable de réprimer ce rire qui devient toujours plus aigu. A bout de souffle, Harding cache son visage dans ses mains.

« Oh !... la putain, la putain, la putain », murmure-t-il entre ses dents.

Sans un mot, il accepte la cigarette que McMurphy lui tend. Il y a dans le regard du rouquin, qui n'a pas cessé de l'examiner, une sorte de surprise comme si le visage de Harding était le premier visage humain qu'il eût contemplé.

Les soubresauts de Harding s'apaisent ; sa figure quitte l'asile de ses mains.

« Vous avez raison, McMurphy. Raison sur toute la ligne. »

Il lève les yeux sur les autres patients qui l'observent.

« Nul n'a encore jamais osé tenir ce langage mais il n'y a personne ici qui n'ait pensé la même chose, qui n'ait éprouvé tout ce que vous éprouvez à propos d'elle et de toute cette comédie — qui ne l'ait éprouvé jusqu'au tréfonds de sa petite âme effarouchée. »

McMurphy fronce les sourcils.

« Et ce morveux de toubib ? Il n'a peut-être pas inventé l'eau chaude mais quand même ! Il devrait s'apercevoir de la façon dont elle prend les rênes en main et se rendre compte de ses micmacs. »

Harding tire longuement sur sa cigarette et laisse la fumée s'exhaler tandis qu'il parle :

« Le docteur Spivey en est exactement au même point que nous autres, McMurphy. Il a parfaitement conscience de ses insuffisances. C'est un petit lapin effrayé, désespéré, inefficace, totalement incapable de diriger le service sans l'aide de la chère Miss Ratched. Et il le sait. Pis encore : il sait qu'elle le sait, elle aussi, et elle ne rate pas une occasion de le lui rappeler. Chaque fois qu'elle remarque qu'il s'est trompé dans ses prévisions ou dans ses diagrammes, par exemple, je vous laisse imaginer comment elle lui enfonce le nez dans son erreur.

— C'est juste, dit Cheswick en s'approchant de McMurphy. Elle nous enfonce le nez dans nos erreurs.

— Pourquoi ne la flanque-t-il pas dehors ?

— Les engagements et les licenciements ne sont pas dans les attributions du docteur Spivey. Ce domaine est du ressort de l'intendance. Or, l'intendante est une vieille amie de Miss Ratched. Elles étaient infirmières militaires ensemble avant la guerre. Vous voyez en nous les victimes du matriarcat, mon cher McMurphy, et le docteur est tout aussi désarmé que nous autres. Il sait que la Ratched n'a qu'à décrocher le téléphone que vous voyez ici et à dire à l'intendante... je ne sais pas, moi... qu'il a fait de grosses demandes de demerol...

— Une seconde ! Je ne connais pas encore le jargon maison.

— Le demerol, mon cher, est un narcotique synthétique qui crée deux fois plus d'accoutumance que l'héroïne. Il est très fréquent que les médecins s'y adonnent.

— Non ? Ce petit foireux se drogue ?

— Je n'en sais fichtre rien.

— Pourtant, si elle l'accuse de...

— Mon cher ami, vous ne faites pas attention. Elle ne l'accuse absolument pas. Elle se contente tout bonnement d'insinuer. D'insinuer n'importe quoi, comprenez-vous ? Vous n'avez pas remarqué tout à l'heure ? Elle appelle quelqu'un au bureau ; l'homme se pointe devant la porte et elle lui demande pourquoi on a trouvé un kleenex sur son lit. C'est tout : rien qu'une question. Et, quoi qu'il réponde, le bonhomme a l'impression que c'est un mensonge. Prétend-il qu'il a nettoyé son stylo ? Elle dit : « Votre « stylo ? Je vois... » Affirme-t-il qu'il a un rhume ? Elle dit : « Un rhume ? Je vois... » Elle secoue sa coiffe immaculée, sourit de son petit sourire sans bavure et rentre dans le bureau tandis que le malheureux se demande ce qu'il a bien pu faire au juste avec ce kleenex. »

Harding recommence à trembler et ses épaules s'affaissent.

« Non, enchaîne-t-il, elle n'a pas besoin d'accuser. Elle a le génie de l'insinuation. Pendant la discussion, l'avez-vous entendue porter une accusation — une seule — contre moi ? Et pourtant, j'ai l'impression d'avoir été convaincu d'une multitude de crimes : de jalousie, de paranoïa, de n'avoir pas assez de virilité pour satisfaire ma femme, d'avoir eu des relations coupables avec des amis du sexe masculin, de tenir ma cigarette avec affectation, et même — c'est du moins ce qu'il me semble — de n'avoir rien d'autre entre les cuisses qu'une touffe de poils. Du duvet blond et bouclé par-dessus le marché ! Une croqueuse de couilles ? Mais vous la sous-estimez ! »

Brusquement il se tait et, se penchant en avant, il étreint la main de McMurphy. Sa figure, bizarrement asymétrique, marbrée de traînées, de déchiquetures violettes ou grises fait penser à une bouteille de vin fracassée.

« Le monde, mon cher, appartient aux forts. Le

rituel de notre existence a pour fondement ce principe : le fort devient plus fort en dévorant le faible. Il faut voir les choses telles qu'elles sont. Il n'est que légitime qu'il en aille ainsi et nous devons apprendre à voir dans cette règle l'expression d'une loi naturelle. Le lapin accepte de tenir le rôle que prévoit pour lui le rituel et il reconnaît que le loup est le plus fort. Pour se défendre, il devient timide, peureux ; il fuit, creuse des terriers au fond desquels il se cache quand le loup rôde dans les parages. Et il supporte son fardeau. Il sait quelle est la place à lui assignée. Et il y a bien peu de chance pour qu'il provoque le loup. Est-ce que ce serait sage, dites-moi ? Est-ce que ce serait sage ? »

Harding lâche la main de McMurphy, se carre sur son siège, jambes croisées, aspire une longue bouffée de fumée, ôte la cigarette fichée dans l'étroite lézarde de son sourire. Et repart de ce rire qui grince comme un clou qu'on arrache.

« Je ne suis pas une poule mais un lapin, ami McMurphy. Comme le docteur, comme Cheswick ici présent, comme Billy Bibbit. Tous, des lapins, des lapins d'âge différent, des lapins plus ou moins lapins, qui gambadons dans notre univers à la Walt Disney. Attention ! Ne vous méprenez pas : ce n'est pas parce que nous sommes des lapins que nous sommes ici — nous aurions été des lapins n'importe où — : nous sommes ici parce que nous ne nous adaptons pas à la lapinité. Nous avons besoin qu'un bon gros loup bien costaud, comme l'infirmière, nous enseigne où se trouve notre place.

— C'est des radotages de cinglés, tout ça ! Tu veux me faire croire que vous allez rester assis sur votre cul en laissant une bonne femme aux cheveux bleus vous faire croire à force de boniments que vous êtes des lapins ?

— Il ne s'agit pas de boniments. Je suis né lapin.

Regardez-moi. Tout ce dont j'ai besoin, c'est qu'elle me rende heureux d'être un lapin.

— Mais, crénom, t'es pas un lapin !

— Vous n'avez pas vu mes oreilles ? Mon nez qui remue ? Mon adorable petite couette ?

— Tu causes comme un dingo...

— Un dingo ? Finement observé.

— Bon Dieu, Harding, c'est pas ça que j'voulais dire ! C'est pas de cette façon que tu dérailles ! Je veux dire... Eh bien, j'ai été étonné de constater à quel point vous êtes sans d'esprit, tous autant que vous êtes. Pour autant que je puisse en juger, vous n'êtes pas plus fous que le trou du cul moyen qui se balade en liberté.

— Bien sûr... le trou du cul en liberté.

— Eh non ! Vous êtes pas fous comme les fous qu'on voit au cinéma. Vous êtes seulement sur la touche, vous êtes un peu...

— Un peu lapin ?

— Merde, ramène pas toujours cette histoire de lapins. Y en a pas, des lapins !

— Monsieur Bibbit, faites donc la cabriole pour montrer à M. McMurphy. Monsieur Cheswick, faites-lui voir comme votre fourrure est épaisse. »

Sous ses yeux, Bibbit et Cheswick se métamorphosent en lapins blancs, accroupis sur leur derrière. Mais ils ne font rien de ce qu'a ordonné Harding : ils ont trop honte.

« C'est qu'ils sont timides, McMurphy. Adorable, non ? A moins qu'ils soient gênés de s'être désolidarisés d'un ami. Peut-être se sentent-ils coupables de s'être laissés une fois de plus tromper et transformer en inquisiteurs. Remettez-vous, les enfants ! Vous n'avez aucune raison d'avoir honte. Tout est dans l'ordre. Ce n'est pas le rôle du lapin de faire cause commune avec ses amis. Ç'aurait été idiot. Vous avez agi sagement. Lâchement mais sagement.

— Ecoute, Harding...

— Non, Cheswick, non ! Ne te mets pas en colère : c'est la vérité.

— Ecoute... A une époque, je disais les mêmes choses que McMurphy à propos de la vieille.

— Oui. Mais avec beaucoup de sérénité. Et, ensuite, tu t'es rétracté. Toi aussi, tu es un lapin, n'essaie pas de tricher avec la réalité. C'est d'ailleurs pourquoi je ne te reproche pas de m'avoir cuisiné pendant la réunion. Tu jouais ton rôle, c'est tout. Si ç'avait été ton tour d'être sur le gril — toi, ou toi, Billy, ou toi, Frederickson — je vous aurais harcelé avec tout autant de cruauté. Notre comportement n'a pas à nous inspirer de honte : c'est comme ça que nous devons nous conduire, nous autres, les petites bestioles. »

McMurphy se retourne et considère le reste des Aigus de haut en bas.

« Je ne vois pas très bien de quoi ils pourraient avoir honte. Personnellement, la façon dont tout le monde s'est mis de son côté contre toi m'a paru dégueulasse. Pendant un instant, je me suis cru retourné dans un camp de prisonniers en Chine rouge...

— Ecoute, bon Dieu ! » s'exclame Cheswick.

McMurphy le regarde, l'air attentif, mais Cheswick ne va pas plus loin. Il ne va jamais plus loin. C'est le genre de type qui fait des tas de simagrées comme s'il allait en découdre pas plus tard que tout de suite ; il sonne la charge, il ne tient plus en place, il avance de deux pas... et puis, plus personne ! McMurphy, étonné de le voir rester coi après un départ si prometteur, murmure en s'adressant à lui-même :

« Ça ressemblait méchamment à un camp chinois... »

Harding lève les bras en signe de protestation.

« Non ! Non, ce n'est pas juste... Il ne faut pas nous condamner. Non ! En réalité... »

Je vois briller à nouveau une flamme narquoise dans son regard et je me demande s'il ne va pas encore éclater de rire. Mais non. Il décolle sa cigarette de ses lèvres et la pointe vers McMurphy. Elle est aussi blanche et aussi mince que ses propres doigts. On dirait que c'est un autre doigt qui crache de la fumée.

« Vous aussi, McMurphy ! Sous vos dehors de cowboy bravache, de dur à cuire, sous votre rudesse apparente, vous aussi, vous devez sans doute avoir une âme de petit lapin vulnérable comme nous autres.

— Tu parles ! Un garenne que je suis ! Hé, Harding, qu'est-ce qui fait de moi un lapin ? Mes tendances psychopathiques ? Mes tendances agressives ? Ou mes tendances de baiseur ? Ouais... Ça doit être mes tendances de baiseur. Pan-dans-le-troufignard-merci-madame... C'est sûrement à cause de ça que j'suis un lapin.

— Attendez ! Vous soulevez une question qui mérite examen. Les lapins se distinguent par certains traits caractéristiques. En fait, ils ont notoirement la réputation d'être très chauds pour le pan-dans-le-troufignard. Oui... Hum... N'importe comment, votre remarque est simplement l'indice que vous êtes un lapin sain de corps, un lapin fonctionnel et bien adapté alors que la plupart d'entre nous n'ont même pas les aptitudes sexuelles requises pour faire de nous des lapins dignes de ce nom. Des ratés : voilà ce que nous sommes. Des créatures faibles et débiles, les avortons d'une race de bestioles chétives. Des lapins sans pan-dans-le-troufignard. Pitoyable !

— Pas si vite ! Tu déformes ce que je dis...

— Non. Vous avez raison. Rappelez-vous : n'est-ce pas vous qui avez attiré notre attention sur l'endroit où l'infirmière-chef concentre ses coups de bec ? C'est vrai. Il n'y a personne ici qui n'ait peur de perdre — ou qui n'ait déjà perdu — son punch de la quéquette. De pauvres bestioles risibles, si débiles et si inadaptées que nous ne sommes même pas capables d'être des lapins virils. Ha ! Ha ! Nous sommes en quelque sorte les lapins de l'univers lapin ! »

Il se penche en avant, et ça y est : le rire que je guettais, ce rire tendu et grelottant, s'échappe de sa bouche ; ses mains voltigent en tous sens, son visage se révulse.

« Tu vas fermer ta gueule, oui ? »

Cela fait à Harding l'effet d'une gifle : il se tait, brusquement figé, la bouche silencieuse encore ouverte sur un rire muet, les mains ramant dans un nuage de fumée bleue. Il reste comme pétrifié pendant une seconde. Puis ses yeux se rétrécissent et ce ne sont plus que deux petites fentes d'où filtre un regard goguenard qui se pose sur McMurphy. Quand il reprend la parole, il parle si bas que je dois m'approcher jusqu'à sa chaise en feignant de balayer pour l'entendre.

« Vous... Vous êtes peut-être... un loup !

— Je ne suis pas un loup et tu n'es pas un lapin, nom de Dieu ! Mince ! Je n'ai jamais entendu pareilles...

— Votre façon de hurler rappelle beaucoup celle du loup. »

McMurphy soupire bruyamment et se tourne vers les patients qui l'entourent.

« Mais qu'est-ce que vous avez donc, les gars ? Vous êtes pas dingues au point de vous figurer être je ne sais quel animal. »

Cheswick s'avance vers lui.

« Non, dit-il. Pas moi, grâce à Dieu. Je ne suis pas un lapin.

— Bravo, Cheswick. Alors, les autres, réagissez, que diable ! Regardez-vous ! Vous vous montez le coup au point de vous débiner à toutes jambes, terrorisés par une bonne femme de cinquante ans. Allons ! Qu'est-ce qu'elle peut vous faire ?

— Oui... Qu'est-ce qu'elle peut nous faire, demande Cheswick en fixant sur les autres un regard enflammé.

— Elle ne peut pas vous fouetter, elle ne peut pas vous marquer au fer rouge, elle ne peut pas vous attacher au chevalet de torture. Il y a des lois contre ce genre de trucs aujourd'hui ! On n'est plus au Moyen Age. Non... Elle ne peut absolument rien faire...

— Vous av-v-v-vez vu ce qu'elle p-p-peut faire ! Tout à l'heure ! Pendant la r-r-réunion. »

Billy Bibbit a cessé d'être un lapin. Penché sur McMurphy, cramoisi, postillonnant, il essaie de continuer. Brusquement il fait demi-tour et s'éloigne.

« P-p-pas la peine ! J'devrais me t-t-tuer.

— Tout à l'heure ? l'interroge McMurphy. Qu'est-ce que j'ai vu pendant la réunion ? Elle a posé des questions, putain de moi. Et des chouettes, des faciles par-dessus le marché. Les questions, ça n'a jamais fait de mal à personne. C'est pas comme des coups de bâton ou des pierres. »

Billy se retourne :

« Mais c'est sa f-f-façon de les p-p-poser...

— On n'est pas forcé de répondre, non ?

— Si l'on ne répond p-p-pas, alors, elle sourit et elle le note dans son petit livre et puis elle... elle... Oh ! merde. Ne pas répondre, cela revient tout simplement à reconnaître que l'on est coupable. Le silence, c'est l'aveu. »

Scanlon vient à la rescousse du bègue :

« C'est comme ça qu'ils nous possèdent, les ordures. Y a rien à faire. Ou alors, faut faire sauter la cabane de haut en bas.

— Bon. Mais, quand elle vous interroge, pourquoi ne pas lui répondre d'aller se faire foutre ?

— Ouais, répète Cheswick en serrant son poing fermé, ouais... d'aller se faire foutre.

— Pourquoi ? Parce qu'elle répliquera aussi sec :
« Pour quelle raison cette question-ci suscite-t-elle
« tant d'émotion chez vous, monsieur McMurphy ? »

— Et alors ? Y a qu'à lui redire d'aller se faire
foutre. A elle et aux autres ! Ils ne vous ont pas
encore fait de mal, hein ? »

Les patients l'encerclent de plus près. Cette fois,
c'est Frederickson qui prend le relais.

« D'accord, tu le lui dis. Aussitôt, on t'étiquette
« agressif en puissance » et on t'embarque au pavillon
des Violents. Ça m'est arrivé. Trois fois. Là-bas, les
pauvres corniauds sont privés de la séance de ciné
du samedi. Et ils ont même pas la télé.

— De plus, mon bon ami, si vous continuez à
manifester des tendances aussi agressives, comme de
dire aux gens d'aller se faire foutre, vous êtes bon
pour la Casserole, sinon pour un traitement encore
plus grave : une opération, une...

— Crénom, Harding, je t'ai déjà dit que je ne pige
pas votre charabia.

— La Casserole, monsieur McMurphy, est le nom
que nous donnons dans notre jargon à l'électrochoc.
Un système qui tient de la pilule soporifique, de la
chaise électrique et du chevalet de torture. Une
intervention insignifiante, simple, rapide, presque
indolore tellement c'est vite fait, mais que personne
ne tient à subir deux fois. Jamais.

— Et ça fait quoi, ce truc ?

— On vous attache sur une table. En croix, ô
ironie ! Mais au lieu d'une couronne d'épines, on a
droit à une couronne d'étincelles. On vous touche les
tempes avec une électrode. Zip ! Cinq *cents* d'électricité vous traversent le cerveau et, d'un coup d'un
seul, vous voilà à la fois soigné et puni pour cette
hostilité qui vous pousse à envoyer les gens se faire
foutre. Pour finir, on reste dans le cirage de six à
soixante-douze heures selon les individus. Quand on

96

revient à la conscience, on est dans un état de confusion qui se prolonge pendant des jours ; on est incapable d'avoir une pensée cohérente, on ne se rappelle plus les choses. Un certain nombre de passages à la Casserole suffisent pour nettoyer complètement le sujet. Tenez, regardez Ellis, celui qui est contre le mur là-bas : à trente-cinq ans, c'est un gâteux qui fait dans son pantalon. Ou alors, on devient un simple organisme sans intelligence, tout juste capable de manger, d'éliminer et de crier « pute de femme » comme Ruckly. Voyez le Grand Chef Balai cramponné à son homonyme. »

Harding me désigne du bout de sa cigarette et je n'ai pas le temps de battre en retraite. Je continue de balayer comme si je n'avais rien remarqué.

« D'après ce que j'ai entendu dire, il a subi plus de deux cents électrochocs à l'époque où c'était la grande mode. Essayez d'imaginer l'effet que cela a pu avoir sur un homme qui commençait déjà à ne plus avoir la tête très solide. Regardez-le : Hercule changé en femme de ménage ! Le voilà, l'Américain-Qui-S'Eteint [1] : une machine à balayer ! Ça mesure deux mètres dix et ça a peur de son ombre ! Voilà, mon cher, avec quoi on peut vous terroriser. »

McMurphy m'examine un moment, puis se retourne vers Harding.

« Mais comment en êtes-vous arrivés à tolérer cela ? Alors, les salades sur la démocratie intérieure que le toubib m'a servies ? Pourquoi ne pas régler ça par un vote ? »

Harding sourit et tire sur sa cigarette.

« Un vote portant sur quoi ? Un vote pour demander que l'infirmière-chef cesse de nous interroger pendant les réunions du Collectif ? Qu'elle arrête de

---

1. VANISHING AMERICAN : nom donné populairement aux Indiens. *N.D.T.*

nous regarder — je dis bien : regarder — d'une certaine façon ? Expliquez-moi donc sur quoi vous voulez que nous votions, monsieur McMurphy.

— Je m'en fous ! Sur n'importe quoi ! Vous ne vous rendez donc pas compte qu'il faut faire quelque chose pour montrer que vous avez des tripes ? Que vous ne pouvez pas vous laisser posséder totalement par elle ? Regardez-vous un peu ! Le grand, dis-tu, a peur de son ombre ? Et vous ? Je n'ai encore jamais vu une bande de types aussi verts de trouille.

— Moi, j'ai pas la trouille, proteste Cheswick.

— Peut-être pas toi, mon pote. Mais les autres ont tellement la pétoche qu'ils n'osent même pas rigoler ! Ça m'a frappé quand je suis entré : personne ne riait. Si je vous disais que depuis que j'ai franchi cette porte, je n'ai pas entendu un vrai rire ? Et je vais te dire, mon vieux : un gars qui perd la faculté de rigoler, il perd aussi les pédales. Un gars qui se laisse écraser par une bonne femme jusqu'à ce qu'il ne puisse plus se marrer perd la plus solide de ses armes. Y a pas de problèmes : il commence automatiquement à se dire qu'elle est plus coriace que lui et...

— Ah ! Lapins, mes frères, je crois que l'ami McMurphy a mis le doigt dessus. Dites-moi donc, mon cher, comment un homme doit s'y prendre pour montrer à une femme qui est le patron — j'entends autrement qu'en se fichant d'elle ? Un personnage comme vous devrait être capable de nous l'expliquer. Pas en la frappant, n'est-ce pas ? Non, bien sûr ! Elle en appellerait à la justice. Pas en se mettant en colère et en l'enguirlandant : ce serait elle qui gagnerait ; elle essaierait de calmer le gros méchant : « C'est nous qui faisons faire tout ce bruit à ce petit « sossot ? » et elle se mettrait à ricaner. Avez-vous déjà essayé de conserver une mine empreinte d'un altier courroux quand on vous prodigue ce genre de consolations ? Non ! Il y a du vrai dans ce que vous avez dit : l'homme n'a qu'une seule arme vraiment efficace pour lutter contre le poids meurtrier du matriarcat moderne, mais ce n'est certainement pas le rire. Une seule arme, et à mesure que les années passent dans cette société-croupion où l'on dissèque les motivations, de plus en plus de gens découvrent comment désamorcer cette arme, comment conquérir ceux qui ont jusque-là été les conquérants...

— Mon Dieu, Harding, mais tu y viens !

— ... Et croyez-vous que, en dépit de vos pouvoirs psychopathiques reconnus, vous pourriez vous servir avec succès de votre arme contre notre champion, McMurphy, contre Miss Ratched ? Vous croyez que vous le pourrez jamais ? »

Et, en disant ces mots, il tend la main vers la cage de verre. Toutes les têtes pivotent. Elle est là, en train de nous observer à travers son carreau. Quelque part, hors de notre vue, est dissimulé un magnétophone qui enregistre tout ce que nous disons. Et, déjà, elle cherche comment tirer parti de cette matière, comment l'utiliser dans le cadre de l'action qu'elle s'est fixée.

Voyant que tout le monde la regarde, elle secoue le menton d'un air approbateur. Chacun détourne la tête. McMurphy ôte sa casquette et passe ses doigts dans sa tignasse cuivrée. Tous les regards sont braqués sur lui à présent ; les hommes guettent sa réponse — et il en est conscient. Il a l'impression d'être pris dans une espèce de piège. Il se lisse les cheveux, frotte la cicatrice de son nez.

« Eh bien, si tu me demandes si j'crois que je pourrais la sauter, cette vieille chouette, franchement... non.

— Elle n'est pas si moche que ça, McMurphy. Son visage est tout à fait gracieux et elle est encore bien conservée. De plus, elle a beau faire l'impossible pour le cacher sous son accoutrement asexué, on se rend compte qu'elle a une poitrine assez sensationnelle. Elle a dû être rudement jolie quand elle était jeune. Mais faisons une supposition *rien* que pour le plaisir de la discussion : pourriez-vous coucher avec elle, même si elle était jeune et si elle avait la beauté d'Hélène ?

— Je connais pas Hélène mais je vois où tu veux en venir. Et, bon Dieu, t'as raison : j'pourrais pas, même si elle était comme Marilyn Monroë.

— Et voilà : elle a gagné. »

Harding se penche en arrière. Chacun est à l'affût des mots que McMurphy va prononcer. Il sait qu'il est au pied du mur. Pendant une minute, il observe le cercle des visages tendus vers lui. Puis, haussant les épaules, il se lève.

« Après tout, c'est pas mes oignons.

— Très juste. Ce ne sont pas vos oignons.

— Et je n'ai aucune envie qu'une vieille enragée d'infirmière vienne me filer trois mille volts dans la peau. Pas si je n'ai rien à gagner dans l'affaire, sinon le risque.

— Vous avez raison. »

Harding est sorti vainqueur du débat mais personne n'a l'air particulièrement satisfait.

Je suis content que McMurphy se montre prudent en fin de compte et ne se fourre pas dans une histoire où il est battu d'avance, mais je sais bien ce que les gars éprouvent. Moi-même, je ne me sens pas tellement à la noce.

Il allume une autre cigarette. Personne n'a encore fait un mouvement. Ils attendent toujours, souriants, mal à l'aise. L'autre se gratte encore le nez, détourne les yeux de cette masse de visages tendus vers lui. Il regarde l'infirmière et se mord les lèvres.

« Dis donc... tu m'as bien dit qu'elle n'expédie personne dans l'autre pavillon tant qu'elle ne l'a pas fait sortir de ses gonds ? Tant qu'elle ne l'a pas fait craquer d'une façon ou d'une autre, tant qu'elle ne l'a pas poussé à l'injurier, à casser une fenêtre ou un truc du même genre ?

— Oui. Il faut faire quelque chose comme ça.

— Tu en es tout à fait sûr ? Parce que je suis justement en train d'avoir une vague idée d'une combine pour vous sécher sérieusement le morlingue, mes cocos. Seulement, je ne tiens pas à être le pigeon. Il m'a fallu un sacré bout de temps pour me faire la paire du pénitencier et j'ai aucune envie de troquer la poêle à frire pour le court-bouillon.

— J'en suis absolument sûr. Elle ne peut rien tant que vous-même ne faites pas quelque chose qui mérite le cabanon ou l'électrochoc. Si vous êtes assez costaud pour ne pas lui donner prise, elle est impuissante.

— Alors, si je fais gaffe, si je ne me mets pas en boule contre elle...

— Ni contre les infirmiers.

— ...ni contre les infirmiers, si je ne flanque pas la cambuse en l'air, il n'y a rien à craindre ?

— Non. Ce sont les règles du jeu. Mais, bien sûr, c'est toujours elle qui finit par l'emporter. Elle est invulnérable et, comme le temps travaille pour elle, elle possède tout le monde à la longue. C'est pour ça que l'hôpital la considère comme la meilleure infirmière et lui confère une telle autorité. Elle connaît à fond l'art d'amener au grand jour la libido tremblante...

— Ecrase avec ça ! Ce que je veux savoir, c'est si je peux essayer de la battre sans danger à son propre jeu. Si je m'amène la bouche en cœur et que je lui envoie des vannes en douce, elle ne montera pas sur ses grands chevaux ? Elle ne me fera pas électrocuter?

— Vous ne risquez rien tant que vous gardez votre

sang-froid. Si vous ne vous mettez pas en colère, si vous ne lui donnez pas un prétexte valable pour demander qu'on vous isole ou que vous profitiez des bienfaits thérapeutiques de l'électrochoc, vous n'avez rien à craindre. Seulement, cela nécessite d'abord et surtout de garder la tête froide. Alors... avec vos cheveux rouges et votre passé... A quoi bon vous leurrer ?

— Bien, bien, bien, murmure McMurphy en se frottant les mains. Tout cela me paraît assez convaincant. Je vais vous dire à quoi je pense. Si j'ai bien compris, vous avez, tous autant que vous êtes, l'impression qu'elle est imbattable ? Que cette bonne femme est absolument... comment t'as dit ?... invulnérable ? Ce qui m'intéresse, c'est de savoir combien y en a parmi vous qui en sont vraiment persuadés. Au point de parier un peu d'argent.

— Vraiment persuadés ?...

— Exactement ! Alors, les grandes gueules ? Qui veut empocher cinq dollars ? Je parie que je la posséderai dans les grandes largeurs. Et que je passerai au travers. Avant la fin de la semaine. Une semaine. Et si au bout de ce temps, elle n'est pas complètement dans le cirage, vous aurez gagné. »

Harding et quelques autres disent qu'ils ne comprennent pas.

« C'est tout ce qu'il y a de plus simple. Ça n'a rien de sublime ni d'alambiqué : j'aime jouer. Et j'aime gagner. Et je pense que je peux gagner ce pari, vous entravez ? J'ai tellement de pot qu'à Pendleton, il n'y en avait pas un qui osait risquer même de la mitraille en pariant contre moi. C'est d'ailleurs une des principales raisons pour laquelle je me suis fait transférer ici : j'avais besoin de trouver de nouveaux pigeons. Tiens, je vais vous dire : avant de rappliquer ici, je me suis procuré quelques petits tuyaux sur les lieux. Plus de la moitié d'entre vous touchent des indemnités, des trois cents, des quatre cents dollars par mois — et vous pouvez rien en faire. Rien que les laisser prendre la poussière au fond d'un tiroir. Alors, je me suis dit que je pourrais tirer parti de la situation et que ça remplirait peut-être votre existence aussi bien que la mienne. Je suis franc : je suis un joueur et j'ai pas l'habitude de perdre. En plus je n'ai jamais rencontré de femmes dont j'aie pensé qu'elles étaient plus viriles que moi. Possible qu'elle bénéficie du facteur temps. De mon côté, ça fait une drôle de paye que j'ai l'habitude de gagner. »

Il enlève sa casquette, la fait pivoter sur un doigt et la rattrape avec maestria derrière son dos.

« Encore une chose : je suis ici parce que j'ai voulu y être, tout bonnement. Parce que c'est mieux que la ferme pénitentiaire. Pour autant que je le sache, je ne suis pas dingue et je crois ne l'avoir jamais été. Ça, votre infirmière-major l'ignore et l'idée ne lui viendra pas que quelqu'un à l'esprit aussi agile que l'est manifestement le mien va lui chercher des crosses. Tout cela me donne un avantage sérieux. Alors, je répète : il y a cinq dollars à prendre pour chacun si elle ne l'a pas dans le cul avant huit jours.

— Je ne pense pas...

— Tel que ! Dans le cul ! Dans l'os ! Je la foutrai hors d'elle. Je l'emmerderai jusqu'à ce qu'elle s'effiloche comme un ourlet qui se découd et qu'elle montre, rien qu'une fois, qu'elle n'est pas aussi invincible que vous le croyez. Une semaine. Ce sera vous qui déciderez si j'ai gagné ou non. »

Harding prend un crayon et il écrit quelque chose sur le bloc de la marque.

« Tiens ! Voilà une reconnaissance de dette de dix dollars à valoir sur cet argent qui prend la poussière. Assister à un tel miracle, mon cher, ça vaut deux fois l'enjeu ! »

McMurphy jette un coup d'œil sur le papier et le plie soigneusement.

« Alors, vous autres ? Ça vaut-il quelque chose pour vous ? »

Et voilà que les pensionnaires se mettent à la queue leu leu, chacun attendant son tour de prendre le bloc. Quand tous les effets sont dûment remplis et après qu'il les a vérifiés, McMurphy les empile dans sa paume, maintenus sous son pouce épais. Je le vois, le tas de papiers.

« Vous me faites confiance, les gars ? Vous ne craignez pas que je manque à mes engagements ?

— Je ne pense pas qu'il y ait de crainte à avoir, répond Harding. Vous ne partirez pas d'ici avant un bon moment. »


C'était dans l'endroit d'avant. Un soir de Noël. A minuit pile, la porte s'est bruyamment ouverte sur un type corpulent et barbu. Il avait le bord des yeux tout rouge à cause du froid et le nez comme une cerise.

Les négros l'ont acculé dans un angle du hall en dardant sur lui leurs torches électriques. Il était emberlificoté dans les cheveux d'ange que les dames de la Croix-Rouge avaient accrochés partout et où il se prenait les pieds. La main en visière pour se protéger de l'éclat des lampes, il suçotait sa moustache.

« Oh ! Oh ! Oh ! J'aimerais bien rester, il a dit, mais il faut que j'me dépêche. Mon emploi du temps est très chargé, vous savez... J'dois m'en aller... »

Les négros convergeaient sur lui avec leurs lampes. Il est resté six ans. A sa sortie, il était entièrement glabre et maigre comme un cent de clous.

La Chef peut faire varier à volonté la vitesse de la pendule murale rien qu'en manœuvrant un des boutons de la porte d'acier. S'il lui prend l'envie d'activer le mouvement, elle met la commande sur marche accélérée : alors, les aiguilles virevoltent sur le cadran comme les rayons d'une roue. La scène qui défile sur l'écran des fenêtres passe alors par une succession rapide de changements selon que c'est le matin, midi ou le soir ; le jour et la nuit se lancent dans une affolante course-poursuite et on en arrive presque à perdre la tête à s'efforcer de s'adapter à ce temps falsifié. Ça fait un terrible imbroglio de toilettes matinales, de petits déjeuners, de visites médicales, de déjeuners, de médicaments ; la nuit dure dix minutes de sorte que, à peine avez-vous fermé les yeux, le cri de la lumière jaillit dans le dortoir, qui vous ordonne de vous lever et fait redémarrer la bousculade ; le cycle normal de la journée se répète vingt fois en l'espace d'une heure jusqu'à ce que la Chef constate que tout le monde en est arrivé au point de rupture : alors, elle relâche le régulateur, ralentit la cadence des aiguilles de la pendule à la manière d'un gosse qui tripoterait un projecteur de cinéma et qui, finalement, lassé de voir le film tourner dix fois trop vite, lassé de l'absurde sautillement des personnages, lassé de les entendre couiner d'une aigre voix d'insecte, le ferait à nouveau défiler à sa cadence normale. Elle passe habituellement en accélération les jours de visite ou bien quand les Anciens Combattants de Portland donnent une soirée — bref, ce sont les moments où l'on voudrait justement retenir le temps et l'allonger qu'elle choisit.

Mais c'est en général le contraire, le ralenti. Elle met la commande au point mort ; le soleil s'immobilise sur l'écran : pendant des semaines, il ne bouge pas d'un cheveu ; pas une feuille ne frémit sur les arbres, pas un brin d'herbe ne palpite dans la prairie. Les aiguilles indiquent trois heures moins deux ; si telle est la volonté de Miss Ratched, elles garderont le même angle jusqu'à ce que nous tombions en poussière. Ancré dans votre siège, vous voilà incapable de vous mouvoir, de marcher ou de vous déplacer pour lutter contre l'ankylose, incapable d'avaler votre salive, incapable de respirer. Vous ne pouvez remuer que les yeux, et il n'y a rien à voir alentour que le geste pétrifié des joueurs dont chacun attend que l'autre se décide à abattre une carte. Il y a six jours que le vieux Chronique, mon voisin, est mort, six jours qu'il est en train de pourrir sur place. Parfois, au lieu du brouillard, c'est un gaz transparent qui s'exhale des évents et, quand il se solidifie, la salle tout entière n'est plus qu'un bloc minéral. Dieu sait combien de temps ça dure ! Enfin, elle tourne progressivement la commande d'un degré mais c'est encore pire. Je préfère cette immobilité de cadavre que l'intolérable vision de la main de Scanlon, s'abaissant avec la lenteur d'une coulée de sirop, mettre trois jours pour poser une carte sur la table. C'est à travers un trou d'épingle que cet air épais et compact s'infiltre dans mes poumons qui le pompent. J'essaie de me rendre aux cabinets et j'ai l'impression d'être enterré sous une tonne de sable qui m'écrase le corps à telle enseigne que, derrière mon front, crépite un bouquet d'étincelles vertes. Je bande mes muscles, je fais violence à chacun de mes os dans mon effort pour quitter mon fauteuil. Mes bras et mes jambes en tremblent, mes dents me font mal. Je m'acharne, je m'acharne... et parviens tout juste à me soulever d'un centimètre. Je retombe sur le cuir du siège, j'abandonne, je laisse s'écouler mon urine. Sous l'effet du courant qui le traverse alors, j'éprouve la brûlure cuisante du fil électrique qui passe dans la jambe gauche du pantalon et dont le rôle est de déclencher pour ma mortification un charivari de sonneries d'alarmes et de sirènes, d'allumer des projecteurs ; chacun se lève, court dans tous les sens ; deux moricauds jouant des coudes à travers la foule foncent sur moi en brandissant de redoutables balayettes dont les franges de cuivre grésillent et crachotent au contact de l'eau qui les imbibe.

Il n'y a guère qu'un moment où l'on est à l'abri de ces manipulations du temps : quand il y a du brouillard parce que le temps ne signifie plus rien alors. Il s'y dilue comme tout le reste. (On n'a pas mis le brouillard vraiment à fond de toute la journée, aujourd'hui. On ne l'a pas mis depuis l'arrivée de McMurphy. Je parie qu'il braillerait comme un beau diable s'ils lui faisaient le coup.)

En principe, lorsqu'il n'y a rien de particulier, on a droit soit au brouillard, soit au temps truqué. Mais aujourd'hui, il s'est passé quelque chose et nous n'avons subi ni l'un ni l'autre depuis l'heure de la toilette. Tout tourne absolument rond. Quand l'équipe de relève arrive, l'horloge indique quatre heures et demie exactement comme elle le doit. La Chef congédie les moricauds et jette un dernier coup d'œil dans la salle. Elle retire la longue aiguille à chapeau piquée dans le petit boudin de cheveux aile de corbeau qui lui fait une bosse dure derrière la tête, ôte sa coiffe blanche qu'elle range soigneusement dans un carton (un carton qui contient des boules de naphtaline), replante d'un geste sec l'aiguille dans son chignon.

A travers le carreau, je la vois souhaiter le bonsoir à tout le monde, tendre une note à l'infirmière de nuit, une petite qui a une tache de naissance ; puis sa main se pose sur les commandes du tableau de contrôle : elle branche le haut-parleur. « Bonne nuit tout le monde. Et que l'on soit sage ! » Et elle remet la musique plus fort que jamais. Elle passe la face intérieure de son poignet contre son guichet et fait une grimace de dégoût à l'intention du moricaud adipeux qui venait justement de déclarer en prenant son service qu'il devrait l'astiquer. La porte n'a pas encore claqué derrière elle qu'il est déjà devant la vitre, une serviette en papier à la main. La machinerie noyée dans les murs passe à un régime inférieur à grand renfort de sifflements et de hoquets.

Après, nous mangeons, nous prenons la douche et nous retournons dans la salle commune jusqu'à la nuit.

Le vieux Blastic, le vétéran des Légumes, geint en se tenant le ventre. George (Frotti-Frotta comme l'appellent les moricauds) se lave les mains au distributeur d'eau. Les Aigus jouent aux cartes ou essaient d'obtenir une bonne réception de l'image sur l'écran de la télé en déplaçant le poste autant que le leur permet la longueur de fil.

Les haut-parleurs du plafond continuent de répandre leur musique. Ils ne sont pas branchés sur le circuit de la radio : c'est pourquoi les machines ne provoquent pas d'interférences. Il s'agit d'une bande magnétique qui se dévide dans le bureau des infirmières et que l'on connaît par cœur, si bien que personne n'a conscience de l'entendre, sauf les nouveaux comme McMurphy. Lui, il n'y est pas encore habitué. Le diffuseur se trouve juste au-dessus de la table où il joue aux cartes pour des cigarettes. Sa casquette est tellement inclinée sur son front qu'il doit pencher la tête en arrière pour voir son jeu par-dessous la visière. Une cigarette vissée entre les dents, il y va de son boniment comme le commissaire-priseur que j'ai vu une fois à une vente de bétail, aux Dalles.

« ... Allons-y, allons-y, débite-t-il à toute vitesse d'une voix aiguë. Allons-y. En avant, les amateurs. Qui c'est-y qui parie, qui c'est-y ? Le monsieur à ma droite ? Le monsieur à ma droite dit que c'est le barbu qui va sortir ? Et pourquoi pas ? On découvre la carte et... Oh ! là ! là. Quel dommage, c'est la gonzesse bille en tête. Je suis à toi, Scanlon, et je voudrais bien qu'une de ces tordues d'infirmières qu'on a mises sous cloche arrête ce bon Dieu de zinzin. Hé, Harding ! Ça marche jour et nuit, ce machin ? J'ai jamais entendu ça de ma vie. »

Harding pose sur lui un regard dénué d'expression.

« A quel bruit exactement faites-vous allusion, monsieur McMurphy ?

— Je parle de cette sacrée radio, nom d'une pipe ! Depuis que je suis arrivé ce matin, elle ne s'est pas arrêtée. Et tâche à voir à pas me mettre en caisse en me racontant que tu l'entends pas, hein ? »

Harding tend l'oreille en se démanchant le cou.

« Ah ! cette prétendue musique ! Oui. Je suppose qu'on l'entend en faisant attention. Mais on peut aussi entendre les battements de son propre cœur pour peu que l'on se concentre suffisamment. C'est un enregistrement, mon cher, ajoute-t-il avec un sourire. Il est rare que nous écoutions la radio : les nouvelles du monde risquent de ne point avoir de valeur thérapeutique. Il y a si longtemps que nous connaissons cette bande que ça glisse sur nous tout simplement, sans pénétrer, sans qu'on le remarque, comme le bruit d'une chute d'eau pour ceux qui habitent dans son voisinage. Si vous viviez près d'une cataracte, croyez-vous que vous l'entendriez très longtemps ? »

(J'entends encore le grondement des rapides du Columbia ; j'entendrai toujours — toujours — les sons venus d'un passé distant : le cri de joie de Charley Tripes d'Ours qui vient d'harponner une grosse prise, les poissons qui giflent l'eau à coups de queue, le rire des enfants nus sur la rive, les femmes devant les chevalets de séchage...)

« Et ils laissent la musique couler sans arrêt comme une chute d'eau ?

— Pas quand on dort, répond Cheswick, mais tout le reste du temps, oui ; c'est la vérité vraie.

— Eh bien, moi, j'en ai marre. J'm'en vais dire au mal blanchi, là-bas, de la couper s'il veut pas recevoir mon pied dans son petit cul rondouillard. »

Comme il fait mine de se lever, Harding pose sa main sur son bras.

« C'est exactement le genre de formule qui vous font étiqueter Violent, mon cher. Désirez-vous tellement perdre votre pari ? »

McMurphy le dévisage :

« C'est donc ça ? La guerre des nerfs, hein ? Pour coincer le bonhomme ?

— Justement. »

Lentement, McMurphy se rassied.

« Saloperie de saloperie », murmure-t-il.

Harding se tourne vers les joueurs :

« Messieurs, il me semble que le stoïcisme de cow-boy d'opérette de notre champion aux cheveux rouges décline déjà, de fort peu honorable façon. »

Il considère en souriant McMurphy qui lui rend son sourire et renverse la tête, cligne de l'œil en suçotant son énorme pouce.

« Eh, on dirait que le professeur Harding devient un tantinet poseur. Sous prétexte qu'il a gagné deux coups, il se prend pour un grand crack. Bien, bien, bien ! Une paire, il a, le prof', et il y a un paquet de Mar'boros en jeu. Et toc, professeur, qu'est-ce que vous dites de cette jolie tierce. On remet ça, qu'il dit ? Et une deuxième paire, une ! Alors, on tente la quinte professeur ? Quitte ou double ? Un second paquet dans la course, chiche qu'il l'aura pas. Bien, bien, bien. Ouvrez les yeux, ouvrez-les bien... Rien ne va plus ! Quel dommage ! Une dame, et le prof' l'a dans l'os. »

Le haut-parleur attaque un nouvel air aux accents assourdissants, avec beaucoup d'accordéon. Mc-Murphy jette un coup d'œil à l'instrument et hausse de plus en plus le ton pour rester dans la note.

« Allons-y, allons-y. Qui c'est qui annonce, qui c'est-y, bon Dieu ? »

Ça dure comme ça jusqu'à l'extinction des feux, à neuf heures et demie.

Toute la nuit, j'ai revu McMurphy en train de jouer au *black jack*, réfléchi à la manière qu'il avait de pousser les enchères, de bonimenter, de rouler ses adversaires, de les contrer jusqu'au point où ils étaient près de laisser tomber, puis de leur abandonner un tour ou deux afin qu'ils reprennent confiance et continuent. Un moment, il s'était arrêté pour fumer une cigarette. Rencogné dans son fauteuil, les mains croisées derrière la nuque, il avait expliqué :

« Le secret pour être un truand de première, c'est de savoir de quoi le pigeon a envie et comment lui faire croire qu'il l'obtiendra. J'ai appris ça en tenant une loterie dans un stand forain. On repère le gogo qui mise : « Ce client-là, il a besoin de se prendre « pour un dur », qu'on se dit. Aussi, chaque fois qu'il râle parce que vous le possédez, vous prenez l'air affolé du type qui fait dans son pantalon : « Je « vous en supplie, monsieur, ne faites pas d'histoires. « Le prochain coup sera au compte de la maison. » Total, tout le monde est content. »

Il se balance et le pied de sa chaise gémit. Il ramasse les cartes qu'il fait crisser d'un coup de pouce, les égalise en les tapotant contre la table et se mouille les doigts.

« Et selon mes déductions, ce qu'il vous faut, à vous autres, c'est un pot conséquent pour vous tenter. Allez : il y a dix paquets de pipes à ramasser le prochain coup. Allons-y, les hommes, je suis à vous. »

Il rejette la tête en arrière et éclate d'un rire sonore quand les types se bousculent pour déposer leurs

111

mises. Son rire a retenti sans trêve pendant toute la soirée ; tout en poussant les enchères, il continuait de blaguer, de bavarder, d'essayer de communiquer son rire à ses partenaires. Mais les autres avaient peur de se déboutonner ; ça durait trop longtemps. Alors, McMurphy renonça et se mit à jouer sérieusement. Ses adversaires gagnèrent à une ou deux reprises mais, chaque fois, il récupérait ses enjeux ou résistait comme un beau diable, de sorte que les deux tas de cigarettes qui s'empilaient à sa gauche et à sa droite grossissaient de plus en plus.

Un peu avant neuf heures et demie, il les laissa gagner si rapidement que c'est à peine s'ils se rappelaient leurs pertes précédentes. Après avoir donné au vainqueur les deux dernières cigarettes qui lui restaient et posé le paquet de cartes devant lui, il s'enfonça au plus profond de son fauteuil avec un soupir et releva la casquette qui lui masquait les yeux : la partie était finie.

« Et voilà : gagner un peu et perdre le reste. C'est ma formule. »

Il hocha la tête d'un air désespéré.

« Je ne sais pas... A vingt et un ans, j'étais pas un client facile à plumer. Peut-être que vous êtes trop coriaces pour moi. Avec cette espèce de tour de main inquiétant que vous avez, jouer pour du bon argent contre des types aussi à la coule, ça demande réflexion. »

Il ne se berce pas de l'espoir que les autres tomberont dans le panneau. Il les a laissés gagner : tous ceux qui ont assisté à la partie le savent. Les joueurs aussi. Mais il n'en est pas un qui n'arbore en ramassant ses cigarettes — des cigarettes qu'ils n'ont d'ailleurs pas vraiment gagnées mais simplement regagnées car, au départ, elles étaient à eux —, il n'en est pas un qui n'arbore un sourire détaché comme s'il était le flambeur le plus dur à cuire de tout l'Etat du Mississippi.

Le gros moricaud et un autre du nom de Geever nous ont fait évacuer la salle de séjour et ont commencé à éteindre les lumières en tirant sur la chaînette qui pend après les lampes. Progressivement, la pièce s'assombrit tandis que, dans le bureau, les yeux de la petite infirmière à la marque de naissance deviennent de plus en plus brillants. Debout devant la porte de la cage vitrée, elle distribue les pilules pour la nuit aux patients qui défilent à la queue leu leu devant elle. Ce n'est pas commode de déterminer d'un seul coup d'œil qui doit être empoisonné ce soir et avec quoi. Elle ne regarde même pas ce qu'elle fait en versant l'eau dans les gobelets. Ce qui détourne son attention ? Mais c'est ce diable de rouquin qui s'approche, coiffé de son affreuse casquette, le nez barré d'une horrible cicatrice. Ses yeux ne se sont pas détachés de lui depuis qu'il a quitté la table de jeu en tiraillant la touffe de poils cuivrés qui sort de l'échancrure de sa chemise de paysan. A la façon qu'elle a eu de reculer lorsqu'il est arrivé à sa hauteur, je me suis dit que la Chef a dû la mettre en garde (« Oh !... encore une chose avant de vous laisser, Miss Pilbow. Le nouveau, celui qui est assis là-bas — avec des pattes de lapin d'un rouge ardent et un visage couturé — j'ai certaines raisons de penser que c'est un maniaque sexuel. »)

En la voyant le contempler les yeux écarquillés d'effroi, McMurphy passe la tête à l'intérieur du bureau et lui adresse un large et cordial sourire pour la rassurer. Du coup, elle perd la tête et lâche la carafe qui lui tombe sur le pied. Elle pousse un cri et s'éloigne à cloche-pied en secouant la main. La pilule qu'elle s'apprêtait à me donner dégringole de la petite coupelle et sa trajectoire s'achève dans l'encolure de son uniforme, là où la tache de naissance ressemble à une rivière de vin s'enfonçant dans les profondeurs d'une vallée.

« J'vais vous aider, m'dame... »

La main de McMurphy, cette main tailladée et tatouée, couleur de viande crue, s'avance à l'intérieur de la cage de verre.

« N'entrez pas ! Il y a deux infirmiers ici pour m'aider. »

Elle cherche les moricauds du regard, mais en vain : ils sont en train de ficeler les Chroniques sur leur lit et sont bien trop loin pour lui prêter main-forte. McMurphy, tout souriant, lui montre sa paume ouverte pour qu'elle se rende compte qu'il n'a pas de couteau. Tout ce qu'elle voit, c'est le cuir lisse et calleux qui luit d'un doux éclat cireux.

« Mais, m'dame, je veux simplement...

— N'approchez pas ! Il est interdit aux patients d'entrer dans... N'avancez pas ! Je suis catholique ! » Et, d'une secousse, elle tire sur la chaîne d'or qui enserre son cou de sorte qu'une croix émerge d'entre ses seins, projetant en l'air la pilule perdue. La main de McMurphy file comme un trait ; la fille hurle, fourre sa croix dans sa bouche, ferme convulsivement les yeux comme si elle s'attendait à recevoir un coup ; elle est immobile, blanche comme un linge avec rien que la tache, plus foncée que jamais et qui a l'air de tirer à elle tout le sang que contient son corps. Quand, enfin, elle rouvre les paupières, c'est pour apercevoir juste devant elle la petite pilule rouge reposant au milieu d'une large main calleuse.

« ... Je voulais seulement ramasser le cruchon que vous avez fait tomber. »

Et McMurphy de brandir le récipient.

La petite infirmière exhale un profond soupir et récupère l'objet. « Merci. Bonsoir... Bonne nuit. » La porte de la cage se referme sur le nez du suivant de la file : finie, la distribution pour aujourd'hui.

Dans le dortoir, McMurphy lance la pilule sur mon lit.

« Tu veux ta boulette, Grand Chef ? »

Je regarde la dragée et fais non de la tête. Il l'envoie au loin d'une chiquenaude comme pour se débarrasser d'un insecte ; elle s'en va rouler par terre avec des sautillements de grillon. Cela fait, il se déshabille. Sous son pantalon de travail, il porte des caleçons de satin noir ornés de baleines blanches aux yeux rouges. Remarquant mon regard intéressé, il sourit largement :

« C'est un cadeau d'une fille que j'ai connue en prison dans l'Oregon. Licenciée ès lettres, elle était. Elle me l'a donné parce qu'elle disait que j'étais un symbole », ajoute-t-il en faisant claquer l'élastique.

Des poils orangés et bouclés se hérissent sur ses bras, son cou, son visage recuits par le soleil. Il porte des tatouages sur les deux épaules : d'un côté, un diable avec un œil et des cornes vermeilles brandissant un fusil et surmonté de cette légende : Gueule de Pierre ; de l'autre, des cartes à jouer, des as et des huit, étalées en éventail. Après avoir déposé ses vêtements roulés en boule sur la table de nuit qui sépare nos deux lits (on me l'a donné pour voisin) et bourré son polochon de coups de poing, il se glisse entre les draps en me conseillant de me mettre moi aussi dans les toiles car un des moricauds rentre pour éteindre. En effet, Geever s'amène. Je me débarrasse rapidement de mes chaussures et me précipite au fond du lit au moment précis où le négro se dirige vers moi pour m'attacher avec un drap. Quand il en a terminé, il jette un dernier coup d'œil sur le dortoir, glousse d'un air niais et éteint.

Seul le poudroiement lumineux qui vient du bureau de l'infirmière rompt l'obscurité. C'est tout juste si je devine la forme de McMurphy dont le corps que moule la couverture s'élève et s'abaisse au rythme de

115

son souffle. La cadence de sa respiration se fait de plus en plus lente au point que je me dis qu'il s'est endormi depuis un moment ; mais, soudain, un bruit rauque, étouffé et caverneux, s'élève, venant de son lit. Cela ressemble à un hennissement. Il est toujours éveillé. Et il y a quelque chose qui le fait rire.

Il s'arrête de glousser pour murmurer :

« Dis donc, Grand Chef, t'as tressailli quand je t'ai dit que l'autre négro radinait. J'croyais pourtant qu'on m'avait expliqué que t'étais sourdingue ! »


C'est la première fois depuis longtemps, très long-temps, que je me suis couché sans avoir pris la fameuse petite pilule rouge (quand je me cache pour y couper, l'infirmière de nuit, celle qui a la marque de naissance, lance à mes trousses Geever qui me tient en respect en m'épinglant avec sa lampe élec-trique jusqu'à ce qu'elle ait préparé sa seringue) — aussi, je fais semblant de dormir lorsque le moricaud vient faire sa ronde.

Ces pilules ne sont pas de simples somnifères : quand vous les avalez, vous êtes littéralement para-lysé ; il peut se passer n'importe quoi autour de vous : vous ne vous réveillez pas de la nuit. C'est pour ça qu'ils m'en donnent. Dans l'endroit d'avant, il m'arrivait de me réveiller et de les surprendre en train de commettre toutes sortes d'atrocités sur les dormeurs.

Immobile, je respire lentement pour voir si quelque chose va arriver. Seigneur, qu'il fait noir ! Ah ! Ils approchent ! J'entends le glissement furtif de leurs chaussures à semelles de caoutchouc. A deux reprises, ils jettent un œil dans le dortoir en promenant le faisceau de leurs torches sur les silhouettes assou-pies. Je garde les yeux fermés mais je demeure attentif. Une plainte s'élève du quartier des Violents — un type qu'ils ont trafiqué pour qu'il capte des signaux en code.

L'un des moricauds murmure à l'oreille de son compère :

« La nuit est longue. M'est avis qu'un bon coup de bière, c'est juste ce qu'il nous faudrait. »

Le flic-flac des semelles s'éloigne en direction du bureau des infirmières où se trouve le réfrigérateur.

« Ça vous dirait, une bière, ma toute belle ? demande-t-il à la petite. Elle est longue à passer, la nuit... »

Là-haut, l'autre s'est tu. Le ronronnement profond des appareils qui tournent dans l'épaisseur des murs s'efface peu à peu jusqu'à disparaître entièrement. Le silence règne en maître d'un bout à l'autre de l'hôpital. Seul, un grondement sourd et étouffé monte des profondeurs du bâtiment. Je ne l'avais encore jamais remarqué. Cela ressemble beaucoup au bruit qui vous parvient lorsque vous vous trouvez tard dans la nuit au sommet d'un barrage. La clameur basse et implacable d'une force brute.

Le gros moricaud est dans le hall en dehors de mon champ de vision à épier en ricanant nerveusement. Il se dirige à pas lents vers le dortoir en essuyant ses mains moites après ses aisselles. La lumière dessine sur le mur une ombre éléphantesque qui rapetisse à mesure qu'il approche de la porte. Il nous examine, glousse à nouveau et ouvre le coffret aux fusibles fixé à côté du chambranle. « Parfait, les enfants, dormez bien. »

Il tourne un bouton : aussitôt, le plancher s'enfonce à l'intérieur de l'édifice comme la plate-forme élévatrice d'un silo pneumatique.

Tout est parfaitement immobile, sauf ce plancher. Nous dégringolons à une allure infernale, laissant loin derrière les murs du dortoir la porte devant laquelle

117

se tient le moricaud, les fenêtres, et les lits, et les tables de nuit, et tout le fourbi. Le mécanisme bien huilé — il s'agit probablement d'un système à crémaillère — fonctionne dans un silence de mort. La respiration des types endormis et ce martèlement régulier dans le sous-sol qui s'amplifie tandis que nous nous enfonçons sont les seuls bruits à frapper mes oreilles. Là-haut, à cinq cents mètres au-dessus de nos têtes, la porte du dortoir n'est plus qu'une petite tache éclairée projetant une lueur affadie sur les parois rectilignes de la cheminée qui nous avale. Elle ne cesse de pâlir et, quand un cri lointain que l'écho répercute retentit en arrière, elle s'évanouit d'un seul coup.

Le plancher, atteignant je ne sais quel socle souterrain, se stabilise avec une légère secousse. L'obscurité est impénétrable et le drap qui m'enserre me fait suffoquer. Au moment précis où je vais me décider à le dénouer, le plancher a un petit soubresaut et se met à glisser en avant. Sans doute est-il muni d'espèces de roulettes. Mais je ne les entends pas. Je n'entends même pas respirer les gars autour de moi : alors je me rends brusquement compte que le martèlement est peu à peu devenu si puissant qu'il recouvre tous les autres bruits. Nous devons être au cœur du vacarme. J'agrippe ce fichu drap qui me ligote et au moment où je suis presque arrivé à le desserrer, voilà que tout un pan de mur s'efface, découvrant une immense caverne où, à perte de vue, s'alignent des rangées sans fin de machines ; où dans une atmosphère d'étuve, courant le long des passerelles, s'affairent des nuées d'hommes en manches de chemise dont la lueur ardente de centaines de hauts fourneaux éclaire les visages vides de somnambules. Le spectacle s'accorde au vacarme. On se croirait dans les entrailles d'un gigantesque barrage. D'énormes tuyaux de cuivre s'allongent, plongent dans l'obscurité. Des câbles courent vers d'invisibles transformateurs. Tout disparaît sous une couche de cambouis et de crasse qui souille de traînées noires et rouges les manchons de raccordement, les moteurs et les dynamos.

Les hommes au travail se meuvent tous d'un pas rapide, à longues enjambées souples et élastiques. Il n'y a pas de bousculade. De temps à autre, l'un d'eux s'arrête une seconde pour manœuvrer une commande, presser un bouton, enclencher un coupe-circuit et la moitié de son visage s'illumine, comme giflée par l'éclair de l'arc ; puis il repart, escalade une volée de marches pour gagner une passerelle métallique — quand deux ouvriers se rencontrent, ils se frôlent de si près, sans modifier leur foulée régulière, que le claquement du tissu mouillé de sueur évoque le bruit d'un saumon frappant l'eau d'un coup de queue —, s'arrête à nouveau, fait jaillir un éclair d'un autre commutateur, reprend sa marche. Où que porte le regard, des visages inexpressifs de mannequins entr'aperçus à la lueur fugitive des étincelles électriques, flamboient dans toutes les directions. Les yeux d'un ouvrier en plein élan se ferment brusquement ; il titube ; deux de ses copains passant par là l'empoignent et, sans s'arrêter, comme s'ils faisaient une passe avec un ballon de rugby, le précipitent dans la gueule d'un fourneau. Celui-ci vomit une boule de flammes. Alors explosent un million de lampes et ces détonations, les mêmes que celles qu'on entend en traversant un champ où éclatent les gousses de fèves, se confondent avec le charivari strident des machines. Il y a dans ce tumulte un rythme, une pulsation hurlante.

Le plancher, qui avance toujours, s'éloigne de la cheminée de levage, glisse vers la salle des machines. Juste au-dessus de nous, je distingue une installation semblable à ce qui existe dans les abattoirs : une chaîne sans fin servant à conduire les carcasses de la chambre froide jusqu'aux bouchers sans qu'il soit besoin de les soulever. Penchés sur la rambarde de la passerelle sous laquelle défilent les lits, deux types en pantalons de toile discutent. Ils ont des chemises blanches aux manches retroussées que barre le trait noir de la cravate. Leurs cigarettes, fichées dans de longs fume-cigarettes, tracent dans l'ombre des arabesques rouges. Le tumulte est tel que l'on ne comprend pas un mot de ce qu'ils disent. L'un d'eux fait claquer ses doigts ; l'ouvrier le plus proche pivote brusquement et s'élance vers lui. Le type pointe son fume-cigarette vers l'un des lits ; l'homme, à ce signe, se précipite au pas de course vers l'escalier de fer pour gagner notre niveau. Il disparaît entre deux transformateurs aussi énormes que des silos à patates. Le revoilà. Etreignant un crochet fixé par une perche au chevalet surplombant, il avance à pas de géant. Il dépasse mon lit. Un jet de flamme craché par quelque haut fourneau l'éclaire à l'instant où il est au-dessus de moi. Son visage, à la fois élégant et brutal, est cireux comme un masque. Anonyme. Un visage semblable à des millions d'autres.

Il saisit Blastic par la cheville, le soulève comme s'il ne pesait pas plus que quelques livres ; de sa main libre il enfonce son croc derrière le tendon et le vieux reste ainsi suspendu la tête en bas. Sa figure grêlée et couverte de moisissure en est toute gonflée et, dans ses yeux, palpite une terreur muette. Il agite tellement les bras et sa jambe libre que sa veste de pyjama glisse lui recouvrant le visage. Alors, l'homme empoigne les pans de l'étoffe, les entortille comme s'il s'agissait de toile d'emballage, lance la poulie cliquetante vers la passerelle et regarde les types en chemise blanche. L'un des deux sort de l'étui qui pend à sa ceinture un scalpel maintenu par une chaînette dont il fixe l'extrémité à la

120

main-courante avant de laisser glisser la lame vers le travailleur. Comme cela, il est tranquille : celui-ci ne pourra pas avoir une arme à sa disposition...

D'un geste précis, l'ouvrier entaille la poitrine du vieux Blastic qui cesse de se débattre. Je pense que je vais vomir mais, contrairement à mon attente, ce n'est ni du sang ni des organes qui s'échappent de la blessure. Rien de plus qu'une pluie de rouille pulvérulente et de scories où, ici et là, luit un bout de fil de métal, un morceau de verre. L'homme enfonce jusqu'aux genoux dans cette matière qui ressemble au mâchefer.

Quelque part s'ouvre la gueule d'un four ; une langue de flamme lèche quelqu'un.

J'ai envie de sauter au bas de mon lit pour secouer McMurphy, Harding, autant de gars que je pourrai. Mais cela n'aurait aucun sens. Celui que je réveillerai me dira : « Tu es complètement dingue, espèce d'andouille ! Quelle mouche te pique ? » Et probablement, il aidera les ouvriers à me suspendre à un de ces crochets en disant : « Tiens ! On va voir à quoi ça ressemble, l'intérieur d'un Indien. »

Je perçois le souffle froid et sifflant, le souffle humide et strident de la machine à brouillard et vois les premières volutes de brume s'élever de sous le lit de McMurphy. Pourvu qu'il ait l'idée d'en profiter pour s'y cacher !

Un babillage niais dont l'écho m'est familier me frappe les oreilles et je roule sur moi-même juste ce qu'il faut pour voir. C'est le chauve à la grosse tête, le type des *Public relations*, celui dont tous les patients se demandent pourquoi il est boursouflé comme ça. « Moi, affirme celui-ci, je te dis qu'il en a un. — Moi, je te dis que non, rétorque l'autre. Tu as déjà entendu parler d'un type qui en porte vraiment un ? — C'est vrai, mais toi, as-tu entendu parler auparavant d'un type comme lui ? » Le premier hausse les épaules et hoche le menton. « Argument intéressant. »

Pour le moment, le bonhomme est entièrement nu, à l'exception d'un long gilet de flanelle orné par devant et par derrière de monogrammes fantaisistes en broderie rouge. Et, comme le vêtement s'est un peu retroussé sur ses reins tandis qu'il passe devant moi, il m'est donné de constater une fois pour toutes qu'il porte effectivement un corset, si serré qu'il risque de craquer à chaque instant.

De plus, une demi-douzaine d'objets pileux et rabougris noués par les poils à la manière d'autant de scalps, bringuebalent après les baleines.

Il a une toute petite bouteille de je ne sais quoi qu'il sirote afin de s'éclaircir la gorge et de pouvoir parler, et il porte de temps en temps à ses narines une pochette parfumée au camphre pour se protéger de la puanteur. Un troupeau de maîtresses d'école, d'étudiantes et autres visiteuses du même acabit se presse sur ses talons. Elles sont vêtues de tabliers bleus et ont des bigoudis. Il leur commente brièvement le spectacle.

Une idée drôle lui vient et il faut qu'il s'interrompe, le temps de téter sa gourde, pour arrêter le rire qui s'est emparé de lui. Pendant cette pause, le regard d'une de ses élèves bayant aux corneilles se pose sur le vieux Chronique étripé, toujours suspendu par la cheville. Elle sursaute et recule. Chacune se retourne et voit le cadavre qui se balance : M. Public Relations se précipite et, saisissant la main flasque du pauvre Blastic, fait tourner le corps. Les jeunes filles, l'air extatique, avancent timidement pour observer la chose de plus près.

« Vous voyez ? Vous voyez ? » glapit le chauve en roulant des yeux blancs. Et il rit si fort qu'il recrache la lampée qu'il vient d'ingurgiter — si fort que je m'attends à le voir éclater.

122

Quand, finalement, sa joie s'est apaisée, il s'ébranle à nouveau, pilotant son groupe à travers le dédale des machines et reprend le fil de ses explications. Mais, brusquement, il s'immobilise et se tape sur le front. « Oh ! Quel étourdi ! » murmure-t-il. Et le voici qui fonce sur le vieux Chronique suspendu entre ciel et terre pour s'emparer de son scalp qui va rejoindre les autres trophées.

Des choses tout aussi terrifiantes ont lieu à droite comme à gauche — des choses affolantes, horribles, trop délirantes et trop absurdes pour vous faire pleurer, mais beaucoup trop réelles pour qu'on en rie. Toutefois, le brouillard s'est suffisamment épaissi pour que leur spectacle me soit épargné. Quelqu'un me tire par le bras. Je devine déjà ce qui va se passer : on va me faire émerger du brouillard — on nous ramènera dans le servcice et il n'existera aucune trace des événements de la nuit. Si je suis assez stupide pour essayer d'en parler à qui que ce soit, je me ferai traiter d'imbécile et m'entendrai répondre que tout cela n'était qu'un cauchemar. Des choses aussi ridicules qu'une immense salle remplie de machines dans les entrailles d'un barrage où des travailleurs robots coupent les gens en morceaux... cela n'existe pas.

Mais si cela n'existe pas, comment peut-on les voir ?

C'est M. Turkle qui me sort du brouillard en me secouant le bras. « Vs'avez fait un mauvais rêve, m'sié Bromden ? » me demande-t-il, le sourire aux lèvres.

M. Turkle est le surveillant de la nuit. C'est à lui que revient le long service solitaire de onze heures du soir à sept heures du matin. C'est un vieux Noir avec un grand sourire endormi tout au bout d'un long cou branlant. Il sent comme s'il avait un peu bu. « Allez, m'sié Bromden ! Faut se rendormir. »

Parfois, si je me suis trop entortillé dans le drap qui me ligote, il le détache. Il ne le ferait pas s'il pensait que l'équipe de jour savait que c'était lui car on le mettrait probablement à la porte. Mais il se dit que les autres croiront que je me suis détaché tout seul. Je suis sûr qu'il agit ainsi par pure bonté, pour me rendre service. Mais il ne veut pas prendre de risques.

Cette nuit, au lieu de dénouer le drap, il s'éloigne pour aider deux infirmiers que je vois pour la première fois et un jeune docteur à mettre le vieux Blastic sur une civière et à l'évacuer, recouvert d'un drap. Jamais de sa vie il n'a été manié avec un tel luxe de précautions.


Le matin venu, McMurphy est debout avant moi. C'est la première fois que quelqu'un se lève avant moi depuis que Tonton Jules, le Passe-Muraille, n'est plus là. Ce vieux nègre aux cheveux blancs était persuadé que les moricauds faisaient chavirer l'univers pendant la nuit et il se levait à l'aube pour les surprendre. Comme Jules, je me lève avec l'aurore afin de savoir quels attirails ils introduisent à la dérobée ou installent dans le lavabo. En général, il n'y a personne dans le hall, excepté moi et les moricauds, pendant le quart d'heure précédant l'instant où le premier quitte son lit. Mais, aujourd'hui, McMurphy est déjà dans les lavabos alors que je suis encore enroulé dans mes couvertures. Il chante ! Comme s'il n'avait pas l'ombre d'un souci. Le ciment et l'acier répercutent sa voix claire et puissante :

« *Tes chevaux sont affamés, qu'elle m'a raconté.* »

Il se délecte à la façon dont ses accents éclatent dans la pièce.

« *Viens t'asseoir près de moi, et donne-leur de l'avoine.* »

Il respire un grand coup, sa voix monte d'un ton et son timbre devient si aigu, si intense que les fils électriques se mettent à vibrer dans tous les murs.

« *Mes chevaux n'ont pas faim. Ils ne veulent pas d'avoi-oi-oine.* »

Il retient la note, s'amuse à la moduler avant de lâcher d'un seul coup la fin du couplet :

« *Adieu donc, bien-aimée. Je reprends mon chemin.* »

Il chante ! La stupéfaction est générale. Cela fait des années que personne n'a entendu quelqu'un chanter. Dans le dortoir, la plupart des Aigus se sont dressés sur un coude et ils tendent l'oreille en clignant des yeux, se regardant les uns les autres les sourcils froncés. Comment se fait-il que les moricauds ne l'aient pas fait taire ? Ils n'ont jamais laissé qui que ce soit faire autant de raffut ! Pourquoi le nouveau bénéficie-t-il d'un tel traitement de faveur ? C'est un être de chair et de sang, quand même, destiné à se délabrer, à devenir une créature blafarde comme tous les autres ! Soumis aux mêmes lois que nous. Il doit manger, se heurter aux obstacles communs ! Et tout cela le rend aussi vulnérable au Système que n'importe qui, pas vrai ?

Seulement voilà : l'homme n'est pas fait du même bois qu'eux et ils s'en rendent compte. Il diffère de tous ceux qui ont échoué dans le service au cours des dernières années, de tous ceux qu'ils ont vu repartir à l'Extérieur. Il n'est peut-être pas moins vulnérable que les autres, c'est vrai : mais le Système ne l'a pas eu.

« *Mes chariots sont remplis, dans ma main le fouet claque...* »

Comment s'est-il arrangé pour passer au travers ? Possible que le Système n'ait pas réussi à l'asservir assez tôt à son contrôle comme cela s'est passé pour le vieux Pete. Possible que, à force de courir par monts et par vaux de sorte que l'école n'a jamais pu le prendre beaucoup en main, à force de bûcheronner, de flamber, de faire les fêtes foraines, d'avoir les pieds nickelés, il n'a jamais donné prise au Système — de même que, hier matin, le moricaud n'a pas eu la moindre chance de lui prendre sa température. Il est malaisé de faire mouche sur une cible mouvante. Pas de femme qui exige un lino neuf, pas de vieux larmoyants qui s'accrochent à vos basques, personne de qui se soucier : c'est cela qui lui a donné la liberté qui a fait de lui un bon arnaqueur. Et si les Moricauds ne se ruent pas dans les lavabos pour le réduire au silence, c'est peut-être parce qu'ils savent bel et bien qu'il n'est pas sous contrôle, qu'ils se rappellent ce qui s'est passé autrefois avec le vieux Pete, qu'ils se souviennent de quoi est capable un homme libre. En outre, McMurphy est beaucoup plus fort que Pete. Pour avoir raison de lui, il faudrait qu'ils s'y mettent tous, les trois moricauds et la Chef avec son aiguille. Les patients se dévisagent en secouant la tête. Ils pensent : voilà pourquoi les négros le laissent chanter alors qu'ils auraient fait taire n'importe qui d'autre.

Je sors du dortoir juste au moment où McMurphy émerge des lavabos. Il n'a rien sur lui, sauf sa casquette et une serviette qu'il maintient drapée autour de ses hanches. De l'autre main, il brandit une brosse à dents. Arrivé au milieu du hall, il s'arrête et tourne dans tous les sens en se dandinant sur la pointe des pieds pour éviter le plus possible le froid contact du carreau. Avisant le nabot, il s'en approche et sa main s'abat comme une masse sur son épaule, à croire que ce sont deux amis d'enfance.

« Dis donc, petit pote, y aurait pas moyen d'avoir un peu de pâte dentifrice que je me récure les osselets ? »

126

La tête du gringalet pivote et son nez s'aplatit sur les phalanges de McMurphy. Il regarde cette main en plissant le front et, après s'être assuré d'un rapide coup d'œil que ses deux collègues sont dans les environs pour voler à son aide le cas échéant, il déclare que le placard n'est pas ouvert avant six heures quarante-cinq. Et il ajoute :

« Ça fait partie de la politique de la maison.

— C'est vrai ? Je veux dire : c'est là qu'on garde la pâte dentifrice ? Dans le placard ?

— Ouais, enfermée dans le placard. »

Il voudrait bien se remettre à astiquer son plancher, le moricaud, mais, telle une grosse pince rouge, la main de McMurphy est toujours là, qui lui mord l'épaule.

« Enfermée dans le placard ? Bien, bien. Dis-moi, à ton avis, pourquoi est-ce qu'on garde la pâte dentifrice sous clef ? Un truc dangereux, je comprendrais. Mais on peut pas empoisonner quelqu'un avec de la pâte dentifrice, hein ? Ni assommer un mec avec un tube ? Qu'est-ce que tu en penses ? Quelle raison a-t-on de garder sous clef quelque chose d'aussi inoffensif ?

— C'est la politique de la maison, m'sieur McMurphy. Y a pas d'autre raison. »

Voyant que cet argument définitif n'impressionne pas McMurphy comme il le devrait, il ajoute, non sans considérer d'un œil torve la main posée sur son épaule :

« Essayez un peu d'imaginer ce que ça donnerait si tout un chacun se mettait à se brosser les dents à l'heure que ça lui chanterait ! »

McMurphy relâche son étreinte et, tiraillant la touffe de laine rouge qui lui pousse sur le cou, il médite ses paroles.

« Eh ! Eh ! Je crois que je vois où tu veux en venir. La politique de la maison, c'est pour ceux qui peuvent pas se laver les dents après chaque repas.

— Crénom, vous comprenez ?

— Oui... Maintenant, je comprends. T'as dit que les types se brosseraient les dents toutes les fois que ça leur chanterait ?

— Tout juste. C'est pour cela que...

— Et alors... Seigneur, imaginez ça ! Ils se les laveraient à six heures et demie, ils se les laveraient à six heures vingt — peut-être même à six heures, qui sait ? Ouais. Ouais... Ça me paraît tout à fait clair. »

Moi, je contemple la scène, appuyé contre le mur. McMurphy me décoche une œillade par-dessus la tête du moricaud.

« Faut qu'je nettoie c'plancher, McMurphy.

— Bien sûr ! Je veux surtout pas t'empêcher de faire ton boulot. »

Il fait mine de s'éloigner et le négro s'agenouille sur le plancher. Mais ce n'est qu'une fausse sortie : McMurphy revient sur ses pas et examine la boîte en fer-blanc posée à côté du nabot.

« Eh, dis-moi un peu... qu'est-ce qu'il y a là-dedans ? »

L'autre baisse les yeux.

« Où ça ?

— Dans c'te vieille boîte, Toto. Qu'est-ce que c'est que ce truc ?

— Ça ?... C'est du savon en poudre.

— Ah ! Ah ! En principe, je me sers de pâte dentifrice mais (McMurphy plonge sa brosse dans la poudre, la fait tourner, la ressort et la tapote sur le bord du récipient)... mais ça fera parfaitement l'affaire. Merci bien. On discutera plus tard de la politique maison. »

Il disparaît dans les lavabos où sa chanson qui s'empêtre dans le va-et-vient de piston de la brosse à dents ne tarde pas à retentir à nouveau. Le moricaud demeure immobile, le regard braqué sur la porte derrière laquelle le rouquin a disparu, son chiffon pendant mollement au bout de son bras. Une minute se passe. Il cille et détourne la tête. Voyant que je l'observe, il vient à moi, m'empoigne par la ceinture de mon pyjama pour m'amener jusqu'à l'endroit que j'ai précisément briqué la veille.

« C'est ici que j'veux qu'tu sois et qu'tu travailles au lieu de gober les mouches avec l'air d'une vache qui regarde passer les trains, crénom ! Ici et pas autre part. »

Je m'agenouille et me mets à passer la serpillière en lui tournant le dos pour qu'il ne se rende pas compte que je ris. Ça me met le cœur en fête, la façon que McMurphy a eue de se payer sa tête. C'est pas à la portée de n'importe qui. Papa savait y faire, lui aussi. Ah ! Le jour où les types du gouvernement se sont aboulés pour lui proposer un pot-de-vin dans l'espoir de lui extorquer son accord pour leur contrat ! Le visage impassible, les yeux plissés, papa regardait le ciel en se balançant d'un pied sur l'autre.

« Y a des oies sauvages du Canada, là-haut. »

Les types du gouvernement tordirent le cou en faisant crisser les papiers.

« Mais... En juillet ? Pas d'oies en cette saison. Pas d'oies. Non. Pas la saison. »

Ils s'exprimaient comme les touristes venant de l'Est qui se figurent que si l'on ne parle pas petit nègre, les Indiens ne comprennent pas. Papa a fait comme s'il n'avait pas entendu. Il observait toujours le ciel. « Des oies là-haut, hommes blancs. C'est comme ça. Des oies, cette année. Et l'année dernière et l'année avant et l'année avant... »

Les autres se sont regardés et se sont raclé la gorge.

« Oui. Peut-être, chef Bromden. Mais oublions les

oies pour le moment. Pensez à ce contrat. Ce que nous vous proposons pourrait être d'un grand profit pour vous — pour votre peuple. Cela changerait la vie des hommes rouges.

— ... et l'année avant, poursuivait papa, et l'année avant... »

Lorsque les visiteurs se rendirent compte qu'il se moquait d'eux, tous les membres du conseil, rassemblés devant notre cabane, jouant avec leurs pipes qu'ils sortaient des poches de leurs chemises de laine à carreaux noirs et rouges, se faisaient des signes d'intelligence, souriaient à papa. Tous étaient en proie à un inextinguible accès de fou rire. L'oncle Loup Qui Court Et Qui Bondit se roulait par terre tellement il suffoquait.

« C'est comme ça, hommes blancs... »

Sûr que les types du gouvernement en ont eu pour leur grade ! Ils ont fait demi-tour sans piper et sont repartis vers la route. Leur nuque était écarlate et nous, on rigolait tout ce qu'on savait. J'oublie parfois ce que ça peut produire, le rire !


La clef de la Chef heurte la serrure. Elle a à peine franchi la porte que le moricaud s'élance à sa rencontre et reste là à se dandiner comme un gosse qui demande à aller faire pipi. Je suis suffisamment près pour entendre prononcer le nom de McMurphy à deux reprises et je comprends que le négro relate l'incident de la brosse à dents en oubliant complètement de parler de la mort du vieux Blastic. Il agite les bras pour essayer de lui raconter que ce cinglé de rouquin est déjà levé... semeur de trouble... agissements contraires à la politique de la maison... est-ce qu'elle ne pourrait pas intervenir ?

130

Elle fixe sur lui un regard flamboyant jusqu'à ce qu'il arrête de se trémousser, puis ses yeux se posent sur la porte des lavabos derrière laquelle, plus fort que jamais, résonne la chanson de McMurphy : « *Tes parents veulent pas de moi. Ils disent que j'suis trop gueux. Ils disent que j'suis pas digne de franchir ton seuil.* »

D'abord, la Chef paraît désarçonnée. Comme nous autres, il y a bien longtemps qu'elle n'a pas entendu quelqu'un chanter et il lui faut une seconde pour comprendre de quoi il s'agit.

« *J'bouffe d'la vache enragée mais mon oseille est bien à moi. Si ma bouille ne leur plaît pas, bon vent...* »

Elle tend l'oreille un moment encore pour être sûre et certaine que ce n'est pas une hallucination et soudain, voilà qu'elle gonfle. Ses narines se dilatent, elle augmente de volume à chaque bouffée d'air qu'elle aspire. C'est la première fois depuis que Taber est parti qu'un patient la fait devenir si grosse et si rigide. Ses jointures se crispent, je perçois un petit grincement. Elle s'ébranle. Je m'aplatis contre le mur et, quand elle passe devant moi, elle est déjà comme un camion et le sac en osier qu'elle tire derrière elle a l'air d'une semi-remorque. Ses lèvres sont entrouvertes et son sourire la précède à la manière de la calandre d'un radiateur. Elle me frôle. Je respire une odeur d'huile chaude, j'entends crépiter les étincelles dans la magnéto. Chaque fois que son talon frappe le plancher, sa taille pousse d'un cran. Soufflant, haletant, elle écrase tout sur son passage. Je suis terrorisé à l'idée de ce qu'elle va faire.

Au moment où elle atteint sa pression maxima, McMurphy surgit des lavabos, juste devant elle, les reins ceints de sa serviette. Ça l'arrête net. Du coup, elle rapetisse au point que sa tête se trouve au niveau de ce que couvre la serviette. D'en haut, l'autre lui sourit tandis que son sourire à elle s'efface et que ses lèvres s'affaissent.

« Bonjour, Miss Rat-ched. Comment ça va dehors ?

— Vous n'allez pas vous promener comme ça... habillé d'une serviette ?

— Non ? »

Le regard de McMurphy se pose sur le point précis de la serviette qu'elle considère. L'étoffe humide lui moule étroitement le corps.

« Les serviettes aussi, c'est contre la politique de la maison ? Dans ce cas, je ne vois pas ce qu'on peut faire, excepté...

— Arrêtez ! Vous n'allez pas avoir l'audace... Rentrez dans le dortoir et habillez-vous immédiatement. »

On dirait une maîtresse d'école qui passe un savon à un élève et McMurphy, baissant la tête comme un écolier, répond d'une voix qui semble au bord des larmes :

« J'peux pas, m'dame. On m'a piqué mes habits pendant mon sommeil. Je dormais à poings fermés. Ils sont un peu chouettes, ici, les matelas...

— On vous a piqué... ?

— Fauché. Barboté. Chopé. Volé, débite-t-il avec satisfaction. Autrement dit, on m'a arnaqué mes frusques. »

Il est si joyeux que, pieds nus, il esquisse un petit pas de danse.

« On vous a volé vos vêtements ?

— Ça en a bien l'air.

— Mais voyons... des vêtements de détenu ? Pour quoi faire ? »

Il interrompt ses entrechats et incline piteusement le front à nouveau.

« Tout ce que je sais, c'est qu'ils étaient là quand je me suis couché et qu'ils y étaient plus quand je me suis levé. Envolés comme un pet sur une tringle. Oh !

Je sais bien que c'étaient jamais que des vêtements de prisonnier, m'dame, des vêtements tout rêches, grossiers et défraîchis. J'sais bien. Et des vêtements de prisonnier, ça n'offre pas beaucoup d'intérêt pour quelqu'un qui a mieux. Mais pour un type tout nu... »

Comprenant le fin mot de l'histoire, elle l'interrompt :

« Ces effets vous ont été repris conformément à la règle. Vous avez touché ce matin une tenue verte de convalescent. »

Il secoue la tête en soupirant, les yeux toujours baissés.

« Non, m'dame. On m'a rien donné. Ce matin, j'avais plus rien d'autre que la casquette qui est sur ma tête et...

— Williams, hurle-t-elle à l'adresse du moricaud qui est resté à côté de la porte comme pour se tenir prêt à prendre la fuite. Williams, voulez-vous venir un instant ? »

Il s'avance en courbant l'échine. Un chien qu'on fouette !

« Williams, pourquoi ce patient n'a-t-il pas reçu une tenue de convalescent ? »

Il semble que la question apporte un certain soulagement au nègre qui se redresse en souriant et braque un doigt grisâtre vers un des deux costauds.

« C'est m'sié Washington qui est de corvée de buanderie, c'matin. C'est pas moi.

— Monsieur Washington ! »

L'interpellé, brusquement paralysé, se fige, le lave-pont au-dessus du seau.

« Venez une seconde. »

Sans un bruit, le négro achève de tremper le balai dans le récipient, cale le manche contre le mur d'un geste lent et précautionneux. Il affronte le regard de McMurphy, du nabot et de Miss Ratched, puis tourne la tête de gauche à droite, des fois que ce serait après quelqu'un d'autre que la Chef en aurait...

« Approchez. »

Il enfonce ses mains au fond de ses poches et s'avance en traînant les pieds. Il ne marche jamais très vite et il est visible que s'il ne se grouille pas, elle pourrait le pétrifier, le réduire en poussière par la seule force de son regard. Toute la haine, la rage, la frustration dont elle pensait que McMurphy ferait les frais, c'est le moricaud maintenant qui en est la cible. C'est un blizzard qui le gifle et le fait marcher encore plus lentement qu'à son habitude. Son corps, qu'il enserre dans ses bras, s'incline pour résister à l'assaut de la rafale. Du givre perle après ses cheveux, ses sourcils. Il se penche toujours davantage mais ses pas se font plus lents. Jamais il n'arrivera jusqu'au bout.

Alors, McMurphy se met à siffler *Sweet Georgia Brown* et le regard de la Chef se détourne juste à temps du moricaud. Elle est plus furieuse, plus frustrée que jamais. Je ne l'ai encore jamais vue dans cet état. Effacé, son sourire de poupée ! Ses lèvres ne sont plus qu'un mince fil de fer chauffé au rouge. S'il y avait des pensionnaires pour la voir en ce moment, McMurphy pourrait commencer à empocher les paris.

Le moricaud a fini par arriver devant elle. Cela lui a demandé deux heures. Elle soupire longuement.

« Washington, pourquoi cet homme n'a-t-il pas touché un trousseau ce matin ? Vous ne voyez donc pas qu'il n'a rien d'autre sur lui qu'une serviette ?

— Et ma casquette, souffle l'intéressé en tapotant la visière de son couvre-chef.

— Eh bien, monsieur Washington ? »

Les yeux de Washington se posent sur le nabot qui l'a dénoncé et qui recommence à se trémousser. Il le dévisage un bon moment. Ses prunelles ressemblent à deux lampes de radio. Il s'expliquera plus tard avec le collègue. Puis, il tourne la tête pour considérer McMurphy de haut en bas — les épaules massives et dures, le sourire de guingois, la cicatrice en travers du nez, la main qui retient la serviette — et, enfin, la Chef.

« Je crois...

— Vous croyez ? C'est insuffisant ! Monsieur Washington, si vous ne lui trouvez pas un uniforme sur le champ, c'est en gérontologie que vous passerez les quinze prochains jours. Il se peut que vous ayez besoin de vider des bassins pendant un mois pour prendre conscience du peu de travail que les surveillants fournissent ici. Qui, dans un autre service, aurait à frotter le plancher du matin au soir, à votre avis ? Sûrement pas M. Bromden, et vous le savez fort bien. On vous a dispensés de la plus grande partie des corvées d'entretien pour que vous puissiez vous occuper des patients. Et cela signifie veiller à ce qu'ils ne s'affichent pas tout nus. Que se serait-il passé si une jeune stagiaire était arrivée plus tôt et était tombée sur un pensionnaire en train de gambader dans le hall dans cette tenue ? Hein ? Qu'en pensez-vous ? »

Le moricaud n'a pas une idée très précise de ce qui se serait passé mais il a compris. Il disparaît de son allure nonchalante en direction de la lingerie dont il ressort, sans plus de hâte, chargé d'une tenue verte — probablement trop juste de dix pointures — qu'il tend à McMurphy. Je n'ai jamais si clairement vu la haine à l'état pur que dans le regard qui accompagne son geste. McMurphy, lui, a simplement l'air embarrassé pour prendre le trousseau avec ses deux mains occupées, l'une qui serre la brosse à dents et l'autre qui maintient la serviette. Enfin, il cligne de l'œil à l'adresse de la Chef et, haussant les épaules, il détache ladite serviette et en drape l'épaule de Miss Ratched comme si celle-ci n'était qu'un vulgaire porte-manteau.

C'est alors que je m'aperçois que, depuis le début, il avait son short en dessous. Pour moi, il ne fait pas de doute qu'elle aurait préféré le voir complètement à poil. Elle contemple fixement les baleines blanches qui se pavanent sur la culotte du rouquin. Aucun affront n'aurait pu lui être plus outrageant. C'est plus qu'elle n'en peut supporter. Il lui faut une bonne minute avant de se ressaisir suffisamment pour se tourner vers le nabot. Elle est tellement folle de rage que sa voix, qu'elle ne contrôle plus, chevrote.

« Williams... Je crois... Vous devriez avoir fini de laver les vitres du bureau à mon arrivée. »

Punaise noire et blanche, Williams s'éclipse préci-pitamment.

« Vous, Washington... vous... »

C'est presque au trot que Washington s'élance vers son seau.

Elle regarde tout autour d'elle en se demandant à qui encore elle pourrait bien s'en prendre. Elle me repère mais, à ce moment, quelques patients sortis du dortoir s'approchent, étonnés du petit rassemble-ment que nous formons dans le hall. Alors, elle ferme les yeux et se concentre. Elle ne peut pas leur laisser voir ce visage hagard, décomposé par la colère. Elle mobilise toute son énergie et, peu à peu, ses lèvres réapparaissent sous le bout de nez blanc ; le fil sur-chauffé a fondu. Une seconde, il miroite, puis se fige, refroidi, soudain étrangement terne. Tel un fragment de scorie, pointe alors un bout de langue entre les lèvres entrouvertes. Quand ses paupières se soulèvent, ses prunelles ont le même aspect bizarrement lisse et terreux mais, pensant que les patients seront trop endormis pour remarquer quelque chose, elle procède au rite du bonjour matinal comme si tout était normal.

« Bonjour, monsieur Sefelt. Vos dents vont-elles mieux ? Bonjour, monsieur Frederikson. Avez-vous passé une bonne nuit tous les deux ? Vous êtes voisins de lit, n'est-ce pas ? A propos, il m'est revenu que vous avez l'un et l'autre conclu un petit arrangement en ce qui concerne votre médecine. C'est Bruce qui prend la vôtre, monsieur Sefelt, n'est-ce pas ? Nous en reparlerons plus tard. Bonjour, Billy. J'ai rencontré votre mère en venant. Elle m'a chargé de vous dire qu'elle pense tout le temps à vous et qu'elle est certaine que vous ne la décevrez pas. Bonjour, monsieur Harding. Oh ! Comme vos doigts sont rouges ! Ils sont à vif. Auriez-vous recommencé à vous ronger les ongles ? »

Avant qu'aucun des interpellés n'ait pu répondre, à supposer qu'ils aient eu quelque chose à répondre, elle s'est retournée vers McMurphy qui n'a toujours pas bougé. Harding avise son short et siffle entre ses dents.

« Quant à vous, monsieur McMurphy, dit-elle en souriant, tout sucre et tout miel, si vous avez fini de faire étalage de votre virilité et de vos éblouissants caleçons, je crois qu'il serait bon que vous regagniez le dortoir pour vous habiller. »

Il lui adresse un grand coup de casquette, à elle et aux malades qui se tordent en lorgnant les baleines blanches, et, sans un mot, il rentre dans le dortoir tandis que, précédée du sourire qu'elle a plaqué sur son visage, la Chef s'ébranle dans la direction opposée. Avant qu'elle n'ait refermé la porte du bureau vitré, la chanson du rouquin, qui s'envole par la porte du dortoir, envahit à nouveau le hall :

« *Elle m'a conduit au salon, elle m'a rafraîchi avec son éventail* (il assène une claque retentissante sur son ventre nu) *et elle a murmuré à l'oreille d'la maman, j'en pince pour le roi de la Brê-ê-ême.* »

Dès qu'il n'y a plus personne, je me suis mis à

faire le dortoir. Comme je m'escrime après les moutons sous le lit de McMurphy, je sens une odeur monter à mes narines et, pour la première fois que je suis dans cet hôpital, je m'aperçois que mille autres odeurs ont de tout temps imprégné cette vaste pièce où dorment quarante adultes — odeur de désinfectant, de pommade à l'oxyde de zinc, de poudre contre la transpiration plantaire, odeur de pisse, odeur aigre des selles de vieillards, odeur de sirop et de collyre, odeur moisie des caleçons et des chaussettes qui sentent le renfermé même au sortir de la lingerie, odeur rêche du linge amidonné, odeur acide des haleines matinales, odeur douceâtre de l'huile à machine, odeur aussi, parfois, de cheveux grillés — mais je n'ai encore jamais respiré, avant l'arrivée du rouquin, cette odeur d'homme. Cela fleure la poussière, et la boue des grands espaces, et la sueur, et la peine.

McMurphy n'a pas arrêté de bavarder et de rire pendant toute la durée du petit déjeuner. Après ce qui s'est passé ce matin, il pense que, pour ce qui est de la Chef, c'est dans la poche. Ce dont il ne se rend pas compte, c'est qu'il l'a simplement prise au dépourvu et que la petite séance de tout à l'heure a eu tout au plus un effet stimulant sur elle.

Il joue les bouffons et s'acharne à faire rigoler quelques-uns des gars. Ça l'embête de ne pas arriver à leur arracher autre chose qu'un sourire hésitant, ou, par-ci par-là, un vague ricanement.

« Dis donc, mon petit Billy, dit-il à Bibbit, assis en face de lui et qu'il a choisi comme tête de Turc, dis donc, tu te rappelles les deux grognasses qu'on a soulevées un jour à Seattle ? Une des plus baths parties de jambes en l'air que j'ai jamais connues ! »

Billy lève brusquement la tête de dessus son

assiette et ouvre la bouche. Mais il est incapable de proférer un son. McMurphy se tourne vers Harding.

« On les aurait jamais raccrochées comme ça, de but en blanc, si elles n'avaient pas entendu parler de Billy Bibbit. Billy-la-Trique : c'était comme ça qu'on l'appelait dans ce temps. Les mômes allaient prendre la tangente quand l'une d'elles l'a regardé : « Vous « êtes pas le fameux Billy-la-Trique ? qu'elle a fait. Le « gars qui en a trente-cinq centimètres ? » Alors, Billy a secoué la tête en rougissant — comme maintenant et c'était gagné. On les a emmenées à l'hôtel et j'me rappelle encore cette voix de femme qui s'élevait du côté du lit de Billy : « Je suis déçue, M. Bibbit. Avec « un nom pareil, j'espérais un doublé. »

McMurphy s'étrangle de rire, se tape sur la cuisse, enfonce son pouce dans la poitrine de Billy que je m'attends à voir tomber raide mort tellement il est écarlate et hilare. « Deux jolies poupées comme celles-là, c'est la seule chose qui manque dans cet hôpital », continue-t-il. Les lits, ici, sont sensationnels et, quant à lui, il n'a jamais couché sur une couche plus moelleuse. Et la cuisine... Il n'arrive pas à comprendre pourquoi ça leur flanque à tous le mourron d'être bouclés ici.

« Regardez, dit-il en levant son verre dans la lumière : mon premier jus d'orange depuis six mois. Ho là là... Que c'est bon ! Qu'est-ce qu'on avait comme petit déjeuner au pénitencier, je vous demande un peu ? Qu'est-ce qu'on nous servait ? Je peux vous décrire à quoi ça ressemblait, mais quant à y mettre un nom... Là, pas question. Matin, midi et soir, c'était noir et calciné, y avait des patates dedans et ça avait l'air d'être de la colle de menuisier. Tout ce que je sais, c'est qu'cétait pas du jus d'orange. Et maintenant, qu'est-ce que j'ai ? Du bacon, des toasts, du beurre, des œufs, du café — même que la mignonne de la cuisine, elle me demande si je le préfère noir ou avec du lait, merci — et un grand, un immense verre de jus d'orange glacé. Tiens, même si on me payait, je ne m'en irais pas ! »

Il s'extasie sur tout, donne un rendez-vous à la fille qui s'occupe du café pour le jour où il aura son bon de sortie, complimente le cuistot sur ses œufs au plat — les meilleurs qu'il ait jamais dégustés. Avec les flocons d'avoine, il y a des bananes ; il en prend une poignée et dit au moricaud qu'il va lui en mettre une de côté en douce tellement le malheureux a l'air affamé ; le négro lance un coup d'œil en direction de la cage vitrée où trône la Chef et répond que le personnel n'est pas autorisé à manger avec les malades.

« C'est contraire à la politique du service ?

— Exact.

— Quel dommage ! »

Et mon McMurphy pèle trois bananes et les engloutit l'une après l'autre sous les yeux du moricaud.

« Chaque fois que t'auras envie que je fauche quelque chose au réfectoire pour toi, Toto, t'auras qu'à me faire signe... »

La dernière bouchée avalée, il se frotte le ventre et se lève. Mais le gros négro bloque la porte pour l'empêcher de passer et l'avertit que personne ne doit quitter sa place avant sept heures et demie. McMurphy écarquille les yeux comme s'il n'en pouvait croire ses oreilles et interroge du regard Harding qui lui confirme la chose d'un hochement de tête. Haussant les épaules, il regagne alors sa chaise en murmurant : « Sûr que j'ai pas l'intention d'aller à l'encontre de cette sacrée politique maison ! »

A l'autre bout du hall, la pendule trompeuse indique sept heures et quart. Cela voudrait dire que nous sommes à table depuis quinze minutes alors que chacun sait bien que cela fait près d'une heure. Tout le monde a fini de manger. Renversés sur leurs chaises, les gars surveillent le déplacement de la grande aiguille vers le six. Les moricauds enlèvent les plateaux inondés des Légumes et font sortir les deux vieux aux chaises roulantes pour leur enlever leurs tuyaux. La moitié des types enfouissent leur tête dans leurs bras, comptant piquer un petit somme avant leur retour. Il n'y a rien d'autre à faire sans cartes, sans magazines, sans jeux de patience, rien d'autre que de dormir ou de guetter la pendule.

Mais McMurphy est bien incapable de rester inactif. Il a besoin de remuer. Quand il a passé deux minutes, armé de sa cuiller, à pousser les miettes autour de son assiette, il lui faut se lancer dans une entreprise plus excitante. Il glisse les pouces dans ses poches, s'adosse à sa chaise et, fermant un œil, se perd dans la contemplation du cadran.

« Vous savez pas à quoi elle me fait penser, cette vieille horloge, là-haut ? demande-t-il tout à coup en se grattant le nez. Aux cibles du polygone de tir de Fort Riley. C'est là où j'ai décroché ma première médaille, celle de tireur d'élite. Murphy-Œil-de-Lynx, on m'appelait. Hé... Qu'est-ce qui parie un petit dollar que j'n'arriverai pas à lancer cette lichette de beurre recta au centre du cadran — ou tout au moins sur le cadran ? »

Trois types tiennent le pari. McMurphy place le morceau de beurre sur la pointe de son couteau transformé en catapulte, donne une pichenette sur la lame — et le projectile va s'écraser quinze bons centimètres à gauche de l'objectif. Tout le monde se fiche de lui jusqu'à ce qu'il ait payé. C'était Œil-de-Lynx ou Œil-de-Perdrix, son surnom ? lui demande-t-on. Mais, à ce moment, le nabot rentre dans le réfectoire : chacun plonge le nez dans son assiette et se tait. Le moricaud sent qu'il se passe quelque chose d'insolite mais il n'arrive pas à savoir quoi. Probable qu'il l'aurait jamais deviné si le vieux colonel Matterson n'avait levé les yeux et aperçu le morceau de beurre

141

collé sur le mur. A peine l'a-t-il vu que, le doigt brandi, il se lance dans une de ses conférences dont il est coutumier et par lesquelles il nous explique tout de sa voix caverneuse, patiemment, comme si ses propos avaient le moindre sens : « Le beurre... C'est le parti ré-pu-bli-cain. »

Le regard du moricaud suit la direction qu'indique le doigt du colonel et se fixe sur le morceau de beurre, escargot jaune coulant lentement le long de la paroi. Il bat des paupières à ce spectacle mais ne dit pas un mot, ne se donne même pas la peine de chercher à identifier l'auteur du délit.

McMurphy, pendant ce temps, discute à voix basse avec ses voisins, ponctuant ses paroles de coups de coude. Bientôt, ses interlocuteurs font oui de la tête. Alors, il pose trois dollars sur la table et se renverse en arrière. Chacun se tourne afin de contempler la lichette de beurre qui glisse, s'immobilise, recommence à dégouliner en laissant derrière elle une traînée luisante. Personne ne parle. Les yeux vont et viennent du morceau de beurre à la pendule. A présent, elles tournent, les aiguilles.

Le beurre atteint le sol une trentaine de secondes avant la demie et McMurphy récupère tout l'argent qu'il avait perdu.

Le moricaud se réveille. Détournant ses yeux du sillon graisseux qui s'étire sur la surface peinte, il nous annonce que nous pouvons partir. McMurphy traverse le réfectoire en fourrant les billets dans sa poche. Quand il arrive devant le négro, il le prend par les épaules et, le portant à moitié, l'entraîne jusqu'à la salle commune.

« La journée est déjà bien avancée, mon pote, et c'est tout juste si je suis rentré dans mes fonds. Va falloir que je m'agite pour me rattraper. Qu'est-ce que tu dirais de sortir un peu le jeu de cartes que t'as si soigneusement planqué dans le placard, histoire de

142

de voir si j'arriverais à faire plus de bruit que ce haut-parleur ? »

Il passe le plus clair de la matinée à se refaire au *black-jack*. Cette fois, ce ne sont plus des cigarettes qui servent d'enjeu mais des reconnaissances de dette. A deux ou trois reprises, il a déplacé la table pour essayer de s'éloigner du haut-parleur qui lui tape visiblement sur les nerfs. En désespoir de cause, il s'en va frapper à la vitre du bureau jusqu'à ce que la Chef fasse pivoter son fauteuil ; alors, il ouvre la porte et demande s'il n'y a pas moyen d'arrêter un moment le vacarme. Maintenant, de nouveau assise derrière son carreau, elle est plus calme que jamais : aucun mécréant batifolant à moitié nu n'est plus là, cette fois, pour la démonter. Son sourire tranquille est inaltérable. Ses paupières s'abaissent, elle secoue la tête et c'est de sa voix la plus suave qu'elle répond : Non.

« Vous ne pouvez pas au moins baisser le volume ? C'est pas comme si tout l'Etat d'Oregon avait besoin d'entendre du matin au soir Lawrence Welk chanter *Tea for Two* toutes les vingt minutes. Si c'était assez bas pour qu'on puisse s'entendre en parlant fort, je pourrais organiser un poker...

— McMurphy, vous avez été prévenu que jouer de l'argent est contraire à la politique de la maison.

— D'accord, on jouera des allumettes, on jouera des boutons de culotte, mais baissez ce sacré machin !

— Monsieur McMurphy... »

Elle ménage une pause ; consciente qu'il n'est pas un homme présent qui ne tende l'oreille, elle veut que ses propos proférés sur un ton doctoral fassent impression.

« Monsieur McMurphy, voulez-vous que je vous dise le fond de ma pensée ? Je vous trouve très égoïste. N'auriez-vous pas remarqué que vous n'êtes pas seul dans cet hôpital ? Il y a ici des vieillards qui n'entendraient pas la radio si on la baissait, de vieilles gens totalement incapables de lire, de faire des patiences ou de jouer aux cartes afin de rafler les cigarettes des autres. Des vieux comme Matterson et Kittling qui n'ont rien d'autre que cette musique. Et vous voulez les en priver ! Notre désir est d'accéder aux suggestions et aux requêtes qui nous sont présentées chaque fois que la chose est possible mais il me semble que vous devriez au moins songer un peu à autrui avant de formuler vos revendications. »

McMurphy se tourne du côté des Chroniques et force lui est de reconnaître qu'il y a du vrai dans cette admonestation. Otant sa casquette, il se passe les doigts dans les cheveux et, à nouveau, dévisage Mis Ratched. Il sait aussi bien qu'elle que pas un mot de leur dialogue n'est perdu par l'assistance.

« O.K. J'avais pas réfléchi à ça.

— C'est ce que je pensais. »

Il trifouille la petite touffe de poils cuivrés qui émerge de sa veste entrebâillée et poursuit :

« Mais qu'est-ce que vous diriez d'installer les amateurs de cartes ailleurs, hein ? Dans une autre pièce. Celle où on entrepose les tables pendant les réunions, par exemple. Le reste du temps, elle ne sert à rien. Y aurait qu'à l'ouvrir aux joueurs et laisser les vieux ici avec leur radio. Ce serait avantageux pour tout le monde. »

Elle sourit, referme les yeux et hoche doucement la tête.

« Vous pouvez faire cette proposition à l'équipe médicale, bien sûr, mais je crois que tout le monde partagera mon sentiment : nous ne disposons pas de suffisamment de personnel pour surveiller deux salles. Et je vous serais reconnaissante de ne pas vous appuyer contre la vitre. Vous avez les mains grasses et vous salissez la fenêtre, ce qui donnera un supplément de travail à quelqu'un d'autre. »

La main de McMurphy quitte brusquement le carreau. Il est sur le point de lui répliquer mais il se retient, conscient du fait qu'elle lui a enlevé toute possibilité de réplique — à moins de se mettre à l'abreuver d'injures. Sa figure et son cou sont rouges. Il respire profondément et, comme la Chef le matin même, il fait appel à toute sa volonté pour se dominer avant de lui déclarer qu'il est absolument désolé de l'avoir importunée. Après quoi, il reprend sa place à la table de jeu.

A onze heures, le docteur fait son apparition : il aimerait avoir une conversation avec McMurphy dans son bureau.

« J'ai toujours un entretien avec les nouveaux pensionnaires le lendemain de leur arrivée », précise-t-il.

McMurphy pose ses cartes et s'approche du docteur qui lui demande s'il a bien dormi ; mais le rouquin se contente de répondre par un grognement inarticulé.

« Vous semblez bien songeur, aujourd'hui, McMurphy.

— Oh ! c'est que je suis un penseur terrible. »

Les deux hommes s'en vont.

A leur retour — il me semble que leur absence a duré des jours — ils sont souriants, loquaces et apparemment fort satisfaits l'un et l'autre. Le docteur essuie ses lorgnons embués. En fait, on dirait qu'il est encore en train de rire. Quant à McMurphy, qui a retrouvé sa désinvolture et son air conquérant, il n'a jamais eu le verbe aussi claironnant. Pendant le déjeuner, il ne se départit pas de cette attitude et, à une heure, il est le premier à s'installer pour la réunion. Il a l'œil brillant.

La corbeille pleine de papiers sous le bras, la Chef fait son entrée, entourée de son cortège de petites stagiaires. Elle s'empare du cahier qu'elle examine un moment en plissant le front (depuis le début de la journée, personne n'y a noté la moindre information) et va prendre place à côté de la porte. Elle extrait de sa corbeille quelques dossiers qu'elle feuillette jusqu'à ce qu'elle trouve celui de Harding.

« Si je m'en souviens bien, nous avons beaucoup avancé hier en ce qui concerne le problème de M. Harding... »

Mais le docteur la coupe :

« Euh... Si vous permettez, avant d'aborder cette question, j'aimerais vous interrompre un moment. A propos d'une conversation que nous avons eue ce matin dans mon bureau, M. McMurphy et moi. En fait, nous avons évoqué des souvenirs. Parlé du bon vieux temps. Figurez-vous que nous avons tous les deux été au même collège. »

Les infirmières, qui se demandent où il veut en venir, se dévisagent et les patients regardent McMurphy ; celui-ci, attendant la suite, sourit dans son coin en hochant la tête.

« Oui. Le même collège. Et, en échangeant nos souvenirs, nous avons incidemment parlé des fêtes foraines que l'école organisait. Des fêtes extraordinaires, merveilleusement animées. Tout était pavoisé, il y avait de la barbe à papa, des stands, des jeux... C'était traditionnellement le grand événement de l'année. Comme je l'ai expliqué à McMurphy, j'ai été pendant deux ans de suite président du comité des fêtes. Quelles années extraordinaires... insouciantes ! »

Dans la salle, on entendrait voler une mouche. Le docteur lève la tête et scrute les visages qui l'entourent pour s'assurer qu'on ne le trouve pas ridicule.

« Bref — pour couper court à l'attendrissement et à la nostalgie — nous nous sommes demandé, au cours de notre conversation McMurphy et moi, ce que vous penseriez les uns et les autres de l'idée d'organiser une fête ici. »

146

Il chausse ses lorgnons et examine à nouveau son auditoire. Sa proposition ne fait bondir personne. Nous sommes quelques-uns à nous rappeler ce qu'il est advenu quelques années plus tôt lorsque Taber avait voulu monter un gala. Le docteur attend et le silence qui irradie de l'infirmière se tisse autour de nous, nous submerge, mettant quiconque au défi de le briser. Ce ne peut être à McMurphy de relever ce défi puisqu'il est un des instigateurs du projet et je me dis que personne ne sera assez fou pour rompre ce silence. C'est alors que Cheswick, assis à la droite du rouquin, émet un grognement. Avant que nul n'ait compris ce qui se passait, il a bondi sur ses pieds.

« Euh... Moi, personnellement, je trouve (et tout en se frottant la poitrine, il baisse les yeux sur l'accoudoir où repose le poing de McMurphy avec son pouce énorme, épais comme un touche-bœuf, dressé tout droit)... Je trouve que c'est une drôle de bonne idée. Ça changerait de la monotonie.

— C'est absolument vrai, Charley, fait le docteur, enchanté de ce renfort, et, en même temps, une fête n'est nullement dépourvue de valeur thérapeutique.

— Et comment, reprend Cheswick qui paraît plus guilleret, à présent. Oh ! là ! là! de la thérapeutique, il y en a en masse dans une fête ! Tu parles que oui !

— Ce serait d-d-drôle, ajoute Billy Bibbit.

— Ouais. Y a ça aussi. On pourrait, docteur Spivey, sûrement qu'on pourrait. Scanlon présentera son numéro de la bombe humaine et moi je pourrai fabriquer un jeu d'anneaux à la thérapeutique d'occupation.

— Moi j'dirai la bonne aventure, énonce Martini qui observe en louchant une tache sur le mur.

— En ce qui me concerne, déclare Harding, j'ai un certain talent pour diagnostiquer les troubles pathologiques par la lecture des lignes de la main.

— C'est bon tout ça, c'est bon ! » s'exclame Cheswick en applaudissant. Jusqu'ici il ne s'était jamais trouvé personne pour faire chorus avec lui.

« Je serai très honoré de tenir une loterie, dit McMurphy de sa voix traînante. J'ai un peu d'expérience dans ce domaine...

— Oh ! il y a une foule de possibilités, sourit le docteur, assis très droit sur son siège et que, véritablement, ces perspectives enthousiasment. J'ai des milliers d'idées... »

Et pendant les cinq minutes qui suivent, il entreprend de les exposer à toute allure. Il est clair que beaucoup des idées en question, il en a déjà discuté avec McMurphy. Il parle de jeux, de stands, de vente de billets. Mais soudain, il s'interrompt net comme frappé juste entre les deux yeux par le regard de la Chef. Ses paupières papillotent.

« Que pensez-vous de ce projet d'organiser une fête foraine ici même, Miss Ratched ? lui demande-t-il.

— Je crois comme vous que cela pourrait avoir beaucoup d'intérêt thérapeutique. »

Elle se tait, laissant le silence s'épaissir à la ronde. Lorsqu'elle a la certitude que personne n'y portera atteinte, elle enchaîne :

« Mais je crois également qu'un tel projet doit être débattu par l'équipe médicale avant qu'aucune décision ne soit prise. C'était bien votre avis, n'est-ce pas, docteur ?

— Bien sûr. Simplement, je m'étais dit qu'il serait intéressant de voir d'abord la réaction des uns et des autres, comprenez-vous ? Mais il est certain qu'il faut commencer par en discuter en équipe. Après, nous envisagerons concrètement la réalisation de notre projet. »

Il ne fait de doute pour personne que la question de la fête foraine est définitivement enterrée.

148

La Chef, pour signifier qu'elle reprend la direction des opérations, fait crisser les feuillets qu'elle serre dans sa main.

« Bien. Maintenant, s'il n'y a pas d'autre sujet à débattre — et si monsieur Cheswick veut bien s'asseoir —, je pense que nous pourrions entamer la discussion sans plus attendre. Il nous reste (elle consulte sa montre posée dans la corbeille), il nous reste quarante-huit minutes. Aussi...

— Eh ! Attendez ! Je me disais bien qu'il y avait encore un autre point ! » s'écrie McMurphy en faisant claquer ses doigts. Miss Ratched regarde longtemps la main qu'il agite avant de dire un mot.

« Nous vous écoutons, monsieur McMurphy.

— Pas moi ! Le docteur Spivey ! Expliquez-leur votre idée à propos des types durs d'oreilles et de la radio, docteur. »

La Chef a tressailli. Un sursaut quasi invisible mais mon cœur, brusquement, bat à tout rompre. Elle remet le dossier dans la corbeille et se tourne vers le médecin.

« C'est vrai, dit ce dernier. J'avais presque oublié. »

Il s'adosse confortablement, croise les jambes et joint les mains. Il est toujours de bonne humeur à cause de l'idée de la fête.

« Figurez-vous que McMurphy et moi avons parlé du vieux problème qui se pose dans ce service à population mixte : celui de la cohabitation des jeunes et des vieux. Ce n'est certes pas là un milieu idéal pour notre Collectif thérapeutique mais l'Administration affirme qu'il n'y a aucun remède. Le pavillon de gérontologie est archi-comble. Je suis le premier à reconnaître que ce n'est une situation agréable pour personne. Cependant, au cours de notre conversation, une idée nous est venue, à McMurphy et à moi-même — une idée capable de rendre l'existence plus plaisante pour les deux groupes d'âge. Il a remarqué, me disait-il, que certains malades âgés paraissent avoir des difficultés pour écouter la radio et il a suggéré que l'on fasse marcher le haut-parleur plus fort afin que les Chroniques à l'ouïe défectueuse ne soient pas privés de musique. Une suggestion que, pour ma part, je trouve très généreuse. »

Modestement, McMurphy fait un geste de dénégation, le docteur lui adresse un signe de tête et poursuit :

« Je lui ai objecté que quelques-uns de nos pensionnaires plus jeunes s'étaient plaints à moi de ce que la radio fasse déjà tant de bruit, qu'elle les gêne pour parler et pour lire. McMurphy me répondit qu'il n'avait pas songé à cela et il ajouta qu'il trouvait scandaleux que ceux qui avaient envie de lire ne puissent s'isoler dans un endroit calme en laissant ceux qui le désiraient écouter la radio. Je lui déclarai que j'étais d'accord avec lui et j'allais abandonner ce sujet quand j'ai brusquement songé à la vieille salle de bain où l'on range les tables lorsque nous avons nos réunions. Elle ne sert à rien d'autre depuis que, grâce aux nouvelles drogues, nous avons renoncé aux traitements hydrothérapiques pour lesquels l'installation a été conçue. Je vous pose donc la question : le groupe aimerait-il disposer de cette pièce comme d'une sorte de seconde salle commune, une salle de jeux, si vous voulez ? »

Le groupe ne souffle mot. Tout le monde sait à qui la main passe. La Chef replie le feuillet extrait du dossier de Harding, le dispose sur son giron, croise les mains dessus et regarde autour d'elle comme si quelqu'un pouvait se montrer téméraire au point d'avoir un avis à formuler. Lorsqu'il est clair que personne n'ouvrira la bouche avant elle, elle se tourne à nouveau vers le docteur.

« Voilà un plan qui semble excellent, docteur Spivey, et j'apprécie l'intérêt que M. McMurphy porte aux autres patients. Malheureusement, je crains fort que le personnel nécessaire pour surveiller une seconde salle ne nous fasse défaut. »

Elle est tellement sûre que cet argument clôt définitivement la controverse qu'elle rouvre la chemise. Mais le docteur a creusé la question beaucoup plus profondément qu'elle ne se le figure.

« J'y ai pensé moi aussi, Miss Ratched. Mais puisque ce seront essentiellement des Chroniques, pour la plupart cloués sur une chaise longue ou un fauteuil roulant, qui resteront dans la salle commune avec le haut-parleur, ne pensez-vous pas qu'un seul garçon de salle et une infirmière viendraient facilement à bout des bagarres ou des émeutes éventuelles ? »

Elle ne répond pas ; la plaisanterie sur les bagarres et les émeutes n'est guère de nature à lui plaire mais ses traits n'ont pas bougé.

« De la sorte, les deux autres surveillants et le reste des infirmières pourront s'occuper des hommes de la salle de bain, peut-être plus efficacement même que dans un lieu plus vaste. Qu'en pensez-vous, messieurs ? Est-ce réalisable ? Personnellement, l'idée m'emballe et j'estime qu'elle vaut d'être mise à l'essai. Si cela ne marche pas, eh bien, nous aurons toujours la clef pour refermer la pièce, n'est-ce pas ?

— Exact ! » s'exclame Cheswick en faisant claquer son poing dans sa paume ouverte.

Il est encore debout, à croire qu'il a peur de s'approcher du pouce de McMurphy.

« Exact ! Si ça marche pas, on aura toujours la clef pour la refermer. Je veux ! »

Le docteur parcourt l'assistance des yeux et, n'apercevant autour de lui que sourires et signes d'approbation, que des visages satisfaits, pense-t-il, de lui et de son idée, il rougit comme Billy Bibbit et il lui faut essuyer une ou deux fois ses verres avant de pouvoir continuer. Ça m'amuse de le voir si content de lui. Il considère les gars qui secouent la tête, secoue la sienne à son tour.

« Magnifique, s'écrie-t-il en posant ses mains sur ses genoux. Magnifique. Si la chose est décidée, voilà une affaire réglée. Je crains d'avoir oublié l'ordre du jour de la réunion d'aujourd'hui... »

La Chef sursaute encore. Se penche sur la corbeille. Prend un papier. Quand elle farfouille dans ses notes, on dirait que ses mains tremblent. Elle extrait un feuillet mais elle n'est pas au bout de ses peines : avant qu'elle ait commencé de lire, Mc-Murphy s'est levé. La main en l'air, se balançant d'une jambe sur l'autre, il émet un « Dites donc » proféré d'une voix songeuse. Du coup, elle arrête de tripoter ses papiers, s'immobilise, pétrifiée, comme si le son de la voix du rouquin avait sur elle le même effet hypnotique que la sienne, ce matin même, avait eu sur le moricaud. De la voir se figer ainsi, moi, je sens une sorte de vertige en dedans et je l'observe de près tandis que McMurphy parle.

« Dites, docteur, y a un truc que je meurs d'envie de savoir : ce que veut dire le rêve que j'ai fait cette nuit. C'était comme si j'étais moi, et en même temps, un peu comme si j'étais pas moi, comme si j'étais quelqu'un d'autre qui me ressemblait, comme... comme mon papa. Ouais ! C'est lui qu'c'était ! C'était mon papa parce que parfois, quand je me regardais — quand je le regardais — je voyais le crampon de fer de sa mâchoire...

— Votre père a un crampon de fer dans la mâchoire ?

— C'est-à-dire qu'il ne l'a plus, mais il l'avait quand j'étais môme. Pendant dix mois, il s'est promené avec cette grosse tige qui lui rentrait ici et qui ressortait par là. Parole, on aurait dit le monstre de

152

Frankenstein. Il avait encaissé un coup de manche de cognée en se bagarrant avec un bûcheron à la scierie. Tiens, je m'en vais vous dire comment c'est arrivé... »

Les traits de la Chef n'ont pas bougé. C'est comme si son visage était un moulage peint de façon à avoir exactement l'expression qu'elle veut : assurée, patiente, impassible. Elle n'a plus le moindre tressaillement. Rien qu'une face terriblement froide, un sourire calme, découpé à l'emporte-pièce dans du plastique rouge, un front lisse et uni sans une seule ride qui trahisse de la faiblesse ou de l'ennui, et des yeux verts, larges et plats, des yeux d'émail peint qui disent : je peux attendre, je peux perdre un mètre de temps en temps ; mais je peux attendre. Avec patience, avec sérénité, avec confiance parce que je sais que, pour moi, il n'y a pas de vraie défaite.

L'espace d'une minute, j'ai cru qu'elle avait perdu la partie. Et peut-être n'était-ce pas une illusion. Mais, maintenant, je me rends compte que rien n'a changé. L'un après l'autre, les malades la lorgnent à la dérobée pour voir comment elle réagit devant la façon dont McMurphy domine la réunion. Et ils constatent que c'est toujours la même chose. Elle est trop forte pour être battue. Elle occupe tout un côté de la salle, comme une idole japonaise. Rien ne peut la toucher ; il n'y a pas de recours contre elle. Aujourd'hui, elle a perdu une petite bataille mais celle-ci n'est qu'une péripétie mineure dans la guerre qu'elle est en train de gagner, qu'elle continuera de gagner. Il ne faut pas laisser McMurphy nous faire espérer un changement, nous berner en nous persuadant de faire Dieu sait qu'elle imbécillité. Elle continuera de gagner, comme le Système, parce que, derrière elle, il y a, justement, toute la puissance du Système. Ses reculs ne la font pas perdre mais les nôtres la font gagner. Il ne s'agit pas de la battre deux fois sur trois ou trois fois sur cinq : il faut la battre à tout coup. Si on baisse sa garde, si on perd une seule fois, elle a gagné. Pour de bon. Et, en fin de compte, nous serons tous perdants. Personne n'y peut rien.

Elle vient de mettre en marche la machine à brouillard. Celle-ci débite tant que je ne distingue plus rien que le visage de la Chef et la brume s'épaissit de plus en plus. Je me sens aussi désarmé, aussi mort que j'étais heureux une minute plus tôt quand elle a eu ce petit sursaut — plus désarmé que jamais parce que je sais maintenant qu'on ne peut rien ni contre elle ni contre le Système. McMurphy est tout aussi impuissant que moi. Personne ne peut rien. Plus je songe à notre incapacité, plus le brouillard devient dense.

Je suis content quand il est suffisamment compact pour que l'on s'y perde, que l'on puisse se laisser aller et retrouver la sécurité.


On joue au Monopoly dans la salle commune. Cela fait trois jours que cela dure ; des maisons et des hôtels traînent partout et il a fallu rapprocher deux tables pour disposer les titres de propriété et l'argent. Afin d'intéresser la partie, McMurphy a proposé de payer un sou pour chaque dollar donné par la banque et la boîte est pleine de petite monnaie.

« C'est ton tour, Cheswick.

— Non... Attends une minute. Qu'est-ce qui faut pour acheter des hôtels ?

— Quatre maisons sur chaque terrain de la même couleur, Martini. Alors, tu joues, oui ou non ?

— Une minute. »

C'est une véritable tempête de ce côté de la table. Les billets rouges, verts, jaunes volent dans tous les sens.

« T'achètes ton hôtel ou t'attends le dégel, crénom ?

— A ton tour, Cheswick.

— Deux as ! Ah ! Ah ! Où ça va-t-y te mener ? A Marvin Garden, par hasard ? Chez moi ? Ça ne voudrait-y pas dire que tu dois me verser... voyons voir... trois cent cinquante dollars, Cheswick de mon cœur !

— Mince alors !

— C'est quoi, les autres machins ? Une minute ! C'est quoi les choses qu'y a partout sur le jeu ?

— Ça fait deux jours qu'ils te crèvent les yeux, tes machins, Martini. Pas étonnant si je paume ma chemise. Je me demande comment tu arrives à te concentrer, McMurphy, avec ce type à côté de toi qui a des hallucinations à tout bout de champ !

— T'en fais pas pour Martini, mon petit Cheswick. Il se défend comme un lion. Paie donc tes dettes et laisse-le se débrouiller. On touche le loyer chaque fois qu'un de ces « machins » atterrit chez nous, non ?

— Hé ! Une minute ! Il y en a trop.

— T'occupe, Mart. Ça colle. T'as qu'à nous dire où ils arrivent. Cheswick, c'est encore à toi de jouer, t'as fait un double. Et hop-là. Six !

— Ça m'amène à... à *Chance* : « Vous avez été élu « président du conseil d'administration. Payez à cha- « que joueur... » Vacherie de vacherie !

— A qui c'est, l'hôtel de Reading Railroad ?

— Voyons... Ce n'est pas un hôtel. Tout le monde peut voir que c'est un dépôt !

— Hé ! Une minute ! »

Au bout de la table, McMurphy distribue les cartes, classe son argent, aligne ses hôtels, un billet de trois cents dollars piqué dans la visière de sa casquette. Fric dingo, comme il dit.

« Eh, Scanlon ! Je crois que c'est à toi, mon pote.

— Envoie les dés. Je te vais faire sauter le carton en miettes. Bon, allons-y. Onze. Place-moi sur Sebenty Avenue, Martini.

— Si tu veux.

— Pas celui-là, abruti ! C'est pas un jeton, c'est une maison !

— La couleur est pareille.

— Qu'est-ce que cette petite maison fabrique sur la Compagnie d'Electricité ?

— C'est une centrale.

— Martini, c'est les dés qu'il faut secouer...

— Laisse-le faire. Quelle différence ?

— Mais c'est des maisons qu'il agite !

— Et toc ! Martini a un superbe... voyons voir... un superbe dix-neuf. Bravo, Mart. Ça te conduit... Mais où est ton jeton ?

— Hein ? Ben, il est là.

— Dans sa bouche, McMurphy, dans sa bouche ! Merveilleux ! Tu passes de la seconde à la troisième prémolaire, tu sautes quatre cases et te voilà... te voilà à Baltic Avenue, Martini. Ton seul et unique terrain. Il y a des gens vernis, vous ne trouvez pas ? Martini joue depuis trois jours et il atterrit pratiquement chaque fois chez lui.

— Boucle-la et joue. C'est ton tour. »

De ses doigts effilés et qui ont la même couleur — on dirait qu'il les a sculptés à même son autre main, — Harding saisit les dés, en caresse la surface du pouce à la manière d'un aveugle. Les cubes d'os s'entrechoquent, roulent, s'immobilisent devant McMurphy.

« Et toc ! Cinq, six, sept. Pas de veine, mon vieux. En plein dans un de mes innombrables domaines. Tu me dois... Oh ! Disons que deux cents dollars feront l'affaire.

— Quelle guigne ! »

Et la partie continue, accompagnée par le cliquetis des dés et le crissement des billets de la sainte farce.

Il y a de longs moments — trois jours, trois ans — où l'on ne voit strictement rien. On sait seulement où l'on se trouve grâce à la clameur du haut-parleur qui retentit là-haut, telle une bouée à cloche dans le brouillard. En général, quand la vue commence à me revenir, les autres vont et viennent d'un air apparemment détaché comme s'ils n'avaient pas même remarqué ne serait-ce qu'une vapeur flottant dans l'air. Je crois que le brouillard agit sur leur mémoire autrement que sur la mienne.

McMurphy lui-même ne semble s'être rendu compte de rien. Ou alors, il s'arrange pour qu'on ne s'aperçoive pas de son trouble. Il tient à persuader les soignants que rien n'a de prise sur lui.

Il sait que le meilleur moyen d'exaspérer quelqu'un qui vous cherche, c'est de se conduire comme si l'on ne s'en souciait pas. Il manifeste toujours la plus grande courtoisie envers les infirmières et les moricauds, quoi qu'ils puissent lui dire, quelque tour qu'ils lui jouent dans l'espoir de lui faire perdre son sang-froid. De temps à autre, un point de règlement stupide le met hors de lui mais cela a pour résultat de lui faire afficher une urbanité et une politesse accrues jusqu'au moment où il s'aperçoit du comique de l'affaire — ces règles, ces regards désapprobateurs dont ils vous mitraillent pour vous contraindre à vous y plier, leur façon de vous parler comme si vous étiez un enfant à la mamelle : alors, il éclate de rire, ce qui leur tape terriblement sur les nerfs. Tant qu'il pourra rire, il ne risquera rien, se dit-il, et la méthode ne marche pas mal du tout. Cependant, en une occasion, il a perdu sa maîtrise de lui-même et laissé voir qu'il était en rage. Non pas que la Chef ou les moricauds lui eussent fait quelque chose. C'était à cause des malades. A cause de leur refus à eux de faire quelque chose.

C'est arrivé pendant une réunion. Les types se sont montrés trop timorés et, qu'ils aient passé sous la table, comme il dit, ça l'a rendu fou. Il avait pris des paris avec tout le monde pour les finales de base-ball qui devaient se dérouler le vendredi suivant. Son idée était qu'on les suivrait à la télé, même si l'émission n'avait pas lieu à l'heure où, normalement, on la regarde.

Lors de la réunion, il propose qu'on fasse le ménage le soir au lieu de l'après-midi. Non, répond la Chef, ce qui ne l'étonne guère. Elle lui explique qu'un équilibre subtil avait présidé à l'établissement de l'emploi du temps, équilibre qu'un bouleversement de la routine transformerait en chaos.

Venant d'elle, cette fin de non-recevoir n'avait rien qui pût surprendre McMurphy. Mais l'attitude des pensionnaires lorsqu'il leur demande ce qu'ils pensent, eux, de son idée, le stupéfie : personne ne bronche, chacun se réfugie au plus profond de sa petite poche de brouillard. C'est à peine si je parviens à les distinguer.

« Hé ! Regardez-moi un peu ! » s'exclame-t-il. Mais ils ne le regardent pas. Il s'attendait que quelqu'un prît la parole, lui répondît. Mais non : on dirait que personne n'a entendu la question. « Ecoutez un peu, sapristi, s'écrie-t-il en s'apercevant que personne ne bouge. Je sais en connaissance de cause que vous êtes au moins une douzaine que ça intéresse peu ou prou de savoir qui remportera la coupe. Vous voulez pas les voir, ces matches ?

— Je ne sais pas, Mac, finit par dire Scanlon. J'ai drôlement l'habitude du journal télévisé de six heures. Et si le changement d'horaire fait autant d'embrouillamini que le dit Miss Ratched...

— Qu'il aille au diable, c't'horaire de merde ! On le reprendra après le championnat ! Qu'est-ce que vous en pensez, les gars ? On vote pour prendre le programme de télé l'après-midi au lieu du soir ? Qui est pour ?

— Moi, s'exclame Cheswick en sautant sur ses pieds.

— Que ceux qui sont pour lèvent la main. »

La main de Cheswick se lève. Des têtes se tournent : va-t-il y avoir d'autres cinglés pour en faire autant ?

« Alors, qu'est-ce que c'est que ces dégonflés ? Je croyais que vous aviez la parole en ce qui concerne la politique du service et des trucs du même goût. C'est pas comme ça que ça se passe, docteur ? »

Le docteur acquiesça sans lever les yeux.

« Bon. Alors, qui veut voir les finales ? »

Cheswick brandit la main encore plus haut et jette un regard enflammé à la ronde. Scanlon secoue la tête et l'imite sans que son bras, toutefois, quitte l'accoudoir. Cela se borne là. McMurphy est sans voix.

« Si l'affaire est réglée, dit l'infirmière-chef, nous pourrions peut-être poursuivre la réunion.

— Ouais, murmure McMurphy, en se laissant glisser au plus profond de son siège à tel point que la visière de sa casquette lui touche presque la poitrine. Ouais, peut-être qu'on pourrait poursuivre cette putain de réunion.

— Ouais, répète Cheswick qui se rassied après avoir toisé les autres types, l'air mauvais. Ouais, poursuivons cette maudite réunion. »

Il secoue sèchement la tête, renifle avec mépris et enfonce son menton dans sa poitrine. Il est heureux d'être près de McMurphy, heureux de se sentir aussi courageux. C'est la première fois qu'il n'est pas tout seul dans un de ses combats perdus d'avance.

Après la réunion, McMurphy, furieux et dégoûté, n'adresse la parole à personne et c'est Billy Bibbit qui vient à lui. « Quelques-uns d'entre nous sont ici de-de-depuis c-c-cinq ans, Randle. » Il triture un magazine roulé dans son poing et l'on peut voir sur le dos de sa main des traces de brûlures de cigarettes. « Et il y en aura qui resteront p-p-peut-être encore aussi longt-t-temps. Ils y seront encore quand tu seras p-p-parti, bien après les f-f.. les f-f-finales. Alors... tu comprends, t-t-tu... » Il jette son magazine et bat en retraite en murmurant : « Et puis, à quoi bon tout ça ? »

McMurphy l'observe avec son drôle de plissement du front qui rapproche et fait saillir ses sourcils décolorés. Il passe le reste de la journée à essayer de discuter avec ceux qui se sont abstenus, mais ils ne veulent pas entendre parler du vote. Alors, il semble se résigner et ne ramène plus la question sur le tapis jusqu'à la veille de la coupe.

« On est jeudi », murmure-t-il ce jour-là en secouant tristement la tête.

On est dans la salle d'hydrothérapie. Assis sur un coin de table, les pieds calés sur une chaise, il s'amuse à faire tourner sa casquette au bout de son doigt. Ceux qui balaient feignent de l'ignorer. Il ne trouve plus de partenaires pour jouer au poker ou au *blackjack* pour de l'argent : l'histoire du vote l'a tellement mis hors de lui qu'il les a tous tondus. Tout le monde s'est endetté et craint de s'enfoncer encore davantage. Or, il n'y a plus moyen de jouer des cigarettes : en effet, la Chef a décidé de garder les cartouches dans le bureau et de n'en distribuer parcimonieusement qu'un paquet par jour. Pour leur santé, qu'elle prétend ; mais chacun sait bien que c'est pour empêcher McMurphy de se les approprier toutes en les gagnant aux cartes. Aussi, la pièce est-elle silencieuse. Pas d'autre bruit que l'écho du haut-parleur venant de la salle commune. Le silence est tel que l'on entend, au-dessus, à l'Isolement, un type qui s'escrime après le mur et pousse de temps en temps une plainte morne et indifférente, un vagissement de bébé qui crie pour s'endormir.

« Jeudi », répète McMurphy.

Le gémissement lointain lui répond.

« C'est Rawles, fait Scanlon en levant la tête vers le plafond. (Il veut se désintéresser de McMurphy.) Rawles le Râleur. Il a fait un stage ici il y a quelques années. Y avait pas moyen qu'il se tienne tranquille pour satisfaire Miss Ratched, tu te rappelles, Billy ? Il n'arrêtait pas de beugler. J'ai cru en devenir timbré. Ils devraient flanquer une grenade ou deux dans le dortoir de ces cinglés-là. Ils sont utiles à personne.

— Et demain, c'est vendredi, enchaîne McMurphy qui ne veut pas laisser Scanlon détourner la conversation.

— Ouais, demain c'est vendredi », répète Cheswick en regardant autour de lui d'un air renfrogné.

Harding tourne la page de la revue qu'il lit.

« Et depuis près d'une semaine que l'ami Mc-Murphy est parmi nous, il n'a pas réussi à faire son coup d'Etat, si c'est cela que tu veux dire, Seigneur ! Quand on pense dans quel gouffre d'apathie nous avons sombré... C'est pitoyable !

— Ecrase, lance McMurphy. Cheswick veut dire que, demain, la télé va diffuser la première série des matches. Et nous, qu'est-ce qu'on fera pendant ce temps-là ? On sera en train de briquer cette nom de Dieu de nurserie !

— Ouais, bafouille Cheswick, la nurserie thérapeutique à la mère Ratched. »

Le dos collé au mur, j'ai l'impression d'être un espion. Le manche à balai que j'étreins n'est pas en bois mais en métal, c'est meilleur conducteur, et il est creux ; à l'intérieur, il y a assez de place pour dissimuler un micro miniaturisé ! Si la Chef est à l'écoute, elle va posséder Cheswick jusqu'à la gauche. J'ai une vieille tablette de chewing-gum au fond de ma poche. J'en détache un bout que je me mets à mâcher pour le ramollir.

« Voyons voir, dit McMurphy. Si je reparle de changer l'emploi du temps, y en aura combien qui me soutiendront ? »

La moitié des gars à peu près font oui de la tête — beaucoup plus que ceux qui voteraient effectivement. McMurphy enfonce sa casquette sur son crâne et prend son menton dans ses mains.

« Vrai, j'arrive pas à piger. Toi, Harding, qu'est-ce qui t'empêche de dire franchement ce que t'as sur le cœur ? T'as peur que la vieille chouette te coupe la main si tu la lèves ? »

Les sourcils étroits de Harding s'arrondissent.

« Peut-être.

— Et toi, Billy ? C'est ça qui te flanque la trouille ?

— Non. Je pense pas qu'elle fe-fe-fera quoi que ce soit, mais... » Il hausse les épaules, soupire et se juche comme un singe en haut du gros régulateur d'eau. « ... Mais je ne crois pas non p-p-plus qu'un vote serait avantageux. Pas à long terme, en tout cas. C'est p-p-pas la p-p-peine, Mac, voilà tout.

— Avantageux ! Crénom ! Lever le bras, ça vous donnera déjà de l'exercice, mes petits potes. C'est excellent.

— Il y a un risque, mon cher. Elle a toujours la possibilité de nous mener la vie plus dure. Une partie de base-ball ne justifie pas un tel risque.

— Mince, alors ! Je n'ai pas manqué une seule coupe de matches de finales depuis des années. Tiens ! Une fois que j'étais en cabane, on nous a amené un poste. Il y aurait eu drôlement du ramdam s'ils l'avaient pas fait ! S'il le faut, je démolirai cette foutue porte à coups de pied pour aller voir la télé dans un bistrot en ville, rien qu'avec mon copain Cheswick. »

Harding ferme son magazine.

« Voilà une suggestion intéressante ! Pourquoi ne pas la soumettre demain à la réunion ? « Miss Rat-

162

ched, je propose que tout le service se transporte *en masse*[1] au Bon-Temps pour y boire de la bière en regardant la télé. »

— J'suis pour, putain de moi ! s'écrie Cheswick.

— Arrête ton char ! J'en ai marre de vos trombines. On dirait une tripotée de vieilles bonnes femmes. Quand on mettra les adjas, tous les deux Cheswick, je te m'en vais clouer la porte derrière moi. Vaut mieux que vous restiez, vous autres : maman vous laisserait sans doute pas traverser la rue.

— Ah ! oui, c'est comme ça ? fait Frederickson qui s'est avancé derrière McMurphy. Tu vas péter la porte, Double Muscle ? Rien qu'en y filant des coups de tatanes ? Un drôle de dur, que t'es ! »

C'est à peine si le rouquin honore Frederickson d'un coup d'œil ; il sait que celui-ci joue les méchants de temps à autres mais que, à la moindre alerte, il rentre dans son trou.

« Alors, la Terreur, tu la casses cette porte, pour nous faire voir que t'es le vrai caïd ?

— Réflexion faite, je préfère pas. J'ai pas envie d'érafler mes chaussures.

— Hum ! Mais dis donc, la grande gueule, explique voir un peu comment tu t'y prendrais pour mettre les voiles ? »

McMurphy regarde autour de lui.

« Eh bien, je pourrai crever le grillage de la fenêtre en y balançant un fauteuil et si le cœur m'en dit...

— Comme ça ? Tu crois que tu pourrais ? Le démolir d'un coup d'un seul ? Eh bien, montre voir un peu. Vas-y, la Terreur : dix dollars que tu n'y arrives pas.

— Pas la peine d'essayer, Mac, l'avertit Cheswick. Frederickson sait que tu réussiras juste à casser le fauteuil et à te retrouver à l'Isolement. Le jour de

---

1. En français dans le texte.

notre arrivée ici, on nous a fait la démonstration. Ces fenêtres sont d'une fabrication spéciale. Un technicien a pris une chaise exactement semblable à celle sur laquelle tu as les pieds et il a bombardé la fenêtre avec jusqu'à ce que cette chaise ne soit plus qu'un tas de petits bois. La vitre était à peine ébréchée.

— Bon. Dans ce cas, il faut quelque chose de plus lourd. »

L'intérêt de McMurphy a l'air de s'éveiller. Pourvu que la Chef n'entende pas cette conversation : il serait chez les Agités dans une heure !

« Et une table ?

— Ce serait pareil : c'est le même bois et ça a le même poids.

— Eh bien, laissez-moi chercher ce qu'on pourrait envoyer dans cette fenêtre, nom de Dieu. Et si vous croyez que je ne le ferai pas si l'envie m'en prend, eh bien, vous vous gourrez un peu. Alors, nous disons... quelque chose de plus massif qu'une table ou qu'une chaise... Si c'était la nuit, je pourrais me servir du gros nègre. Il est assez lourd.

— Beaucoup trop mou, rétorque Harding. Il se répandrait comme une aubergine.

— Et un lit ?

— A supposer que tu arrives à en soulever un, il serait trop large. Il ne passerait pas.

— Sûr que je le soulèverai. Mais, dites donc, là... le machin sur lequel Billy est perché ? Qu'est plein de manettes et de manivelles... Ça a l'air assez costaud, non ? Et il y a des chances pour que ce soit suffisamment lourd.

— Un peu, dit Frederickson. Autant penser démolir à coups de pied la porte d'acier du devant.

— Pourquoi on pourrait pas s'en servir ? J'ai pas l'impression qu'il soit fixé.

— Non. Il y a pas de boulons. Probable qu'il n'y a

**164**

rien pour le retenir, sauf quelques fils. Mais regarde-le, pour l'amour de Dieu ! »

Tout le monde regarde le régulateur de débit : c'est un engin de métal et de ciment qui fait à peu près la moitié d'une table. Il doit peser dans les deux cents kilos.

« Ben quoi ? Je le regarde et puis après ? C'est pas plus gros que les bottes de foin que je chargeais sur les camions.

— Je crains que ça ne pèse un peu plus que des balles de foin.

— Un quart de tonne, je parie, confirme Frederickson.

— Il a raison, Mac, dit Cheswick. Ça doit être terriblement lourd.

— Quoi ? Vous prétendez que j'arriverai pas à soulever ce petit bidule de quatre sous ?

— Je ne me rappelle pas avoir entendu dire que les psychopathes, outre leurs dons bien connus, avaient la faculté de soulever les montagnes.

— Tu dis que je n'y arriverai pas ? Eh bien, sacré bon Dieu... »

D'un bond, il quitte la table et commence à ôter sa veste verte. Quand il est en maillot de corps, on voit les tatouages qui recouvrent ses bras.

« Qui veut parier cinq dollars ? Personne n'arrivera à me convaincre que je ne peux pas faire quelque chose tant que je n'aurai pas essayé. Je dis cinq dollars...

— McMurphy, c'est un pari aussi téméraire que celui que tu as fait à propos de Miss Ratched.

— Qui a cinq tickets à perdre ? Faites vos jeux... »

A l'instant, tous se précipitent pour signer des billets. Il les a si souvent battus au poker et au *blackjack* qu'ils ne veulent pas attendre pour prendre leur revanche ; et, cette fois, ils jouent sur du velours. Je ne vois pas où McMurphy veut en venir. Il a beau être grand et solide, il en faudrait trois comme lui pour ébranler le régulateur. Et il le sait pertinemment. Rien qu'à l'examiner, il doit deviner qu'il ne réussira sans doute même pas à le faire vaciller. Alors, question de le soulever... Il faudrait être un géant. Mais une fois tous les billets signés, il s'en approche, en fait descendre Billy Bibbit, crache dans ses épaisses mains calleuses qu'il fait claquer l'une contre l'autre en roulant les épaules.

« Bien. Vous, restez à l'écart. Des fois, quand je me donne du mouvement, j'use tout l'air qu'il y a autour de moi et les gens s'évanouissent. Asphyxiés. Restez en arrière. Il y a des chances pour que des bouts de ciment et d'acier jaillissent partout. Qu'on mette les femmes et les enfants en sécurité. En arrière !

— Mince ! C'est qu'il est capable d'y arriver, murmure Cheswick.

— Dame ! ricane Frederickson. Rien qu'en lui parlant, il va peut-être le faire s'envoler.

— Il a plutôt des chances d'attraper une belle hernie, dit Harding. McMurphy, arrête de faire l'imbécile. Personne ne peut soulever ce machin-là.

— En arrière, bande de lavettes ! Vous gaspillez mon oxygène. »

Il déplace ses pieds à plusieurs reprises pour trouver la position la meilleure, s'essuie les mains sur les cuisses et, se penchant, il empoigne les leviers fixés sur les flancs de l'appareil. Quand il bande ses muscles, les huées et les quolibets fusent de toutes parts. Il relâche sa prise, se redresse et recommence son jeu de pieds.

Frederickson grimace un sourire :

« On abandonne ?

— Eh ! Je m'échauffe. Le véritable effort, c'est pour maintenant. »

Et d'empoigner à nouveau les leviers.

Soudain, les quolibets tarissent. Ses bras gonflent,

ses veines saillent. Il a fermé les yeux et ses lèvres se retroussent sur ses dents. Il incline le cou. Les tendons se nouent sous sa nuque palpitante, courent comme des cordes le long de ses bras. Tout son corps frémit sous l'intensité de l'effort qu'il fait pour soulever, pour arracher cette chose qu'il sait, que tout le monde sait inébranlable.

Mais, l'espace d'une seconde, lorsque le ciment a gémi sous nos pieds, nous avons pensé : Fichtre ! Il est capable d'y arriver.

Et puis, ses poumons se vident avec un bruit d'explosion et, le corps flasque, il s'affale contre le mur. Il y a du sang sur les poignées où il s'est déchiré les mains. Il reste un instant immobile, haletant, paupières closes. Seule, sa respiration rompt le silence. Personne ne dit rien.

A la longue, il finit par ouvrir les yeux et il nous dévisage. L'un après l'autre — même moi. De sa poche, il extrait toutes les reconnaissances de dettes qu'il a collectionnées depuis quelques jours en jouant au poker. Il se penche au-dessus de la table pour les trier mais ses mains ankylosées ne sont que des serres rouges ; ses doigts ne lui obéissent plus. Alors, il laisse tomber tout le paquet par terre — chacun lui a laissé dans les quarante, cinquante dollars — et, nous tournant le dos, il s'éloigne vers la porte. Soudain, il s'arrête et pivote sur lui-même :

« Mais j'ai essayé, dit-il en nous faisant face. Crénom, j'ai essayé, pas vrai ? »

Il sort sans un regard pour les billets souillés, éparpillés sur le sol.


Un médecin extérieur dont le crâne jaune est recouvert de toiles d'araignée grises fait une conférence aux internes dans la salle de garde.

Je passe à côté de lui en traînant mon balai.

« Qu'est-ce que c'est que ça ? »

Il me regarde comme si j'étais une sorte d'insecte. Un interne se touche les oreilles pour indiquer que je suis sourd et le visiteur poursuit son exposé.

Poussant toujours mon balai, j'arrive devant le grand tableau que le bonhomme des *public relations* a apporté une fois où le brouillard était si épais que je ne l'ai pas vu, et qui représente un type en train de pêcher à la mouche quelque part dans la montagne. On dirait les Ochocos, près de Paineville. Il y a de la neige sur les pics qui s'étagent au-dessus d'une ligne de pins ; des trembles élancés, le tronc argenté, bordent le ruisseau ; l'oseille fait des taches d'un vert acide. Le pêcheur envoie sa ligne dans un creux que cache un rocher. C'est pas un endroit pour la mouche. Faudrait pêcher au vif avec du six. Il aurait intérêt à mouiller son fil en aval, dans les rapides.

Je pousse mon balai dans le chemin qui serpente parmi les trembles et m'assieds sur un rocher pour contempler, de l'autre côté du cadre, le visiteur en train de s'adresser aux internes. Son doigt souligne ses propos, frappe sa paume à petits coups mais je ne l'entends pas : le bruit du courant glacé qui se brise en écumant sur les pierres noie ses paroles. Le vent des cimes apporte une odeur de neige. Des taupinières sont cachées sous l'herbe folle. C'est vraiment l'endroit idéal pour s'allonger et prendre du bon temps.

Si on ne se laisse pas aller et pour peu que l'on fasse l'effort de penser au passé, on oublie comment c'était, l'endroit d'avant. Il n'y avait pas sur les cloisons de jolis panoramas comme ça où l'on peut s'installer. Il n'y avait pas de télé, il n'y avait pas de piscine, on ne mangeait pas du poulet deux fois par mois. Il n'y avait rien que des murs, des chaises et des camisoles de force qui demandaient des heures de travail acharné pour s'en débarrasser. Ils ont fait de sérieux progrès. « Une longue route », comme dit l'homme des *public relations* avec sa figure de pleine lune. La vie a l'air plus agréable avec leurs tableaux, leurs décorations, les chromes dans la salle d'eau. « Celui qui voudrait quitter un lieu aussi beau, c'est qu'il aurait quelque chose qui ne tournerait pas rond », dit le gros bouffi.

Dans la salle de garde, le conférencier a les bras serrés autour de sa poitrine, il frissonne comme s'il avait froid tandis qu'il répond aux questions. Il est grêle et décharné, ses vêtements flottent sur ses os. Il est là, debout, recroquevillé et tremblant. Peut-être qu'il sent le vent qui souffle des cimes, lui aussi.

Cela devient pénible de retrouver mon lit la nuit ; je dois me mettre à quatre pattes et tâter les ressorts pour retrouver les chewing-gums durcis qui y sont collés. Personne ne se plaint du brouillard. Je sais pourquoi, maintenant : il a beau être désagréable, on y est en sécurité lorsqu'on s'y laisse glisser. Cette soif de sécurité, voilà une chose que McMurphy est incapable de comprendre, lui qui s'acharne à nous tirer hors du brouillard, à nous ramener à l'air libre où nous sommes des proies si faciles.

En bas, on livre des pièces de rechange — des cœurs, des reins, des cerveaux congelés, et tout le reste. Une rumeur sourde monte de la chambre froide, sous le toboggan à charbon. Quelque part dans le dortoir, un type que je ne vois pas parle d'un Agité qui s'est tué. Le vieux Rawler. Il s'est coupé les couilles. Il s'est laissé saigner à blanc, assis tout droit sur le siège des cabinets. Il y avait une demi-douzaine de gars autour de lui. Ils ne se sont aperçus de rien avant qu'il ne se soit écroulé. Mort.

Je ne comprends pas pourquoi les gens sont si impatients. Il n'avait qu'une chose à faire : attendre.

Je sais comment elle marche, la machine à brouillard. Sur les aérodromes, pendant la guerre, il y avait toute une section pour s'en occuper. Chaque fois que les services de renseignements avaient vent d'une attaque ou que les généraux voulaient faire quelque chose discrètement — au nez et à la barbe de tout le monde, de façon si secrète que les espions de la base eux-mêmes ne pourraient y voir que du feu —, on embrumait le terrain.

C'est un système tout ce qu'il y a de simple : il suffit d'un compresseur ordinaire qui aspire de l'eau dans un réservoir et une huile spéciale dans un autre. Le mélange est évacué par un tube noir, au bout de la machine, sous forme d'une vapeur blanchâtre qui met quatre-vingt-dix secondes à envahir l'aire d'atterrissage. Cette brume artificielle a été une des premières choses que j'ai vues en débarquant en Europe. Des chasseurs d'interception nous suivaient de près et, à peine nous étions-nous posés, que l'on a mis l'appareil en route. Par les hublots couverts de rayures on apercevait les jeeps qui remorquaient les machines. Le brouillard, jaillissant à grand flot, a enveloppé le terrain. Il se collait après les fenêtres comme du coton mouillé.

Pour s'orienter, quand on est descendu, il fallait se guider sur le son de la petite trompe dans laquelle le lieutenant soufflait sans arrêt comme pour arbitrer un match. On aurait dit une oie en train de cacarder. On ne distinguait rien à plus d'un mètre. L'impression d'être tout seul au milieu du terrain... Il n'y avait rien à craindre de l'ennemi mais on se sentait affreusement isolé. Les sons mouraient, se dissolvaient tout de suite, on n'entendait pas les camarades. Il n'y avait que le cri aigu de la petite trompette qui transperçait cette blancheur molle et vaporeuse, si épaisse qu'elle vous engloutissait jusqu'à la taille. En dehors du kaki de la chemise et de l'éclat cuivré de la boucle de ceinture, ce n'était que du blanc, comme si, à partir des hanches, on se diluait, nous aussi, dans le brouillard.

Brusquement, un type tout aussi perdu que vous-même apparaissait devant vos yeux et jamais on n'avait vu un visage aussi distinct, aussi gros. Il fallait faire un tel effort pour accommoder que les moindres détails étaient dix fois plus nets que d'habitude, à tel point que l'on était forcé de détourner le regard. Quand un homme surgissait ainsi au cœur de la brume, on s'efforçait de ne pas le regarder en face, et il en faisait autant parce que la vision était si claire que l'on avait l'impression pénible de voir l'autre à l'intérieur. Mais aucun des deux n'avait pourtant envie de détourner les yeux et de perdre entièrement son compagnon. C'était un choix à faire : ou bien l'on s'astreignait à regarder en face les choses émergeant de la brume, même si c'était douloureux ; ou bien, on s'abandonnait et l'on se perdait dans le brouillard.

La première fois où ils se sont servis de la machine à brouillard, ici — c'était un appareil provenant des surplus de l'armée qu'ils avaient secrètement installé dans les conduits d'aération des nouveaux locaux avant que nous ne les occupions —, je me suis forcé à regarder ce qui se profilait dans le coton aussi long-temps et aussi intensément que je le faisais en Europe quand on camouflait un aérodrome, ceci afin de ne pas perdre le nord. Il n'y avait pas de trompe pour nous indiquer le bon chemin, pas de corde à quoi se raccrocher : aussi, fixer le regard sur quelque chose était la seule solution pour ne pas s'égarer. Je me perdais quand même quelquefois ; je m'enfonçais trop profond en essayant de me cacher ; alors, j'avais l'impression de revenir toujours au même point : à la porte de fer bardée de rivets qui étaient comme autant d'yeux innombrables ; on aurait dit que la salle sur laquelle elle donnait m'attirait, quelque acharnement que je misse à ne pas m'en approcher, comme si les mauvais esprits qui l'habitaient émettaient un rayon qui plongeait au sein du brouillard, un rayon que j'étais obligé de suivre à la manière d'un robot. Il m'est arrivé d'errer dans cette brume pendant des jours entiers, terrorisé à l'idée que mes yeux ne percevraient jamais plus autre chose que cette masse blanche. Et puis, je me trouvais devant cette porte au-delà de laquelle je distinguais une paroi matelassée pour étouffer les sons, des hommes alignés comme des zombies au milieu d'un étincelant lacis de fils de cuivre, de tubes luminescents à la lueur papillotante, de l'éclat déchirant des arcs électriques. Je prenais ma place dans le rang, j'attendais que vienne mon tour de m'étendre sur la table. Celle-ci était en forme de croix et des milliers d'êtres assassinés y avaient laissé l'empreinte de leur corps — ombres de poignets, ombres de chevilles glissées sous les courroies de cuir usagées et verdies par la sueur, ombres des nuques, ombres des têtes que maintient un bandeau argenté qui prend le front. A côté, un expert qui surveille ses cadrans lève les yeux sur la file ; il tend vers moi sa main gantée de caoutchouc : « Attendez ! Je le connais, le grand. Vieille canaille ! Vaut mieux lui faire le coup du lapin sinon il faudra demander du renfort. C'est qu'il n'est pas facile à manier, ce coco-là ! »

Pour éviter de m'égarer et d'aboutir devant la porte de la Casserole, j'essayais donc de ne pas sombrer trop profond dans le brouillard. J'accrochais de toutes mes forces mon regard après tout ce qui pouvait se présenter, tel un homme au milieu du blizzard qui s'agrippe à un grillage. Mais la brume ne cessait de s'épaissir et, j'avais beau lutter deux ou trois fois par mois je me retrouvais devant cette porte qui me soufflait au visage une âcre odeur d'électricité et d'ozone. Bien que je fisse ce que je pouvais, cela devenait dur de ne pas m'égarer.

Et puis, j'ai fait une découverte : si, quand le brouillard m'avale, je ne bouge pas et reste tranquille, j'ai une chance de ne pas dériver jusqu'à cette porte. Si j'y parvenais, c'était de ma faute : j'avais tellement peur de me perdre que je me mettais à hurler, et cela leur permettrait de retrouver ma trace. En un sens, je hurlais précisément afin qu'ils me retrouvent en me disant que n'importe quoi, même la Casserole, valait mieux que de se perdre pour de bon. A présent, je ne sais plus. Ce n'est pas tellement désagréable de se perdre.

J'ai attendu toute la matinée qu'ils nous embrument. Depuis quelques jours, ils font marcher de plus en plus la machine à brouillard et j'ai dans l'idée que c'est à cause de McMurphy. Ils ne le contrôlent pas encore : alors, ils essaient de le prendre quand il n'est pas sur ses gardes. Ils se rendent compte qu'il va fatalement leur poser un problème. Une demi-douzaine de fois déjà, il a galvanisé Cheswick, Harding et d'autres à tel point qu'ils auraient pu tenir tête aux moricauds. Mais, immanquablement, au moment critique, le brouillard entrait en scène. Comme c'est le cas actuellement.

Il y a quelques minutes, quand les gars ont commencé à débarrasser la salle commune pour la réunion thérapeutique, j'ai entendu le compresseur se mettre en branle derrière la grille. Déjà, la brume rampe sur le sol, si lourde que les jambes de mon pantalon sont humides. Je suis en train d'astiquer la porte vitrée du bureau des infirmières et j'entends la

Chef téléphoner au docteur. Elle le prévient que nous allons être prêts et ajoute qu'il serait bon de prévoir une conférence de travail au cours de l'après-midi. « Je crois en effet, dit-elle, qu'il est grand temps de parler de Randle McMurphy et de décider s'il doit ou non rester dans notre service. » Après avoir écouté la réponse, elle reprend : « Je ne pense pas qu'il soit prudent de le laisser continuer à semer le trouble chez les patients ainsi qu'il l'a fait ces jours-ci. »

Voilà pourquoi elle vaporise le brouillard avant la réunion. C'est inhabituel : elle veut donc passer à l'action directe contre McMurphy et, peut-être, obtenir son transfert au pavillon des Agités. J'abandonne mon chiffon et vais m'asseoir à ma place, tout au bout de la rangée des Chroniques. C'est tout juste si je parviens à distinguer les types qui s'installent, le docteur qui fait son entrée en essuyant ses lorgnons comme si c'était parce qu'ils étaient embués et non à cause du brouillard qu'il y voit trouble.

La brume n'a jamais été aussi épaisse.

Ils essaient de poursuivre leurs discussions en disant des imbécilités à propos du bégaiement de Billy Bibbit. Le brouillard est tellement compact que les mots semblent traverser une couche d'eau pour me parvenir. D'ailleurs, ça ressemble de si près à de l'eau que je m'élève verticalement au-dessus de mon siège et, pendant un bout de temps, je ne sais plus où est le haut et où est le bas. De flotter ainsi, ça fait un peu mal au cœur. Je ne vois plus rien. C'est la première fois que ce phénomène se produit.

Les voix tantôt s'affaiblissent et tantôt résonnent plus fort, s'effacent et reviennent, tandis que je dérive, mais même lorsqu'elles retentissent avec le plus d'intensité — et parfois elles sont si claires que je sais que je me trouve tout à côté de celui qui parle —, je n'arrive toujours pas à discerner quoi que ce soit. J'identifie Billy dont la nervosité accroît encore le bégaiement naturel : « F-f-f-flanqué à la porte du collège parce que j'avais aban-ban-bandonné la préparation m-m-militaire. Je ne p-p-pouvais pas m'y f-f-faire. Quand l'officier faisait l'ap-p-pel, je n'arrivais pas à ré-ré-répondre. On devait dire p-p-p... » Le mot ne passe pas ; il lui reste en travers de la gorge, comme un os. Il avale sa salive et recommence : « On devait dire « Présent ». Je n'ai j-j-jamais pu. »

Les voix s'amortissent. Puis, tranchante, celle de la Chef s'élève à ma gauche :

« Billy, pouvez-vous vous rappeler quand vos difficultés d'élocution ont commencé ? Quand vous êtes-vous mis à bégayer ? Vous en souvenez-vous ? »

Je ne sais pas s'il rit ou quoi :

« Quand j'ai co-co-commencé ? Mon premier m-m-mot, je l'ai dit en bégayant : m-m-maman... »

D'un seul coup, toutes les voix disparaissent. Cela n'était encore jamais arrivé. Peut-être le brouillard a-t-il également englouti Billy. Peut-être tout le monde s'y est-il finalement et définitivement retranché.

Je croise une chaise qui flotte, elle aussi. Le premier objet que je discerne. Elle a émergé du brouillard à ma droite et en quelques secondes, elle est juste devant moi, presque à portée de ma main. J'ai pris depuis peu l'habitude de laisser tranquilles les choses qui prennent forme dans le brouillard, de ne pas bouger, de ne pas essayer de les atteindre. Mais aujourd'hui, j'ai peur, peur comme autrefois. Je m'efforce d'agripper la chaise errante mais je n'ai pas de point d'appui et je ne réussis qu'à fouetter l'air. Je suis tout juste capable de regarder ; elle devient de plus en plus nette, plus nette que jamais, si nette que je distingue une empreinte laissée par le doigt de l'artisan sur le vernis encore frais. Elle passe un bref instant au-dessus de moi avant de s'évanouir. Jamais encore je n'ai vu les choses voguer de cette façon, jamais je n'ai vu un brouillard si épais : même si je le voulais, je ne pourrais pas poser les pieds par terre. C'est cela qui m'effraie tant ; j'ai l'impression que je vais dériver pour de bon cette fois, disparaître Dieu sait où.

Un Chronique file un peu au-dessous de moi. C'est le vieux colonel Matterson. Il est en train de déchiffrer ce qu'il y a d'écrit dans sa longue main jaune. Je l'observe attentivement car je me dis que c'est la dernière fois que je le vois. Sa tête est énorme, presque trop pour que ce soit supportable. Chacun de ses poils, chacune de ses rides sont démesurés : on dirait que je l'observe à travers un microscope. La vision est si claire que je distingue son existence tout entière. Un visage marqué par soixante années passées dans les camps du sud-ouest, où les roues des caissons aux jantes de fer ont gravé leurs traces, usé jusqu'à l'os par combien de milliers de marches d'entraînement ?

Il tend sa longue main en avant, me la brandit sous le nez ; il la considère en plissant les yeux. Son autre main se hausse pour souligner les mots qu'il prononce d'un geste du doigt. Un doigt qui a la rigidité d'un morceau de bois et auquel la nicotine a donné la couleur d'un fût de carabine. Sa voix caverneuse est toujours aussi lente, aussi patiente. Je vois, à mesure qu'il lit, les mots, noirs et pesants, jaillir de ses lèvres à la fragilité de verre.

« Maintenant... le drapeau, c'est... l'Amérique. L'Amérique, c'est... les prunes. Les pêches. Les pastèques. L'Amérique, c'est... les boules de gomme. La graine de citrouille. L'Amérique, c'est... la té-lé-vision. »

C'est vrai. Tout est écrit dans cette longue main jaune. Moi aussi, je peux le lire.

« Maintenant... la croix, c'est... le Mexique. »

Il lève la tête pour s'assurer que je l'écoute et, me voyant attentif, il me sourit et continue :

« Le Mexique, c'est... les noix. Les noisettes. Le maïs. Le Mexique, c'est... l'arc-en-ciel. L'arc-en-ciel, c'est... le bois. Le Mexique, c'est... du bois. »

Je comprends ce qu'il veut dire. Il répète ce genre de choses depuis six ans qu'il est ici mais je ne me suis jamais soucié de lui ; je ne l'ai jamais considéré autrement que comme une statue parlante, un bloc d'os et d'arthrite qui se promenait en débitant des maximes saugrenues qui n'avaient pas l'ombre d'un sens. A présent, je comprends enfin ce qu'il veut dire. J'essaie de le retenir pour le regarder une dernière fois très fort afin de me souvenir de lui. Et c'est l'intensité de l'effort qui m'a permis de comprendre. Il s'arrête, me regarde encore pour être certain que j'ai compris. Je voudrais hurler : Oui... Je vois : le Mexique, c'est comme les noix ; il est brun, dur, et on le sent avec les yeux, et il a la saveur des noix ! Vieil homme, ce que tu dis a un sens, un sens qui t'appartient. Tu n'es pas le fou qu'ils s'imaginent. Oui... Je vois...

Mais le brouillard m'obstrue la gorge, je n'arrive pas à proférer un son. Et le colonel s'éloigne, penché sur la main qu'il déchiffre.

« Maintenant... le mouton vert, c'est... le Ca-na-da. Le Canada, c'est... les sapins. Les champs de blé. Le ca-len-drier... »

J'essaie de le suivre des yeux tandis qu'il glisse au loin. Ça me fait si mal, tellement l'effort est dur, que je dois les fermer. Quand je les rouvre, le colonel a disparu. Je suis tout seul, plus perdu que jamais. Je dérive.

Je me dis : Cette fois, ça y est. Je m'en vais pour de bon.

Le visage de Pete. Pareil à un projecteur. Il est à cinquante mètres à gauche mais je le distingue aussi clairement que s'il n'y avait pas de brouillard. A moins qu'il ne soit tout près de moi et très petit ?

Comment savoir ? Il me dit seulement qu'il est fatigué mais cela suffit : je vois toute son existence de garde-voies, je le vois s'acharner à deviner comment on fait pour lire l'heure, suer sang et eau pour mettre le bouton qu'il faut dans la boutonnière qu'il faut quand il revêt sa tenue, s'appliquant obstinément à accomplir une tâche, pour les autres si simple qu'ils n'ont, eux, qu'à s'installer dans un fauteuil rembourré avec du carton et lire des romans policiers et des livres d'amour. Non qu'il se soit jamais imaginé qu'il tiendrait le coup — dès le début, il savait qu'il n'y parviendrait pas — mais il fallait qu'il essaie, rien que pour ne pas perdre le contact avec les autres. Et, quarante ans, durant, Pete a réussi à vivre, peut-être pas dans le monde des hommes, mais en tout cas au bord.

Je vois tout ça, et ça me fait mal comme ça me faisait mal de voir certaines choses pendant la guerre. Comme ça m'a fait mal de voir ce qui est arrivé à Papa et à la tribu. J'avais cru que c'était fini pour moi, de voir des choses et de me faire du mauvais sang. Ça ne sert à rien, il n'y a rien à faire.

« Je suis fatigué. »

C'est ça qu'il dit, Pete.

« Je sais, vieux, mais à quoi cela te servirait que je me fasse de la bile ? A rien. Tu le sais bien. »

Pete s'éloigne en flottant dans le sillage du colonel Matterson.

Et voilà Billy Bibbit qui surgit de la même manière. Ils se succèdent tous devant moi pour que je les voie une dernière fois. Je n'ignore pas que Billy se trouve tout au plus à quelques dizaines de centimètres mais il est si petit qu'on le croirait à un kilomètre. Le visage qui se tend vers moi est celui d'un mendiant qui a besoin de bien plus qu'on ne peut lui donner. Il remue la bouche comme un mannequin.

« Et même quand je me suis dé-dé-déclaré, j'ai

cafouillé. Je lui ai dit : « Ch-chérie, voulez-vous m'épou-pou-pou... » Et elle a fini par rire au é-é-éclats. »

La voix de la Chef (je ne me rends pas compte d'où elle vient) :

« Votre mère m'a parlé de cette jeune fille, Billy. Elle était apparemment d'un milieu très inférieur. Pourquoi vous a-t-elle tant effrayé, à votre avis ?

— J'étais amou-mou-moureux d'elle. »

Je ne peux rien pour toi non plus, Billy. Tu le sais. Personne ne peut rien. Il faut que tu comprennes que, dès qu'un homme va au secours d'un autre homme, il s'ouvre tout grand. Il faut être prudent, Billy ; tu devrais le savoir comme tout le monde. Que veux-tu que je fasse ? Je ne peux pas guérir ton bégaiement. Je ne peux pas effacer les cicatrices de rasoir de ton poignet, ni faire disparaître les brûlures de cigarettes sur le dos de ta main. Je ne peux pas te donner une autre mère. Et tant que la Chef te mènera comme elle te mène, t'enfonçant le nez dans ta propre faiblesse jusqu'à ce que rien ne demeure plus du peu de dignité qui te reste encore et que tu t'anéantisses à force d'humiliation, je ne pourrai rien. A Anzio, j'ai vu un de mes copains attaché après un arbre à cin-quante mètres de moi, qui demandait de l'eau en hur-lant, le visage en feu sous le soleil. Les autres vou-laient que j'essaie d'aller jusqu'à lui pour l'aider. Ils m'auraient coupé en petits morceaux que je n'aurais pas quitté la ferme.

Disparais, visage de Billy.

Ils continuent de défiler devant moi. C'est comme si chacun portait un écriteau, tels les « Je suis aveugle » qui brimbalent autour du cou des accor-déonistes de Portland, sauf que leurs pancartes à eux disent : « Je suis fatigué » ou « J'ai peur » ou « Je suis tout empêtré avec les machines et les gens qui me bousculent tout le temps ». Toutes ces pancartes, je peux les lire, même si les lettres s'amenuisent. Il y a des visages qui regardent d'autres visages et qui lisent l'écriteau. Mais que peut-il dire ? Les figures s'éparpillent dans le brouillard, pareilles à des confettis.

Je suis plus loin que je n'ai jamais été. Ça doit ressembler à cela, d'être mort. J'imagine que c'est pareil quand on est un Légume : vous vous dissolvez dans le brouillard, vous ne bougez pas, on nourrit votre corps jusqu'à ce qu'il s'arrête de manger. Alors, ils le brûlent. On n'est pas si mal que ça. On ne souffre pas. Je n'éprouve rien, rien qu'un léger froid qui, j'imagine, disparaîtra avec le temps.

Je vois mon chef de corps qui fixe des notes sur le tableau de service pour nous dire comment s'habiller aujourd'hui. Je vois le ministère de l'Intérieur fondre sur notre petite tribu avec une concasseuse.

Je vois papa sortir d'un ravin, ralentir, coucher en joue un gros chevreuil qui s'enfuit en bondissant à travers les cèdres. Le canon de l'arme crache sporadiquement des balles qui font s'envoler des nuages de poussière autour de l'animal. Je quitte à mon tour le ravin. Ma seconde balle terrasse le chevreuil au moment où il allait escalader la paroi rocheuse. Je souris à papa.

*« Je n'ai jamais pensé que tu raterais une cible pareille, papa.*

*— J'ai plus mes yeux, fils. Peux plus viser la mire. Mon regard se tortillait comme un chien en train de chier des noyaux de pêche.*

*— J'te l'dis, papa : c'est le vin de cactus de Sid qui te rend vieux avant ton temps.*

*— Celui qui boit le cactus de Sid est déjà vieux avant son temps, fils. Vidons cette bête avant que les mouches ne la fassent disparaître. »*

L'événement n'a même pas lieu maintenant. Vous saisissez ? On ne peut rien faire à propos d'une chose comme ça qui s'est produite dans le passé.

« *Hé ! mon vieux...* »

J'entends des murmures. Les moricauds.

« *Regarde ce vieux branque de Bromden qui s'est endormi...*

— *Très bien, Grand Chef Balayeur, très bien. Roupille et t'auras pas d'ennuis.* »

Je n'ai plus froid. Je crois que ça y est presque. Là où je suis, le froid ne m'atteint pas. Je peux y rester pour de bon. Je n'ai plus peur. Ils ne peuvent pas m'atteindre. Seuls les mots me parviennent encore, et ils s'étouffent.

« *Bien... Puisque Billy a décidé de se retirer de la discussion, quelqu'un d'autre a-t-il un problème à soumettre au groupe ?*

— *En fait, m'dame, il y a quelque chose...* »

Ça, c'est la voix de McMurphy. Il est loin. Il cherche encore à tirer les gens hors du brouillard. Pourquoi ne m'y laisse-t-il pas ?

« ... *Vous vous rappelez le vote sur l'heure de la télé qu'il y a eu, il y a un jour ou deux ? Aujourd'hui, c'est vendredi et je voudrais qu'on recommence, histoire de voir s'il y en a maintenant qui en ont un peu plus au cul.*

— *Monsieur McMurphy, cette réunion a des mobiles thérapeutiques, c'est de la thérapeutique collective et je doute que ces griefs sans importance...*

— Oh ! Laissez tomber ! Vous nous l'avez déjà dit. Moi et quelques gars, on a décidé...

— Un moment, monsieur McMurphy : je souhaiterais poser une question au groupe : Personne n'a-t-il l'impression que M. McMurphy impose peut-être trop tyranniquement ses désirs personnels à autrui ? J'ai songé que vous seriez peut-être plus heureux s'il était transféré dans un autre service.* »

Le silence règne une minute, puis une voix s'élève :

« *Pourquoi qu'on voterait pas, hein ? Pourquoi qu'vous voulez l'expédier chez les Agités rien qu'parce* qu'il propose de voter ? Qu'est-ce que ça a de si mal, de changer l'emploi du temps ?

— Monsieur Scanlon, je vous rappelle que vous avez fait la grève de la faim pendant trois jours pour avoir l'autorisation de regarder la télévision à six heures au lieu de six heures et demie.

— On doit quand même se tenir au courant de ce qui se passe dans le monde, quoi ! Bon Dieu, si Washington était bombardé, faudrait une semaine avant qu'on en entende parler !

— Oui ? Accepteriez-vous de sacrifier votre journal télévisé pour voir une bande de bonshommes jouer au baseball ?

— On peut pas avoir les deux, hein ? Non, je pense pas. Alors... Et puis, merde ! Je crois pas qu'on sera bombardé cette semaine.

— Laissez-le avoir son vote, Miss Ratched.

— Parfait. Mais j'estime que nous avons amplement la preuve de l'action néfaste de M. McMurphy sur certains d'entre vous. Alors, que proposez-vous ?

— Qu'on vote une nouvelle fois pour savoir ceux qui veulent qu'on regarde la télé cet après-midi.

— Vous êtes sûrs que ce nouveau vote vous satisfera ? Nous avons des questions plus importantes...

— Il me satisfera. J'ai seulement envie de savoir lesquels de ces cocos ont autre chose que du sang de navet dans les veines.

— Voyez-vous, docteur Spivey, c'est ce genre de discours qui m'amène à me demander si le transfert de McMurphy n'aurait pas pour effet de rendre nos malades plus heureux.

— Alors, on passe au vote ou quoi ?

— Certainement, monsieur Cheswick. Un vote à mains levées vous suffira-t-il, monsieur McMurphy, ou allez-vous exiger un vote à bulletins secrets ?

— Je veux voir les mains. Celles qui se lèveront et les autres.

— Que tous ceux qui sont partisans de ce changement d'horaire lèvent la main. »

La première main qui s'élève est celle de M. McMurphy : je la reconnais à cause du pansement qu'il porte depuis qu'il s'est coupé en essayant de déplacer le régulateur de l'hydrothérapie. Puis, tout le long de la rangée, d'autres mains émergent du brouillard. On croirait que la grosse poigne rouge de McMurphy plonge dans la brume pour haler les hommes, les précipiter à l'air libre qui les éblouit. D'abord un, puis un second, puis le suivant. D'un bout à l'autre de la ligne, il les tire hors de la vapeur : et bientôt les vingt Aigus sont debout, la main dressée — pas seulement pour la télé, mais contre la Chef ; contre le transfert de McMurphy, qu'elle médite ; contre la façon qu'elle a de leur parler, d'agir, de les écraser depuis des années.

Personne ne dit rien. Tout le monde, je le sens, tout le monde est stupéfait, les patients comme le personnel, Miss Ratched n'y comprend plus rien : hier, avant l'affaire du régulateur, il n'y aurait pas eu plus de quatre ou cinq votants. Mais quand elle se met à parler, sa voix ne trahit rien de sa surprise.

« Je ne compte que vingt mains, monsieur McMurphy.

— Vingt ? Et alors ? Nous sommes bien vingt... »

Il se tait brusquement, se rendant compte de ce qu'elle veut dire.

« Eh ! Attendez une minute, sacrédié.

— Je crains que ce scrutin ne soit un échec pour vous.

— Bon Dieu ! Je vous demande encore une minute !

— Il y a quarante patients dans le service, monsieur McMurphy. Vingt seulement se sont prononcés.

Toute modification de politique requiert la majorité. Je suis désolée, mais le scrutin est clos. »

Les mains s'abaissent. Voyant qu'ils sont battus, les types essaient de réintégrer le brouillard dispensateur de sécurité. McMurphy a sauté sur ses pieds.

« Qu'est-ce que c'est que cette histoire ? Qu'est-ce que vous me racontez ? Que vous faites entrer en ligne de compte les voix de tous ces vieux birbes ?

— Docteur, n'aviez-vous pas expliqué à M. McMurphy la procédure de votation ?

— Je regrette... La majorité est nécessaire, McMurphy. Miss Ratched a raison, tout à fait raison.

— Eh oui, monsieur McMurphy, la majorité ! C'est stipulé dans nos statuts.

— Et je suppose que pour modifier vos sacrés statuts, il vous faut aussi un vote majoritaire ? Evidemment ! J'ai vu pas mal de coups fourrés dans ma vie mais ça alors, c'est le bouquet !

— Je suis navrée, mais c'est écrit en toutes lettres dans le règlement. Si vous voulez que je vous le...

— C'est donc comme ça qu'elle fonctionne, votre pseudo-démocratie ?.... Ben, merde alors !

— Vous paraissez bouleversé, monsieur McMurphy. Ce n'est pas votre avis, docteur ? J'aimerais que vous en preniez note.

— Faut pas charrier, ma petite dame. Un type qui se fait couillonner, il a le droit de gueuler. Et pour être couillonné, on l'est jusqu'à la gauche !

— Docteur, compte tenu de l'état du patient, nous devrions peut-être clore la réunion un peu plus tôt aujourd'hui...

— Attendez ! Je voudrais dire un mot à quelques-uns des vieux.

— Le scrutin est clos, monsieur McMurphy.

— Je veux leur parler. »

Il s'avance vers nous. Il grandit, grandit. Sa figure

est rouge. Il pénètre dans le brouillard pour ramener Ruckly à la surface parce que Ruckly est le plus jeune.

« Et toi, mon pote, qu'est-ce que tu en penses ? Tu veux voir les finales ? Le baseball ? Le match de baseball ? T'as qu'à lever la main.

— P-p-p-pute de femme...

— Bon. Au temps pour moi ! Et toi camarade ? Comment tu t'appelles ?... Ellis ? T'as pas envie de voir une partie de baseball à la télé, Ellis ? T'as qu'à lever la main... »

Les mains d'Ellis sont fixées au mur : son vote ne peut pas compter.

« J'ai dit que le scrutin était clos, monsieur Mc-Murphy. Cette comédie ne sert qu'à vous rendre ridicule. »

San prêter attention à ce que dit la Chef, il parcourt la ligne des Chroniques.

« Allez, allez... Il y a besoin que d'un seul vote. Rien que la main à lever. Montrez-lui que vous êtes encore capables de faire ça.

— J'suis fatigué, murmure Pete en remuant la tête.

— La nuit, c'est... l'océan Pacifique. »

Le colonel déchiffre sa paume : il ne va pas se détourner de sa tâche pour voter.

« Un seul, les gars, rien qu'un seul, qui dise tout haut ce qu'il veut. Vous ne voyez pas que vous êtes au pied du mur ? Il le faut... Sinon on est battus. Il n'y en aura donc pas un dans toute cette bande de tordus qui comprendra ce que je veux dire pour me donner un coup de main ? Gabriel ? George ? Et toi, Grand Chef, hein ? Toi ? »

Il se dresse devant moi, contre le brouillard. Pourquoi ne me laisse-t-il pas tranquille ?

« Tu es notre dernière chance, Grand Chef. »

Miss Ratched, entourée des autres infirmières, range ses papiers. Elle se lève. J'entends : « La réunion est suspendue. Je souhaiterais voir tout le personnel dans une heure dans la salle de conférences. S'il n'y a rien d'au... »

A présent, il est trop tard pour l'arrêter. Le jour de son arrivée, McMurphy lui a fait quelque chose, à ma main, il lui a jeté comme un sort avec la sienne et maintenant elle ne fait plus ce que je lui ordonne. Ça n'a pas de sens, le premier crétin venu s'en rendrait compte. De moi-même, je ne l'aurais jamais levée. A la façon dont la Chef, brusquement muette, me dévisage, je devine que je vais au-devant des pires ennuis. Mais rien à faire : je ne peux pas l'arrêter. McMurphy y a fixé des fils invisibles ; il la tire lentement pour me faire sortir du brouillard, pour me faire émerger à l'air libre, là où je ne suis plus qu'une proie impuissante. Avec des fils.

Non. Ce n'est pas vrai : c'est moi-même qui l'ai levée !

McMurphy pousse un cri de triomphe. Il m'empoigne pour me mettre debout et m'assène des claques dans le dos.

« Vingt et un ! Avec la voix du Grand Chef, ça fait vingt et un ! Et si on n'a pas une majorité, bon Dieu, je bouffe mon chapeau.

— Hourra ! » hurle Cheswick.

Les autres s'avancent vers moi.

« La réunion était levée », dit-elle.

Elle a toujours le sourire tandis qu'elle se dirige vers le bureau mais son cou est écarlate et tout gonflé comme si elle allait éclater d'un instant à l'autre.

Mais elle n'a pas éclaté. Pas tout de suite. Ça n'a eu lieu qu'une heure après la fin de la réunion. Derrière sa vitre, elle arbore un étrange rictus que nous ne lui avons encore jamais vu. Elle est assise, immobile. Ses épaules s'élèvent et s'abaissent au rythme de sa respiration.

Après avoir consulté la pendule, McMurphy annonce que c'est l'heure du match. Il est à genoux en train d'astiquer le pied du distributeur d'eau en compagnie de quelques autres patients. Moi, je nettoie le placard aux balais pour la dixième fois de la journée. Scanlon et Harding, armés d'une brosse à reluire, dessinent des huit étincelants sur la cire fraîche du hall. « Ça doit être l'heure », répète McMurphy, et il se lève, laissant son chiffon par terre. Personne n'interrompt son travail. Il passe devant le guichet où la Chef veille et il lui sourit comme s'il savait qu'elle était battue à présent. Quand il relève sa casquette et lui lance un clin d'œil, la tête de Miss Ratched a un petit tressaillement.

Chacun continue de faire ce qu'il fait mais tout le monde surveille à la dérobée McMurphy qui traîne un fauteuil devant le poste, tourne le bouton et s'assied. Une image tourbillonne sur l'écran, celle d'un perroquet qui, en surimpression sur le terrain de baseball, pousse une chanson vantant une marque de lames de rasoir. McMurphy se lève et augmente la puissance afin de couvrir la musique que déverse le haut-parleur. Cela fait, il tire une chaise en face de lui, se rassied, allonge les jambes sur le siège et allume une cigarette. Il se gratte le menton et bâille.

« Il manque plus qu'une boîte de bière et une saucisse », déclare-t-il.

La Chef, qui ne le quitte pas de l'œil, s'empourpre. Sa bouche s'agite. Elle jette un bref regard autour d'elle : chacun la guette — même les moricauds et les petites infirmières la surveillent furtivement, même les internes qui commencent à arriver pour la conférence.

Elle referme brusquement ses livres, se retourne vers McMurphy et attend la fin de la chanson. Alors, elle se dirige vers la porte de métal où se trouvent les commandes, manœuvre un disjoncteur. L'image se fond dans la grisaille. Il n'y a plus rien sur l'écran, sauf un petit œil lumineux braqué sur McMurphy.

Ce petit œil ne le trouble nullement. En fait, rien dans son attitude ne permet de supposer qu'il a remarqué la disparition de l'image. La cigarette coincée entre les dents, il incline sa casquette sur son front à tel point qu'il lui faut se pencher en arrière pour voir quelque chose par-dessous la visière.

Et il reste là, les mains croisées derrière la tête, les pieds sur la chaise avec de la fumée qui sort de la visière de sa casquette — à contempler l'écran.

La Chef patiente aussi longtemps qu'elle le peut. Enfin, elle vient jusqu'à la porte du bureau et lui crie qu'il ferait mieux d'aider les autres à nettoyer. Mais il feint de ne pas l'entendre.

« McMurphy, je vous répète que vous êtes censé travailler à cette heure-ci. »

Sa voix tendue a la résonance stridente d'une scie électrique qui gémit en s'enfonçant dans le tronc d'un pin.

« Monsieur McMurphy, je vous conseille de prendre garde. »

Tout le monde est immobile, curieux de savoir ce qu'elle va faire. Elle avance d'un pas vers McMurphy.

« Vous savez que la Justice vous a confié à nous. Vous êtes sous ma juridiction... Sous la juridiction de l'hôpital... »

Elle lève son poing fermé et ses ongles orangés lui brûlent la paume. « Sous la juridiction et l'autorité... »

Harding arrête la cireuse qu'il abandonne au beau milieu du hall, va chercher une chaise qu'il approche de McMurphy, s'assied et allume lui aussi une cigarette.

« Monsieur Harding ! Veuillez vous remettre à votre travail ! »

Sa voix grince comme si la scie avait rencontré un clou ; et je trouve cette idée si drôle que j'éclate presque de rire.

« Monsieur Har-ding ! »

Cheswick va à son tour chercher une chaise. Puis c'est Billy Bibbit, puis Scanlon, et Frederickson, et Sefelt. Alors, chacun de lâcher qui son balai, qui son lave-pont, qui son chiffon pour faire de même.

« Arrêtez ! Arrêtez. Je vous dis d'arrêter... »

Nous sommes tous assis devant le poste éteint, les yeux fixés sur l'écran opaque comme si nous suivions la partie et que c'était aussi clair que le jour tandis que, dans notre dos, elle s'époumone et glapit.

Si quelqu'un survenait et voyait le spectacle — des hommes regardant un poste de télévision éteint, une vieille de cinquante ans qui hurle et tonitrue derrière eux en parlant de discipline, d'ordre et de rébellion, il penserait avoir affaire à une belle bande de cinglés !

# DEUXIEME PARTIE

Du coin de l'œil, je guigne le visage d'émail, tout blanc, qui ballotte au-dessus du bureau, qui se gondole, tandis que Miss Ratched lutte pour lui rendre son aspect normal. Tous les types sont aux aguets, eux aussi, bien qu'ils fassent comme si de rien n'était et feignent de ne s'intéresser qu'à l'écran vide. Mais n'importe qui peut se rendre compte que chacun épie furtivement la Chef. C'est la première fois qu'elle se trouve du mauvais côté du carreau et qu'il lui est donné d'expérimenter ce que l'on ressent quand on vous scrute et que vous n'avez qu'un désir : tirer le rideau vert pour vous protéger de tous ces regards impossibles à fuir.

Les internes, les moricauds, les petites infirmières au grand complet sont également à l'affût ; ils attendent qu'elle sorte pour assister à la conférence qu'elle a elle-même convoquée, curieux de voir comment elle va se comporter maintenant qu'il s'est avéré qu'on pouvait lui faire perdre son sang-froid. Elle a conscience d'être au centre de l'attention mais elle reste immobile. Même lorsque les autres se dirigent nonchalamment vers la salle de conférence. Je note que, dans les murs, les machines sont muettes comme si elles la surveillaient aussi.

Il n'y a plus de brouillard nulle part.

Brusquement, je me rappelle que je suis censé nettoyer la salle de conférence ainsi que je le fais depuis des années quand ils ont une réunion. Seulement, aujourd'hui, j'ai trop peur pour oser quitter ma chaise. Ils tenaient à ce que ce soit moi qui m'acquitte de cette tâche, pensant que je n'entendais pas ce qu'ils disaient ; mais à présent qu'ils m'ont vu lever la main quand McMurphy me l'a demandé, ne vont-ils pas comprendre que je ne suis pas sourd ? Ne vont-ils pas supposer que, tout au long de ces années, j'ai appris les secrets réservés à leurs seules oreilles ? Que vont-ils faire de moi dans cette salle, s'ils ont deviné ?

Ils s'attendent que j'y aille. Si je m'en abstiens, ils auront la certitude que j'entends. Vous voyez ? diront-ils. Il n'est pas venu balayer. Ce n'est pas une preuve, ça ? Il est clair que la seule chose à faire...

Les périls vers lesquels nous nous sommes précipités tête baissée en nous laissant manœuvrer par McMurphy quand il a voulu nous faire émerger du brouillard commencent juste à m'apparaître avec toute leur gravité. Un moricaud est appuyé contre le mur à côté de la porte ; les bras croisés, le bout rose de sa langue passant et repassant sur ses lèvres, il contemple les types assis devant le poste. Ses yeux qui vont et viennent au même rythme que sa langue s'arrêtent sur moi et il soulève un peu ses paupières membraneuses. Longtemps, il m'observe et je sais qu'il réfléchit à mon attitude pendant la réunion de groupe. A la fin, d'une secousse, il se décolle du mur et va au placard à balais d'où il revient avec un seau d'eau savonneuse et une éponge ; il me tire le bras pour y accrocher l'anse du seau comme s'il suspendait une bouilloire après une crémaillère de cheminée.

« Allez, Grand Chef ! Va faire ton boulot. »

194

Je ne bouge pas. Le seau oscille au bout de mon bras. Je ne manifeste par aucun signe que j'ai entendu : il cherche à ce que je me trahisse. Il me répète son ordre et, comme je conserve la même immobilité, il lève les yeux au ciel en soupirant, m'empoigne par le col et me secoue. Cette fois, j'obéis. Il me fourre l'éponge dans la poche et, du doigt, me désigne le bout du hall, là où se trouve la salle de conférence. Je me mets en route.

Alors, tandis que, le seau à la main, j'avance, zoum : Miss Ratched me dépasse et s'engouffre dans la petite pièce. Elle marche de son pas habituel, vif, posé, plein d'assurance. Je suis étonné.

Ce qu'il fait clair dans le hall ! Il n'y a pas de brouillard. Nulle part. Derrière elle, la Chef a laissé un sillage de froid. Une lumière gelée court dans les tubes blancs fixés au plafond qui ressemblent à d'étincelantes baguettes de glace, aux serpentins miroitant de givre du bac à congélation d'un réfrigérateur. Ils se prolongent jusqu'à la porte où Miss Ratched vient de disparaître — une lourde porte d'acier identique à celle de la Casserole, dans le Pavillon Un, sauf qu'il y a des chiffres marqués sur cette dernière et que celle de la salle de conférence est percée, à hauteur d'œil, d'un petit voyant de verre qui permet de savoir de qui il s'agit lorsque quelqu'un frappe. En m'approchant, je m'aperçois que de la lumière filtre du judas, une lumière verte, aigre comme de la bile. Ça veut dire que la conférence est sur le point de s'ouvrir. Avant qu'elle ne soit terminée, il y en aura plein les murs et les fenêtres, de cette sécrétion verte. Quand je l'aurai épongée, il faudra que je rince les canalisations des lavabos à grande eau pour les déboucher.

Le nettoyage de la salle de conférence est toujours un mauvais moment à passer. Les choses que je dois ramasser pendant ces séances, personne ne le croirait ; des choses horribles, des poisons suintant direc-

195

tement des pores de la peau, des acides assez corrosifs pour liquéfier un homme. J'ai vu cela de mes yeux.

J'ai connu des séances où les pieds de table se tordaient, où les chaises faisaient des nœuds, où les murs grinçaient ; la sueur aurait giclé de la pièce elle-même si on l'avait esssorée. J'ai connu des jours où ils parlaient si longuement d'un patient que celui-ci se matérialisait en chair et en os sur la table autour de laquelle ils se tiennent, tout nu, offert sans défense à toutes les inventions diaboliques qui leur passaient par la tête. Et, avant qu'ils n'en eussent fini avec lui, il n'était plus qu'une immonde mare fangeuse par terre.

C'est pour cela qu'ils exigent que ce soit moi qui vienne pendant leurs réunions : ça peut être immonde et il faut quelqu'un pour tout lessiver. Mais quelqu'un qui ne divulguera rien de leurs manigances. Moi. Il y a si longtemps que je passe l'éponge, le lave-pont, le chiffon à poussière dans cette pièce — comme je le faisais déjà dans celle, tout en bois, de l'ancien endroit — qu'en général ils ne me remarquent même pas. Je vais et je viens autour d'eux pour faire mon ménage : leurs regards me traversent comme si je n'étais pas là. Tout ce qu'ils remarqueraient si je ne me pointais pas, ce serait l'absence de l'éponge et du seau.

Mais, cette fois, quand je heurte la porte et que Miss Ratched colle son œil au mouchard, elle me considère avec fixité et met plus longtemps que d'habitude pour m'ouvrir. Son expression a recouvré son aspect habituel et son énergie n'est, semble-t-il, nullement entamée. Chacun des participants sucre son café, on s'offre des cigarettes selon le cérémonial qui sert ordinairement de préambule à ces conférences ; pourtant, une certaine tension est perceptible dans l'atmosphère. Tout d'abord, je me dis que c'est à cause de moi. Et puis, je remarque que la Chef ne s'est même pas assise, qu'elle n'a même pas pris la peine de se servir une tasse de café.

Je me glisse par l'entrebâillement de la porte et ses yeux se vrillent sur moi quand je passe devant elle. Elle rabat le panneau, donne un tour de clef et pivote sur elle-même afin de me suivre du regard. Elle a des soupçons. J'avais pensé qu'elle serait peut-être trop bouleversée après le défi de McMurphy pour faire attention à moi, mais elle n'a pas l'air troublé si peu que ce soit. Elle conserve la tête froide et, pour le moment, elle se demande comment M. Bromden a bien pu entendre que McMurphy lui disait de lever la main. Comment s'est-il laissé persuader de laisser tomber son balai et de s'asseoir devant la télé avec les Aigus. C'est le seul Chronique à avoir agi de la sorte. L'heure ne serait-elle pas venue d'examiner un peu notre Grand Chef Balayeur ?

Lui tournant le dos, je me réfugie dans un coin de la pièce avec mon éponge que je brandis au-dessus de ma tête pour que tout le monde voie la sanie verte dont elle est enduite, voie comme je me donne de la peine ; je me baisse et frotte plus fort que jamais. Mais j'ai beau m'échiner et essayer de toutes mes forces de faire comme si elle n'était pas derrière moi, je la sens, là, debout devant la porte, les prunelles dardées sur ma nuque qu'elle va vriller jusqu'à ce que je ne puisse plus tenir le coup, que je hurle, que je raconte tout... pour qu'elle détourne les yeux.

Tout à coup, elle prend conscience que l'équipe médicale l'observe. Si elle s'interroge sur mon compte, les soignants s'interrogent sur le sien, se demandent quelles mesures elle médite de prendre à l'encontre de ce diable de rouquin. Attentifs à ce qu'elle va dire de lui, ils se moquent bien d'un malheureux Indien cinglé à quatre pattes dans le coin.

Les voyant suspendus à ses lèvres, elle se désintéresse de moi, se verse une tasse de café et s'assied en touillant le sucre avec un mouvement d'une telle précision que la cuiller ne touche même pas le bord de la tasse.

C'est le docteur qui ouvre le feu.

« Eh bien, si nous commencions ? » dit-il.

Il sourit aux internes qui sirotent leur café à petites gorgées, tout en s'efforçant de ne pas regarder Miss Ratched dont le silence le rend visiblement nerveux. Il chausse ses lorgnons et consulte sa montre dont il tourne le remontoir.

« Il est le quart. Nous sommes en retard. Bien. Cette conférence, comme vous n'êtes pas sans le savoir, a été convoquée à l'initiative de Miss Ratched. Elle m'avait téléphoné avant la réunion de groupe pour me dire qu'elle craignait que McMurphy ne causât du désordre. Compte tenu de ce qui s'est passé il y a quelques minutes, ne trouvez-vous pas qu'il nous faille rendre hommage à l'intuition de notre infirmière-major — une intuition qui ne s'est encore jamais démentie ? »

Il arrête de tripoter sa montre, le ressort en est suffisamment tendu — encore un coup de pouce, et elle volerait en éclats — et il attend, le sourire aux lèvres, tapotant le dos de sa main de ses petits doigts roses. C'est à peu près à ce moment qu'elle prend le relais, en général ; mais, aujourd'hui, elle garde la bouche close.

« Il n'est plus possible désormais de prétendre que c'est à un individu ordinaire que nous avons affaire, poursuit le docteur Spivey. Non... certainement pas. C'est indiscutablement un fauteur de troubles. Aussi... euh... à mon avis, cet échange de vues a pour raison d'être de prendre des décisions en ce qui le concerne. Je crois que notre infirmière-chef — reprenez-moi si je me trompe, Miss Ratched —, je crois qu'elle a

198

souhaité cette réunion pour que la situation soit exposée clairement et pour que l'équipe tout entière tombe d'accord sur ce qui doit être entrepris. »

Il lui adresse un regard implorant mais elle ne se départit pas de son mutisme. Elle a levé la tête vers le plafond, sûrement afin de repérer des taches, et on dirait qu'elle n'a pas entendu un mot de ce discours.

Le docteur se tourne alors vers les internes qui lui font face. Ils ont tous croisé les jambes de la même façon et posé leur tasse sur le même genou.

« Je sais fort bien, messieurs, que vous n'avez pas disposé du temps nécessaire pour arriver à un diagnostic. Néanmoins, vous avez eu l'occasion d'observer ce patient. Quelle est votre opinion à vous ? »

À cette question, ils tendent le cou. Habilement, Spivey les a mis à leur tour au pied du mur. Avec ensemble, ils tournent leurs regards, jusque-là dirigés sur le médecin, vers la Chef. Quelques brèves minutes ont suffi pour lui faire intégralement reconquérir son ascendant de naguère. Elle contemple le plafond en souriant, elle n'a pas proféré un son : et pourtant, voilà qu'elle a, j'ignore comment, repris en main le contrôle de la situation, qu'elle a contraint chacune des personnes présentes à reconnaître que la puissance qui compte, c'est elle. Si ces garçons ne jouent pas le jeu comme il convient, ils sont sûrs d'aller terminer leurs études à l'hospice de Portland, service de désintoxication. Ils commencent à se trémousser, comme le docteur.

« Il a une influence tout à fait néfaste, c'est vrai. »

Le premier à parler s'aventure avec prudence.

Ses confrères boivent une gorgée de café et méditent sur ce propos. Un second se jette à l'eau.

« Et il pourrait constituer un réel danger. »

Il se dit qu'il a peut-être ainsi trouvé le ton juste et, inclinant le buste, il continue :

« Un danger sérieux. N'oublions pas que ce malade s'est livré à des actes de violence dans le seul but de quitter la ferme pénitentiaire au profit du luxe relatif de cet hôpital.

— Des actes de violence faisant partie d'un plan méthodique », précise le premier.

Et un troisième murmure :

« Bien sûr, la nature même de ce plan pourrait indiquer qu'il s'agit tout bonnement d'un astucieux imposteur jouissant d'un équilibre mental excellent. »

Il jette un coup d'œil à Miss Ratched pour se rendre compte si sa suggestion a porté : elle n'a pas fait un mouvement, n'a manifesté aucune marque d'intérêt. Mais les internes dévisagent leur camarade comme s'il avait proféré quelque innommable incongruité. S'apercevant qu'il est allé trop loin, il essaie de présenter ses propos comme une plaisanterie, enchaînant avec un rire nerveux :

« Celui qui ne marche pas au pas entend un autre tambour, n'est-ce pas ? »

Mais c'est trop tard. Celui qui est intervenu le premier pose sa tasse et extrait de sa poche une pipe au fourneau gros comme le poing.

« Franchement, Alvin, vous me décevez, déclare-t-il. Même si l'on ne s'est pas penché sur ses antécédents, il suffit d'analyser son comportement pour qu'éclate l'absurdité d'une pareille hypothèse. Non seulement cet homme est malade, très malade, mais je crois catégoriquement que c'est un Violent en puissance. Je pense que c'est parce que Miss Ratched a la même opinion qu'elle a voulu cette conférence. Ne reconnaissez-vous pas l'archétype du psychopathe ? Je n'ai jamais vu un cas de psychopathie aussi manifeste. Cet homme, c'est un Napoléon, un Gengis Khan, un Attila. »

Un autre fait chorus avec lui. Il rappelle ce que la Chef dit des déséquilibrés :

« Robert a raison, Alvin. N'avez-vous pas vu comment il s'est comporté aujourd'hui ? Quand un de ses projets a échoué, il a bondi de son siège, prêt à toutes les violences. Pouvez-vous nous dire ce qu'il y a dans son dossier en ce qui concerne sa brutalité, docteur Spivey ?

— Mépris marqué envers la discipline et l'autorité.

— C'est cela ! Alvin, son passé montre que, à de multiples reprises, l'agressivité de McMurphy s'est cristallisée sur les symboles de l'autorité : à l'école, dans l'armée et même en prison ! Pour moi, je considère que le spectacle dont il nous a gratifiés après le vote frénétique d'aujourd'hui est une indication concluante de ce que nous pouvons attendre à l'avenir de cet énergumène. »

Cela dit, il considère sa pipe d'un air sombre, la remet en bouche, craque une allumette et aspire bruyamment à petits coups. Le tabac embrasé, il lorgne du côté de la Chef à travers un écran de fumée jaune. Sans doute interprète-t-il le silence qu'elle observe comme un acquiescement car il poursuit avec une assurance et un enthousiasme accrus.

« Alvin, imaginez une minute ce qui pourrait arriver à n'importe lequel d'entre nous qui se trouverait seul à seul avec McMurphy en thérapie individuelle, lâche-t-il à travers la fumée qui rend ses mots cotonneux. Imaginez que vous employiez une méthode d'approche particulièrement douloureuse et qu'il décide brusquement qu'il a assez supporté — comment dit-il ? — ... ces « conneries de questions d'écolier ». Vous le priez alors de mettre un frein à son agressivité, et lui vous réplique : « Y en a marre de ces trucs-là. » Vous lui ordonnez de se calmer d'un ton autoritaire, bien sûr. Et voilà que deux cent dix livres d'Irlandais psychopathe bondissent par-dessus la

201

table et vous tombent sur le dos. Etes-vous — sommes-nous ! — préparé à affronter M. McMurphy lorsqu'un incident de cette sorte surviendra ? »

Il plante son haut fourneau au coin de sa bouche, croise les mains sur les genoux et se tait. Chacun imagine les énormes bras rouges de McMurphy, ses mains couturées, ce cou qui émerge du maillot de corps, pareil à un coin de bûcheronnage rouillé. A cette évocation, le dénommé Alvin a pâli comme si la fumée jaune que l'autre lui souffle dans le nez lui collait à la peau.

« Vous pensez donc qu'il serait sage de le transférer au pavillon des Violents ? » demande le docteur.

Le type à la pipe ferme les yeux.

« Ce serait tout au moins prudent.

— Je crains qu'il ne me faille retirer ma suggestion et me rallier à l'avis de Robert, ne serait-ce que pour ma propre sauvegarde », fait Alvin.

Tout le monde rit. Ils sont un peu plus détendus, sûrs de s'être alignés sur le plan que mijote Miss Ratched. Chacun boit une gorgée de café ; sauf l'homme à la pipe, lequel a bien du mal avec son instrument qui n'arrête pas de s'éteindre. Il craque allumette sur allumette, suçote le tuyau, crache la fumée en faisant claquer ses lèvres. Enfin, la bouffarde tire de façon satisfaisante et il déclare, non sans quelque fierté :

« Oui, j'ai bien peur que notre ami le rouquin ne soit bon pour les Violents. Savez-vous à quoi je pense, maintenant que je l'ai observé depuis ces quelques jours ?

— Réaction schizophrénique ? » lance Alvin.

La Pipe secoue négativement la tête.

« Homosexuel latent avec formation de réaction ? » propose le troisième.

La Pipe fait encore signe que ce n'est pas ça et abaisse ses paupières.

« Non, dit-il en souriant à la ronde. Complexe d'Œdipe négatif. »

Tous le félicitent.

« Oui, je crois que de nombreux indices le confirment. Mais quel que soit notre diagnostic final, il nous faut toujours avoir à l'esprit qu'il ne s'agit pas d'un individu ordinaire.

— Vous vous trompez, monsieur Gideon. Vous vous trompez lourdement. »

C'est la Chef.

Tous les visages se tendent vers elle. Moi aussi, je me suis retourné mais, me maîtrisant, je camoufle mon geste en faisant mine de gratter une saleté que je viens de découvrir au-dessus de moi. Cette fois, ils nagent. Et dans les grandes largeurs ! Ils se figuraient que ce qu'ils proposaient était conforme à ses vues, que c'était cela même qu'elle allait suggérer. Je le pensais également. Je l'ai vue expédier chez les Violents des gars qui n'arrivaient pas à la taille de McMurphy pour la seule raison que, peut-être, ils pourraient un jour cracher à la figure de quelqu'un. Et voilà qu'avec ce type qui s'est ouvertement dressé contre elle et contre toute l'équipe, avec ce type dont elle a dit au cours de l'après-midi qu'il était bon pour le transfert, voilà qu'elle fait machine arrière !

« Non. Je ne suis pas d'accord. Absolument pas. »

Elle leur sourit.

« Je ne crois pas qu'il faille l'envoyer chez les Violents : cela reviendrait simplement à repasser notre problème à un autre service. Et je ne crois pas non plus qu'il soit un individu extraordinaire, une espèce de super-psychopathe. »

Elle ménage une pause mais personne ne songe à la contredire. Elle boit une gorgée de café — la première. Une tache orangée macule la tasse quand elle la repose et, malgré moi, cela m'attire l'œil. Pas possible qu'elle ait du rouge de cette couleur ! Ce doit être la chaleur, le contact de ses lèvres qui a fait fondre la porcelaine.

« J'admets que, au début, lorsque j'ai commencé à me rendre compte que M. McMurphy constituait un élément de désordre, j'ai estimé qu'il fallait le transférer. Mais je crains qu'il ne soit trop tard à présent. Ce départ réparerait-il le mal qu'il a déjà fait dans le service ? Je ne le pense pas. Pas après ce qui s'est passé cet après-midi. Si nous le mutions maintenant, ce serait exactement ce que nos malades attendent. Il leur apparaîtrait sous les traits d'un martyr. Ils auraient définitivement perdu l'occasion de constater que ce personnage n'est pas un être « extraordinaire » — pour reprendre votre expression, monsieur Gideon. »

Elle reprend une gorgée ; sa tasse, en heurtant la table, tinte comme le marteau d'un commissaire-priseur. Les trois internes sont raides comme des piquets.

« Non. Ce n'est pas un être extraordinaire. C'est tout banalement un homme, et rien de plus. Un homme vulnérable à toutes les craintes, à toutes les lâchetés, à toutes les incertitudes qui sont le lot de n'importe qui. Qu'on lui laisse quelques jours, et je crois fermement qu'il nous le démontrera — à nous aussi bien qu'aux pensionnaires. S'il demeure dans ce service, je suis sûre que sa jactance va céder, que cette rébellion fabriquée de toutes pièces va s'effriter et que (là, elle sourit à cause d'une idée qu'elle est seule à connaître) et que notre héros au poil rouge se métamorphosera en quelque chose que nos patients reconnaîtront tout de suite et qui mettra fin à son prestige : un de ces fanfarons, un de ces esbroufeurs qui grimpent sur une caisse à savon pour exhorter les autres à les suivre, comme M. Cheswick, et qui se font tout petits dès qu'un danger réel les menace directement.

— McMurphy ne me fait pas l'effet d'être un lâche, lance l'homme à la pipe qui doit penser qu'il lui faut défendre son point de vue et, si peu que ce soit, sauver la face. »

Contrairement à mon attente, l'objection ne déchaîne pas la tempête. Elle adresse simplement à son contradicteur un de ses regards style attendons-et-nous-verrons-qui-a-raison avant d'ajouter :

« Je n'ai pas dit qu'il était précisément un lâche, monsieur Gideon. Certes pas ! Simplement, il est très amoureux de quelqu'un. C'est un psychopathe et, à ce titre, il doit être trop amoureux d'un dénommé Randle Patrick McMurphy pour faire courir à celui-ci un danger inutile. »

Le sourire dont elle gratifie Gideon éteint la pipe de ce dernier. Définitivement.

« Attendons un peu et je vous garantis que votre héros — comment dites-vous dans votre argot d'étudiant ? — se dégonflera ? C'est cela ?

— Mais cela peut prendre des semaines...

— Eh bien, cela prendra des semaines. »

Elle se lève et je trouve qu'elle n'a encore jamais paru aussi satisfaite d'elle-même depuis le jour où McMurphy a fait son apparition pour casser la baraque.

« Nous avons des semaines devant nous, des mois, des années s'il le faut. Rappelez-vous que la justice l'a confié à notre garde. C'est à nous seuls de décider quand il pourra quitter cet hôpital. Maintenant, s'il n'y a pas d'autres questions... »

L'assurance dont la Chef avait fait preuve au cours de cette conférence m'a tracassé quelque temps mais rien ne changea en ce qui concernait McMurphy. Pendant le week-end et pendant toute la semaine suivante, il a continué de leur mener la vie aussi dure, à elle et aux moricauds, à la grande joie des patients. Il avait gagné la gageure ; il avait réussi à faire sortir Miss Ratched de ses gonds comme il l'avait dit et il avait encaissé les paris, mais cela ne l'empêchait pas de persévérer dans son attitude : il braillait d'un bout à l'autre du hall, tournait les moricauds en ridicule, contrecarrait le personnel soignant. N'allat-il pas un jour jusqu'à interpeller publiquement la Chef, lui demandant si elle verrait un inconvénient à lui dire combien mesurait, au centimètre près, cette chouette paire de seins qu'elle faisait de son mieux pour dissimuler sans y parvenir. Miss Ratched poursuivit son chemin en feignant de l'ignorer, de même qu'elle préférait ignorer pourquoi la nature l'avait gratifiée de ces symboles hypertrophiés de féminité, comme si elle planait au-dessus de lui et de ce qui avait trait au sexe, de tout ce qui est faiblesse, de tout ce qui tient à la chair.

Quand il lut sur la liste de répartition des corvées qu'elle lui avait réservé le nettoyage des cabinets, il s'en fut frapper à son carreau et la remercia personnellement de l'honneur qu'elle lui faisait, l'assurant qu'il penserait à elle chaque fois qu'il viderait un urinal. Ce à quoi elle rétorqua que ce n'était pas nécessaire : faites votre tâche, cela suffira, merci.

Le plus gros de son travail consistait à passer une ou deux fois la balayette sur chaque cuvette en chantant à tue-tête au rythme du mouvement ; après quoi, il mettait un peu de Chlorax : c'était tout. « C'est assez propre comme ça », affirmait-il au moricaud qui lui reprochait d'aller trop vite en besogne. « Peut-être qu'il y en a pour qui c'est pas assez nickel, mais moi je compte pisser là-dedans, pas y casser la croûte. » Accédant aux plaintes du négro furibard, elle vint contrôler de ses propres yeux la besogne de Mc-Murphy. Pour ce faire, elle s'était munie d'un miroir de poche qu'elle disposait sous le rebord des cuvettes. Elle allait de l'une à l'autre en hochant la tête, murmurant chaque fois : « C'est une honte... une honte ! » et chaque fois, McMurphy, qui marchait à côté d'elle, plissait le nez et répondait : « Mais non : c'est une cuvette de cabinet... Une cuvette... »

Cependant, sa maîtrise d'elle-même ne l'abandonnait plus et rien dans sa manière d'être ne laissait présager qu'elle pourrait à nouveau perdre son flegme. Elle sermonna McMurphy avec cette horrible et patiente douceur qu'elle employait pour soumettre tout le monde à son autorité ; et lui, debout en face d'elle comme un petit garçon que l'on morigène, le nez baissé, un pied croisé sur l'autre, répondait : « J'essaie, m'dame, j'essaie tant que je peux mais je crois pas que je deviendrai jamais un aigle, question chiottes. »

Une fois, il a pris un morceau de papier sur lequel il a écrit quelque chose avec des drôles de lettres, comme qui dirait un alphabet étranger, et il l'a collé à l'aide d'un bout de chewing-gum sous le rebord d'une cuvette. Quand elle a fait son inspection, ce qu'elle a lu l'a tellement suffoquée qu'elle a failli laisser tomber le miroir dans le trou. Mais elle a gardé tout son sang-froid. Une imperturbable confiance rayonnait de son serein visage de poupée ; elle s'est redressée et, avec un regard qui aurait suffi pour faire s'écailler la peinture du mur, elle lui a déclaré qu'il devait nettoyer les cabinets et non pas les rendre plus sales.

En fait, le ménage était bien négligé : l'heure prévue pour les corvées de l'après-midi était également celle de la retransmission des matches de finales et tout le monde s'installait devant le poste sans bouger jusqu'au dîner. Cela nous était bien égal que le courant fût coupé et qu'il n'y ait rien à voir en dehors de la grisaille de l'écran vide — McMurphy nous divitissait sans fin rien qu'à bavarder et à nous raconter toute sorte d'histoires : comment il avait gagné mille dollars en un mois à conduire un camion et comment il les avait perdus jusqu'au dernier *cent* dans un concours de lancer de haches au Canada ; comment, avec un copain à lui, à Albany, il avait baratiné un type au point de le persuader de participer à un rodéo et de monter sur un taureau avec les yeux bandés. « Pas le taureau, hein ? C'était le type qui avait les yeux bandés ! » Les deux compères avaient expliqué au gars que, d'avoir les yeux bandés, ça l'empêcherait d'avoir le vertige quand la bête le secouerait. Après lui avoir appliqué un foulard de sorte que l'autre ne pût strictement rien voir, ils l'ont juché sur le taureau. « Les yeux bandés et à l'envers... » Il a raconté l'histoire à deux reprises en se donnant des coups de casquette sur la cuisse et, chaque fois qu'il évoquait ce souvenir, il riait à gorge déployée. « Les yeux bandés et à l'envers... Et que le cric me croque s'il a pas tenu le coup et gagné la course ! Total, c'est moi qui a été le têtard. S'il était tombé, c'est mézigue qui aurais empoché l'oseille. Si je recommence le truc, je vous jure que c'est à ce foutu taureau que je collerai le bandeau ! »

Par moments, au cours de cette semaine, quand j'entendais son rire tonitruant, quand je le voyais se gratter le ventre, s'étirer en bâillant, cligner de l'œil à l'adresse de celui avec qui il plaisantait, le tout avec autant de naturel que pour respirer, par moment, je cessais de penser à la Chef et au Système qui se tenait derrière elle. Je me disais que McMurphy était assez fort pour être lui-même, qu'il ne baisserait jamais pavillon devant elle contrairement à ce qu'elle espérait, que, peut-être, c'était vraiment un être extraordinaire. Il était ce qu'il était, voilà tout. Possible que c'était de ça, d'être ce qu'il était, qu'il tirait sa force. Le Système n'avait pas réussi à l'asservir après tant d'années : qu'est-ce qui rendait donc Miss Ratched tellement sûre qu'elle réussirait à le faire filer doux, elle, en l'espace de quelques semaines ? Non, il n'était pas homme à se laisser manipuler, dénaturer !

Plus tard, caché dans les cabinets, je me suis regardé dans le miroir à l'insu des moricauds. Comment quelqu'un peut-il arriver à cette chose inouïe : être ce qu'il est ? La glace me renvoyait l'image d'un visage sombre et rude avec des pommettes saillantes haut placées comme si on m'avait décortiqué les joues, des yeux tout noirs à l'expression humble comme ceux de papa, comme ceux des Indiens tenaces et résignés qu'on montre à la télé. Ce n'est pas moi, je me disais, ce n'est pas mon visage. Même quand j'essayais d'avoir cette physionomie, ce n'était pas moi. Pas vraiment moi ; j'étais seulement celui que j'avais l'air d'être, celui que les gens voulaient que je sois. Probable que je n'aie jamais été moi-même. Comment McMurphy peut-il être ce qu'il est ?

Je le considérais autrement que le jour de son admission. Ce n'était plus seulement une paire de mains épaisses, des pattes de lapin flamboyantes, un nez cassé surmontant un sourire goguenard. Je l'avais vu faire des choses qui ne cadraient ni avec ce visage ni avec ces mains : peindre, pendant les séances de thérapie d'occupation, avec de la vraie peinture sur du papier blanc ne comportant ni tracés ni numéros indiquant les parties à colorier, par exemple ; ou écrire à quelqu'un avec une belle écriture bien moulée. Comment un type qui possédait cette tête-là pouvait-il peindre des tableaux, écrire à des gens ou être tout retourné et tout triste comme c'est arrivé le jour où il a reçu une réponse ? De la part d'un Billy Bibbit, d'un Harding, on peut s'attendre à ce genre de choses. Les mains de Harding auraient pu faire de la peinture bien qu'elles n'en eussent jamais fait ; il les a emprisonnées et les oblige à scier des planches destinées à fabriquer des niches pour chiens. McMurphy n'était pas comme ça. Il n'a pas plus laissé son aspect extérieur canaliser sa vie dans une direction donnée qu'il n'a permis au Système de le laminer et de le conditionner.

Je distinguais beaucoup de choses avec un œil neuf et je me disais qu'en poussant trop fort la machine à brouillard le vendredi de la réunion, il l'avait démolie et que, maintenant, ils n'arriveraient plus à nous embrumer, à nous gazer, à fausser l'aspect des choses. Pour la première fois depuis bien des années, les gens avaient cessé d'être cernés d'un contour noir et, une nuit, je suis arrivé à voir ce qu'il y avait de l'autre côté de la fenêtre.

J'ai déjà expliqué que, presque tous les soirs avant le coucher, on me donnait une pilule qui m'assommait et m'empêchait d'être témoin de leurs manigances. Et si, par hasard, le dosage n'était pas parfait et que je me réveillais, j'avais les yeux couverts de croûtes ; le dortoir était plein de fumée ; dans les murs, les fils, chargés à leur limite maxima, grésillaient et crachaient des étincelles de mort et de haine. C'était trop : je ne pouvais pas tenir et je fourrais ma tête sous le polochon pour essayer de retrouver le sommeil. Chaque fois que je bougeais pour jeter un coup d'œil, je respirais une odeur de poils roussis et j'entendais un bruit semblable à celui que fait une tranche de bacon qu'on retourne sur le gril.

Or, cette nuit-là — c'était peu de temps après la fameuse réunion —, quand je me suis réveillé, tout était normal et tranquille. A l'exception de la respiration légère des dormeurs et des trucs déglingués qui ballottaient sous les côtes cassantes des deux vieux Légumes, le silence était total. Une fenêtre était ouverte ; l'air était limpide, avec une saveur qui me montait un peu à la tête, qui me grisait et me donna soudain le désir irrésistible de me lever pour faire quelque chose.

Je me glissai hors des draps et m'avançai entre les lits. Sous mes pieds nus, le carreau était froid. Combien de fois — combien de milliers de fois ! — avais-je passé mon lave-pont sur ce même carrelage sans m'en apercevoir ? Ces anciennes corvées me faisaient l'effet d'un rêve. Comme si je ne pouvais croire véritablement que toutes ces années de récurage avaient véritablement existé. Seul, le sol froid sous mes pieds était réel en cet instant, en cet instant unique.

Je me faufilai entre les types alignés en longues rangées blanches, pareilles à des bancs de neige, en prenant garde à n'en heurter aucun, et j'arrivai au mur percé de fenêtres. Je me dirigeai aussitôt vers celle dont la brise agitait le rideau et pressai mon front contre le grillage. Les mailles en étaient froides et coupantes ; je fis pivoter mon visage de gauche à droite pour sentir leur contact contre mes joues. J'aspirai le vent. L'automne approche, me dis-je. L'odeur à la fois aigrelette et sirupeuse du fourrage frémissait dans l'air comme tinte une cloche. Une odeur de feuilles de chênes brûlées qu'on laisse se consumer toute la nuit parce qu'elles sont encore trop vertes.

C'est l'hiver qui approche, ne cessais-je de me répéter, c'est l'hiver qui approche. Comme s'il n'y avait jamais rien eu de plus extraordinaire. L'automne... Un peu plus tôt, ç'avait été le printemps par-delà la fenêtre. Puis l'été. Et maintenant, c'était l'automne. Comme c'était étrange !

Je me suis rendu compte que mes yeux étaient clos. Je les avais fermés quand j'avais posé mon front sur le grillage, peut-être parce que j'avais eu peur de regarder dehors. Maintenant, il fallait les ouvrir. Alors, pour la première fois, je constatai que l'hôpital se trouvait en rase campagne. La lune était basse au-dessus des champs. Elle s'était écorchée, éraflée en s'arrachant à l'entrelacs des chênes rabougris et des sapins qui barraient l'horizon. Les étoiles, dans son voisinage immédiat, étaient pâles ; mais plus elles s'éloignaient du halo lumineux qui faisait cortège à l'astre géant, plus elles resplendissaient. Ce phénomène, je l'avais déjà remarqué lors d'une partie de chasse en compagnie de papa et des oncles. J'étais enroulé dans les couvertures tissées par la mémée, un peu à l'écart du feu autour duquel les hommes accroupis se passaient en silence un cruchon de vin de cactus. La lune, au-dessus de la prairie, éclipsait toutes les étoiles. Je l'observais avec attention, curieux de savoir si elle finirait par pâlir ou si les étoiles se feraient plus brillantes. Puis, mes joues commencèrent à s'humecter de rosée et il me fallut tirer la couverture sur ma tête.

Quelque chose remua sous la fenêtre, projetant sur l'herbe une ombre dégingandée qui disparut derrière la haie. Quand elle atteignit un point où la visibilité était meilleure, je vis qu'il s'agissait d'un chien, un jeune corniaud efflanqué qui avait pris la clef des champs pour voir à quoi ça ressemble, le monde, après la brume. Il flairait les terriers des écureuils fouisseurs. Pas pour les pourchasser : tout bonnement pour se rendre compte de ce qu'ils fabriquaient à cette heure-là. Le cul en l'air, la queue frétillante, il enfonçait son museau dans un trou, puis filait vers un autre. Autour de lui, les reflets de lune jouaient sur le gazon humide ; quand il s'élançait, les traces qu'il laissait dans son sillage étaient des éclaboussures de peinture noire ternissant le bleu miroir de l'herbe. Galopant d'un terrier particulièrement passionnant au suivant, le chien se trouva tellement ébloui par tout ce qu'il découvrit — la lune au-dessus de lui, la nuit, la brise alourdie de senteurs si capiteuses qu'elles vous enivrent un chiot comme de rien — qu'il se coucha par terre et roula sur le flanc. Il se tortillait, se trémoussait comme un poisson hors de l'eau. L'échine arquée, le ventre en l'air. Quand il se remit sur ses pattes et s'ébroua, une nuée de gouttelettes frémirent dans le clair de lune, semblables à un jaillissement d'écailles d'argent.

Il recommença à flairer les terriers, à se gorger des bonnes odeurs qui s'en exhalaient, et, brusquement, il se figea, une patte levée, la tête inclinée. Il écoutait. J'en fis autant mais je n'entendis que le froufrou du rideau. Et puis, un faible jacassement, aigu et caricatural, venu de très loin mais qui se rapprochait, me parvint : un vol d'oies chassées par l'hiver canadien en route vers le sud. Tous mes affûts, les longues heures passées à ramper sur le ventre dans l'espoir, toujours déçu, d'abattre une oie au passage me revinrent en mémoire.

Je regardais dans la même direction que le chien afin d'essayer d'apercevoir leur troupe mais il faisait trop sombre. Le caquetage gagnait en netteté et j'eus soudain l'impression que les oiseaux passaient à la verticale du dortoir — juste au-dessus de moi. Leur essaim se silhouetta contre la lune, noire dentelle en forme de V. Un instant, l'oie de tête fut juste au centre du cercle de lumière ; plus grande que les autres, c'était une croix noire dont les bras s'ouvraient et se refermaient. Puis le V se fondit dans le ciel obscur.

J'écoutai se perdre le bruit dans la distance jusqu'à ce que ne retentît plus, en moi, que le souvenir de leur rumeur ; mais le chien la perçut longtemps encore. Il était toujours à l'arrêt, la patte en l'air ; il n'avait ni remué ni aboyé tout le temps qu'avait duré le passage. Lorsque les derniers échos se furent tus, il bondit dans la direction où les oies s'en étaient allées. Il galopait vers la route d'une allure régulière, solennelle. Je retenais mon souffle. Une voiture accéléra au sortir d'un virage ; le pinceau de ses phares caressa la crête, plongea sur la chaussée. L'auto et le chien se précipitaient vers le même point.

Comme l'animal était presque arrivé à la palissade ceinturant le domaine, je sentis qu'on approchait à pas feutrés dans mon dos. Ils étaient deux. Je ne me suis pas retourné mais je savais qui c'était : le moricaud appelé Geever et l'infirmière à la marque de naissance et au crucifix.

Bruissante, la peur éclate dans mon crâne. Le moricaud me prend par le bras.

« Je me charge de lui, dit-il.

— Vous allez prendre froid à rester à la fenêtre, susurre l'infirmière. Ne croyez-vous pas qu'il vaudrait mieux regagner notre petit dodo bien douillet ?

— L'entend rien, grogne l'autre. J'vais m'en occuper. Tout le temps, il se détache pour se balader. »

Je fais un mouvement : elle recule.

« Oui, fit-elle à l'intention de Geever. Oui, chargez-vous de lui. »

Elle tripote la chaîne glissée dans son corsage. Quand elle est chez elle et qu'elle s'isole dans la salle de bain pour se déshabiller, elle passe sa croix sur la tache de vin qui, étroit liséré partant du coin de sa bouche, se déploie sur ses épaules et ses seins. Elle frotte, elle frotte tout ce qu'elle peut en demandant à la Sainte Vierge de faire un miracle. Mais la tache demeure. Elle interroge le miroir : c'est plus marqué que jamais. Alors, elle s'empare d'une brosse métallique qu'on utilise pour décrotter les chaussures et elle frotte de plus belle. Puis elle enfile sa chemise de nuit à même la chair à vif et se met au lit. Mais elle en a trop, de ce truc. Dès qu'elle est endormie, ça lui monte à la gorge, ça lui envahit la bouche, ça déborde en un mince filet de la commissure des lèvres comme un crachat vermeil et ça lui gagne tout le corps. Au

214

matin, quand elle s'aperçoit que le stigmate est toujours là, elle est convaincue que son organisme n'y est pour rien. Comment cela pourrait-il se faire ? Une bonne petite catholique comme elle ? Elle met cela sur le compte des nuits qu'elle passe dans un service bourré de gens comme moi. C'est de notre faute à nous. Et elle entend nous le faire payer, même si c'est la dernière chose qu'il lui sera donné d'accomplir. Je voudrais que McMurphy se réveille pour venir à mon aide.

« Attachez-le dans son lit, monsieur Geever. Pendant ce temps, je vais lui chercher un médicament. »


Au cours des réunions de groupe, il y avait des griefs qui remontaient à la surface, des griefs depuis si longtemps enterrés que leur cause première avait disparu depuis belle lurette. Avec McMurphy pour les soutenir, les gars commençaient à ramener sur le tapis toutes les vieilles histoires qui leur avaient déplu.

« Pourquoi ferme-t-on les dortoirs pendant le week-end ? demandait un Cheswick quelconque. On n'a même pas le droit d'avoir son dimanche à soi, alors ? »

McMurphy prenait le relais.

« C'est vrai ça, Miss Ratched. Pourquoi les ferme-t-on ?

— L'expérience nous a appris que si on les laissait ouverts, vous retourneriez au lit après le petit déjeuner.

— Et après ? C'est pas un péché mortel ! Je veux dire que les gens normaux, eux, ils font la grasse matinée pendant le week-end.

— Vous vous trouvez dans cet établissement en raison d'une impuissance notoire à vous ajuster à la société, messieurs, expliquait-elle comme si elle répétait la formule pour la centième fois. Le docteur Spivey et moi-même estimons que chaque minute que vous passez ensemble est, à quelques exceptions près, thérapeutiquement bénéfique alors que chaque minute consacrée à la méditation solitaire ne fait qu'accentuer la cassure.

— C'est pour ça qu'il faut qu'on soit au moins huit pour aller à la thérapeutique d'occupation, à la thérapeutique physique, à toutes les thérapeutiques ?

— Exactement.

— Autrement dit, c'est malsain de vouloir être sans personne ?

— Je n'ai pas dit que...

— Vous considérez que si je vais aux cabinets, il faut que j'emmène sept types avec moi pour ne pas avoir le cafard sur le trône ? »

Avant qu'elle n'ait trouvé la réplique, Cheswick a bondi sur ses pieds :

« Ouais, c'est ça que vous voulez dire ?

— Ouais, c'est ça que vous voulez dire ? » répète tout le monde en écho.

Elle attend que le tumulte s'apaise et, le calme revenu, poursuit avec sérénité :

« Si vous êtes capables de vous modérer suffisamment pour vous conduire comme des adultes en train de discuter et non comme des enfants dans un préau de récréation, nous demanderons au docteur s'il juge profitable dans l'état actuel des choses d'envisager l'éventualité d'une modification de notre politique. Docteur ? »

Chacun devinait le genre de réponse que pouvait faire Spivey et, avant qu'il n'eût le temps d'ouvrir la bouche, Cheswick a abordé un autre sujet :

« Et les cigarettes, Miss Ratched ?

— Oui, les cigarettes », grognent les malades.

McMurphy s'est tourné vers le docteur et a répété la question pour prendre la Chef de vitesse.

« C'est vrai, docteur... les cigarettes ? Comment se fait-il qu'elle ait le droit de garder nos cigarettes empilées dans son bureau comme si elles lui appartenaient, en nous en distribuant un paquet ici et là quand ça lui chante ? L'idée qu'il y a quelqu'un pour me dire quand je peux fumer les cigarettes que j'ai achetées ne me plaît pas du tout. »

Le docteur a incliné la tête afin de regarder Miss Ratched à travers son lorgnon. Il ne savait pas qu'elle a confisqué les cigarettes en excédent pour qu'on arrête de jouer.

« Qu'est-ce que c'est que cette histoire, Miss Ratched ? Je ne crois pas avoir entendu parler...

— Docteur, j'estime que quatre, voire cinq paquets de cigarettes par jour, c'est beaucoup trop pour un seul homme. Or, c'est précisément ce chiffre qui a été atteint la semaine dernière — après l'arrivée de M. McMurphy. J'ai jugé préférable de conserver sous ma garde les réserves que ces messieurs se procurent à la cantine et de n'en allouer qu'un paquet par jour à chacun. »

McMurphy s'est penché vers Cheswick et lui a glissé d'une voix sonore dans le tuyau de l'oreille :

« Tu sais ce qu'elle a décidé pour les chiottes ? Non seulement il faudra s'y rendre avec sept types, mais encore on n'aura le droit d'y aller que deux fois par jour. Et au moment qu'elle choisira. »

Il s'est renversé dans sa chaise en riant si fort que, pendant près d'une minute, personne n'a pu placer un mot.

McMurphy était enchanté du tumulte qu'il soulevait mais éprouvait également quelque surprise à ne pas être en butte aux vexations de l'équipe médicale. Il s'étonnait en particulier que la Chef n'eût rien de plus à lui dire que ce qu'elle lui disait. « Je croyais la vieille chouette plus coriace, confia-t-il à Harding à l'issue d'une réunion. Peut-être qu'une bonne volée de bois vert était tout ce qui était nécessaire pour la mettre au pas. Ce qu'il y a, ajouta-t-il en fronçant le sourcil, c'est qu'elle agit comme si elle avait encore tous les atouts dans son jeu. »

Il en alla ainsi jusqu'au mercredi de la semaine suivante. Ce jour-là, McMurphy comprit la raison de l'imperturbable confiance affichée par la Chef. C'est le mercredi que l'on conduisait à la piscine, bon gré mal gré, tous les types qui n'étaient pas complètement tombés en pourriture. Du temps qu'ils faisaient donner le brouillard, je me réfugiais dans la brume pour couper à la séance. La piscine me terrifiait. J'avais toujours été horrifié à l'idée de tomber dedans la tête la première, de me noyer, d'être aspiré par un collecteur et d'être entraîné vers la mer. Dans mon enfance, au bord du fleuve Columbia, j'étais brave comme tout ; je m'aventurais avec les hommes sur la plate-forme volante qui ceinturait les chutes, à quatre pattes ; tout autour de moi, mugissait la cataracte blanche et verte, et la lumière traçait ses arcs-en-ciel sur la muraille liquide. Je ne portais même pas de godillots ferrés comme les adultes. Mais quand je me suis aperçu que papa commençait à avoir peur des choses, j'ai eu peur, moi aussi, tellement peur que je ne pouvais même plus supporter la vue d'un gué.

On sortait du vestiaire. La piscine était pleine d'hommes nus qui plongeaient et s'éclaboussaient. Le plafond répercutait leurs cris et leurs hourras. L'eau était à une température agréable. Moi, je ne voulais pas m'éloigner du bord (les négros se baladent de long en large et repoussent ceux qui tentent de se cramponner à l'aide de longues perches de bambou) et je ne quittais pas McMurphy car je savais bien qu'ils n'essaieraient pas de le forcer à aller dans le grand bain s'il n'en avait pas envie.

Il bavardait avec le maître nageur debout sur la plage. Le maître nageur avait un sifflet et le numéro de son pavillon était marqué sur son maillot de corps. La conversation roulait sur la différence entre l'hôpital et la prison, et McMurphy expliquait que l'hôpital, c'était bien mieux. Mais l'autre n'avait pas l'air très convaincu. D'abord, disait-il, être sous tutelle médicale et avoir une condamnation à purger, ce n'est pas comparable. « Quand on est en prison, on sait à quelle date on sera libéré. »

McMurphy a arrêté de brasser l'eau et s'est avancé en nageant lentement jusqu'au bord du bassin. Là, il s'est accroché et a levé les yeux vers le maître nageur. « Et quand on est sous tutelle médicale ? » a-t-il demandé. Son interlocuteur a eu un haussement d'épaules qui a fait saillir sa musculature noueuse et il s'est mis à jouer avec le sifflet qui se balançait à son cou. C'était un ancien jouer de football, un pro. Sur son front, on voyait distinctement des marques d'agrafes ; il arrivait fréquemment que, quand il ne se surveillait pas, un indicatif de tactique se formât dans sa tête ; il se mettait alors à réciter une série de chiffres, s'accroupissait en posture de dégagement et plaquait la première infirmière passant à sa portée, lui lançant un coup d'épaule dans les reins pour faire le trou afin que l'arrière pût tirer. C'est pour cela qu'il était chez les Agités : quand il n'était pas de service de piscine, il était capable de se livrer à tout moment à ce genre de démonstration.

Il haussa encore les épaules, vérifia que les moricauds n'étaient pas dans les environs et, s'agenouillant au-dessus de l'eau, il montra son bras à McMurphy.

« Tu vois ce plâtre ? »

McMurphy considéra le bras puissant.

« T'as pas le moindre plâtre, mon pote. »

Le maître nageur se borna à sourire.

« C'est à cause d'une sale fracture que j'ai attrapée la dernière fois qu'on a joué contre les Browns. Pas moyen de revenir sur le plateau tant que les os ne seront pas soudés et qu'on ne m'aura pas enlevé mon plâtre. Mon infirmière me soigne en douce. Oui, mon vieux : d'après ce qu'elle dit, si je fais attention et que j'évite les élongations, elle me l'ôtera. Alors, je pourrai reprendre ma place au club. »

Faisant porter le poids du corps sur ses doigts, il s'est mis en position d'appui pour voir ce que ça donnait. Au bout de deux minutes, McMurphy lui a demandé dans combien de temps il serait guéri et pourrait quitter l'hôpital. Lentement, l'autre s'est remis debout en se massant le bras. La question avait l'air de l'avoir vexé, comme si McMurphy l'avait accusé d'être douillet et de trop s'écouter.

« Je suis sous tutelle médicale, a-t-il répondu. Si ça ne dépendait que de moi, je ne serais plus ici. Peut-être qu'avec ce bras à la gomme, on ne me sélectionnerait pas mais il y aurait bien moyen de plier les serviettes, non ? Il y aurait moyen de faire quand même quelque chose. Mon infirmière, elle me répète tout le temps que le docteur dit que je suis pas prêt. Même pour plier les serviettes au vestiaire, je ne suis pas prêt. »

Il s'est détourné et a escaladé la chaise de surveillance avec l'allure d'un gorille qui aurait avalé un narcotique. De là-haut, il nous a regardés avec une moue et nous a jeté :

« Ils m'ont piqué pour ivresse et désordre sur la voie publique. Ça fait huit ans et huit mois que je suis ici. »

D'une poussée, McMurphy s'est propulsé vers le milieu du bassin et, tout en nageant, il a réfléchi à cette conversation : sur les six mois de détention auxquels il était condamné, il en avait accompli deux à la ferme pénitentiaire. Restaient encore quatre mois à tirer — quatre mois dans le même endroit, c'était le maximum de ce que qu'il était capable de supporter. Il n'y avait pas loin d'un mois qu'il était dans cette maison de dingues. Les lits étaient bons, on avait droit au jus d'orange pour le petit déjeuner ; c'était peut-être beaucoup mieux que la ferme — mais pas au point qu'on veuille y rester deux ans.

Il se dirigea vers le petit bain et demeura assis sur les marches jusqu'à la fin de la séance, le front plissé, à tirailler la petite touffe de poils rouges qui lui poussait à la base du cou. En le voyant dans cet état, j'ai repensé à ce que le Chef avait dit à la dernière conférence et j'ai commencé à avoir peur.

Un coup de sifflet a retenti pour annoncer qu'il fallait nous en aller. En regagnant le vestiaire par petits groupes, on a rencontré l'équipe qui nous succédait. Aux douches, là où se lave les pieds, il y avait un môme avec une grosse tête rose et spongieuse, des hanches et des jambes toutes gonflées. Une sorte de ballon plein d'eau, serré au milieu. Allongé sur le côté dans le bain de pieds, il soufflait comme un phoque endormi. Cheswick et Harding l'ont aidé à se lever mais il est retombé ; sa tête barbotait dans le désinfectant.

« Qui diable est-ce que c'est ? a demandé Mac.

— Un hydrocéphale, a répondu Harding. Une sorte de déséquilibre lymphatique, je crois. Il a la tête pleine d'eau. Donne-nous un coup de main. »

Le gosse leur a de nouveau échappé. Son expression était patiente et butée. Désemparée. Il crachotait et ça faisait des bulles dans l'eau laiteuse. Harding a encore appelé McMurphy à l'aide tandis que Cheswick et lui se penchaient une fois de plus sur le gosse mais le rouquin s'est avancé vers la douche en enjambant l'infirme.

« Laissez-le où il est, a-t-il dit en se savonnant. Peut-être qu'il aime pas l'eau profonde. »

Je devinais ce qui allait arriver.

Le lendemain, on a eu la surprise de le voir se lever

tôt et de briquer les cabinets jusqu'à ce qu'ils étincellent. Quand les moricauds lui en ont donné l'ordre, il s'est mis à faire le hall. Cela a étonné tout le monde, sauf la Chef qui avait l'air de trouver la chose parfaitement normale.

Cet après-midi, pendant la réunion de groupe, Cheswick a pris la parole pour déclarer qu'on souhaitait tous que la question des cigarettes fût tranchée. (« J'suis pas un gosse à qui on confisque ses bonbons ! Faut faire quelque chose, c'est-y pas vrai, Mac ? ») Il était sûr que McMurphy allait le soutenir. Mais quand il eut fini de parler, ce fut le silence.

Il lorgna McMurphy du coin de l'œil. Nous aussi. Le rouquin, perdu dans la contemplation du jeu de cartes avec lequel il faisait des exercices d'assouplissement, ne leva même pas la tête. On n'entendait que le frottement des cartes graisseuses et le souffle haletant de Cheswick.

« Je veux qu'on fasse quelque chose ! hurla ce dernier. Je ne suis pas un petit garçon. »

Il tapait du pied et ses yeux roulaient dans tous les sens comme s'il était perdu, comme s'il allait éclater en larmes d'un instant à l'autre. Il crispait ses poings contre sa poitrine dodue — on aurait dit deux petites boules roses collées sur le drap vert. Si fort qu'il en tremblait.

Il n'avait jamais été bien grand : c'était un type bas sur pattes et rondouillard ; derrière la tête, il avait une petite tonsure de la taille d'un dollar. Mais, là, tout seul au milieu de la salle, il faisait vraiment minuscule. Il regarda McMurphy toujours aussi indifférent, il regarda la rangée des Aigus, en quête d'un soutien quelconque : chacun détournait les yeux, refusait de l'aider. Alors, sa panique se fit plus visible encore. Il braqua ses prunelles sur la Chef et trépigna.

« Je veux qu'on fasse quelque chose ! Vous m'enten-

222

dez ? Je veux qu'on fasse quelque chose ! Quelque chose ! Quelque chose ! Quelque... »

Deux moricauds — les costauds — lui immobilisèrent les bras par-derrière tandis que l'avorton lui passait une sangle autour du corps. Cheswick s'affaissa à la manière d'un ballon crevé et les gigantesques négros le halèrent en direction de la section des Violents. Son corps qu'ils traînaient dans l'escalier faisait un bruit mou en tressautant de marche en marche.

Quand les surveillants réapparurent et se rassirent, la Chef se retourna vers les Aigus. Personne n'avait prononcé un mot depuis le départ de Cheswick.

« Quelqu'un a-t-il quelque chose à ajouter à propos du rationnement en cigarettes ? » demanda-t-elle.

Je passai en revu l'enfilade des visages fermés qui me faisaient face. Assis dans son coin, McMurphy, l'air concentré, travaillait sa technique de coupe. La lumière glacée se remit à circuler dans les tubes du plafond. Son rayonnement me transperçait le ventre.


Depuis ce jour, McMurphy ne prend plus fait et cause pour nous. On jase beaucoup, chez les Aigus. Les uns affirment qu'il joue toujours au plus fin avec la Chef, qu'il a appris qu'elle voulait l'expédier chez les Violents et qu'il se tient à carreau pour éviter de lui fournir un prétexte ; d'autres s'imaginent qu'il la laisse s'endormir et qu'il va lui servir à l'improviste un plat de sa façon, quelque chose de nouveau, de plus extravagant et de plus infernal que jamais. On les entend qui discutent avec nervosité par petits groupes.

Mais moi je sais pourquoi le comportement de McMurphy a changé. Je me souviens de sa conversation avec le maître nageur. Il a fini par devenir

223

prudent, c'est tout. Comme papa quand il s'est rendu compte qu'il n'aurait pas la loi avec les gens de la ville décidés à ce que le gouvernement construisît le barrage qui leur rapporterait de l'argent, fournirait du travail à la main-d'œuvre et les débarrasserait de notre village : que ces Indiens prennent leurs cliques et leurs claques, qu'ils empochent les deux cent mille dollars que l'Etat leur alloue et qu'ils fassent place nette ! En signant, papa a agi raisonnablement. A quoi cela aurait-il servi de faire des histoires ? Tôt ou tard, le gouvernement aurait eu le dernier mot. De cette façon, au moins, la tribu a été dédommagée. Oui... c'était la méthode raisonnable. Et McMurphy, à son tour, agissait raisonnablement.

Pour moi, c'était l'évidence même. Il abandonnait parce que c'était le plus intelligent et pour aucune des raisons qu'imaginaient les autres. Il ne l'a pas dit. Mais moi, je le savais et je me répétais que c'était la manière raisonnable d'agir. Je n'arrêtais pas de me redire : « C'est la sécurité. Comme de se cacher. Oui, c'est là se conduire raisonnablement, personne ne peut dire le contraire. Je comprends sa tactique, à McMurphy. »

Et puis voilà qu'un beau matin tous les pensionnaires sont subitement avertis, qu'ils connaissent la véritable raison qui a contraint McMurphy à capituler, qu'ils savent que celles qu'ils inventaient n'étaient que des chimères nées de leur propre imagination. Il n'a jamais laissé échapper un mot de sa discussion avec le maître nageur : n'empêche qu'ils sont tous au courant. Et comme ils l'ont appris tous ensemble, je suppose que la Chef a transmis la nouvelle pendant la nuit grâce au réseau de câbles qui courent sous le plancher du dortoir. Ça se devine rien qu'à la façon dont les patients ont regardé McMurphy ce jour-là lorsqu'il est entré dans la salle commune : ils n'avaient pas l'air furieux, ni même déçus car ils comprennent aussi bien que moi que le seul moyen de forcer la Chef à se dessaisir de ses prérogatives de tutelle, c'est de se soumettre. Mais on voit à leurs regards qu'ils auraient préféré que les choses n'eussent pas pris ce tour.

Cheswick lui-même l'a admis et il n'en a pas voulu à McMurphy de ne pas être allé de l'avant, de ne pas avoir fait un foin à tout casser à propos des cigarettes. Il est précisément redescendu du quartier des Agités le jour où la Chef a diffusé l'information et il a dit à McMurphy qu'il comprenait son attitude, que c'était sûrement le plus astucieux, que, s'il avait su que Mac était sous tutelle médicale, il ne l'aurait jamais mis dans de mauvais draps comme l'autre jour. C'était pendant que nous nous rendions à la piscine qu'il lui a expliqué tout cela. Mais, en arrivant au bassin, il a ajouté qu'il fallait quand même faire quelque chose. Et il a plongé. Il a réussi à engager solidement ses doigts dans la grille du déversoir, tout au fond du grand bain ; ni le gros maître nageur, ni McMurphy, ni les deux moricauds n'ont réussi à lui faire lâcher prise. On est allé chercher un tournevis pour démonter la grille. Quand on a ramené Cheswick sur le bord, ses phalanges étaient toujours soudées aux traverses d'acier. Il était mort. Noyé.


Un plateau se met soudain à voltiger dans l'air, répandant pêle-mêle sur les hommes qui attendent leur tour pour le petit déjeuner une pluie de lait, de petits pois et de potage. Sefelt fait un saut de carpe qui le projette hors de la file, un bras et une jambe en l'air. Il tombe à la renverse, rigide, les reins cassés en deux. On ne lui voit que le blanc des yeux. Sa tête heurte le sol avec un bruit sourd. Le coup de bélier de l'eau qui se brise contre les rochers dans un rapide... Son dos, agité de soubresauts spasmodiques, est arqué comme un pont. Frederickson et Scanlon se précipitent mais le gros moricaud les repousse. De sa poche revolver, il sort un bâtonnet plat recouvert de toile gommée semée de taches brunâtres et l'enfonce dans la bouche de Sefelt, qu'il a ouverte de force. Le bois éclate entre l'étau des mâchoires et j'ai l'impression de sentir le goût du bois mordu. Les soubresauts de l'homme s'espacent mais ils gagnent en violence ; ses jambes raides lancent des ruades en tous sens. Il se plie en deux et retombe, se cambre à nouveau, retombe encore. De plus en plus lentement. Arrive la Chef ; elle se plante face à lui tandis qu'il s'affaisse, que son corps inerte se répand par terre. On dirait une flaque de boue.

Elle tend ses mains fermées devant elle, à croire qu'elle tient une chandelle, contemplant ce qui reste de Sefelt et qui dégouline du bas de son pantalon, suinte hors de sa chemise.

Elle interpelle le moricaud :

« Monsieur Sefelt

— Oui. »

Avec un *ahan*, il tire sur son bâtonnet pour le récupérer.

« Et lui qui nous jurait ses grands dieux qu'il n'avait plus besoin de médicament ! »

Elle secoue le menton et recule pour éviter que les immondices ne souillent ses souliers blancs. Un doigt levé, elle jette un regard circulaire sur les Aigus qui font le cercle pour mieux voir, hoche à nouveau la tête et répète : « Plus besoin de médicament. » Son visage est tout à la fois souriant, apitoyé, patient et écœuré. Une expresssion longuement étudiée.

McMurphy, qui n'a jamais assisté à un tel spectacle, s'enquiert :

« Qu'est-ce qui se passe ? »

Elle lui répond sans le regarder, les yeux toujours fixés sur la flaque grise.

« M. Sefelt est épileptique, monsieur McMurphy. Cela signifie qu'il peut avoir ce genre d'attaques à tout moment s'il ne suit pas les prescriptions médicales. Mais M. Sefelt en connaît plus long que nous ! Nous l'avons prévenu de ce qui arriverait s'il ne prenait pas ses remèdes. Il n'en a quand même fait qu'à sa tête. »

Frederickson, ses sourcils blonds tout hérissés, sort des rangs. C'est un type nerveux et exsangue avec un menton qui n'en finit pas. Régulièrement, il a un accès de rage, comme Cheswick, il pousse des hurlements, profère des déclarations extravagantes, injurie les infirmières, proclame qu'il va quitter cette « taule puante ». Ils le laissent crier et brandir le poing jusqu'à ce qu'il se calme. Si vous avez fini, monsieur Frederickson, nous allons préparer votre billet de sortie. Alors, l'air coupable, il va frapper au bureau des infirmières, s'excuse et demande qu'on oublie ce qu'il a dit sous le coup de la colère. Quant aux papiers, y a qu'à les garder sous le coude un jour ou deux, hein ?

Il s'approche de la chef et lui agite le poing sous le nez.

« C'est comme ça, hein ? C'est comme ça ? Vous allez torturer ce pauvre Sef comme s'il faisait ça rien que pour vous embêter ? »

La main apaisante de Miss Ratched effleure le coude de Frederickson dont le poing se dénoue.

« Ne vous affolez pas, Bruce. Cela s'arrangera très bien pour votre ami. Il n'a apparemment pas pris sa dilantine. Vraiment, je me demande ce qu'il en fait ! »

Elle le sait aussi bien que n'importe qui : Sefelt garde les cachets dans la bouche sans les avaler et les donne plus tard à Frederickson. Il n'aime pas prendre son remède à cause de ce qu'il en appelle « les séquelles désastreuses ». En revanche, Frederickson est heureux d'avoir double dose car il vit dans la terreur d'une crise. Miss Ratched est parfaitement au courant de leur convention — ça se devine rien qu'à sa voix — mais à voir sa mine empreinte de tant de compassion et de bienveillance, on jurerait qu'elle ignore tout de l'arrangement conclu entre les deux hommes.

« Ou...ais, grommelle Frederickson, dont l'élan est coupé net, ouais... mais vous n'avez pas besoin de faire comme si ça se réduisait simplement à ça : prendre la drogue ou pas. Vous savez comme Sef s'inquiète de son physique, combien il a peur que les femmes le trouvent laid, et tout. Et vous savez aussi qu'il croit que la dilantine... »

Elle lui tapote encore le bras.

« Je sais. Il l'accuse également de lui faire perdre ses cheveux, le pauvre vieux !

— Il est pas si vieux que ça !

— Bien sûr, Bruce. Pourquoi vous énervez-vous ? Je n'ai jamais compris pour quelle raison les liens d'amitié qui vous lient l'un à l'autre vous donnent une attitude tellement... défensive.

— Oh ! Et puis, zut ! »

Et Frederickson enfonce ses poings au fond de ses poches.

La Chef se baisse, épousette un petit coin de plancher pour y poser le genou et, saisissant Sefelt à pleines mains, elle commence à le triturer pour lui redonner forme humaine. Au moricaud, elle ordonne de rester près du malheureux pendant qu'elle ira commander une civière. « Vous le conduirez au dortoir et vous le laisserez dormir le reste de la journée. »

En se redressant, elle flatte le bras de Frederickson qui émet un grognement.

« Ouais. Moi aussi, je prends de la dilantine. C'est pour ça que je sais bien à quoi Sef doit faire face. C'est-à-dire que c'est la raison qui... Oh ! Flûte...

— Je connais les épreuves par lesquelles il vous

faut passer tous les deux, Bruce, mais ne croyez-vous pas que tout vaut encore mieux que cela ? »

Le regard de Frederickson suit le geste de Miss Ratched qui désigne Sefelt. Celui-ci a repris un peu de poil de la bête. Il a recouvré un aspect presque normal. Sa poitrine se soulève et s'affaisse avec des borborygmes caverneux. Une bosse grossit sur sa tempe, là où il a heurté le sol ; une mousse sanguinolente entoure la partie de l'abaisse-langue qui sort de sa bouche. Ses prunelles commencent à réapparaître dans ses yeux chavirés. Il a les mains comme clouées de part et d'autre du corps, paume en l'air, et ses doigts s'agitent convulsivement. A la Casserole, les hommes ligotés sur la table en forme de croix font le même mouvement quand leurs mains fument au passage du courant. Ni Sefelt ni Frederickson ne sont jamais passés à la Casserole. Ils ont été trafiqués de façon à produire directement de l'électricité qu'ils emmagasinent dans leur colonne vertébrale et qui peut être libérée à distance : il n'y a qu'à tourner un des boutons du tableau qui se trouve dans le bureau. S'ils font un faux pas, au moment culminant d'un mauvais coup, on les voit se roidir comme si la foudre leur tombait sur le derrière. Cela épargne la peine de les conduire à l'électrochoc.

La Chef répète : « Même en faisant entrer en ligne de compte les effets préjudiciables du remède, ne croyez-vous pas qu'ils soient préférables à cela ? »

Les yeux rivés au sol, les sourcils relevés, Frederickson a l'air de remarquer pour la première fois l'aspect qu'il présente lui-même au moins une fois par mois. La Chef sourit, lui touche légèrement le coude et s'avance vers la porte en foudroyant du regard les malades pour leur faire sentir l'indécence qu'il y a à bayer aux corneilles devant ce triste spectacle. Après sa sortie, Frederickson frissonne.

« Je ne sais pas ce qui m'a pris de me mettre en

rogne contre la vieille. Elle ne m'a donné aucun motif de prendre la mouche, non ? »

Il n'a pas l'air d'escompter de réponse. Il constate simplement qu'il lui est impossible de mettre le doigt sur une explication valable. Il frissonne encore et s'écarte du groupe mais McMurphy vient à lui et lui demande à voix basse ce qu'est donc ce médicament.

« De la dilantine. Un antispasdomique, si tu veux le savoir.

— Et ça marche pas, ou quoi ?

— Oh ! si... Ça marche parfaitement. Quand on le prend.

— Alors pourquoi tout ce travail ? Savoir s'il faut ou s'il faut pas le prendre ?

— Cela t'intéresse ? Eh bien, regarde le joli résultat de la dilantine ! »

Il tire sur sa lèvre inférieure et découvre ses gencives rongées, toutes blanches.

« Les *genchives,* fait-il en se tirant toujours la lèvre. La dilantine les pourrit. Quand on a une crise, on s'mord les dents, et... »

Il y a eu un bruit. Il regarde Sefelt qui geint et halète. Le moricaud vient de lui arracher deux dents en retirant l'abaisse-langue.

Scanlon prend son plateau et s'éloigne du groupe en murmurant :

« Quelle chiennerie ! On est damné si on le fait et on est damné si on ne le fait pas. Comment s'en sortir quand on est coincé comme ça, je vous demande un peu !

— Oui, fait McMurphy en contemplant Sefelt dont le visage est en train de revenir à la vie... Oui... Je vois ce que tu veux dire. »

Et dans le regard du rouquin se lit la même hébétude, la même expression hagarde que dans celui de l'homme qui gît à terre.

Si la mécanique était tombée en rideau, elle est réparée à présent. Le cycle a retrouvé sa belle régularité : six heures et demie — lever ; sept heures — réfectoire ; huit heures — distribution des jeux de patience aux Chroniques et des cartes aux Aigus.

Dans la cage de verre, les mains blanches de la Chef voltigent au-dessus des boutons de commande.


Des fois, ils m'emmènent avec les Aigus ; d'autres fois, non. Aujourd'hui, je les accompagne à la bibliothèque. Je m'approche du rayon des ouvrages techniques et je reste là à lire les titres des bouquins sur l'électronique. Je me souviens d'eux. C'est quand j'étais au collège. Dedans, je me rappelle, il y a des tas de schémas, des équations, des théories — des choses solides, sûres, sans danger.

Je voudrais en ouvrir un mais je n'ose pas : j'ai peur de faire n'importe quoi. J'ai l'impression de flotter entre le plancher et le plafond, de dériver dans l'air jauni et poussiéreux. Autour de moi, les piles de livres tournoient follement, font des zigzags selon des angles différents. Un rayonnage penche un peu à gauche, l'autre à droite. Certains, au-dessus de moi, s'inclinent et je ne comprends pas comment les livres ne dégringolent pas. Les casiers s'étagent à perte de vue en échafaudages branlants, maintenus par des tablettes de rien du tout, calés à l'aide de tasseaux, appuyés contre des échelles. Il y en a partout.

Quelqu'un entre. C'est un de nos moricauds avec la femme d'Harding. Tous deux bavardent joyeusement.

« Hé, Dale, s'écrie le négro à l'adresse d'Harding

qui est en train de lire dans un coin. Eh ! Vise un peu qui c'est qui vient te voir. J'lui ai dit qu'c'était pas l'heure des visites mais elle a la langue si bien pendue qu'il n'y a rien eu à faire. »

Il la conduit devant Harding et s'en va avec cet avertissement mystérieux :

« Tâche de pas t'oublier. »

Elle lui envoie un baiser et se tourne vers son mari, la hanche en avant.

« Bonjour, Dale.

— Bonjour, mon chou. »

Deux pas les séparent mais il ne fait pas un geste pour s'avancer. Tout le monde a les yeux fixés sur le couple.

Elle est aussi grande que lui. Elle a des chaussures à hauts talons, un sac noir qu'elle ne tient pas par la poignée mais sous le bras à la manière d'un livre. Sur le cuir luisant, ses ongles sont des taches de sang.

Harding regarde McMurphy, plongé dans un album de dessins à l'autre bout de la pièce.

« Hé ! Mac. Si tu peux sacrifier un instant tes occupations littéraires, je te ferai faire la connaissance de mon pendant et de ma Némésis. Plus vulgairement, je devrais dire « la meilleure moitié de moi-même » mais je crains que cette expression n'indique une sorte d'égalité dans la division, tu ne crois pas ? »

Il essaie de rire et ses minces doigts d'ivoire plongent dans sa poche de chemise en quête de cigarettes, frétillent pour sortir la dernière du paquet. Quand il la glisse entre ses lèvres, elle tremble. Ni lui ni sa femme n'ont encore fait un pas l'un vers l'autre.

McMurphy s'extrait pesamment de son fauteuil et s'approche en soulevant sa casquette. Mme Harding lui sourit, sourcil arqué.

« B'jour, m'dame Harding. »

Son sourire s'élargit encore tandis qu'elle réplique :

« J'ai horreur qu'on me donne du madame Harding, Mac. Pourquoi ne m'appelez-vous pas Vera ? »

Ils s'asseyent tous les trois sur la banquette où était installé Harding qui se met à raconter comment McMurphy a fait sortir la Chef de ses gonds. L'air amusé, elle rétorque que ça ne la surprend pas. Harding s'enthousiasme tellement qu'il en oublie ses mains ; elles voltigent devant son visage, recréant l'événement si clairement qu'on croirait y assister, dansant l'histoire en suivant les flexions de sa voix, telles deux sveltes et blanches ballerines. Elles peuvent être n'importe quoi, ses mains. Mais à peine a-t-il fini qu'il remarque que ses deux auditeurs ont les yeux fixés sur elles, et il se hâte de les emprisonner entre ses geoux. Un rire s'échappe de sa bouche.

« Dale ! s'exclame sa femme, quand apprendras-tu donc à rire au lieu de couiner comme une souris ? »

Et puis, elle lui réclame une cigarette. Harding se fouille mais sa poche est vide.

« Nous sommes réduits à un seul paquet par jour, explique-t-il tout en voûtant ses épaules étroites comme pour dissimuler sa cigarette à moitié consumée. Ça ne laisse pas beaucoup de marge pour la galanterie, mon cœur.

— Oh ! Tu n'as jamais assez de rien, toi ! »

Une lueur furtive s'allume, fébrile, dans la prunelle de Harding. Il sourit.

« Est-ce une manière de parler symbolique ou une allusion au problème banal et concret des cigarettes ? Aucune importance, d'ailleurs : tu connais la réponse, quel que soit le sens que tu as attaché à tes propos.

— Je n'ai pas voulu dire rien d'autre que ce que j'ai dit.

— Je n'ai pas voulu dire rien d'autre, ma toute belle. « Pas voulu » et « rien d'autre » constituent une double négation. Les barbarismes de Vera peuvent

rivaliser avec les tiens, McMurphy. Ecoute, chérie :
entre la négation *ne* et...

— Oh ! Ça suffit ! J'ai dit ça dans les deux sens.
Prends-le comme tu le voudras. J'ai voulu dire que tu
n'avais pas assez de rien, un point c'est tout.

— *Que tu n'avais assez de rien*, ma jolie. »

Elle le fusille du regard et se tourne vers Mc-
Murphy.

« Et vous, Mac ? Etes-vous capable d'une chose
aussi simple que de m'offrir une cigarette ? »

Le paquet de McMurphy est déjà sur ses genoux.
Il le considère avec une sorte de regret.

« Bien sûr. Des cigarettes, j'en ai toujours. Parce
que je suis un mendigot, moi. Chaque fois que je le
peux, je tape quelqu'un. C'est pour ça que mon
paquet dure plus longtemps que celui de Harding.
Lui, il fume que les siennes. Alors, c'est normal qu'il
soit plus vite à sec que moi...

— Tu n'as pas à excuser mes imperfections, mon
cher. Cela ne convient pas à ton caractère et n'amé-
liore le mien en rien.

— C'est vrai, dit Vera. Contentez-vous de me donner du feu. »

Elle se penche tellement vers l'allumette que,
depuis le fond de la pièce, je pourrais voir à l'intérieur de sa blouse.

Elle se met à se plaindre de quelques-uns des amis
d'Harding qui passent chez elle pour voir son mari.
« Vous imaginez leur genre, Mac ? Des petits gars
tsoin-tsoin aux cheveux longs, impeccables, avec un
ravissant petit geste du poignet... » Comme Harding
lui demande si c'est seulement pour le voir, lui, qu'ils
viennent à la maison, elle réplique que ceux qui viennent pour la voir, elle, ils s'activent autrement que
cette bande de mollassons.

Soudain, elle se lève en disant qu'il est temps
qu'elle s'en aille, serre la main de McMurphy, lui

déclarant qu'elle espère le revoir, et quitte la bibliothèque. Au bruit sec de ses talons, toutes les têtes se redressent et les regards la suivent jusqu'à ce qu'elle soit hors de vue.

« Qu'en penses-tu McMurphy ? demande Harding.

— Qu'elle a une sacrée paire de roberts. Aussi mastocs que ceux à la mère Ratched !

— Pas sur le plan physique, mon cher ! Je veux dire : est-ce que... »

McMurphy se met brusquement à hurler :

« Va te faire foutre, Harding ! Tu me prends pour quoi ? Pour un conseiller matrimonial ? Tout ce que je sais, c'est qu'il n'y a personne qui soit vraiment à la hauteur ici et que c'est comme si chacun passait sa vie à déchirer les autres. Je sais ce que tu voudrais : que je te plaigne parce que ta femme est une putain. Mais, dis-moi, elle a pas dû être à la noce avec toi, non plus ? Fous-moi donc la paix avec tes « Qu'est-ce que tu en penses ? » J'ai assez d'emmerdements comme ça pour m'encombrer des tiens par-dessus le marché. Il y en a marre, hein. »

Il dévisage les patients qui l'observent. « Et, vous ! Vous avez pas fini de me casser les pieds, nom de Dieu ? » Il enfonce sa casquette sur son crâne et retourne à son album de dessins. Les types se regardent bouche bée. Qu'est-ce qui lui arrive ? Personne ne l'a cherché. Personne ne lui a rien demandé depuis qu'on a compris qu'il essayait de s'acheter une conduite pour que sa tutelle médicale ne soit pas prorogée. Sa sortie surprend tout le monde.

Le soir, au dîner, il fait des excuses à Harding. « Je ne sais pas ce qui m'a pris tout à l'heure, dans la bibliothèque. » Harding suggère que c'était peut-être à cause de sa femme : c'est fréquent qu'elle tape comme ça sur les nerfs des gens.

« Je ne sais pas, mon vieux, murmure McMurphy en considérant sa tasse de café. Je ne l'avais jamais vue avant cet après-midi : alors, c'est sûrement pas de sa faute si j'ai des cauchemars depuis une semaine.

— Oh ! Oh ! Mon-sssieur McMurphy, crie à tue-tête Harding en imitant la voix du petit interne qui assiste aux réunions de groupe, il faut absolument que vous nous parliez de ces rêves. Attendez... Je cherche mon crayon et mon bloc. » S'efforçant de faire le clown pour détendre l'atmosphère que les excuses de Mc-Murphy ont alourdie, il s'empare d'un napperon et d'une cuiller, et fait mine de prendre des notes.

« Je suis à vous. Que voyez-vous exactement dans ces... dans ces rêves ? »

McMurphy n'esquisse même pas un sourire.

« Je ne sais pas, mon vieux. Des visages, il me semble. Rien que des visages. »


Le lendemain matin, dans la salle d'hydrothérapie, Martini, installé devant les commandes du régulateur, joue à être un pilote de *jet*.

« Iiiiououm braoum... Sol à air. Sol à air : objet détecté. Coordonnées : quatre-zéro-seize-cent. Il s'agit vraisemblablement d'un missile ennemi. Ordre d'intercepter immédiatement. Iiiiaoummmmm. »

Il manœuvre un bouton, bascule une manette, s'incline tandis que l'avion vire sur l'aile. Il place sur la position DÉBIT MAXIMUM l'aiguille d'un des cadrans sertis sur le flanc du régulateur. Mais pas une goutte d'eau ne perle aux pommeaux des douches ceinturant la petite cabine carrée, recouverte de faïence, qui lui fait face. L'hydrothérapie est une technique abandonnée et le régulateur n'est pas branché. Jamais l'installation aux chromes flambant neuf n'a servi. Mais, hormis les chromes, le tableau de commande et les canalisation ressemblent en tout point au bloc hydro que l'on utilisait, il y a quinze ans, à l'ancien hôpital : des flexibles capables d'atteindre n'importe quelle partie du corps sous n'importe quel angle ; de l'autre côté de la salle, un technicien en tablier de caoutchouc manipulant les robinets, décidant que le liquide giclerait à tel endroit avec telle force et à telle température, — cela commençait par une vaporisation douce et apaisante, puis cela devenait une aiguille d'eau acérée. Et vous, vous demeuriez là, au centre d'un cercle de tuyaux braqués sur vous, emprisonné dans les sangles de toile, trempé jusqu'aux os, la chair flasque et toute plissée tandis que l'autre s'amusait avec son joujou.

« Iiiiaoum Braoum. Air à sol. Air à sol. Missile repéré. Missile en vue... »

Martini se penche. Un œil fermé il vise quelque chose par-delà la corolle des flexibles.

« Cible dans le collimateur... En joue... F... »

Sa main s'écarte violemment du panneau et il bondit sur ses pieds. Echevelé, il considère fixement la cabine. Si vive est la lueur d'effroi qui s'est allumée dans ses yeux exorbités que ceux qui jouent aux cartes se retournent, effrayés, pour essayer de deviner ce qui le terrorise de la sorte. Mais il n'y a rien de perceptible en dehors des boucles qui pendent à l'extrémité des sangles rigides.

Martini fait volte-face et plonge son regard droit dans celui de McMurphy. De lui seul.

« Tu les as vus ? Dis... Tu les as vus ?

— Vu qui, Mart ? Moi, je vois rien.

— Dans les sangles ? T'as pas vu ? »

McMurphy jette un coup d'œil sur la douche.

« Non. Il n'y a rien.

— Attends une minute. Il faut que tu les voies.

— Ça va comme ça, Martini. Je te dis que je ne vois rien. T'as compris ? Rien... Pas ça !

— Oh ! » fait Martini. Il secoue la tête et s'abîme

derechef dans la contemplation de la douche. « Eh bien, moi non plus. C'était rien que pour te faire une blague. »

McMurphy coupe et bat les cartes. Ça fait un bruit de froissement.

« Oui ? Eh bien, j'aime pas beaucoup ce genre de blague, Mart. »

Il coupe encore, mêle le jeu et les cartes s'envolent dans toutes les directions comme si le paquet avait soudain explosé entre ses mains tremblantes.


C'était de nouveau un vendredi, je me rappelle ; trois semaines après le vote sur la télé. On avait conduit tous les hommes valides au Pavillon numéro un, soi-disant afin de leur faire une radio pour un contrôle pulmonaire. Mais moi, je savais bien que c'était pour vérifier que les mécanismes qu'ils nous ont installés étaient en bon état.

On s'est assis en rang d'oignons dans le hall qui mène à une porte où on lit l'inscription : RAYONS X. A côté, il y a une autre porte, marquée O.R.L. C'est là où l'on nous examine la gorge en hiver. Un autre banc nous fait face, qui correspond à la fameuse porte de métal hérissée de rivets et qui ne présente aucune inscription. Sur ce banc, deux types somnolent encadrés par une paire de moricauds. Le troisième est à l'intérieur en train de subir le traitement. J'entends ses hurlements. La porte s'ouvre avec un soupir feutré et j'aperçois le scintillement des tubes. La victime, encore toute fumante, sort sur un brancard roulant et je m'accroche après la banquette pour ne pas être aspiré par la porte. Deux surveillants, un noir et un blanc, font lever un des types qui attendent leur tour. L'homme vacille, titube à cause des drogues dont on l'a bourré. En général, ils vous distribuent des pilules rouges avant l'électrochoc. Les moricauds poussent le gars dans la pièce où les techniciens s'emparent de lui. L'espace d'une seconde, je vois qu'il comprend. Il s'arc-boute des deux talons sur le sol cimenté pour les empêcher de le tirer vers la table, puis la porte se rabat — bruit amorti de l'acier sur le capiton —, dérobant le malheureux à ma vue.

« Qu'est-ce qu'ils fabriquent là-dedans, vieux ? demande McMurphy à Harding.

— Là-dedans ? Oui... c'est vrai ! Tu n'as pas encore eu le plaisir de connaître ça. Dommage ! C'est une expérience par laquelle tout homme devrait passer. »

Harding croise les mains derrière la tête et se penche en arrière. Il regarde la porte.

« C'est la fameuse casserole dont je t'ai entretenu il y a quelque temps, mon bon ami. L'électrochoc. Les privilégiés admis à franchir ce seuil ont droit à un voyage gratuit vers la lune. Non... à dire vrai, si l'on y réfléchit, ce n'est pas absolument gratuit. Au lieu d'argent, on règle la facture avec quelques cellules cérébrales ; mais comme on a un solde créditeur s'élevant à des millions de cellules, on n'en est pas à quelques-unes près. »

Il contemple l'homme assis sur le banc en plissant le front.

« Peu de clients aujourd'hui, dirait-on. Quand on pense à la foule de l'an passé ! Enfin, *c'est la vie* [1] : les marottes, ça va et ça vient. Je crains que nous ne soyons témoins du crépuscule de la thérapeutique par l'électrochoc. Notre infirmière-major bien-aimée fait partie des rares personnes qui ont à cœur de maintenir une vieille et grandiose tradition faulknérienne dans le traitement des laissés pour compte de la santé mentale : le Brûlage de Cerveau. »

La porte s'ouvre à nouveau et, grinçant, un brancard mobile en émerge sans que personne le pousse,

---

1. En français dans le texte.

tourne le coin sur deux roues et disparaît dans un nuage de fumée. McMurphy regarde le dernier gars que les surveillants empoignent.

« Ils emmènent un rombier là-dedans et ils lui flanquent de l'électricité dans le crâne, alors ? demande-t-il après avoir écouté quelques instants.

— C'est une façon abrégée de voir les choses.

— Pour quoi faire, vingt dieux ?

— Mais pour le bien du patient, bien sûr ! Tout ce qui se passe ici, c'est pour le bien du patient. N'ayant jamais connu que notre service, tu peux parfois avoir le sentiment que le colossal et efficace mécanisme qu'est cet hôpital fonctionnerait à merveille si le patient n'interférait pas. Mais c'est là une idée fausse. L'électrochoc n'est pas toujours employé à titre coercitif, ainsi qu'il en va avec notre infirmière-major. Ce n'est pas non plus pur sadisme de la part du personnel. Un grand nombre de prétendus Irrécupérables ont été améliorés par ce traitement de même que beaucoup d'autres l'ont été grâce à la lobotomie et à la leucotomie. L'électrochoc possède divers avantages : c'est économique, rapide, totalement indolore. Cela provoque simplement une crise.

— Tu parles d'une vie ! bougonne Sefelt. Aux uns, on donne des pilules pour arrêter une crise ; aux autres, on flanque un choc pour en créer une ! »

Harding se penche vers McMurphy et explique :

« Voilà comment c'est venu : deux psychiatres qui visitaient un abattoir — pour satisfaire Dieu sait quelle perversion ! — contemplaient les bêtes qu'on tuait d'un coup de merlin entre les yeux : certaines s'effondraient dans un état très voisin de l'épilepsie. « *Ach so !* s'écria le premier psychiatre. *Foilà egzactement ze qu'il nous faut bour nos batients ! Zela intuit une attaque !* » Son collègue fut évidemment du même avis. Il était notoire que, après une crise, l'épileptique avait tendance à être plus calme et plus paisible pendant un certain temps ; que, dans les cas particulièrement graves, celui qui avait perdu les pédales pouvait soutenir une conversation raisonnable après l'accès convulsionnaire. Nul ne savait d'ailleurs pourquoi et on ne le sait pas davantage à l'heure qu'il est. Mais il apparaissait clairement que, si l'on parvenait à déclencher une crise chez des sujets non épileptiques, cela pouvait avoir des résultats extrêmement bénéfiques pour eux. Or, nos deux professeurs avaient justement devant les yeux un homme qui induisait à volonté des états épileptiques avec une remarquable assurance.

— L'homme en question usait d'un marteau et non d'une bombe, fait alors remarquer Scanlon, mais Harding déclare qu'il tiendrait l'objection pour nulle et non avenue, et poursuit :

— Le boucher se sert d'une masse. C'est sur ce point que les deux psychiatres émirent quelques réserves. Le merlin peut glisser et fracasser un nez, voire la mâchoire tout entière, n'est-ce pas ? Alors, où irions-nous quand on songe aux tarifs prohibitifs des travaux de prothèse ! Pour assommer leur bonhomme, il leur fallait quelque chose de plus sûr et de plus précis qu'un merlin. Leur choix s'est définitivement porté sur l'électricité.

— Bon Dieu ! Ils ont pas pensé aux dommages que cela risquait de causer ? Le public n'a pas hurlé comme un putois ?

— Je crains, mon bon ami, que tu ne comprennes pas pleinement le public. Quand, dans ce pays, quelque chose fonctionne de travers, la façon la plus rapide de la remettre en état est toujours la meilleure. »

McMurphy secoue la tête.

« Brrrr... Vous envoyer du courant dans la tête ! Mince ! C'est pareil que d'électrocuter un type qu'a tué !

— Les raisons qui président à l'une et l'autre pratiques sont beaucoup plus voisines que tu ne pourrais le penser. Dans les deux cas, il s'agit d'une cure.

— Et tu dis que ça fait pas mal ?

— Je te le garantis personnellement. C'est absolument sans douleur. Un éclair — et tu perds aussitôt conscience. Pas de gaz, pas de seringue, pas de merlin. Pas la moindre souffrance. Ce qu'il y a, c'est que personne ne veut remettre ça. On... on change. On oublie des choses. C'est comme si... (il presse ses poings contre ses tempes en fermant les yeux)... comme si le choc faisait tourner à toute allure un manège d'images, d'émotions, de souvenirs. Tu connais les roues de la chance des baraques foraines ? L'aboyeur encaisse ta mise ; il appuie sur un bouton. *Clac !* Un tourbillon de lumière, de bruit, de chiffres ! Tantôt, on gagne. Tantôt, on perd. Et on rejoue. Paie un autre tour, mon garçon, paie un autre tour...

— Du calme, Harding ! »

La porte s'ouvre. Le type sort allongé sur le brancard, recouvert d'un drap et les techniciens vont prendre un café.

McMurphy se passe la main dans les cheveux.

« Je crois pas que je serai capable de m'enfoncer ça dans le crâne.

— Quoi ? L'électrochoc ?

— Ouais. Enfin, non... pas seulement. Tout le reste... »

Il fait du bras un grand geste circulaire : « Tout ce qui a lieu ici. »

Harding lui touche le genou.

« Ne te mets pas martel en tête. Selon toute vraisemblance, tu n'as pas à t'inquiéter de l'électrochoc. C'est un traitement passé de mode auquel on n'a recours que dans les cas extrêmes, lorsque toutes les possibilités sont épuisées. C'est comme pour la lobotomie.

242

— La lobotomie, c'est quand on vous découpe la cervelle ?

— Encore une fois, tu as mis le doigt dessus. Tu commences à posséder à fond le jargon ! Oui : on vous taille la cervelle. La castration du lobe frontal. Si elle ne peut rien couper au-dessous de la ceinture, au-dessus des yeux elle ne se gêne pas.

— Ratched, tu veux dire ?

— Bien sûr.

— Je ne pensais pas que ce genre de choses dépendait d'elle.

— C'est pourtant le cas. »

McMurphy embraye sur la Chef comme s'il saisissait avec joie l'occasion de parler d'autre chose que de l'électrochoc et de la lobotomie :

« Qu'est-ce qui cloche chez elle ? »

Harding, Scanlon et quelques autres ont toutes sortes d'idées à ce propos. Le débat tourne un moment sur la question de savoir si c'est à elle que nous sommes en définitive redevables de la situation qui nous est faite. Harding estime que oui pour une large part et la majorité abonde dans son sens. Mais McMurphy n'est pas tellement sûr qu'ils aient raison. Il a partagé quelque temps cet avis mais, maintenant, il ne sait plus trop. Il n'y aurait guère de différence si elle disparaissait du paysage, il dit. Tout ce merdier, c'est quelque chose de plus fort qu'elle qui en est responsable. Il commence à expliquer son point de vue. Mais il n'y arrive pas et, finalement, il abandonne.

Il ne le sait pas, mais il a mis le doigt sur ce que j'ai compris depuis longtemps : la véritable force, ce n'est pas la Chef, c'est le Système tout entier, le Système qui s'étend d'un bout à l'autre du pays et dont elle n'est qu'un agent.

Les types ne sont pas d'accord avec McMurphy. Ils prétendent qu'ils savent parfaitement où gît le lièvre ;

là-dessus, les voilà qui se mettent à se disputer et il faut que McMurphy les interrompe :

« Mais écoutez-vous donc, bon Dieu de bois ! Râler, râler, râler : voilà tout ce que vous savez faire ! Quand vous ne rouspétez pas à cause d'elle, c'est des soignants que vous vous plaignez, ou de l'hôpital. Scanlon veut faire sauter la baraque, Sefelt en veut aux médicaments, Frederickson s'en prend à ses ennuis de famille. Vous ne faites que mettre tout sur le dos de quelqu'un d'autre. »

La Chef, affirme-t-il, n'est qu'une vieille femme au cœur sec, une vieille femme despotique et toute cette histoire, de vouloir le dresser, lui, contre elle ne tient pas debout. Ça n'apporterait de profit à personne, et surtout pas à lui. Eliminer Ratched ne serait pas pour autant extirper les causes profondes, les racines réelles du mal.

« Vraiment ? fait Harding. Alors, puisque tu as soudainement une vue si lucide du problème de la santé mentale, qu'est-ce qui ne va pas, d'après toi ? Quelle est donc cette racine profonde, comme tu dis avec tant de finesse ?

— Ben, j'en sais rien, mon vieux. Je nage. »

Il se tait un instant pour écouter le ronronnement de l'appareil de radio avant de reprendre :

« S'il ne s'agissait de rien de plus, si tout tenait, par exemple, à cette infirmière et à la sexualité qui la tracasse, la solution de tous vos problèmes serait de la culbuter et d'apaiser ses tourments, non ? »

Scanlon bat des mains.

« 'Fant de pute ! Voilà le truc ! On te désigne pour le boulot, Mac ! T'es exactement le mec qui faut pour.

— Oh ! non. Y a erreur sur la personne.

— Pourquoi pas ! T'es le super-mec qu'on a besoin, le roi du pan dans la culotte.

—- Scanlon, mon petit pote, j'ai l'intention de me

tenir aussi loin de cette vieille carne que je le pourrai. »

Harding sourit.

« Je l'avais remarqué. Qu'est-ce qui s'est passé entre vous deux ? Tu lui as tenu la dragée haute pendant toute une période — et puis tu as lâché la bride. Pourquoi ? Un brusque sursaut de compassion pour notre ange de miséricorde ?

— Non. J'ai simplement découvert deux ou trois petites choses, c'est tout. Je me suis informé par-ci par-là. Et j'ai compris pourquoi vous lui léchez tellement les fesses les uns et les autres, pourquoi vous lui faites des courbettes et des révérences, pourquoi vous vous laissez marcher sur le ventre. J'ai pigé ce que vous attendiez de moi.

— Oh ! Oh ! Voilà qui est intéressant !

— Un peu, que c'est intéressant ! Intéressant pour moi de savoir que vous vous êtes bien gardés de me prévenir du risque que je courais à lui chercher des poux dans la tête. Sous prétexte que je peux pas l'encaisser, j'allais lui donner l'occase de me filer une rallonge d'un an ou deux. Des fois, il faut ravaler son amour-propre et penser un peu à sézigue.

— Holà, les amis, vous n'allez pas prétendre qu'il y a quelque chose de fondé dans la rumeur selon laquelle notre cher M. McMurphy se serait rallié à la politique de prudence uniquement pour avoir de meilleures chances d'obtenir rapidement sa libération ?

— Tu sais très bien de quoi je parle, Harding. Pourquoi ne m'as-tu pas prévenu qu'elle pouvait prolonger ma tutelle médicale aussi longtemps que ça lui plairait ?

— C'est vrai, j'avais oublié que tu étais sous tutelle. »

Le visage souriant de Harding se plisse.

« Oui, tu joues les pères peinards. Comme nous tous.

— Un peu, que je deviens père peinard ! Pourquoi ce serait moi qui attacherais le grelot pendant les réunions en mettant en avant vos petits griefs insignifiants, le dortoir fermé ou les cigarettes qu'on nous confisque ? Au début, je n'ai pas compris la raison pour laquelle vous me considériez comme si j'étais une espèce de sauveur. Et puis, il s'est trouvé que j'ai découvert que c'étaient les infirmières soignantes qui donnaient le feu vert pour savoir qui partait et qui partait pas. J'ai pas mis longtemps à entraver. Bande de salauds dégueulasses, j'm'ai dit ! Ils m'ont possédé, mis dans la poche. Moi, Randle McMurphy, pigeonné comme un bleu. »

Il renverse la tête en arrière et il nous regarde en riant.

« J'en fais pas un fromage, les potes, mais maintenant, on change de disque. J'ai autant envie de les mettre que vous tous. Et j'ai autant à perdre que vous à lui chercher des crosses, à la vieille chouette. »

Il cligne de l'œil en plissant le nez, enfonce son doigt dans les côtes de Harding : « Ça y est... On n'en reparlera plus. Sans rancune ! » Mais Harding : « Non, tu as plus à perdre que moi, mon cher. »

A nouveau, il rit avec ce mouvement chevalin de la tête — un plongeon rapide du cou en arrière. Tout le monde se pousse d'un cran. Martini sort de derrière l'écran et reboutonne sa chemise en murmurant :

« Si j'l'avais pas vu, j'l'aurais pas cru. »

C'est Billy Bibbit qui lui succède.

« Tu as plus à perdre que moi, répète Harding. Moi, je ne suis pas sous tutelle. »

McMurphy ne dit rien. Sur son visage se peint l'expression interloquée que l'on a lorsque quelque chose ne tourne pas rond, quelque chose que l'on ne parvient pas à définir. Ses yeux demeurent soudés à ceux de Harding dont le sourire en coin se défait et qui se met à se tortiller pour échapper au drôle de regard immobile de McMurphy. Il avale péniblement sa salive.

« En fait, il y a très peu de tutelles dans notre service. Scanlon et... et quelques Chroniques, probablement. Plus toi. Pour l'ensemble de l'hôpital, elles sont rares. Très rares. Exceptionnelles. »

Il est forcé de s'arrêter ; sa voix vacille. Après un silence, McMurphy demande doucement : « Tu te fous de ma gueule ? » Harding fait non de la tête. On dirait qu'il a peur. Le rouquin se lève et, planté au beau milieu du hall, il répète : « Vous êtes en train de vous foutre de ma gueule ? »

Personne ne souffle mot. Il fait les cent pas devant la banquette en fourrageant dans sa tignasse. Arrivé au bout de la rangée, il effectue un demi-tour et s'avance jusqu'à l'appareil à rayons X qui chuinte et crachote.

« Toi, Billy... toi, tu es sous tutelle, nom d'une pipe ? »

Billy, debout sur la pointe des pieds, le menton posé en haut de l'écran noir, nous tourne le dos. Non, fait-il.

« Mais alors... alors pourquoi ? T'es jeune. Tu devrais être dehors en train de te balader dans une bagnole, de courir après les filles. Pourquoi tu acceptes tout cela ? »

Il fait un grand geste circulaire de la main.

« Je veux savoir. Tu râles, tu gueules depuis des semaines parce que tu ne peux pas supporter cette boîte, ni la Ratched, ni rien — et tu n'es pas sous tutelle ! Pour certains vieux types, je comprends encore : mais toi ! Tu n'es peut-être pas tout à fait normal, mais tu n'es pas cinglé ! »

Personne ne s'offusque de ce propos. Il se dirige vers Sefelt :

« Et toi, Sefelt ? Qu'est-ce que tu as ? Des crises ? Crénom, j'avais un oncle dont les accès étaient deux fois plus graves, même qu'il avait des hallucinations, qu'il voyait le diable comme je te vois. On l'a jamais enfermé chez les dingues. Si tu en avais dans le ventre, tu pourrais te débiner.

— Sûr ! »

C'est Billy qui a parlé. Il est toujours derrière l'écran mais il a tourné vers nous sa face baignée de larmes.

« Sûr ! Si on en avait dans le v-v-v-ventre ! Je pourrais m'en aller aujourd'hui m-m-même. Si j'en avais dans le ventre. Ma m-m-mère est une vieille amie de m-m-Miss Ratched et je pourrais avoir mon b-b-bon de so-so-sortie pas plus tard que cet après-midi si j'en avais dans le v-v-ventre ! »

Il empoigne sa chemise posée sur le banc mais il n'arrive pas à l'enfiler tellement il tremble. En désespoir de cause, il la lance au loin et se tourne vers McMurphy.

« Tu crois que ça me p-p-plaît de r-r-r-rester ici ? Que je n'ai pas envie d'une ba-ba-bagnole et d'une s-souris ? Dis : il y a jamais eu des gens qui rigolaient en te re-re-regardant ? Non ! Toi, tu es grand et co-co-costaud. Mais moi, je ne suis ni grand ni costaud. Harding non plus. F-Frederickson non plus, et Se-Se-Sefelt non plus. Oh !... Oh ! T'as l'air de croire qu'on r-r-reste ici parce que ça nous plaît... Oh !... c'est p-p-pas la peine de... »

Il sanglote et bégaie si fort qu'il ne peut plus continuer. Il essuie du revers de la main ses yeux brouillés de larmes. Il s'arrache une croûte et plus il frotte, plus il y a de sang sur son visage. Enfin, les joues barbouillées de rouge, il se rue à travers le hall, un moricaud sur les talons.

McMurphy fait volte-face et nous contemple. Sa bouche s'entrouvre comme s'il allait poser une nouvelle question mais, voyant la façon dont nous le regardons, il la referme et demeure comme ça pendant une minute, face à tous ces regards braqués sur lui.

« Bordel de bordel », fait-il enfin d'une voix mal assurée. Il enfonce violemment sa casquette sur son front et revient se rasseoir. Les deux techniciens rentrent, leur café bu, et s'engouffrent dans la pièce d'à côté. Quand la porte s'ouvre avec un soupir amorti, une odeur d'acide vous parvient aux narines. Comme lorsqu'on recharge une batterie. McMurphy ne quitte pas cette porte des yeux.

« Je crois pas que je puisse me fourrer ça dans la tête... »


On a regagné nos pénates. McMurphy traînait derrière le groupe, les mains dans les poches, la casquette inclinée, mâchonnant un mégot éteint. Les gars étaient rudement silencieux. On avait calmé Billy qui ouvrait la marche, encadré par deux surveillants, un moricaud et le blond de l'électrochoc.

J'ai ralenti pour être à la hauteur de McMurphy ; je voulais lui dire de ne pas se tracasser, qu'il n'y avait rien à faire. Parce que je me rendais compte qu'il ruminait tout ça dans sa tête. Comme un chien qui tourne autour d'un trou où il ne sait pas ce qu'il y a dedans. « T'occupe pas de ce trou, chien », il y a une voix qui lui dit. « Il est trop profond, il y fait trop noir. Et tout autour, il y a des traces. Des traces d'ours, peut-être bien, ou de quelque chose d'aussi dangereux. » Mais une autre voix, un soupir qui monte de très loin, des profondeurs de son atavisme, susurre : « Cherche, chien... Cherche, chien... »

Je voulais lui dire de ne pas se faire de bile. Ça allait sortir. Et puis, il a levé la main, ôté sa casquette et, pressant le pas, il a rejoint l'avorton ; il lui a tapé sur l'épaule. « Eh, Toto... Si on s'arrêtait une seconde à la cantine que je me ravitaille en cigarettes ? »

Il a fallu que je me dépêche pour le rattraper et, de courir, ça m'a fait battre le cœur et il y avait un bourdonnement aigu qui me sonnait dans la tête. Quand on est arrivé à la cantine, ça sonnait toujours. Pourtant, mon cœur avait retrouvé son rythme normal. Cette vibration, ça me rappelait les soirs d'automne quand j'attendais dans le froid le coup d'envoi sur le terrain de foot. Ça sonnait, ça sonnait de plus en plus fort. Je me disais que je ne pourrais plus en supporter davantage. Et puis, la balle partait : c'était fini. C'était le même sifflement dans mes oreilles et je ressentais la même impatience qui me dévorait. Ma vision était nette, elle aussi, acérée comme avant la partie, comme la fois où j'avais regardé par la fenêtre du dortoir. J'avais oublié que les choses fussent aussi claires, aussi distinctes, aussi solides. Des rangées de tubes de pâte dentifrice et de lacets, des pyramides de lunettes de soleil et de stylos à bille avec lesquels — c'était écrit — on vous garantit que vous pouvez écrire votre vie durant sur du beurre et au fond de l'eau, le tout protégé des voleurs par un régiment d'ours en peluche aux yeux énormes qui montaient la garde au-dessus du comptoir.

McMurphy s'est avancé en se dandinant. Il a mis ses pouces dans ses poches et a demandé à la vendeuse deux cartouches de Marlboros. « Tiens, mettezm'en donc trois, il a ajouté avec un sourire. J'ai l'intention de fumer comme une locomotive. »

Le sifflement ne s'est pas arrêté avant la réunion de l'après-midi. Je les écoutais à moitié, qui travaillaient Sefelt au corps, l'exhortant à affronter ses problèmes en face pour qu'il pût s'ajuster à la réalité. ( « C'est le dilantine, s'est-il finalement écrié. — Voyons, monsieur Sefelt! Si vous voulez que nous vous aidions, il faut être honnête, a répondu Miss Ratched. — Mais c'est forcément la faute à la dilantine. Elle me ramollit les gencives, non ? » Elle a souri : « Jim, vous avez quarante-cinq ans... ») C'est à ce moment que, par hasard, mes yeux se sont posés sur McMurphy. Il ne tripotait pas ses cartes, il ne somnolait pas derrière l'écran d'un magazine comme il le faisait régulièrement depuis deux semaines ; au lieu d'être négligemment vautré sur son siège, il se tenait assis très droit et, sans trêve, son regard allait de la Chef à Sefelt. Dans ma tête le sifflement s'est fait plus déchirant. Ses yeux, sous les sourcils clairs, n'étaient plus que deux étroites lignes bleues et ses prunelles se déplaçaient avec autant de vivacité que lorsqu'il examinait une donne à la table de poker. D'un instant à l'autre, je l'aurais juré, il allait faire quelque chose d'insensé qui le conduirait en moins de deux chez les Violents. Cette expression, je l'avais déjà vue sur le visage de certains types, juste avant qu'ils ne tombent à bras raccourcis sur un moricaud. Agrippant mon accoudoir, j'attendais, effrayé de ce qui allait arriver et — je commençais à en prendre conscience — un tout petit peu effrayé aussi à l'idée que cela n'arriverait pas.

Mais McMurphy ne bougeait pas. Il attendit qu'on en eût fini avec Sefelt ; alors, il se retourna à moitié et observa Frederickson qui, pour essayer de se venger de la façon dont on avait trituré son copain, protestait violemment contre la confiscation des cigarettes ; sa diatribe achevée, il devint écarlate, comme d'habitude se confondit en excuses et revint s'asseoir. McMurphy n'avait toujours pas fait le moindre geste. Ma main, cramponnée au bras du fauteuil, relâcha son étreinte. Peut-être m'étais-je trompé, après tout...

Il ne restait plus que deux minutes avant la fin de la réunion. La Chef replia ses papiers et les rangea dans la corbeille qu'elle posa par terre. L'espace d'une seconde, elle se tourna vers McMurphy comme pour s'assurer qu'il était attentif. Alors, croisant les mains sur ses genoux, elle contempla ses doigts et, hochant la tête, soupira profondément.

« Messieurs, je veux vous parler d'une chose à laquelle j'ai mûrement réfléchi. Nous en avons discuté avec le docteur et les membres du personnel ; à notre grand regret, nous sommes unanimement parvenus à la même conclusion : l'incroyable comportement que vous avez adopté depuis trois semaines en ce qui concerne les corvées doit être sanctionné d'une façon ou d'une autre. » Elle leva les mains et ses yeux firent le tour du cercle. « Nous avons patienté dans l'espoir que, de vous-mêmes, vous vous excuseriez de cette attitude rebelle. Mais aucun d'entre vous n'a manifesté le moindre signe de remords. »

D'un geste, elle coupa court à une éventuelle interruption — le geste même d'une diseuse de bonne aventure lisant dans les tarots, au fond de sa cage de verre.

« Comprenez-moi bien, je vous prie : nous ne vous demandons d'observer des règles, nous ne vous imposons des restrictions qu'après avoir longuement pesé la valeur thérapeutique de ces règles, de ces restrictions. Beaucoup d'entre vous se trouvent ici parce qu'il leur est impossible de se plier aux lois de l'Extérieur ; parce qu'ils ont refusé de les regarder en face et cherché à les tourner, à y échapper. A un moment donné — pendant l'enfance, parfois — vous avez pu tricher avec les lois de la société. Quand vous enfreigniez une règle, c'était sciemment et vous vouliez en subir les conséquences — vous en aviez besoin. Mais la punition ne venait pas. L'indulgence insensée de vos parents a peut-être été le germe de votre présente maladie. Je vous dis cela en souhaitant que vous comprendrez que c'est *uniquement dans votre inté-*

*rêt* que nous exigeons le respect de l'ordre et la discipline. »

Son cou a pivoté. Le regret qu'elle éprouvait d'avoir à faire ce qu'il lui fallait faire était gravé sur ses traits. Le silence était total. Il n'y avait que ce bourdonnement fébrile, délirant dans ma tête.

« Il est malaisé de maintenir une stricte discipline dans le cadre où nous sommes, vous devez être capables de le comprendre. Que pouvons-nous faire ? Impossible de vous enfermer, impossible de vous condamner au pain sec et à l'eau. Vous voyez : nous avons un problème à résoudre. Que pouvons-nous faire ? »

Ruckly avait une idée à ce propos mais elle ne lui prêta pas attention. Il y eut un déclic et ses traits prirent une autre expression. Elle répondit à sa propre question.

« Nous devons vous retirer un privilège. Après avoir longuement examiné les circonstances de cette mutinerie, nous sommes arrivés à la conclusion qu'il convenait de vous priver du droit d'utiliser la salle d'hydrothérapie pour jouer aux cartes pendant la journée. Cela vous semble-t-il injuste ? »

Sa tête n'a pas bougé. Elle n'a regardé personne. Mais chacun s'est tourné vers McMurphy. Les vieux Chroniques eux-mêmes, qui se demandaient pourquoi tout le monde regardait dans la même direction, tendaient vers lui leurs maigres cous d'oiseau. Et tous ces visages braqués sur le rouquin débordaient d'une espérance et d'une crainte primitives.

La vibration monocorde qui me vrillait la tête était semblable au crissement de pneus d'une voiture qui accélère.

Mac, rigide dans son fauteuil, passait et repassait paresseusement son épais doigt rouge sur la cicatrice qui lui labourait le nez. Il sourit à ceux qui le dévisageaient, souleva poliment la visière de sa casquette. Puis son regard revint vers la Chef.

« Si cette mesure ne soulève pas de discussion, je crois que l'heure est presque terminée... »

Elle a ménagé une nouvelle pause et, à son tour, a regardé McMurphy. Il a haussé les épaules, a fait claquer ses paumes sur ses genoux en soupirant bruyamment et il s'est levé. S'est étiré. A bâillé en se grattant encore le nez. Et puis, il s'est dirigé vers le bureau des infirmières en se dandinant et en remontant son pantalon. Il était trop tard pour l'empêcher de faire l'imbécillité qu'il avait décidé d'accomplir et, comme tout le monde, je me contentai de le regarder. Il marchait à longues foulées — trop longues — et il avait remis ses pouces dans ses poches. Les fers de ses semelles qui tintaient sur le carreau arrachaient des gerbes d'étincelles à chacun de ses pas. C'était à nouveau le scieur de long, le flambeur qui porte beau, l'Irlandais impétueux, le cow-boy de la télé, tout seul au beau milieu de la rue, à l'heure de la bagarre.

Les yeux de la Chef lui sortaient de la tête quand il s'est approché d'elle. Elle se rendait compte qu'il était prêt à tout. Elle comptait avoir triomphé définitivement, avoir une fois pour toutes rétabli son autorité. Mais voilà qu'il s'est ébranlé et qu'il est grand comme une maison...

Elle a ouvert la bouche, cherchant du regard les moricauds. Morte de peur. Mais il s'est arrêté avant d'être arrivé à sa hauteur. Devant le guichet vitré. De son ton le plus lent, de son débit le plus traînant, il a dit qu'il voudrait bien fumer une des sèches qu'il avait ramenées le matin même. Et puis sa main est passée à travers le carreau.

Des morceaux de verre ont volé de tous les côtés et la Chef s'est bouché les oreilles. Il a pris une cartouche marquée à son nom, l'a remise en place après en avoir extrait un paquet et s'est retourné vers Miss Ratched qui, pétrifiée, était blanche comme la

254

craie. Avec des gestes tendres, il a enlevé du revers de la main les fragments de verre qui avaient plu sur sa coiffe et ses épaules.

« Oh ! J'suis tout à fait désolé, m'dame. V'pouvez me croire, que j'le suis ! Ce carreau, il était tellement propre que j'l'avais to-ta-le-ment oublié ! »

Toute la scène avait à peine duré deux secondes. Il a fait demi-tour et, la laissant le visage agité de tics, il a regagné son siège en allumant une cigarette.

Alors, ça s'est arrêté de siffler dans ma tête.

# TROISIEME PARTIE

APRÈS cela, McMurphy n'en fit qu'à sa tête pendant un bon moment. La Chef, elle, s'armant de patience, attendait son heure. Elle ne se cachait pas qu'elle avait perdu une manche importante et qu'elle était en train de perdre la suivante, mais elle n'était nullement pressée. En premier lieu, elle ne proposerait pas la mise en liberté de McMurphy : leur duel se poursuivrait aussi longtemps qu'elle le jugerait bon, jusqu'à ce qu'il commette une erreur ou qu'il capitule, ou bien jusqu'à ce qu'elle ait mis au point une tactique inédite grâce à laquelle elle remporterait la partie au su et au vu de tout le monde.

Pas mal de choses eurent lieu avant qu'elle n'eût élaboré cette tactique. Lorsque McMurphy fut sorti de ce qu'on pourrait appeler une courte période de retraite et eut publiquement manifesté en brisant le carreau personnel de Miss Ratched qu'il était derechef sur la brèche, les événements prirent, sous son impulsion, une tournure rudement intéressante.

Il participait à toutes les réunions, à toutes les discussions, clignant de l'œil, racontant des blagues de sa voix traînante, amadouant de son mieux les patients, arrachant même un rire parcimonieux à quelques-uns d'entre eux qui, depuis douze ans, avaient peur de sourire. Il parvint à mobiliser assez de gars pour former une équipe de basket et obtenir du docteur l'autorisation d'emprunter un ballon au gymnase pour entraîner ses hommes. Miss Ratched eut beau lui faire observer qu'ils se mettraient ensuite à jouer au football dans la salle commune et au polo dans le hall, Spivey se montra pour une fois intraitable. Il fallait laisser faire, disait-il. « Beaucoup de malades ont fait des progrès notables depuis qu'ils jouent, Miss Ratched. J'estime que le basket-ball a donné la preuve de sa valeur thérapeutique. » Quand le docteur lui eut fait cette réponse, elle le considéra quelques instants d'un air interloqué. Ainsi, il se mettait à ruer dans les brancards, lui aussi ! Elle prit note du ton qu'il avait employé — en prévision de l'avenir, au moment où son heure sonnerait à nouveau — et se contenta de hocher la tête avant de s'enfermer dans le bureau des infirmières où elle resta à pianoter sur les commandes de ses instruments. Le service général avait bouché sa fenêtre avec un carton en attendant qu'on eût taillé une nouvelle vitre, des jours durant, elle demeurait à son poste, comme si cet écran ne l'empêchait pas de surveiller la salle. On aurait dit un portrait retourné contre le mur.

Tandis qu'elle attendait de la sorte en s'abstenant de tout commentaire, McMurphy, vêtu de son short brodé de baleines blanches, gambadait d'un bout à l'autre du service, jouait à pile ou face dans le dortoir ou, arpentant le hall en soufflant dans un sifflet nickelé, apprenait à ses athlètes l'art de faire le trou en se ruant à toutes jambes de la porte d'entrée jusqu'à la chambre d'Isolement. La balle martelait le couloir avec un bruit de canonnade et Mac hurlait avec une voix d'adjudant : « Percez, bande de lavettes, percez ! »

Quand l'un des deux adressait la parole à l'autre, c'était toujours avec la plus grande politesse. Il lui demanda un jour sur son ton le plus gracieux d'avoir l'obligeance de lui prêter son stylo pour qu'il pût poser une demande de sortie non accompagnée. Quand il l'eut rédigée sur le propre bureau de la Chef, il lui restitua l'instrument en lui tendant la feuille avec un aimable « Je vous remercie » et, tout aussi courtoisement, elle l'assura, après avoir lu, qu'elle soumettrait la requête à l'équipe médicale (ce qui lui prit trois minutes) ; à son retour, elle lui exprima tous ses regrets : on jugeait en haut lieu qu'une permission était pour le moment thérapeutiquement contre-indiquée. McMurphy se répandit encore une fois en remerciements, quitta le bureau et, soufflant dans son sifflet d'arbitre avec assez d'énergie pour faire voler les fenêtres en éclats à des kilomètres de distance, il se mit à rugir : « Allons-y, sacrés feignants ! Prenez-moi ce ballon et tâchez voir à transpirer un peu ! »

Il y avait un mois qu'il était là, laps de temps suffisant pour réclamer par le canal du tableau d'affichage que l'octroi, à son bénéfice, d'une autorisation de sortie accompagnée fût inscrite à l'ordre du jour d'une prochaine réunion de groupe. Sous la question : SERA ACCOMPAGNEE PAR..., il écrivit : « Une connaissance de Portland qui s'appelle Candy Starr. » — Et il cassa le stylo-bille de Miss Ratched en faisant le point. Sa requête fut examinée peu après — le jour même, en fait, où le carreau cassé avait été remplacé. Quand sa demande eut été refusée sous prétexte que ladite demoiselle Starr ne paraissait pas être la personne absolument idéale pour chaperonner un patient, il haussa les épaules en maugréant : « Faut quand même pas charrier ! », se leva, s'avança droit vers le bureau des infirmières, droit vers la vitre au coin de laquelle l'étiquette de la compagnie était encore collée et passa son poing à travers. Les doigts dégouttant de sang, il expliqua à la Chef qu'il croyait que l'on avait enlevé le carton : « Quand c'est qu'ils l'ont posée, c'te foutue vitre ? C'est un danger public, un truc pareil ! » Pendant qu'elle le soignait, Scanlon et Harding fixaient à nouveau le carton, qu'ils étaient allés récupérer dans les ordures, à l'aide du même ruban de taffetas gommé dont elle se servait pour panser McMurphy, qui, assis sur un tabouret, grimaçait horriblement derrière le dos de Miss Ratched en lançant des clins d'œil aux deux autres. Le visage d'émail de la Chef était impassible et inexpressif mais sa tension se trahissait par l'énergie qu'elle mettait à serrer la bande adhésive, indice que sa patience n'était plus ce qu'elle avait été.

Il y eut au gymnase un match opposant nos basketteurs (Harding, Billy Bibbit, Scanlon, Frederickson, Martini et McMurphy) à une équipe de surveillants où jouaient deux moricauds, les costauds. Ceux-là damaient le pion à tout le monde : ils couraient d'un bout à l'autre du terrain sans se quitter, tels deux ombres en caleçon rouge, plaçant panier sur panier avec une précision mécanique. Les nôtres n'étaient ni assez nombreux ni assez rapides, et Martini s'obstinait à faire des passes à des coéquipiers qu'il était bien le seul à voir. Bref, les visiteurs nous mirent vingt points dans la vue. Il se passa néanmoins quelque chose qui donna à la plupart d'entre nous le sentiment que nous avions quand même remporté une sorte de victoire. A un moment de bousculade, un des nègros, le nommé Washington, entra en collision avec un coude anonyme et il fallut que ses camarades s'accrochent à ses basques pour l'empêcher de se ruer sur McMurphy, assis sur la balle et se souciant comme d'une guigne du moricaud amoché qui hurlait, tandis que le sang s'étalait sur sa poitrine comme de la peinture rouge sur un tableau noir : « Il l'aura cherché, cet enfant de salaud ! Il l'aura cherché ! »

Non content de multiplier les billets destinés à être lus par la Chef quand elle promenait son miroir sous le rebord des sièges des cabinets, Mac consignait dans le cahier des histoires à dormir debout sur son propre compte, qu'il signait : « Anonyme. » Quelquefois, il dormait jusqu'à huit heures. Elle le réprimandait alors, sans manifester aucun emportement ; lui se levait, attendait qu'elle eût fini et détruisait tout l'effet de la mercuriale en lui demandant, par exemple : « Votre soutien-gorge, c'est du cent dix ou du cent vingt ? A moins que vous n'en portiez pas ?... »

Les autres commençaient à lui emboîter le pas. Harding flirtait avec toutes les petites stagiaires, Billy Bibbit avait cessé de noter ses « observations », comme il disait, dans le cahier et, lorsqu'on eut posé une seconde vitre devant la place de Miss Ratched — une vitre barbouillée d'un grand X au blanc d'Espagne afin que, cette fois, McMurphy n'eût plus d'excuse pour en ignorer la présence —, Scanlon la fracassa d'un coup de balle mal ajusté avant même que le badigeon n'eût séché. Le ballon en éclata. Martini le ramena comme s'il se fût agi d'un oiseau mort et l'apporta à la Chef qui contemplait les débris de verre jonchant sa table. Pourrait-elle le raccommoder avec de l'adhésif ou quelque chose ? lui demanda-t-il. Le remettre en état ? Sans un mot, Miss Ratched lui arracha le ballon crevé des mains et le jeta aux ordures.

La saison du basket étant ainsi irrémédiablement close, McMurphy décida que c'était la pêche qui était le fin du fin et il déposa une nouvelle demande d'autorisation de sortie après avoir dit au docteur qu'il connaissait à Siuslaw Bay des amis qui seraient enchantés d'emmener huit ou neuf patients pêcher en haute mer si l'hôpital était d'accord. Cette fois, il précisa qu'il serait accompagné par « deux charmantes vieilles tantes habitant un petit trou près d'Oregon City ». Il fut décidé au cours de la réunion de faire droit à sa requête et qu'il aurait sa permission la semaine suivante. La Chef enregistra officiellement la décision sur le registre de contrôle. Après quoi, elle fouilla dans le sac d'osier posé à ses pieds pour en extraire un article découpé dans un quotidien du matin, qu'elle se mit en devoir de lire à haute voix : « Quoique l'année soit particulièrement bonne pour la pêche, au large de la côte de l'Oregon, la montaison du saumon a beaucoup de retard ; en outre, la mer est mauvaise et dangereuse. » Pour finir, elle nous suggéra de méditer un peu sur cette information.

« Bonne idée », s'écria McMurphy. Il ferma les yeux et aspira profondément. L'air sifflait entre ses dents.

« Un peu bath ! L'odeur du sel, le martèlement des flots, l'étrave qui gémit sous les lames... Ah ! braver les éléments, là où les hommes sont des hommes et les bateaux des bateaux ! Miss Ratched, après ce que vous venez de dire, je n'hésite pas : je téléphone ce soir même pour louer un bateau. Voulez-vous que je vous inscrive pour la promenade ? »

Surprise par cette réponse, elle épingla sans mot dire la coupure de presse sur le tableau d'affichage.


Mac commença dès le lendemain à inscrire ceux qui désiraient participer à l'expédition et qui disposaient de dix dollars pour participer aux frais. La Chef, de son côté, se mit à collectionner les extraits de presse relatant naufrages et tempêtes soudaines sur la côte. McMurphy la tournait en ridicule, elle et sa nouvelle manie : ses tantes, disait-il, qui avaient passé la majeure partie de leur existence à bourlinguer de port en port tantôt avec un marin, tantôt avec un autre, lui avaient garanti que l'excursion serait du billard, du gâteau, de la tarte, qu'il n'y avait pas un poil de bile à se faire. Mais la Ratched connaissait ses clients : les articles les impressionnaient plus que McMurphy ne l'imaginait. Il s'était figuré qu'on se bousculerait pour se faire inscrire mais il lui fallait discuter ferme et ne pas ménager son éloquence pour vaincre les réticences. La veille du départ, il lui manquait encore deux types pour pouvoir régler la location du bateau.

J'avais beau ne pas avoir d'argent, cela ne m'empêchait pas de me dire que j'aurais bien aimé m'inscrire. Et plus McMurphy parlait pêche et saumon, plus l'envie m'en tenaillait. Je savais bien que ce serait de la folie : écrire mon nom sur la liste équivaudrait à proclamer sur les toits que je n'étais pas sourd. Si j'avais entendu toutes ces conversations dont la pêche et les bateaux faisaient les frais, c'était la preuve que rien de ce qui se racontait sous le sceau du secret depuis dix ans ne m'avait échappé. Et si la Chef le découvrait, si elle apprenait que je n'ignorais rien des machinations et des perfidies qu'elle avait ourdies, persuadée d'être à l'abri des oreilles indiscrètes, elle me traquerait avec une scie électrique et n'aurait pas de répit tant qu'elle ne saurait pas de source certaine que j'étais réellement devenu sourd et muet. J'avais beau mourir d'envie d'aller pêcher, si je voulais continuer à entendre, il fallait continuer à tenir mon rôle sans en démordre.

La nuit précédant le départ, au fond de mon lit, je remuais tout cela dans ma tête. Je pensais à la comédie de la surdité que je jouais, à toutes ces années pendant lesquelles j'avais réussi à persuader tout le monde que je n'entendais pas un mot de ce qu'on disait, et je me demandais si je pourrais jamais me comporter autrement, désormais. Mais je me rappelais une chose : ce n'était pas moi qui avais commencé à me conduire comme si j'étais sourd — c'étaient les gens qui, les premiers, se sont mis à agir comme si j'étais trop bouché pour entendre, voir ou dire quoi que ce fût.

Ça ne datait d'ailleurs pas de mon entrée à l'hôpital. Longtemps avant, déjà les gens faisaient comme si j'étais incapable d'entendre et de parler. Dans l'armée, tous ceux qui avaient plus de galons que moi avaient cette attitude : ils se figuraient que c'était celle qu'il fallait adopter quand on avait affaire à quelqu'un qui avait la tête que j'avais. A la communale, même, je me rappelle que les gens disaient « Je ne crois pas qu'il écoute. » Alors, ils cessaient d'écouter ce que je disais, moi.

Allongé sous le drap, j'essayai de me rappeler quand j'avais remarqué le phénomène pour la première fois. Je crois qu'on habitait encore le village au bord du Columbia. C'était en été...

J'ai à peu près dix ans. Je travaille au saloir aux saumons, derrière la maison. Tout à coup, une voiture quitte la route et roule cahin-caha dans la sauge ; les ornières la font tressauter et elle soulève un nuage de poussière rouge aussi épais qu'au passage d'un convoi de chariots. Elle gravit la colline et s'arrête à quelque distance de chez nous ; la poussière, qui vole toujours derrière elle, s'éparpille dans toutes les directions et, finalement, s'abat sur la sauge. On dirait les épaves rouges et fumantes d'un naufrage. L'auto demeure immobile tandis que la poussière retombe en scintillant sous le soleil. Je sais que ce ne sont pas des touristes bardés d'appareils de photo : les touristes ne viennent jamais si près du village. S'ils ont envie de poissons, ils peuvent en acheter au bord de la route. Ils ne viennent pas au village parce qu'ils pensent sans doute qu'on en veut encore à leur scalp, qu'on va les brûler, ligotés au poteau de torture. Ils

266

ignorent que quelques-uns d'entre nous sont avocats à Portland ; ils ne me croiraient probablement pas si je le leur disais. En fait, un de mes oncles est devenu un vrai avocat ; Papa dit que c'est uniquement pour démontrer qu'il en était capable alors que ce qu'il aime par-dessus tout, c'est pêcher le saumon au harpon, à l'automne. Papa dit que, si l'on n'y prend pas garde, les gens réussissent à vous obliger à faire ce qu'ils estiment que vous devez faire — à moins que vous ne vous entêtiez à faire tout le contraire avec une obstination de mule, rien que pour leur apprendre.

Les portières s'ouvrent toutes en même temps et les visiteurs s'extraient du véhicule. Ils sont trois, qui grimpent le raidillon, deux hommes et une femme. C'était la femme qui était sur le siège arrière, dans la voiture. Elle est vieille, avec des cheveux blancs et ses vêtements sont si rigides, si lourds qu'il faut qu'ils soient blindés. Quand, après avoir traversé la sauge, ils atteignent le sol pelé de la cour, ils halètent et baignent dans la sueur.

L'homme qui marche en tête s'arrête et contemple le village. Il est court sur pattes, tout rond et arbore un Stetson blanc. A la vue du décor délabré et chaotique — séchoirs à poissons, voitures d'occasion, cages à poules, motocyclettes et chiens —, il secoue la tête.

« Avez-vous jamais vu quelque chose de pareil ? s'exclame-t-il. Hein ? Je vous jure... Avez-vous jamais vu ça ? »

Il ôte son chapeau et tamponne à coups de mouchoir le ballon de caoutchouc rouge qui lui tient lieu de crâne — bien soigneusement, comme s'il avait peur de froisser le mouchoir ou d'ébouriffer son toupet de cheveux humides et raides.

« Pouvez-vous imaginer que des gens mènent cette existence ? Dites-moi, John, pouvez-vous l'imaginer ? »

Il parle fort parce qu'il n'est pas habitué au bruit de la cataracte.

John a une grosse moustache grise qu'il plaque bien serrée contre ses narines pour ne pas sentir l'odeur du saumon que je suis en train de préparer. La sueur dégouline le long de ses joues, lui coule dans le cou, trace des cernes dans le dos de son complet bleu. Il jette des notes sur son calepin, tourne en rond en examinant notre hangar, notre petit jardin, la robe que maman met le samedi soir et qui sèche sur la corde — elle est rouge, jaune et vert ; il tourne comme ça jusqu'à ce qu'il ait accompli un cercle complet et soit revenu à ma hauteur. Alors, il me regarde comme s'il m'apercevait pour la première fois. Je ne suis pas à deux mètres de lui. Il se penche vers moi, plisse les yeux et retrousse encore sa moustache comme si c'était moi qui sentais, et pas le poisson.

« Où pensez-vous que sont ses parents ? demande John. Dans la maison ? Ou sur le fleuve ? Autant profiter de ce que nous sommes ici pour régler tout avec notre homme.

— Ne comptez pas que je mette les pieds dans ce nid à rats, fait le gros.

— C'est dans ce nid à rats que vit le Chef, répond John à travers sa moustache. Le Chef, Brickenridge, la personne avec qui nous avons à traiter, le noble guide de ces gens.

— Traiter ? Ce n'est pas mon affaire. Je suis payé pour faire une estimation, pas de la fraternisation. »

Cela a le don de faire rire John.

« C'est vrai. Mais il faudrait que quelqu'un les mette au courant des projets gouvernementaux.

— S'ils ne les connaissent pas encore, ils les apprendront toujours assez tôt.

— Rien ne serait plus simple que d'entrer et de lui parler...

— Dans ce taudis ? Je parie tout ce que vous voulez que ça grouille de veuves noires, là-dedans. Tout le monde sait que ces baraques servent toujours de refuge à de la vermine par populations entières. Et la chaleur qui y règne, Seigneur ! Un véritable four, tout ce que vous voulez... Tenez, regardez ce jeune Hiawatha [1], comme il est carbonisé. Eh bien, il a pris un sérieux coup de feu ! »

Il s'éponge le crâne en riant mais se tait lorsque son regard croise celui de la femme. Il se racle la gorge, crache dans la poussière, va s'asseoir sur l'escarpolette que papa m'a fabriquée sous le génévrier et se met à se balancer en s'éventant avec son Stetson.

Plus je réfléchis à ses paroles, plus la moutarde me monte au nez. Et les deux hommes continuent à parler : de notre maison, du village, du terrain et du prix que tout cela vaut. A les entendre discuter aussi librement, l'idée me vient qu'ils doivent s'imaginer que je ne connais pas l'anglais. Sans doute sont-ils originaires de l'Est : là-bas, les gens ne connaissent les Indiens que par le cinéma. Ils seront honteux lorsqu'ils s'apercevront que je comprends tout ce qu'ils racontent, je me dis.

Je les laisse encore débattre un peu de la chaleur et de la maison, puis je me lève et, m'adressant au gros, je lui déclare dans mon anglais scolaire le plus châtié qu'il fait probablement plus frais dans notre cabane que dans n'importe quelle demeure en ville. Des masses plus frais ! Je sais pertinemment qu'elle est plus fraîche que mon école et même que le cinéma des Dalles où on lit sur une pancarte écrite avec des lettres en forme de glaçons qu'il y fait « frais à l'intérieur ».

---

1. Héros Indien du poème de Longfellow, *The Song of Hiawatha*. N.D.T.

Au moment où je suis sur le point de les prier d'entrer pendant que j'irai à la cataracte chercher papa, je m'aperçois qu'ils n'ont absolument pas l'air de m'avoir entendu. Ils ne me regardent même pas. Le gros se balance toujours ; ses yeux vont et viennent du champ de lave aux passerelles ceinturant la chute et sur lesquelles on ne distingue, à travers le halo des gouttelettes, que les chemises à carreaux des pêcheurs. De temps à autre, un homme lève le bras et avançant une jambe comme un duelliste qui se fend, tend son harpon long de cinq mètres à celui qui se trouve sur le niveau supérieur pour qu'il en détache un saumon frétillant. Le gros observe les silhouettes qui s'agitent derrière un épais rideau de poussière d'eau, et toutes les fois qu'un poisson est pris, ses paupières battent et il pousse une sorte de grognement.

Son compagnon et la femme sont demeurés debout. Aucun de ces deux-là ne semble avoir entendu ce que je leur ai dit. En fait, leurs regards me traversent comme s'ils ne me voyaient pas.

Et voilà que tout s'arrête, tout se fige.

J'ai l'impression curieuse que le soleil brille avec plus d'éclat sur les étrangers. Tout le reste a son aspect normal : les poules s'affairent sur le toit de terre de notre maison, les criquets sautillent entre les buissons, les mouches tourbillonnent autour des séchoirs pareilles à des nuées sombres que les petits essaient de disperser avec des tiges de sauge. Comme n'importe quel jour d'été. Tout est comme d'habitude sauf que, subitement, le soleil brille plus fort sur les étrangers, si fort que je vois leurs coutures, que je distingue presque à l'intérieur, les appareils qui ont capté les paroles que j'ai prononcées s'efforcer de les emboîter, de les ajuster ici, de les insérer là ; mais aucune place n'a été prévue pour elles, rien ne leur correspond : alors, les instruments les écartent

270

comme si elles étaient jamais sorties de mes lèvres.

Les trois étrangers conservent une immobilité de statues. La balançoire elle-même, clouée net par le soleil, s'est arrêtée avant d'être arrivée à la verticale et le gros a l'air d'une poupée de caoutchouc pétrifiée. Soudain, dans les branches du genévrier, la pintade de Papa se réveille, voit qu'il y a des inconnus dans la propriété et se met à glapir comme un chien. Cela rompt le charme.

Le gros pousse un beuglement, saute en bas de l'escarpolette et s'éloigne en se dandinant ; tenant son chapeau à bout de bras pour se protéger du soleil qui l'aveugle ; il cherche à comprendre d'où vient ce vacarme. Quand il se rend compte que ce n'est qu'une volaille au plumage ocellé qui en est responsable, il crache dans la poussière et se recoiffe.

« Personnellement, dit-il, j'estime que quelle que soit la somme que nous proposions pour... pour cette métropole, notre offre sera largement suffisante.

— Possible, mais je persiste à croire qu'il faudrait quand même tenter de parler au Chef... »

Il s'interrompt car la vieille s'est avancée d'un pas, l'air autoritaire.

« Non. »

C'est le premier mot qu'elle dit.

« Non », répète-t-elle un peu comme Miss Ratched. Haussant les sourcils, elle balaie les lieux d'un regard circulaire. Ses yeux tressautent comme les chiffres sur une caisse enregistreuse. Elle regarde les robes de Maman, soigneusement disposées sur la corde, et hoche la tête.

« Non. Ne parlons pas au Chef aujourd'hui. Pas encore. Pour une fois je suis du même avis que Brickenridge, quoique ce soit pour d'autres raisons. Vous rappelez-vous qu'il est précisé dans le dossier que la femme n'est pas une Indienne mais une blanche ? Elle vient de la ville et s'appelle Bromden. C'est le mari qui a pris son nom, contrairement à l'usage. Oui... Je pense que si nous repartions sans plus attendre et que nous mettions, bien sûr, les gens de la ville au courant du projet du gouvernement, ils comprendront qu'un barrage et un lac seraient autrement avantageux que ce ramassis de cahutes. A ce moment, on ferait une offre que l'on adresserait, par erreur si vous voyez ce que je veux dire, à la femme. J'ai l'impression que notre mission serait de la sorte grandement facilitée. »

Elle regarde les hommes perchés, là-bas, sur le vieil échafaudage de guingois qui, de siècle en siècle, a lancé ses ramifications branlantes parmi les rochers de la cataracte.

« Tandis que si nous voyons le mari maintenant et lui faisions des propositions tout à trac, nous risquons de nous heurter à l'entêtement inouï de ces Navajos, à l'amour qu'ils portent à... je suppose que l'on doit appeler ça leur foyer ! »

Je m'apprête à lui dire que Papa n'est pas un Navajo mais une pensée me vient : A quoi bon si elle ne m'écoute pas ? Ils se moquent de savoir quelle est sa tribu !

La femme sourit et adresse un signe de tête à ses compagnons — un sourire pour chacun, un signe de tête pour chacun. Son regard leur est un signal. D'un pas rapide, elle se met en marche en direction de la voiture, ajoutant d'une voix enjouée :

« Je me souviens d'une phrase que mon professeur de sociologie aimait à répéter : « Quelles que soient « les circonstances, il y a généralement une personne « dont il ne faut jamais sous-estimer la puissance. »

Les portières claquent, le moteur rugit. Moi, je reste là à me demander s'ils m'ont seulement vu.


J'étais un peu étonné que ce souvenir fût revenu à

la surface. C'était la première fois depuis des siècles que j'arrivais à me rappeler autant de choses de mon enfance et c'était fascinant de m'apercevoir que j'en étais encore capable. Comme je m'appliquais à me remémorer d'autres événements, un bruit venant de sous mon lit me fit émerger de mon rêve éveillé. On aurait dit une souris qui grignotait une noix. En me penchant, j'ai alors aperçu un reflet de métal : quelque chose s'en prenait à mes bouts de chewing-gum dont je connaissais l'emplacement par cœur. Geever, le moricaud, avait découvert ma cachette. Armé d'une longue paire de ciseaux aux branches minces, ouverts comme des mâchoires, il était en train d'égrappiller mon chewing-gum et de le fourrer dans un petit sac.

Je m'enfouis sous les couvertures avant qu'il n'eût pu se rendre compte que je l'avais surpris. Les battements de mon cœur résonnaient dans ma tête tellement j'avais peur qu'il me vît. J'aurais voulu lui ordonner de s'en aller, de s'occuper de ses affaires, de laisser mon chewing-gum tranquille mais il m'était interdit, ne serait-ce que de laisser deviner que je l'avais entendu. Je restais immobile. J'étais inquiet. M'avait-il repéré quand je m'étais penché ? D'après son attitude, il semblait que non. Les ciseaux grinçaient, les fragments de chewing-gum tombaient dans le sac en tambourinant comme les grêlons qui rebondissaient sur le carton bitumé qui, autrefois, nous servait de toit.

Le moricaud fit claquer sa langue et gloussa.

« Hou là là ! Seigneu' tout-puissant ! J'me d'mande combien de fois qu'c'est qu'il l'a mâchouillé, çui-là ! C'est un dur ! »

McMurphy, réveillé par son marmottement, s'est dressé sur son coude pour savoir ce que pouvait bien fabriquer Geever en pleine nuit à genoux sous mon lit. Après l'avoir observé une minute en se frottant les paupières, pareil à un petit gosse, pour être sûr et certain de ce que ses yeux voyaient, il s'est assis complètement.

« Que j'sois pendu s'il n'est pas en train de se baguenauder dans le noir sur le coup de onze heures et demie avec des ciseaux et un sac en papier ! »

Le moricaud a sursauté et a braqué sa lampe électrique droit sur lui.

« Dis-moi un peu ce que tu fricotes sous le couvert de la nuit, Toto.

— Rendormez-vous, McMurphy. Ça ne regarde personne. »

Lentement, un sourire a étiré les lèvres de McMurphy mais il n'a pas détourné la tête malgré la lumière qui l'aveuglait. Au bout d'une demi-minute à peu près, Geever a commencé à se sentir tout bête. Alors, il a baissé sa torche et, retombant à quatre pattes, il s'est remis à sa besogne, maugréant et ahanant comme s'il lui fallait faire un effort terrible pour détacher le chewing-gum durci.

« Ça fait partie du travail des gardiens de nuit de veiller à la propreté des lits, expliqua-t-il entre deux soupirs d'une voix qu'il s'efforçait de rendre affable.

— Au milieu de la nuit ?

— Y a un papier d'affiché qui s'appelle Définition des Tâches où c'est dit que la propreté, c'est un travail de vingt-quatre heures sur vingt-quatre.

— Tu crois pas que vous pourriez faire l'équivalent de vos vingt-quatre heures de travail avant qu'on soit couché au lieu de regarder la télévision jusqu'à dix heures et demie ? La Ratched sait-elle que votre équipe passe le plus clair de son temps devant le poste ? Qu'est-ce que tu crois qu'elle ferait si elle s'en apercevait ? »

Geever se relève, s'assied sur le bord de mon lit et tapote sa lampe contre ses dents en ricanant. Il a l'air d'un feu follet noir avec cette lumière. Il se

274

penche vers McMurphy comme si c'était un vieux copain.

« Eh bien, j'm'en vais vous expliquer. Ça fait des années que je m'demande où Bromden se procure son chewing-gum ; il a pas d'argent pour rien acheter à la cantine, j'ai jamais vu personne lui en donner une tablette et il en a jamais demandé à la dame de la Croix-Rouge. Alors, je l'ai surveillé. Et j'ai attendu. Tiens... Regardez. »

Il s'est agenouillé à nouveau et, soulevant un coin de mon lit, il a éclairé le plancher.

« Qu'est-ce que vous en pensez ? Je parie que le chewing-gum qui est collé là-dessous a servi mille fois ! »

Ça a amusé McMurphy qui s'est mis à rire. Le moricaud a secoué le sac et tous les deux ont rigolé de compagnie. Et puis Geever a dit bonsoir au rouquin, a roulé le haut du sac comme s'il y avait son déjeuner dedans et il est parti le mettre en sûreté pour plus tard.

« Eh, Grand Chef, je voudrais que tu me dises quelque chose », a murmuré McMurphy. Et il a commencé à fredonner une chanson de *rangers* qui était populaire il y a longtemps : « *Est-ce que la menthe perd sa saveur sur la quenouille du lit pendant la nuit ?* »

Sur le moment, ça m'a fichu en colère. Je me disais qu'il se moquait de moi comme les autres.

« *Quand tu la mâches, à l'aurore, est-elle trop dure ?* »

Mais plus je réfléchissais, plus je trouvais que c'était drôle. Je sentais que, en dépit de mes efforts, j'allais m'esclaffer — pas à cause de la chanson : à cause de moi.

« *La question me tracasse : quelqu'un m'répondra-t-il ? Est-ce que la menthe perd sa saveur sur la quenouille du lit pendant la nuiiiiiit... ?* »

Il retient la dernière note, me chatouille avec comme si c'était une plume. Impossible de me contenir : j'ai commencé à hoqueter et j'avais peur d'avoir un fou rire que je ne pourrais pas arrêter. McMurphy a sauté au bas de son lit et a fouillé dans sa table de nuit. Je me suis tu, serrant les dents et me demandant ce que j'allais faire à présent. Il y avait si longtemps que personne ne m'avait entendu émettre d'autres sons que des grognements ou des cris inarticulés ! La porte de la table de nuit s'est refermée bruyamment. Comme une trappe de chaudière. « Tiens » a murmuré McMurphy, et quelque chose est tombé sur mon lit. Ça avait la taille d'un serpent ou d'un lézard.

« Du Juicy Fruit. J'peux pas faire mieux pour le moment. Je l'ai gagné en jouant à pile ou face avec Scanlon. »

Sur ces mots, il s'est recouché et, avant de me rendre compte de ce que je faisais, je lui ai dit merci.

Il n'a rien répondu sur le coup. Appuyé sur le coude comme tout à l'heure quand il contemplait le moricaud, il m'a regardé. Il attendait la suite. J'ai ramassé le paquet de chewing-gum. Je l'ai serré dans le creux de ma main. J'ai dit merci.

Ce n'était pas très reconnaissable : ma gorge était rouillée, ma langue grinçait. « T'as l'air de manquer de pratique », a murmuré McMurphy en souriant. J'ai voulu rire avec lui. Ça a fait un couac comme un poulet qui essaierait de lancer un cocorico. C'était plus proche du sanglot que du rire.

Il m'a conseillé de ne pas me presser : il avait jusqu'à six heures et demie pour m'écouter si j'avais envie de m'entraîner. Après un si long silence, on a sans doute une foule de choses à dire. Et sa tête est retombée sur l'oreiller. J'ai réfléchi un moment à ce que je pourrais bien lui raconter mais ce qui me venait à l'esprit était le genre de choses qu'un homme ne peut pas dire à un autre parce que, quand c'est mis en mots, ça sonne faux. Me voyant incapable d'ouvrir la bouche, il a croisé les mains derrière la nuque et c'est lui qui a parlé :

« Tu sais pas ? Je viens de me rappeler l'époque où je cueillais des fayots à Willamette Valley. J'avais eu une sacrée veine de trouver de l'embauche. C'était pendant la crise de 1930. Les mouflets qui dégottaient du boulot, y en avait pas des masses. J'l'avais décroché en prouvant au patron que je ramassais ses fayots aussi vite que n'importe quel adulte. N'empêche que j'étais le seul gosse qu'il y avait dans les champs. Tous les autres, c'étaient rien que des grandes personnes. Après avoir essayé de leur causer une ou deux fois, je me suis aperçu qu'ils ne m'écoutaient pas. Tu parles ! Un petit gringalet aux cheveux rouges, plein de taches de rousseur ! Alors, je l'ai bouclée. J'étais tellement en rogne parce qu'ils ne faisaient pas attention à moi que pendant toute la campagne de ramassage — quatre semaines qui ont duré une éternité — je n'ai pas desserré les dents. Je travaillais à côté d'eux et je les écoutais rapporter des ragots sur le compte de l'oncle d'Un Tel- ou du copain Machin. Ou débiter des salades sur les gars qui avaient le dos tourné. Quatre semaines sans l'ouvrir ! Au point que je crois bien qu'ils avaient oublié que je pouvais parler, ces foutues vieilles badernes ! J'attendais mon heure. Et puis, le dernier jour, j'ai ouvert les vannes et je leur ai raconté que c'étaient rien que des figures de pet, eux autres. J'ai expliqué à chacun comment son copain bavait sur lui quand il était pas là. Oh ! ce cirque ! Du coup, ils m'ont un peu esgourdé, tu peux me croire ! A la fin, ils se sont engueulés les uns les autres et il y a eu un tel foin qu'on m'a fait sauter la prime d'assiduité (un quart de *cent* par livre) qui m'était due parce que j'avais pas manqué un jour. J'avais déjà une sale réputation dans le secteur et le singe affirmait que j'étais responsable de ce remue-ménage bien qu'il ne pouvait pas le prouver. Lui aussi, il a eu droit à son paquet. D'avoir ouvert ma grande gueule, ça m'a probablement coûté dans les vingt dollars, à l'époque. Mais, crénom, ça les valait ! »

Il a rigolé à ce souvenir et puis il m'a regardé :

« Je me demande si tu attends ton heure, toi aussi, Grand Chef, le jour où tu décideras de tout leur bonnir ?

— Non... Je ne pourrais pas.

— Leur lâcher ce que tu as sur la patate ? C'est plus facile que tu ne le penses. »

Je murmurai :

« Tu... tu es beaucoup plus grand... beaucoup plus fort que moi.

— Comment ça ? Je ne comprends pas. »

J'avalai péniblement ma salive.

« Tu es plus grand et plus fort que moi, je te dis. Toi, tu peux. Pas moi.

— Tu rigoles ou quoi ? Vingt dieux, mais regarde-toi : tu dépasses d'une tête n'importe qui dans le service ! Il y a pas un gars, ici, que tu pourrais pas déculotter. C'est pas des chars.

— Non... Je suis trop petit. Avant, j'étais grand. Mais plus maintenant. Toi, tu es deux fois comme moi.

— T'es cinglé ! La première chose que j'ai remarquée en arrivant, ça a été toi. T'étais assis dans ton fauteuil. On aurait dit une montagne. Ecoute : je me suis baguenaudé un peu partout, à Klamath, dans le Texas, dans l'Oklahoma, aux environs de Gallup ; eh bien, je te jure que j'ai jamais vu un Indien plus grand que toi.

— Je suis de Columbia Gorge. »

Comme il attendait la suite, j'ai continué :

« Papa était un chef reconnu. Il s'appelait Tee Ah Millatoona. Cela veut dire : Le-Pin-Le-Plus-Haut-Qui-Se-Dresse-Sur-La-Montagne, et il n'y avait pas de montagne là où on habitait. Il était vraiment grand quand j'étais gosse. Mais ma mère était deux fois grande comme lui.

— Eh bien, ce devait être un drôle de morceau, ta vieille. Elle était grande comment ?

— Oh !... elle était grande... grande.

— Je veux dire... en centimètres ?

— En centimètres ? A la foire, il y a eu un type qui a dit qu'elle mesurait un mètre soixante-douze et qu'elle pesait cinquante-neuf kilos. Mais elle grandissait tout le temps.

— Tiens ? De combien ?

— Elle était plus grande que papa et moi ensemble.

— En l'espace d'une journée, elle grandissait ! Eh bien, ça c'est nouveau : j'ai jamais entendu dire qu'une Indienne ait fait ça !

— Elle n'était pas indienne. C'était une femme de la ville. Des Dalles.

— Et c'était comment, son nom ? Bromden ? Ouais... je vois. Attends une seconde. »

Il réfléchit un peu et reprend :

« Et pour une femme de la ville, se marier avec un Indien, c'est déchoir, pas ? Oui... Je crois que je comprends.

— Non. Ce n'était pas rien qu'elle qui le rapetissait. Tout le monde s'acharnait après lui parce qu'il était grand, parce qu'il ne capitulait pas et qu'il faisait ce qui lui plaisait. Tout le monde. Comme eux, qui s'acharnent après toi.

— Qui ça, eux, Grand Chef ? »

Sa voix, quand il a posé la question, était douce. Il était soudain devenu sérieux.

« Le Système. Il s'est acharné après lui pendant des années. Papa était assez fort pour résister un moment. Le Système voulait que nous habitions dans des maisons réglementaires. Il voulait s'approprier la cataracte. Même dans la tribu, il était présent. Et ils s'acharnaient après mon papa. Quand il allait en ville, ils l'assommaient dans les ruelles. Une fois, ils lui ont coupé les cheveux. Oh! Il est fort, le Système! Fort... Papa a lutté jusqu'à ce que ma mère l'eût rendu trop petit pour qu'il pût se battre. Alors, il a abandonné. »

McMurphy est resté longtemps silencieux. A nouveau, il s'est accoudé sur son lit et m'a regardé. Il m'a demandé pourquoi on rossait papa dans les ruelles. Pour lui donner un avant-goût de ce qui l'attendait s'il ne signait pas les papiers donnant tout au gouvernement, lui ai-je répondu.

« Et qu'est-ce qu'on voulait qu'il donne au gouvernement ?

— Tout. La tribu, le village, les chutes...

— Ah! oui... Ça me revient maintenant. Tu parles de ces chutes où les Indiens pêchaient le saumon au harpon autrefois ? Mais si j'ai bonne mémoire, la tribu a été grassement indemnisée.

— C'est ce qu'ils lui expliquaient mais, lui, il disait : combien acheter la façon de vivre d'un homme ? Combien payer pour ce qu'est un homme ? Les autres ne comprenaient pas. La tribu non plus ne comprenait pas. Les gens du village venaient le voir avec leurs chèques à la main pour qu'il les conseille. Ils lui demandaient de placer l'argent pour eux, de leur dire où aller, s'il fallait acheter une ferme. Mais, lui, il était trop petit. Et aussi il buvait trop. Le Système avait gagné : il bat tout le monde. Toi aussi, il te battra. Il n'était pas question pour lui de laisser quelqu'un d'aussi grand que papa se balader en liberté. C'est évident.

— Oui. Je le reconnais : c'est évident.

— Tu n'aurais pas dû casser cette vitre. Maintenant, ils ont vu que tu es grand. Ils vont te dompter.

— Comme un mustang, peut-être ?

— Non, non ! Ecoute-moi. Ce n'est pas comme cela qu'ils s'y prennent. Ils utilisent des moyens contre lesquels tu ne peux rien. Ils mettent des choses. Ils installent des choses. Quand tu es encore petit et qu'ils s'aperçoivent que tu vas devenir grand, ils installent leurs saloperies d'engins, et ils continuent jusqu'à ce qu'ils t'aient réglé ton compte.

— T'énerve pas, mon pote ! Chut !

— Et si tu résistes, ils t'enferment quelque part et ils...

— Du calme, Grand Chef, du calme. T'emballe pas. On va t'entendre. »

Il s'est allongé et n'a plus bougé. J'ai entendu le frottement des semelles de caoutchouc du moricaud qui s'amenait avec une lampe pour voir ce que c'était, tout ce bruit. Nous n'avons pas fait un mouvement avant qu'il ne fût reparti.

« A la fin, c'était plus rien qu'un vieil ivrogne, papa », ai-je murmuré.

Je n'arrivais plus à me taire. Fallait que ça me sorte, tout ce que j'avais sur le cœur.

« La dernière fois que je l'ai vu, c'était dans les cèdres, il était tellement soûl qu'il ne voyait plus clair. Quand il portait le goulot à la bouche, ce n'était pas lui qui buvait à la bouteille : c'était la bouteille qui le buvait. Il s'était ratatiné, il était devenu jaune. Même les chiens ne le reconnaissaient plus. On a dû le transporter à Portland pour y mourir. Je ne dis pas que ce sont des assassins. Ils ne l'ont pas tué. Non. Ils lui ont fait autre chose. »

J'avais terriblement envie de dormir. Je ne voulais plus parler. J'ai essayé de me rappeler ce que j'avais raconté. Ce n'était pas ça que j'avais voulu dire.

« Je raconte des bêtises, hein ? »

McMurphy s'est retourné.

« Oui, Grand Chef, tu racontes des bêtises.

— Ce n'était pas ça que je voulais dire. Je ne peux pas y arriver : ça n'a pas de sens.

— Je ne prétends pas que ça n'ait pas de sens, Grand Chef, mais simplement que c'est des bêtises. »

Il est resté si longtemps silencieux que j'ai cru qu'il s'était rendormi. J'aurais voulu lui souhaiter bonne nuit mais il me tournait le dos. Son bras était sorti de la couverture et je voyais seulement les as et les huit qui y étaient tatoués. Il était gros, son bras, autant que les miens quand je jouais au football. J'aurais voulu toucher l'endroit où il y avait les tatouages pour voir s'il était encore vivant. Il est si tranquille, me disais-je. Il faut que je le touche pour savoir s'il est toujours vivant...

C'est un mensonge. Je le sais, qu'il est vivant. Ce n'est pas pour cela que je veux le toucher.

Je veux le toucher parce que c'est un homme.

Ça aussi, c'est un mensonge. Il y a d'autres hommes tout autour de nous que je pourrais toucher.

Si je veux le toucher, c'est parce que je suis pédé !

Mais c'est encore un mensonge. Une peur qui se cache derrière une autre. Si j'étais pédé, je voudrais faire autre chose avec McMurphy. C'est seulement parce qu'il est ce qu'il est que j'ai envie de le toucher.

Mais, au moment où je tends la main, il se retourne vers moi dans une envolée de couverture :

« Eh, Grand Chef, pourquoi tu ne viens pas à la pêche avec nous demain ? »

Comme je ne réponds rien, il continue :

« Alors ? Qu'est-ce que tu en dis ? Une occasion comme ça ! Tu sais, les deux tantes que j'ai dit qui viendraient nous chercher ? Eh bien, mon vieux, c'est pas des tantes, c'est des tapineuses de Portland. »

J'ai fini par lui dire que j'étais un Indigent.

« Un quoi ?

— J'ai pas d'argent.

— Oh ! J'avais pas pensé à ça ! »

Il s'est tu un moment et a réfléchi en frottant sa cicatrice. Son doigt s'est brusquement immobilisé et il m'a dévisagé.

« Quand tu avais ta taille d'avant, a-t-il dit d'une voix lente, quand tu avais... disons un mètre quatre-vingt-seize, quatre-vingt-dix-huit et que tu pesais dans les cent vingt-sept kilos... est-ce que tu étais assez fort pour soulever quelque chose d'aussi gros que le régulateur de l'hydrothérapie, par exemple ? »

J'ai réfléchi. Le régulateur ne devait probablement pas être beaucoup plus lourd que les barils d'essence que je coltinais quand j'étais soldat.

« Oui, j'ai répondu. Avant, j'en aurais sans doute été capable.

— Si tu redevenais aussi grand qu'autrefois, pourrais-tu toujours le soulever ?

— Je pense que oui.

— Ce que tu penses, j'en ai rien à foutre ! Tout ce que je veux savoir, c'est ceci : peux-tu me promettre de le soulever si je m'arrange pour que tu deviennes aussi grand que tu l'étais ? Tu me le promets, et non seulement je te fais suivre mon entraînement spécial pour pas un rond, mais encore t'as droit à une partie de pêche de dix dollars pour le même prix. »

Il s'est passé la langue sur les lèvres et sa tête est retombée sur l'oreiller. Quand je lui ai demandé comment il s'y prendrait, il a mis son doigt devant sa bouche.

« Une chose comme ça peut pas être révélée, mon vieux. J't'ai pas dit que je t'expliquerais le truc. Oh ! là ! là. Regonfler un gars jusqu'à ce qu'il soit grand format, c'est un secret qu'on ne peut partager avec personne. Ce serait dangereux si ça tombait entre des mains ennemies. Tu t'apercevras même de rien la plupart du temps. Mais je te donne ma parole la plus solennelle que si tu suis mon programme d'entraînement, c'est ce qui arrivera. »

Il s'est assis au bord du lit, les mains sur les genoux. La vague lueur qui émanait du bureau des infirmières faisait miroiter ses dents et briller ses prunelles. Doucement, son boniment jovial de commissaire priseur s'est élevé dans le dortoir.

« Voilà... C'est le Grand Chef Bromden qui remonte le boulevard... Les hommes, les femmes, les enfants se retournent sur son passage : « Dis donc, dis donc, dis « donc... Qu'est-ce que c'est que ce géant-là qui fait « des enjambées de trois mètres et qui doit se baisser « pour pas accrocher les fils téléphoniques ? Il déam- « bule dans la ville et il s'arrête que pour les pucelles. « Les autres sauterelles, c'est pas la peine de prendre « des numéros si que vous avez pas des nichons « comme des cantaloups, des jambes blanches et « fines assez longues pour se nouer autour de ses « reins puissants... »

Dans le noir, il continue de raconter comme ce sera : tous les hommes effrayés, toutes les belles filles haletantes. Et moi, il a dit qu'il allait inscrire à l'instant même mon nom sur le rôle d'équipage. Il s'est levé, a pris dans sa table de nuit la serviette qu'il s'est nouée autour des hanches, et sa casquette.

« Oh ! mon vieux, je te le dis, a-t-il murmuré, pen-ché au-dessus de moi, je te le dis, toutes les femmes te fileront le train et tu demanderas merci ! »

Il a brusquement tendu la main et, d'un seul geste, il a défait le drap et les couvertures, me laissant exposé tout nu.

« Regarde, Grand Chef ! Qu'est-ce que je te disais ? T'as déjà grandi de quinze centimètres. »

Et il s'est dirigé en riant vers le hall.

Deux putains de Portland en route pour nous ame-ner à la pêche ! Ça n'a pas été facile de rester au lit jusqu'à ce que les lumières s'allument, à six heures et demie.

Je suis sorti le premier du dortoir pour vérifier si mon nom était vraiment marqué sur la liste affichée à côté du bureau des infirmières. INSCRIVEZ-VOUS POUR LA PARTIE DE PÊCHE, lisait-on en grosses lettres en haut de la feuille. McMurphy avait mis son nom en pre-mier et Billy Bibbit juste en dessous. Le numéro trois était Harding, le quatre Frederickson et ça continuait comme ça jusqu'au numéro dix qui restait en blanc. Mon nom était bien là, le dernier, en face du numéro neuf. J'allais vraiment sortir de l'hôpital et m'embar-quer pour aller à la pêche en compagnie de deux putains ! Il fallait que je me le répète sans arrêt pour y croire.

Les trois moricauds sont arrivés de leur pas glis-sant devant moi et ont déchiffré les noms en suivant avec leurs doigts gris. Quand ils ont vu le mien, ils se sont retournés vers moi en riant.

« Eh ! Qui ça peut être qu'a inscrit le Chef Brom-den pour c'te bêtise ? Les Indiens, ça sait pas écrire.

— Tu crois qu'ils savent lire, peut-être ? »

A cette heure matinale, l'amidon de leur uniforme était encore frais et, quand ils bougeaient les bras, ça faisait comme un froissement d'ailes de papier à l'intérieur de leurs manches empesées. Je feignais de ne pas entendre tandis qu'ils me considéraient d'un air hilare mais, quand ils m'ont tendu un lave-pont pour que je balaie le hall à leur place, je suis reparti vers le dortoir en me disant au-dedans de moi-même : Rien à faire ! Un type qui doit aller à la pêche avec deux putains de Portland va pas se mettre à nettoyer les ordures !

Quand même, je n'étais pas plus rassuré que ça ; je

n'avais encore jamais désobéi aux moricauds. En me retournant, je vis qu'ils me suivaient. Avec leur balai. Sans McMurphy, ils seraient sans doute rentrés dans le dortoir et m'auraient mis la main dessus. Mais Mac était là, qui arpentait l'allée centrale en criant comme un beau diable et en flanquant des coups de serviette aux gens qui s'étaient inscrits pour la promenade ; il faisait un tel chahut que les négros se dirent que le dortoir n'était peut-être pas un territoire assez sûr et qu'il était préférable de ne pas s'y aventurer.

McMurphy avait enfoncé sa casquette de motard sur sa tignasse rousse pour ressembler à un capitaine au long cours ; on aurait juré que les tatouages qui sortaient de son maillot avaient été faits à Singapour. Il se dandinait en marchant comme si le plancher était le pont d'un navire, et sifflait dans ses doigts, tel un maître d'équipage dans son sifflet.

« Tout le monde sur le pont, matelots ! Tout le monde sur le pont ! Sinon, je te m'en vas vous flanquer à fond de cale ! »

Il se mit à tambouriner sur la table de nuit de Harding.

« La cloche a piqué six heures. Tout va bien à bord et on tient le cap. Tout le monde sur le pont. Agitez-vous ! »

En m'apercevant, il s'est précipité à ma rencontre et m'a tapé sur le dos de toutes ses forces.

« Regardez un peu le Grand Chef et prenez exemple sur lui : c'est un vrai marin pêcheur, lui ! Debout avant l'aube pour chercher des vers rouges. Vous feriez bien de l'imiter, triste bande d'empotés que vous êtes ! Tout le monde sur le pont ! Aujourd'hui, c'est le grand jour. Sortez-moi des toiles et hop, dans la mer ! »

Les Aigus ronchonnaient et protestaient contre les

coups de serviette. Les Chroniques, qui se réveillaient, regardaient autour d'eux. Leur figure était toute bleue à cause des draps trop serrés qui gênaient la circulation du sang. Finalement, tous ces vieux visages impuissants et ramollis, où on lisait la curiosité mêlée à un vague regret, se sont braqués sur moi en train d'enfiler des vêtements chauds en prévision du voyage et ça me mettait mal à l'aise d'être ainsi leur point de mire. Je me sentais un peu coupable. J'étais le seul Chronique à participer à l'excursion, ils le devinaient et leurs prunelles ne me quittaient pas, à tous ces vieux, cloués dans leurs fauteuils roulants depuis des années, avec des sondes fixées à leurs jambes comme un lierre qui les immobilisaient jusqu'à la fin de leurs jours. M'observant, ils comprenaient intuitivement que j'étais de la sortie. Ils pouvaient encore être jaloux de n'avoir pas été élus. Oui : ils devinaient car ce qu'il y avait d'humain en eux avait été suffisamment étouffé pour que les vieux instincts de l'animal eussent repris le dessus (parfois, les Chroniques se réveillent en sursaut au milieu de la nuit, renversent la tête et hurlent avant que personne d'autre ne sache que quelqu'un est mort dans le dortoir) et ils étaient également capables d'éprouver de la jalousie parce qu'il demeurait assez d'homme en eux pour qu'ils eussent encore des souvenirs.

McMurphy est allé relire la liste. A son retour, il a essayé de trouver un volontaire de plus pour compléter son équipe. Il parcourait la chambrée, donnant des coups de pied dans tous les lits où il y avait encore quelqu'un de couché, le drap tiré au-dessus de la tête. Ce sera formidable, là-bas, disait-il ; on sera en plein dans la gueule de la tempête, avec la mer hurlante tout autour. Oh !... hisse ! Crénom ! Et une bouteille de rhum...

« Allez, les flemmards ! Il me faut encore un matelot. Bon sang de bois, j'ai besoin rien que d'un volontaire... »

Mais personne ne se laissait convaincre. La Chef les avait tellement effrayés en leur racontant que la mer était mauvaise et que des tas de bateaux avaient coulé qu'il était improbable que McMurphy pût trouver le marin qui lui manquait. Jusqu'au moment où (c'était une demi-heure plus tard) George Sorensen s'est approché de lui tandis que nous faisions la queue en attendant l'ouverture du réfectoire.

George était un vieux Suédois édenté et noueux que les moricauds appelaient Frotti-Frotta à cause de son obsession de l'hygiène. Il a traversé le hall en traînant les pieds, le corps tellement incliné en arrière que sa tête n'était pas à l'aplomb de ses pieds (il se tient comme ça pour maintenir son visage aussi loin que possible de celui de son interlocuteur), s'est arrêté devant le rouquin et a marmonné quelque chose derrière sa main. George était extrêmement timide. On ne voyait jamais ses yeux parce qu'ils étaient profondément enfoncés sous ses arcades sourcilières et que presque toute sa figure disparaissait derrière l'écran de sa grosse main. McMurphy a fini par repousser cette main.

« Qu'est-ce que tu racontes, George ?

— Les vers rouges. Je crois pas que c'est bon pour le saumon.

— Quoi ? Quels vers rouges ? T'as peut-être raison mais il faudrait savoir de quoi tu parles !

— Tout à l'heure, je t'ai entendu dire que M. Bromden cherchait des vers rouges pour appâter.

— C'est vrai, bonhomme, je m'en souviens.

— Vous prendrez rien avec. En c'te saison, c'est la grande migration, pour sûr. Ce qu'il faut comme appât, c'est du hareng, pour sûr. Alors, là, la pêche sera bonne, ma foi. »

Sa voix a monté à la fin de la dernière phrase

comme si c'était une question qu'il posait. Il a hoché deux ou trois fois son menton proéminent frotté de si près qu'il en était écorché, et puis il a fait demi-tour pour aller prendre sa place au bout de la file. Mais McMurphy l'a rappelé :

« Attends une minute, George ! On dirait que tu t'y connais, question de pêche ? »

George a pivoté et est revenu vers Mac de sa démarche traînante.

« Dame ! Vingt-cinq ans, j'ai tripoté la cuiller entre Half Moon Bay et Pudget Sound. Vingt-cinq ans que j'ai bourlingué avant que toute cette crasse ne m'ait pris. »

Il a tendu ses mains pour qu'on voie bien comme elles étaient sales et tout le monde s'est penché dessus. En fait de saleté, je ne distinguai rien que les profonds sillons que des milliers de lignes avaient creusé dans ses paumes. Il est resté comme ça une minute, puis il a refermé ses poings et les a cachés sous sa veste de pyjama, à croire qu'on les salissait rien qu'en les regardant ; il a souri à McMurphy de toutes ses gencives décolorées, aussi blanches que du porc de conserve.

« J'avais un joli chalutier, juste quarante tonneaux, mais qui jaugeait douze pieds. Rien qu'en bois de teck et cœur de chêne. »

Il se balançait tant et si bien qu'on en finissait par se demander si le plancher était de niveau.

« Un joli bateau, sacrédié. »

McMurphy l'a retenu pour qu'il ne repartît pas.

« Vingt dieux, pourquoi ne m'as-tu jamais dit que tu étais pêcheur ? Je baratine comme si j'étais le père Neptune en personne mais, entre toi, le mur et moi, je peux bien avouer que le seul navire sur lequel j'ai jamais mis les pieds, c'était le cuirassé *Missouri* et tout ce que je sais, rapport aux poissons, c'est que j'aime mieux les bouffer que les nettoyer.

— C'est facile d'les nettoyer. Suffit qu'on vous montre comment.

— Bon Dieu, George, tu seras notre capitaine ! On sera tous sous tes ordres. »

George recule et secoue la tête.

« Ces bateaux, ils sont terriblement sales. Tout est terriblement sale.

— Te casse pas la tête pour ça. Le nôtre est spécial. Stérilisé de la proue à la poupe, aussi propre qu'une dent de chien. Tu te saliras pas, George, parce que tu seras le capitaine. T'auras même pas à accrocher une amorce après un hameçon : tout ce que je te demanderai, c'est de diriger la manœuvre et de nous donner des ordres, à nous autres, pauvres empotés de terriens. Hein, qu'est-ce que t'en dis ? »

Rien qu'à la façon qu'il avait de se tordre les mains sous sa veste, on devinait qu'il était tenté, George, mais il a répété qu'il ne pourrait pas risquer de se salir : c'était pas possible. Malgré les efforts désespérés de McMurphy, le vieux Suédois continuait à faire non de la tête. Soudain, on a entendu la clef de la Chef heurter la serrure, la porte s'ouvrir en ferraillant. Elle est entrée en brandissant son sac à malices et elle est passée le long de la file avec un sourire et un bonjour automatique (clic-clac) pour chacun. McMurphy a remarqué que George reculait et se renfrognait. Quand elle eut disparu, il a fixé sur lui un regard plein d'innocence.

« Dis-moi un peu, George, les trucs qu'elle a racontés : que la mer est mauvaise, que cette promenade pourrait être terriblement dangereuse... qu'est-ce que tu en penses ?

— L'océan, il peut être rudement méchant, dame, rudement. »

McMurphy a jeté un coup d'œil sur Miss Ratched qui s'engouffrait dans le bureau, puis son regard est revenu vers George qui se tordait plus que jamais les mains en lorgnant le cercle des visages attentifs et silencieux qui l'entouraient.

« Sapristi ! dit-il soudain. Vous croyez qu'elle me fait peur avec ce qu'elle dit de l'océan ? Vous croyez ça ?

— Oh ! non, je ne le crois pas, George. Mais je pense que si tu ne nous accompagnes pas et qu'on soit pris dans une tempête terrible, il se pourrait bien que la mer nous possède jusqu'au dernier, tu sais. Je te le répète : j'y connais rien en matière de navigation. Et je vais encore te dire autre chose : tu sais, les deux femmes qui nous accompagnent... j'ai raconté au docteur que c'étaient mes tantes, qu'elles étaient veuves de pêcheur toutes les deux. En vérité, toutes les croisières qu'elles ont jamais faites, c'était sur le macadam. S'il y a un pépin, elles ne seront pas plus utiles que moi. On a besoin de toi, George. On a besoin de toi. »

Il a tiré sur sa cigarette et ajouté : « A propos, t'as dix dollars ? »

George fait signe que non.

« Je m'en serais douté. Eh bien, tant pis ! Il y avait plusieurs jours que j'avais renoncé à l'espoir d'avoir un équipage complet. Tiens ! »

Il a sorti un crayon de sa poche et l'a tendu à George, après l'avoir essuyé sur le pan de sa chemise. « Tu seras notre capitaine. Et je te prendrai que cinq dollars. »

George nous a considérés, le front plissé par l'effort de la réflexion. Enfin, un sourire a découvert ses gencives livides. Il a saisi le crayon. « Crénom », a-t-il murmuré, et il est allé marquer son nom sur la liste.

Après le petit déjeuner, comme il traversait le hall, McMurphy s'est arrêté devant le tableau d'affichage et, devant son nom, il a inscrit : CAPITAINE.

Les filles étaient en retard. On commençait à se dire qu'elles ne viendraient plus lorsque McMurphy, qui guettait à la fenêtre, a poussé un hurlement. Tout le monde s'est précipité. « C'est elles », a-t-il dit. Mais il n'y avait qu'une seule voiture au lieu des deux sur lesquelles on comptait, et rien qu'une seule femme. McMurphy l'a hélée lorsqu'elle s'est rangée et elle s'est dirigée droit vers notre bâtiment en coupant par la pelouse.

Elle était plus jeune et plus jolie qu'aucun d'entre nous ne l'avait rêvé. Tout le monde avait compris qu'il ne s'agissait pas des tantes de McMurphy, mais de putains et chacun imaginait toutes sortes de choses. Ceux qui avaient de la religion se tracassaient un tantinet. Mais à la voir avancer d'un pied léger, ses grands yeux levés vers nos fenêtres, ses cheveux roulés en une longue tresse qui dansait dans le soleil à chaque pas comme un ressort de cuivre derrière sa tête, la façon dont elle gagnait sa vie n'avait pas d'importance. Elle courut vers le store derrière lequel se tenait McMurphy, glissa ses doigts entre les mailles du treillage. Elle haletait et pleurait un petit peu.

« McMurphy ! Ah ! Mon vieux McMurphy !

— Où est Sandy ?

— Rien à faire, mon gars : elle s'est mis la corde au cou. Mais toi, ça va, dis ? Ça va ?

— Elle s'est mariée ? »

La fille s'essuya le nez et gloussa.

« Eh oui ! La brave Sandy s'est mariée, parole. Tu te rappelles Artie Gilfillian, de Beavertone ? Un gars qui se ramenait toujours avec des machins invraisemblables pour se faire remarquer quand il était invité — des souris blanches, des serpents, je ne sais pas... bref, un truc de ce genre dans la poche ? Un vrai maniaque.

— Nom de Dieu, rugit McMurphy, comment veux-

292

tu que je te fourre dix bonshommes dans cette vieille Ford dégueulasse ? Comment Sandy et son serpenteau de Beavertone s'imaginent que je vais avaler ça ? »

La fille avait l'air de chercher une réponse quand le haut-parleur du plafond émit un clic, la voix de la Chef retentit : si McMurphy voulait bavarder avec son amie, il serait préférable que la personne en question se présentât normalement à la porte d'entrée au lieu de semer le trouble dans l'hôpital tout entier. Candy suivit ce conseil. McMurphy s'affala dans un fauteuil. « Bordel de bordel », maugréa-t-il.

L'avorton introduisit la fille dans le hall, oubliant de refermer la porte derrière elle (je suis sûr qu'il a dû en entendre, après !) et elle s'avança de sa démarche sautillante, passa devant le bureau où les infirmières s'efforçaient de la pétrifier de leur regard unanimement glacé et entra dans la salle commune presque en même temps que le docteur qui, une liasse de papiers à la main, se dirigeait au même instant vers la cage de verre. Il la regarda, regarda ses papiers, la regarda encore et tâtonna à la recherche de ses lorgnons.

Arrivée au milieu de la pièce, elle fit halte. Quarante hommes de vert vêtus, l'entouraient les yeux écarquillés. Le silence était tel qu'on entendait gargouiller les intestins et clapoter les sondes du côté des Chroniques.

Il lui fallut une bonne minute pour trouver McMurphy : aussi, chacun eut-il largement le temps de l'examiner. Une fumée bleue flottait au-dessus de sa tête. Je pense que tous les appareils avaient claqué en essayant d'enregistrer son apparition soudaine : ils l'avaient sondée électroniquement et en avaient conclu qu'ils n'étaient pas prévus pour intégrer quelque chose comme ça. Alors, ils avaient grillé.

Tout simplement : les machines s'étaient en quelque sorte suicidées.

Elle portait un jersey blanc, semblable au maillot de McMurphy, sauf qu'il était beaucoup plus petit, des chaussures de tennis, blanches également ; ses blue-jeans relevés au-dessus des genoux lui dégageaient la jambe et, compte tenu de la surface que ses vêtements avaient à couvrir, il était loin d'y avoir assez de tissu. Des foules d'hommes devaient l'avoir vue avec encore beaucoup moins que ça sur le corps mais elle s'est mise à se trémousser avec embarras comme une écolière sur une scène. Personne ne soufflait mot. Seul Martini murmura qu'on pouvait lire le millésime des pièces de monnaie qui étaient dans ses poches, tant son pantalon la moulait. Mais il était plus près que nous et pouvait mieux voir.

Billy Bibbit fut le premier à lâcher quelque chose à haute voix. Pas vraiment un mot : un sifflement profond, presque douloureux, qui voulait dire que personne n'était aussi bien balancé qu'elle. Alors, elle éclata de rire et le remercia avec effusion ; il rougit si fort qu'elle aussi devint cramoisie. Et puis, tout se mit en mouvement. Les Aigus s'approchèrent : ils voulaient tous lui parler à la fois. Le docteur tira Harding par la manche : il voulait savoir qui était cette personne. McMurphy se leva et fendit la foule. A sa vue, elle se jeta dans ses bras en s'écriant : « Sacré vieux McMurphy ! » Mais, prise de gêne, elle devint encore un coup écarlate. Quand elle rougissait, elle n'avait pas l'air d'avoir plus de seize ou dix-sept ans, parole d'honneur.

McMurphy fit les présentations et elle serra la main de chacun. Quand ce fut le tour de Billy Bibbit, elle le remercia encore d'avoir sifflé. Sur ces entrefaites, toute souriante, la Chef est sortie du bureau pour demander à McMurphy comment il envisageait de faire rentrer dix hommes dans un seul et unique véhicule. « Est-ce que je pourrai emprunter une voiture de service ? suggéra-t-il. Je la conduirai moi-même. » Comme n'importe qui pouvait s'y attendre, elle lui cita un extrait du règlement interdisant la chose. A moins qu'il n'y eût un second conducteur, la moitié de l'équipe resterait là. Ce à quoi McMurphy répondit que ça allait lui coûter cinquante bons dollars puisqu'il lui faudrait rembourser ceux qui, par la force des choses, seraient ainsi privés de sortie.

« En ce cas, le mieux serait peut-être d'annuler la promenade et de restituer la totalité des fonds, suggéra Miss Ratched.

— J'ai déjà loué le bateau. Le patron a empoché soixante-dix dollars à l'heure qu'il est.

— Soixante-dix ? Tiens ! Je croyais vous avoir entendu dire qu'il vous fallait recueillir cent dollars, plus dix fournis par vous-même, pour financer ce voyage, McMurphy ?

— Je comptais l'essence pour l'aller et le retour.

— Elle ne serait pas revenue à trente dollars. »

Elle souriait de son sourire le plus charmeur, attendant la réponse. McMurphy a levé les bras et les yeux au ciel.

« Ah ! là ! là. Vous laissez rien passer, hein, Miss Procureur Général ! Eh oui : le boni, c'était pour ma pomme et je suis sûr que personne ne voyait ça autrement que moi. Je pensais réaliser un léger bénéfice en compensation de tout le mal que...

— Et votre plan n'a pas marché. »

Elle souriait toujours, débordante de sympathie. « Vos petites spéculations ne peuvent pas toujours réussir, Randall, mais, en fait, si l'on y réfléchit, vous avez eu plus que votre part de succès. »

Elle rêva quelques secondes à ce qu'elle venait de dire, songeant à quelque chose dont, je le savais d'avance, nous entendrions longuement parler plus tard. « Oui. Chaque pensionnaire vous a, à un moment ou à un autre, signé une reconnaissance de dette à la suite de vos « affaires ». Alors, ne croyez-vous pas que vous pouvez supporter cette menue défaite ? »

Elle s'est tue brusquement : McMurphy ne l'écoutait plus. Il regardait le docteur. Et le docteur, en transe, contemplait avidement le corsage de la blonde enfant comme si rien d'autre n'existait au monde. Un vague sourire se fit jour sur les traits du rouquin qui, relevant la visière de sa casquette, s'approcha de Spivey et lui posa la main sur l'épaule.

« Eh, docteur, vous avez déjà vu ferrer un saumon ? Crénom, c'est un des spectacles les plus emballants auxquels on puisse assister sur les sept mers ! Dis donc, Candy, ma toute belle, pourquoi tu ne parles pas au docteur de la pêche en haute mer et de tout ça ? »

A eux deux, il ne leur fallut pas plus de trois minutes : le docteur s'en fut boucler son bureau. Quand il revint, il fourrait ses papiers dans une serviette.

« Je pourrai faire pas mal de paperasserie à bord, expliqua-t-il en passant si vite à côté de la Chef qu'elle n'eut pas le temps de répondre. Le reste de l'équipe lui emboîta le pas et chacun sourit en défilant devant Miss Ratched, plantée à côté de la porte du bureau des infirmières. »

Ceux qui n'étaient pas du voyage se groupèrent sur le seuil de la salle commune, nous recommandant de nettoyer nos poissons avant de les rapporter. Ellis s'arracha au mur et serra la main de Billy Bibbit, l'exhortant à être un pêcheur d'hommes. Et Billy, fixant son regard sur les clous de cuivre du blue-jeans de Candy, cligna de l'œil et lui répondit d'aller se faire foutre, que c'était pas des hommes qu'il s'agissait de pêcher. Puis il nous rejoignit. L'avorton ferma la porte derrière nous.

Nous étions sortis. Nous étions dehors.

Perçant les nuages, le soleil faisait rutiler les briques roses de l'hôpital. Une brise légère arrachait les dernières feuilles qui pendaient aux branches des chênes et les précipitaient en petits tas bien nets contre la grille sur laquelle se perchaient de temps à autres des oiseaux roux qui s'envolaient dans le vent chaque fois qu'une volée de feuilles se plaquait contre le treillis. On aurait dit qu'elles se transformaient en oiseaux fugitifs.

C'était une belle journée d'automne, fleurant la fumée de bois, retentissant du cri des gosses qui jouaient au football et du ronronnement des petits aéroplanes. Rien que d'être dehors, ça aurait dû nous rendre tous heureux. Mais on restait silencieux, immobiles, les mains dans les poches, pendant que le docteur sortait sa voiture. Un groupe muet qui regardait les citadins en route pour leur travail ralentir afin de considérer bouche bée tous ces singes en uniformes verts. Conscient de notre malaise, McMurphy essaya de nous changer les idées en plaisantant et en taquinant la fille. Mais c'était encore pire. On songeait au fond de soi-même que ce serait tellement simple de rentrer, de dire que, réflexion faite, on renonçait, qu'on reconnaissait que la Chef avait raison. Avec un vent pareil, la mer devait être grosse.

Le docteur arriva. Nous prîmes place dans les deux voitures et en route ! Moi, j'étais dans l'auto de Candy avec George, Harding, Billy Bibbit et McMurphy. Frederickson, Sefelt, Scanlon, Martini, Tadem et Gregory suivaient dans celle du docteur. Personne n'ouvrait la bouche. A un kilomètre et demi de l'hôpital, on s'est arrêté devant une station-service pour prendre de l'essence. Le docteur est descendu le premier et le pompiste s'est élancé à sa rencontre avec un grand sourire en s'essuyant les mains après un chiffon. Brusquement, son sourire s'est figé et, négligeant Spivey, il est allé examiné les autres passagers. Alors, il a eu un mouvement de recul et s'est rembruni. Timidement, le docteur l'a tiré par la manche et lui a glissé un billet de dix dollars dans la main.

« Euh... Voudriez-vous faire le plein ? Pour les deux voitures. Avec de l'ordinaire. »

Il avait l'air aussi gêné que nous d'avoir quitté l'hôpital.

« Ces uniformes, c'est ceux des types de l'asile, non ? » a demandé le garagiste en jetant un coup d'œil à la ronde pour voir s'il n'y avait pas une manivelle ou quelque chose du même genre à portée de la main... En définitive, il a reculé vers une pile de canette vides. « Vous êtes les types de l'asile. »

Le docteur a cherché ses lorgnons en tâtonnant et il nous a regardés à son tour comme s'il venait juste de remarquer nos tenues vertes. « Oui. Euh... Je veux dire... Non. Nous... Enfin, ils viennent bien de l'asile mais ce ne sont pas des pensionnaires, bien sûr, c'est une équipe de travail. De travail. »

Le pompiste a plissé les yeux ; il a regardé le docteur, puis nous autres et il s'est éloigné pour murmurer quelque chose à son collègue. Ils ont discuté un moment et son copain a redemandé d'une voix vociférante qui nous étions. Quand Spivey eut répété que nous étions une équipe de travail, les deux types se sont mis à rigoler. Rien qu'à leur rire, j'ai compris qu'ils étaient d'accord pour nous vendre de l'essence — elle serait probablement de mauvaise qualité, sale, allongée d'eau et ils nous la factureraient deux fois plus cher qu'elle ne valait — mais je ne me sentais pas rassuré pour autant. Et les camarades n'étaient pas à la noce, eux non plus, c'était visible. La réponse du docteur nous plaçait dans une situation encore plus fausse. Pas à cause de son mensonge, d'ailleurs : à cause de la vérité.

Le second pompiste s'est avancé vers Spivey, le visage fendu d'un large sourire.

« C'est du super qu'vous avez dit, pas ? Bien sûr, on va vous donner ça. Et si qu'on vérifiait vos filtres à huile et vos essuie-glaces pendant qu'on y est ? »

Il était plus grand que son collègue. « Vous le croiriez pas, dit-il en se penchant vers Spivey comme pour lui confier un secret. Savez-vous que, d'après les statistiques, 88 p. 100 des voitures qui roulent ont besoin d'un filtre à huile et d'essuie-glaces neufs ? »

Devant ce sourire que des années passées à arracher les bougies avec les dents avaient incrusté de cambouis, le docteur se trémoussait. « Et si on équipait vos gars avec des lunettes de soleil ? On a de bons verres polaroïdes. »

Le docteur savait qu'il était coincé. Mais à l'instant où il allait ouvrir la bouche pour capituler, dire oui, dire n'importe quoi, il y eut un bruit de mécanique et la capote de la voiture où je me trouvais commença à s'ouvrir tandis que McMurphy, se démenant comme un beau diable, tempêtait contre les soufflets qui ne se repliaient pas assez vite à son gré. Rien qu'à voir sa façon de bourrer de coups de poing ce toit qui n'en finissait pas de s'ouvrir, tout le monde se rendait compte qu'il écumait de fureur. Quand il eut sacré tout à loisir et qu'il fut parvenu de vive force à ses fins, il est sorti de la voiture en sautant par-dessus Candy et s'est dirigé vers le docteur et le pompiste. Planté entre les deux hommes, il a dardé son regard sur la bouche noire du second.

« A présent, Toto, tu vas nous filer de l'ordinaire

299

comme le docteur t'a dit. Pour les deux voitures. Un point, c'est tout. Tes autres saloperies, tu peux te les garder. Et tu nous feras trois *cents* de remise parce qu'on est une expédition patronnée par le gouvernement, crénom. »

Le type ne fit pas un mouvement.

« Ouais ? Je croyais que le professeur ici présent avait dit que vous n'étiez pas des malades ?

— Allons, Toto ! Tu vois pas que c'était par prudence ? Pour ne pas vous effrayer ? Il aurait pas menti pour des malades quelconques mais, nous autres, on n'est pas des cinglés ordinaires. On est tous des fous dangereux. Il nous conduit à la prison de Saint-Quentin où c'est plus commode pour s'occuper de nous. Tu vois le môme là-bas, celui qui a des taches de rousseur ? Pour le moment, il pourrait figurer à la une du *Saturday Evening Post* : eh bien, c'est un artiste du surin, un dément qui a tué trois hommes. Celui qui est à côté de lui, on l'appelle le dingue trois étoiles : on ne peut pas plus prévoir ce qu'il va faire qu'un chien enragé. Et le grand, là, tu vois ? C'est un Indien. Il a descendu à coups de manche de pioche six hommes blancs qui voulaient le blouser en lui achetant des peaux de rats musqués. Lève-toi qu'il puisse te regarder, Grand Chef. »

Harding m'a donné un coup de coude et je me suis mis debout dans la voiture. Le type m'a considéré, la main en visière au-dessus des yeux. Il n'a rien dit.

« Oh !... J'admets qu'on est des drôles d'énergumènes mais il s'agit d'une expédition tout ce qu'il y a de légale, autorisée et patronnée par l'Etat et on a droit à la remise comme si on était le F.B.I. »

Le gars a encore regardé McMurphy qui se balançait, les pouces enfoncés dans les poches, en le considérant de haut par-dessus son nez balafré. Il s'est retourné pour s'assurer que son pote était toujours à proximité des bouteilles. Et puis, il a souri à McMurphy.

« Des clients pas faciles, hein ? C'est ce que tu veux dire, le Rouquin ? Qu'il vaut mieux faire attention où on met les pieds avec eux et pas discuter, c'est ça ? Alors, explique-moi un peu ce que vous mijotez. D'assassiner le président ?

— Personne pourrait le prouver, Toto. Ils m'ont coincé à la déloyale. J'ai tué un homme sur le ring, tu vois, et en quelque sorte j'ai dû jeter l'éponge.

— Un tueur en gants de boxe ?

— Moi ? J'ai jamais dit ça. C'était pas une grande réunion avec la télévision. J'étais plutôt comme qui dirait un boxeur de banlieue. »

Le pompiste a mis ses pouces dans ses poches pour singer McMurphy.

« T'es plutôt comme qui dirait un baratineur de banlieue.

— J'ai jamais prétendu que le baratin ne fait pas également partie de mes dons. Mais je voudrais que tu regardes ça. »

Il a élevé les mains et, lentement, il les a fait tourner devant la figure du type, tout près.

« T'as déjà vu un type avec des pauvres pognes aussi amochées rien qu'à cause de son baratin ? Hein, Toto, dis voir un peu ? »

Il est resté longtemps dans la même position, attendant de savoir si le gars avait autre chose à ajouter. Le pompiste a regardé ses mains, m'a regardé, a encore regardé ses mains. Quand il est apparu sans équivoque qu'il n'avait plus rien à dire de vraiment urgent, McMurphy s'est avancé vers son collègue, lui a repris les dix dollars du docteur, qu'il tenait toujours dans son poing, et s'en est allé vers l'épicerie voisine.

« Dites, les gars ! Vous noterez combien ça fera, l'essence, et vous enverrez la facture à l'hôpital. Le fric, j'ai l'intention de l'utiliser pour acheter des rafraîchissements. J'ai idée que ça vaudra mieux que de se payer des essuie-glaces et 88 p. 100 de filtre à huile. »

Quand il est ressorti de la boutique, on plastronnait comme si on était des coqs de combat. On ordonnait aux pompistes de vérifier la pression de la roue de secours, d'essuyer les glaces, de nettoyer les fientes qui salissaient le capot comme si on était les patrons. Billy Bibbit a même rappelé le plus grand des deux hommes qui n'avait pas nettoyé le pare-brise à sa convenance :

« Vous n'avez pas ôté la t-t-tache là où il y a un insecte qui s'est écrasé.

— C'était pas un insecte, a répondu le type d'un air hargneux en grattant la vitre de l'ongle, c'était un oiseau. »

De l'autre voiture, Martini lui a crié :

« Ça ne peut pas avoir été un oiseau, sans quoi il y aurait des os et des plumes. »

Un cycliste qui passait par là s'est arrêté, curieux de savoir pourquoi tout le monde était vêtu de vert. Une espèce de club, peut-être... ?

Harding a jailli de la voiture :

« Non, mon ami. Nous sommes des pensionnaires de l'asile de fous qui se trouve un peu plus loin, des psychocéramiques, les pots fêlés de l'humanité. Voulez-vous que je vous déchiffre un Rorschach ? Non ? Vous êtes très pressé ? Tiens ! Il n'est plus là ! Dommage ! »

Il s'est tourné vers McMurphy : « Je ne m'étais pas rendu compte avant aujourd'hui que l'aliénation mentale pouvait présenter l'aspect de la puissance, du pouvoir. Réfléchis à cela : peut-être que plus un homme est fou, plus il est puissant. Exemple : Hitler. Il y a là matière à méditation. »

Billy a ouvert une bouteille de bière pour Candy

dont l'éclatant sourire et le « merci, Billy » lui firent perdre la tête au point qu'il se mit en devoir de servir tout le monde.

Pendant ce temps, les mains derrière le dos, nos deux oiseaux faisaient avec irritation les cent pas sur le trottoir.

Je dégustai ma bière ; j'étais merveilleusement euphorique en écoutant le liquide descendre dans mon œsophage. J'avais oublié qu'il pouvait exister des bruits et des saveurs aussi agréables que ceux d'une bière qui vous coule au fond du gosier. J'en avalai encore une bonne lampée avant de me mettre à regarder tout autour de moi pour savoir ce que j'avais oublié d'autre depuis tant d'années.

« Sapristi ! s'exclama McMurphy en se mettant au volant à la place de la fille qu'il poussa tout contre Billy. Regardez-moi le Grand Chef, comment qu'il se tape son eau de feu ! »

Et, en disant ces mots, il démarra sur les chapeaux de roues tandis que le docteur, derrière, poussait des cris stridents pour ne pas être en reste.

McMurphy nous avait montré ce qu'un peu d'esbroufe et de courage peuvent accomplir et, pendant tout le voyage, nous nous amusâmes à faire semblant d'être braves. Quand, devant un feu rouge, les gens regardaient nos tenues vertes, nous calquions notre attitude sur la sienne : nous demeurions assis, très droits, à jouer les gros bras et les mauvais coucheurs, à les regarder nous aussi dans le blanc des yeux, à ricaner jusqu'à ce que leurs moteurs calent, que leurs vitres en attrapent une insolation et, quand le feu passait au vert, ils restaient là, à se demander avec inquiétude ce que c'était, cette bande de singes à la mine patibulaire.

Ainsi McMurphy nous conduisait-il vers l'océan.

Je crois que McMurphy se rendait compte mieux que nous que nos airs bravaches étaient de la frime : en effet, ils n'arrivait pas à arracher un vrai rire à aucun d'entre nous. Peut-être ne comprenait-il pas pourquoi nous étions encore incapables de rire, mais il savait une chose : on n'est réellement fort que lorsqu'on trouve un côté amusant à tout. En fait, il mettait tant d'acharnement à souligner l'aspect humoristique des choses que j'en arrivais à me demander peu ou prou s'il n'était pas aveugle à leur autre aspect, s'il ne parvenait pas à voir ce qui nous séchait le rire dans la gorge. Peut-être était-ce vrai également des camarades : il est possible qu'ils étaient simplement sensibles à l'influence des divers faisceaux d'ondes émanant de toutes les directions et qui pesaient sur nous, qui nous faisaient ployer dans tel ou tel sens. De sentir seulement la pression du Système. Mais moi, je la voyais distinctement, l'œuvre du Système.

Comme on voit qu'une personne dont on a long-temps été séparé a changé alors que ce changement, parce qu'il est progressif, échappe à ceux qui sont en contact vingt-quatre heures sur vingt-quatre avec elle. Tout au long de la route menant à la côte, ce qu'avait accompli le Système depuis la dernière fois où j'étais venu dans la région se révélait par de multiples signes. C'était, par exemple, un train entrant en gare pour déposer comme autant d'œufs une cargaison d'hommes vêtus du même complet brillant, coiffés du même chapeau piqué à la machine, couvée d'insectes identiques vomis du dernier wagon, choses qui n'étaient vivantes qu'à demi ; et puis, la locomotive sifflait, le convoi repartait en chuintant à travers la campagne saccagée pour mettre bas, un peu plus loin, le lot suivant.

D'autres détails encore : cinq mille maisons semblables fabriquées à l'emporte-pièce et qui s'alignaient sur les hauteurs, dominant la ville, livrées depuis si peu de temps par l'usine qu'elles étaient encore attachées les unes aux autres comme un chapelet de saucisses ; une pancarte : LOGEZ DANS UN WEST HOME. RIEN A VERSER COMPTANT POUR LES ANCIENS COMBATTANTS ; un terrain de jeu au pied des collines, ceinturé par un grillage en damier et surmonté d'un panonceau : ÉCOLE DE GARÇONS DE SAINT-LURKE — cinq mille gosses vêtus d'une chemise blanche, de pantalons verts en velours côtelé et d'un sweater également vert qui faisaient une sarabande sur le gravier de la cour ; la colonne tournevirait, opérait de brusques crochets, ondulait à la manière d'un serpent et, à chaque saccade, un petit enfant était éjecté, précipité comme un toton contre le grillage. Chaque fois. Et c'était toujours le même petit garçon. Les cinq mille enfants habitaient les cinq mille maisons appartenant aux types qui étaient descendus du train. Des maisons tellement semblables que, régulièrement, les gosses se trompaient de demeure et de famille. Nul ne s'en apercevait. Ils dînaient, ils allaient au lit. Le seul que l'on remarquait était le petit du bout de la file : il avait tant d'égratignures et de bleus que, où qu'il allât, on se rendait tout de suite compte qu'il n'était pas à sa place. Il était incapable de bavarder. Incapable, aussi, de rire. C'est dur, de rire, lorsque l'on sent peser sur soi les ondes venant de chaque voiture qui vous croise, de chaque maison devant laquelle on passe.

Harding pérorait :

« On pourrait même avoir un *lobby* à Washington. Une organisation comme l'Association nationale pour le Progrès des Gens de Couleur. On planterait au bord des routes de grandes affiches montrant un schizophrène postillonnant en train de conduire une superbe machine de démolition rouge et verte :

EMBAUCHEZ LES FOUS ! Un avenir prometteur nous attend, messieurs. »

Nous franchîmes un pont sur la Suslaw. L'air était juste assez chargé d'humidité pour que je pusse sentir sur le bout de la langue la saveur de l'océan encore invisible. On approchait. Personne n'a plus ouvert la bouche avant d'atteindre le port.

Le capitaine qui était censé nous conduire était chauve ; sa tête d'un gris métallique sortant du col roulé faisait penser au kiosque de tir d'un sous-marin, avec ce cigare éteint, fiché au coin des lèvres, qu'il braquait tour à tour sur chacun d'entre nous. Debout sur l'embarcadère de bois, il engagea la discussion avec McMurphy en regardant la mer. En haut des marches, six ou huit hommes en suroît étaient assis sur un banc devant la boutique où l'on vendait des appâts. Le capitaine parlait d'une voix claironnante, à moitié pour les badauds, à moitié pour McMurphy.

« M'en moque ! C'est précisé dans ma lettre. Vous avez pas de document officiel me couvrant vis-à-vis des autorités compétentes : je ne sortirai pas. »

La tête sphérique pivota dans la tourelle du chandail noir et le cigare s'inclina vers nous. « Regardez un peu. Une équipe comme ça en mer ! Ils seraient capables de sauter à l'eau comme des rats et les familles me traîneraient en justice pour me demander des dommages et intérêts. J'y laisserai ma chemise. Non : je ne veux pas risquer ça. »

McMurphy lui expliqua que l'autre fille devait obtenir tous les papiers à Portland. « Quelle autre fille ? s'écria un des types du banc. La blondinette peut pas s'occuper de vous tous ? » McMurphy ne prêta aucune attention à l'interruption et continua d'argumenter

avec le patron mais Candy était visiblement contra-
riée. Les badauds la lorgnaient avec des yeux paillards
et se murmuraient des choses à l'oreille. On en était
tous conscients, même le docteur, et on se sentait
honteux de n'avoir pas réagi. Nous n'étions plus
aussi bravaches qu'à la station-service.

Voyant que son interlocuteur demeurait intraitable,
McMurphy cessa de discuter et fit quelques pas en
fourrageant dans ses cheveux.

« Quel est le bateau que nous avons loué ?

— Celui qui est là-bas. L'*Alouette*. Mais personne
n'y mettra le pied tant que je n'aurai pas une
décharge en règle. Personne.

— Je n'ai pas l'intention de louer un bateau rien
que pour avoir le plaisir de rester planté toute la
journée à le regarder se balancer dans le bassin.
Vous avez le téléphone dans votre boutique ? Venez.
On va régler ça. »

Les deux hommes gravirent les marches et dispa-
rurent à l'intérieur du magasin, nous laissant seuls,
serrés les uns contre les autres, face à cette bande
de types qui ne nous quittaient pas de l'œil et qui
échangeaient des commentaires sur notre compte en
riant sous cape et en s'envoyant des coups de coude
dans les côtes. Le vent faisait danser les bateaux à
l'amarre, qu'il projetait contre les pneus garnissant
la paroi du quai. Leur grincement était comme un
rire moqueur. Au-dessus de la porte de la boutique,
l'écriteau (EXCURSIONS EN MER. CAPITAINE BLOCK, PRO-
PRIÉTAIRE) ferraillait en se balançant après ses crochets rouillés. Les moules incrustant les pieux qui
indiquaient la hauteur de la marée s'ouvraient au
soleil avec un sifflement.

L'air s'était rafraîchi et la brise se faisait plus
âpre. Billy Bibbit donna à Candy sa veste qu'elle
enfila par-dessus son mince tricot. « Alors, Blondinette, hurla un des voyous, c'est des mauviettes

307

comme ça qui te bottent ? » Il avait les lèvres violettes et, sous ses yeux, là où le vent lui avait creusé
la peau autour des veines, c'était mauve. « Eh, la
blonde ! lança une autre voix aiguë et éraillée. Eh toi,
la blonde... Eh toi, la blonde. Eh, la blonde... »

Nous nous tassions sous la morsure de la brise.

« Dis, Blondinette, pourquoi qu'on t'a enfermée ?

— Mais elle n'est pas enfermée : elle fait partie du
traitement.

— C'est vrai, Blondinette, qu'ils t'ont embauchée
pour le traitement ? Eh la blonde ! »

Elle a levé la tête vers nous et le regard qu'elle
nous a adressé disait clairement : « Mais où donc est
la troupe de durs à cuire de tout à l'heure ? Pourquoi
personne ne prend ma défense ? » Son appel muet
demeura sans réponse. Il ne restait plus rien de notre
jactance depuis que, le bras sur l'épaule du patron,
McMurphy, dépositaire de notre vaillance, avait disparu au fond de la boutique.

Candy remonta frileusement le col de la veste et
s'avança le long de l'embarcadère, aussi loin de nous
que possible. Nul ne la suivit. Billy Bibbit frissonn-
nait de froid et se mordait les lèvres. Les types se
murmurèrent encore quelque chose à l'oreille et
poussèrent des hurlement de joie.

« Vas-y, Perce... Vas-y ! Demande-lui...

— Eh, la blonde, est-ce que tu as un papier en
règle pour te décharger vis-à-vis des autorités ? Les
familles pourraient te poursuivre en justice si un
gars tombait à l'eau et se noyait, tu sais. Est-ce que
t'as réfléchi à ça ? Peut-être que tu ferais mieux de
rester avec nous, tu sais, Blondinette.

— Oui. Mes parents à moi, ils te feront pas de
procès, parole d'honneur. Reste avec nous, Blondinette. »

J'aurais juré que je sentais mes pieds se mouiller,
que l'embarcadère éprouvait tant de honte qu'il

s'enfonçait dans le bassin. Nous n'étions pas faits pour être avec les gens. J'avais hâte que McMurphy revînt, qu'il injuriât ces types, qu'il nous ramenât vers l'univers auquel nous appartenions.

Repliant le canif, avec lequel il sculptait une pipe, l'homme aux lèvres violettes se leva, épousseta les copeaux dont ses genoux étaient couverts et se dirigea vers les marches. « Allez, viens, Blondinette ! Qu'est-ce que tu veux donc fabriquer avec ces peigne-cul ? »

Candy, à l'extrémité du môle, se retourna et regarda tour à tour celui qui avait parlé et notre groupe. Il était facile de deviner qu'elle réfléchissait à la proposition. C'est alors que la porte de la boutique s'ouvrit. McMurphy fila en coup de vent devant les costauds et dégringola l'escalier.

« On y va, les potes ! C'est arrangé. Tout est en ordre. Y a de l'essence, des appâts et de la bière à bord. »

Il envoya une bourrade à Billy Bibbit, fit quelques pas de gigue et entreprit de détacher les amarres du bateau.

« Le capitaine est encore au téléphone. Dès qu'il arrivera, on les met. George, va faire chauffer le moteur. Scanlon, Harding, détachez-moi cette corde. Candy ! Qu'est-ce que tu fous là-bas ? Amène toi, mon cœur : on se taille. »

Nous envahîmes le bateau, heureux qu'une diversion, quelle qu'elle fût, nous permît de prendre congé des types assis en rang d'oignons devant la boutique. Billy prit Candy par la main pour l'aider à embarquer. George indiquait à McMurphy d'une voix crachouillante les boutons qu'il fallait tirer, ceux qu'il fallait pousser.

Le docteur hésita avant de grimper ; il considéra la boutique et les voyous qui piétinaient devant l'escalier au sommet duquel ils s'étaient massés.

« Randle, ne pensez-vous pas qu'il vaudrait mieux attendre que le capitaine... »

L'empoignant par le revers de sa veste, McMurphy le souleva et le déposa sur le pont comme s'il ne pesait pas plus qu'un petit garçon.

« Avant que le capitaine ne fasse quoi, docteur ? »

Il se mit à rire comme s'il était ivre. « Qu'il rapplique pour nous annoncer que le numéro que je lui ai donné est celui d'une maison de passe de Portland ? Tu parles ! Eh, George, nom de Dieu, débrouille-toi avec ces machins et fais-nous sortir. Qu'on largue les amarres et en route ! Grouille, George. »

Le moteur toussa et se tut, toussa encore comme s'il s'éclaircissait la gorge, et, soudain, se mit à rugir.

« Youpee ! Nous voilà partis ! Mets la gomme, George, et que tout le monde soit prêt à repousser ceux qui voudraient nous arraisonner. »

Un blanc panache de fumée et d'eau mêlées s'éleva en grondant à l'arrière. Nous vîmes la porte de la boutique s'ouvrir à toute volée et la tête du capitaine en surgir, traînant à sa suite non seulement le corps auquel elle appartenait, mais aussi, eût-on dit, celui des huit voyous qui dévalèrent les marches sur les talons du patron. Ils s'arrêtèrent net sur le môle qui répercutait à grand fracas leur course précipitée quand une vague écumante vint leur lécher les pieds : George, virant de bord, avait mis le cap sur le large. La mer nous appartenait.

Une brusque embardée fit perdre l'équilibre à Candy qui tomba sur les genoux. Billy se précipita et, tout en l'aidant à se relever, il s'efforça de s'excuser de la façon dont il s'était conduit tout à l'heure. Sur ces entrefaites, McMurphy descendit de la passerelle et leur demanda s'ils voulaient s'isoler pour parler du bon vieux temps. Lorsque la fille leva les yeux vers lui, Billy ne put que secouer la tête en bégayant. En ce cas, enchaîna McMurphy, il serait bon que Candy et lui-même aillent en bas s'assurer qu'il n'y avait pas de fuite. Nous autres, on se débrouillerait pendant ce temps. S'arrêtant devant la porte de la cabine, il nous salua à la ronde avec un clin d'œil, nomma George capitaine et Harding second. « Souquez ferme, matelots », lança-t-il avant de disparaître derrière Candy à l'intérieur de l'habitacle.

Le vent s'apaisait et le soleil s'élevait plus haut dans le ciel, revêtant d'un éclat métallique les vagues vertes qui se creusaient vers l'est. George poussa le moteur à plein régime. Le quai et la boutique diminuèrent rapidement de taille. Quand nous eûmes doublé la pointe de la jetée, passé les derniers rochers, un calme profond s'empara de moi, un calme qui se fortifiait à mesure que la terre s'éloignait.

Les gars qui, jusque-là, avaient discuté avec animation de l'acte de piraterie que nous avions commis, étaient à présent silencieux. La porte de la cabine s'ouvrit un instant et une main fit glisser une caisse de bière sur le pont. Billy, qui avait trouvé un ouvre-boîte dans le coffre à outils, entreprit de distribuer les rafraîchissements. Nous bûmes en regardant la terre disparaître derrière notre sillage.

Après un ou deux milles, George ralentit pour aller à ce qu'il appelait le pas de pêche-promenade, posta un type devant chacune des quatre perches porte-lignes installées à la poupe. Les autres s'en furent se vautrer torse nu au soleil sur le toit du rouf ou s'installer à l'avant pour contempler ceux qui essayaient de monter leurs engins. Harding instaura la règle suivante : chacun garderait sa ligne jusqu'à ce qu'il prenne un poisson ; ensuite, il céderait sa place. George, qui tenait la barre, les yeux mi-clos derrière la vitre incrustée de sel, s'époumonait à expliquer comment fixer le moulinet et le fil, comment attacher le hareng, à quelle distance et à quelle profondeur pêcher.

« Vous me prendrez la perche numéro quatre et vous y monterez du douze onces et une dérive — je m'en vas vous montrer comment dans une minute — et on va l'avoir, ce gros-là, tout au fond, saperlipopette ! »

Martini s'élança jusqu'à plat-bord et se pencha pour regarder dans l'eau, là où sa ligne était mouillée. « Seigneur » murmura-t-il. S'il avait repéré quelque chose, c'était trop profond pour que les autres pussent le voir, en tout cas.

D'autres navires évoluaient parallèlement à la côte mais George ne chercha pas à les rejoindre. Conservant une allure régulière, il les dépassa, filant toujours vers le large. « Faut pas rester avec ces bateaux de plaisance. Faut aller là où il y a du vrai poisson ! »

La houle dansait, avec des brasillements d'émeraude et d'argent. Il n'y avait d'autre bruit que le halètement saccadé du moteur et l'étrange cri éperdu de petits oiseaux noirs, hirsutes, qui s'interrogeaient mutuellement sur la direction à suivre.

Au bout d'une heure environ, la perche de Sefelt s'arqua et sa ligne s'enfonça.

« George ! Bon Dieu, George... Donne-nous un coup de main ! »

Mais George se refusait obstinément à toucher à l'engin. Grimaçant un sourire, il conseilla à Sefelt de prendre la gaffe fixée à tribord, de la tenir la pointe en haut — en haut ! — et de fatiguer le poisson qui avait mordu.

« Mais si j'ai une crise ? hurla Sefelt.

— Eh bien, on t'accrochera à un hameçon et tu nous serviras d'amorce, dit Harding. Allez ! Fais ce que le capitaine t'a ordonné : occupe-toi de ta prise et t'inquiète pas de ta crise. »

A vingt-cinq mètres du bateau, nous vîmes son poisson sauter dans le soleil dans un jaillissement d'écailles d'argent. Sefelt écarquilla les yeux. Cette vue l'excitait tellement qu'il en lâcha sa perche et sa ligne claqua avec le bruit sec d'un caoutchouc qui se détend.

« En haut, je te dis ! Tu vois pas qu'il s'est barré, maintenant ! Le bout en l'air... en l'air ! »

Quand Sefelt tendit la perche à Frederickson, il était pâle et sa mâchoire tremblait.

« O.K. Mais si tu ramènes un poisson avec un hameçon dans la gueule, ce sera le mien. »

J'étais aussi énervé que les autres. Je n'avais pas envisagé de pêcher moi-même mais, après avoir vu l'énergie d'acier dont fait montre un saumon au bout d'une ligne, je descendis du rouf et remis ma chemise pour attendre mon tour.

Scanlon proposa d'organiser une poule pour les plus belles prises et une autre pour le premier poisson qu'on attraperait. Un dollar par tête de pipe. Il n'avait pas plus tôt recueilli l'argent de la cagnotte que Billy ramena une monstruosité, une sorte de crapaud de cinq kilos aussi bardé de piquants qu'un porc-épic.

« Ça ne marche pas, déclara Scanlon. C'est pas un poisson.

— C'est un oiseau, p-p-p-peut-être ?

— C'est une julienne, annonça George. Une fois qu'on a enlevé toutes les verrues, c'est bon.

— Tu vois ? C'est un poisson. Donne les s-s-sous. »

Billy me passa la perche, empocha sa prime et alla s'asseoir devant la cabine où McMurphy s'était enfermé avec la fille, considérant la porte close d'un air tragique.

Je pris donc sa place et contemplai ma ligne qui s'enfonçait dans le sillage. Je respirais à grands traits ; toute la bière que j'avais bue commençait à me faire sauter les fusibles à la douzaine, à l'intérieur. A l'entour, les vagues baignées de soleil n'étaient qu'un miroitement d'argent.

D'une voix chantonnante, George nous dit de regarder à l'avant : on atteignait la destination qu'il s'était fixée. Je me suis penché et je n'ai vu qu'un gros tronc d'arbre qui dérivait. Tout autour, tournoyaient et plongeaient un cercle d'oiseaux noirs, telles des feuilles prises dans un tourbillon de poussière. George poussa un peu l'allure et, sous l'effet de la vitesse, ma ligne se tendit au point qu'il n'y avait plus moyen de savoir si ça mordait ou non.

« Ces oiseaux, c'est des cormorans ; ils sont après un banc de poissons-chandelles, déclara George. C'est des petits poissons blancs pas plus gros que le doigt ; une fois séchés, ils brûlent comme des bougies. C'est bon et quand il y a un gros banc, on peut être sûr que le saumon est en chasse pas loin. »

Il passa au milieu des oiseaux de mer, évitant l'épave, et, soudain, tout autour de moi, les flancs d'argent des vagues s'émiettèrent, fracassées par les plongeons des cormorans, le frétillement des vairons, la course des saumons, pareils à des fuseaux bleu acier, qui les fendaient. Un dos renflé fit un crochet qui l'amena à l'endroit où devait se trouver le hareng accroché au bout de ma ligne. Le cœur battant, je bandai mes muscles. Je sentis un choc dans mes deux bras comme si quelqu'un avait frappé ma perche avec une batte de base-ball. Le moulinet s'emballa. L'échauffement était tel que, sous mon pouce, le fil rougit.

« Prends la gaffe », me hurla George. Mais ce que je savais du maniement des gaffes pouvait tenir à l'aise sur un timbre-poste. Aussi, je me contentai d'appuyer plus fort avec mon pouce. Le fil reprit sa couleur normale, ralentit et finit par s'immobiliser. Je jetai un bref regard aux environs. Les trois autres perches oscillaient elles aussi et les types, tout excités, dégringolaient du rouf en se bousculant.

« En haut... En haut... Le bout en haut, s'égosillait George.

— McMurphy ! Rapplique voir un peu.

— Bon Dieu de bon Dieu, c'est mon foutu poisson que tu as ramené, Fred !

— McMurphy ! On a besoin de toi ! »

J'entendis le rire de McMurphy et, du coin de l'œil, je le vis debout devant la porte de la cabine. Il ne faisait pas le moindre mouvement pour nous aider. Moi, j'étais trop occupé à me battre avec mon poisson pour demander de l'assistance mais tout le monde le suppliait à cor et à cri de faire quelque chose. Le docteur lui-même, qui avait la ligne de fond, le réclamait. Mais McMurphy se contentait de rire. Se rendant enfin compte qu'il ne bougerait pas, Harding saisit la gaffe et ramena mon poisson sur le pont avec un geste précis, élégant, à croire qu'il n'avait jamais fait autre chose dans son existence. Je me disais : Il est gros comme ma cuisse, gros comme un poteau. Personne n'a pêché un poisson aussi gros dans la cataracte ! Il se trémousse dans tous les sens, pareil à un arc-en-ciel en folie. Il répand son sang sur le pont, sème ses écailles qui sont autant de piécettes d'argent. Oh ! J'ai peur qu'il ne passe par-dessus bord ! McMurphy ne fera rien pour m'aider. Scanlon empoigne le saumon et l'immobilise pour qu'il retombe pas à l'eau en se débattant. Candy sort en courant de la cabine. A mon tour, s'écrie-t-elle ! Elle me prend ma perche, m'enfonce trois fois de suite l'hameçon dans le doigt tandis que j'essaie de fixer un hareng.

« J'ai jamais vu quelqu'un d'aussi lambin que toi, Grand Chef ! Oh ! Tu as le pouce en sang ! C'est ce monstre qui t'a mordu ? Vite... Il faut le soigner !

— Nous revoilà en plein au milieu d'eux », hurle George.

Je mouille la ligne à l'arrière : un saumon aux reflets métalliques charge à la vitesse de l'éclair et avale le hareng. Le fil se déroule en grésillant. Candy entoure la perche des deux bras. « Oh ! non, tu ne te sauveras pas, crénom... Tu ne te sauveras pas ! », murmure-t-elle entre ses dents serrées. Elle a coincé l'épaulement de la perche entre ses cuisses et le moulinet la frappe à mesure que le fil se débobine. « Oh ! non... Tu ne te sauveras pas ! » La veste verte de Billy qu'elle porte encore s'écarte et tout le monde s'aperçoit alors qu'elle n'a plus son jersey. Bouche bée, chacun essaie de ne s'occuper que de son poisson et d'éviter le mien qui continue à tressauter sur le pont. Le fil se déroule à une vitesse telle contre le sein de Candy que le mamelon n'est plus qu'une tache rouge.

Billy bondit à la rescousse. La seule idée qui lui vient à l'esprit est de passer derrière la fille pour l'aider à mieux serrer la perche sur sa poitrine. Le moulinet, enfin, s'arrête, bloqué par la pression de la chair. Le corps plié en deux, Candy est tellement rigide et ses seins paraissent si fermes que je me dis que la perche tiendrait debout, même si Billy et elle la lâchaient.

Le remue-ménage dure l'espace d'une seconde : les hommes braillent, se démènent et sacrent en s'affairant après leurs lignes sans perdre Candy du regard, Scanlon s'escrime avec mon poisson, les lignes s'emmêlent, le cordon retenant les lorgnons du docteur se prend dedans et va se balancer au bout d'un fil à trois mètres du bateau, les poissons foncent sur les verres, attirés par leur éclat, tandis que Candy jure tout ce qu'elle peut en considérant ses seins dénudés, l'un blanc, l'autre rouge et cuisant, et que George qui détourne la tête prend l'épave par le travers et coupe le contact.

Pendant ce temps, McMurphy, adossé à la cabine,

rit aux éclats. Il rit de la fille, des copains, de George, de moi en train de lécher mon propre pouce qui saigne, du capitaine, là-bas, sur l'embarcadère, du cycliste, des types de la station-service, des cinq mille maisons, de la Chef, de tout.

Parce qu'il sait qu'il faut rire de ce qui fait mal pour garder son équilibre, pour empêcher le monde de vous rendre complètement fou. Mac sait que rien ne va sans douleur. Il sait que mon pouce me brûle, que Candy a le sein meurtri, que le docteur a perdu ses lorgnons. Mais il se refuse à laisser la douleur éclipser le côté humoristique des choses de même qu'il se refuse à laisser l'humour prendre le pas sur le mal.

Je note que Harding, écroulé à côté de McMurphy, rit également. Et Scanlon rit au fond du bateau. Ils rient d'eux-mêmes autant que des autres. Et Candy, dont les yeux pleurent tandis que son regard va de son sein blanc à son sein rouge, commence elle aussi à rire. Et Sefelt, et le docteur, tout le monde.

D'abord, ça a été lent, et puis la joie s'est enflée et les hommes sont devenus de plus en plus grands. Je les observais et je riais. J'étais avec eux — et pourtant, d'une certaine façon, je n'étais pas avec eux. J'avais quitté le bateau, je planais au-dessus de l'océan, je glissais dans le vent en compagnie des oiseaux noirs, très haut, très loin de mon corps ; en regardant en bas, je me voyais et je voyais les autres types, je voyais le bateau qui oscillait parmi les oiseaux plongeurs, je voyais McMurphy au milieu des gars, attentif, lançant son rire qui se répercutait sur l'eau en cercles de plus en plus larges, de plus en plus distant, et qui finissait par s'échouer sur la plage tout au long du littoral, sur les plages de tous les littoraux, vague après vague...

Le docteur avait attrapé quelque chose au bout de la ligne de fond et tout le monde, sauf George, avait ramené un poisson quand il a remonté sa prise assez près de la surface pour que nous puissions la voir : une forme blanchâtre qui, à peine entrevue, plongea vers les profondeurs en dépit de tous les efforts de Spivey. A peine l'eût-il à nouveau halée en poussant de petits grognements essoufflés, s'entêtant à refuser l'aide que chacun lui proposait, que le poisson, apercevant la lumière, lui faussa à nouveau compagnie.

Sans se donner la peine de remettre le moteur en marche, George descendit nous montrer comment nettoyer le poisson en lui fendant le flanc et en lui arrachant les ouïes pour que la chair soit plus douce. McMurphy attacha un bout de viande aux deux extrémités d'une ficelle qu'il lança en l'air. Deux oiseaux prirent leur essor en glapissant. « Jusqu'à ce que la mort les sépare ! » murmura le Rouquin.

Tout l'arrière du bateau était éclaboussé de sang et d'argent. Quelques passagers ont retiré leur chemise pour la rincer dans la mer. Nous avons glandé comme cela jusqu'au début de l'après-midi, à pêcher un peu et à nourrir les oiseaux tout en faisant un sort à la seconde caisse de bière tandis que le bateau voguait paresseusement et que le docteur continuait de s'acharner après son monstre des profondeurs. Le vent s'est levé, pailletant les flots d'éclats d'émeraude et de frémissements d'argent. L'océan était un champ de verre et de chrome. Le roulis et le tangage s'accentuant, George conseilla au docteur de ramener son poisson ou de couper le fil car le ciel s'assombrissait. En guise de réponse, Spivey se borna à serrer sa perche plus fort, se plia en avant, tourna le moulinet et hala encore sa proie.

Billy qui, réfugié à l'avant, bavardait avec Candy en contemplant l'eau, nous cria soudain qu'il avait aperçu quelque chose. Nous nous précipitâmes vers la proue. A dix ou quinze pieds de profondeur se matérialisait une forme blanche.

« Doux Jésus ! s'écria Scanlon. Le poisson au docteur !

— Nous ne le ramènerons jamais à bord, grommela Sefelt. Et le vent augmente.

— C'est un carrelet, fit George. Il y en a des fois qui font cent, cent cinquante kilos. Faut un treuil pour les avoir.

— Docteur, coupez le fil », dit Sefelt en prenant Spivey par les épaules. Le docteur ne répondit pas. La sueur qui avait traversé son veston faisait une grosse tache sur son dos et, d'être resté si longtemps sans ses verres, il avait les yeux rouges. Il continua de tirer.

Même avec la gaffe, une heure fut encore nécessaire et nous dûmes utiliser les trois autres lignes pour avoir raison de l'animal. Au dernier moment, Mc-Murphy se pencha, le prit derrière les ouïes et, d'un seul effort, il le sortit de l'eau. Le docteur et le poisson s'abattirent en même temps sur le pont.

« C'était quelque chose, haleta Spivey qui n'avait plus assez de forces pour écarter le carrelet qui l'écrasait. C'était quelque chose... Vraiment quelque chose » !

Nous mîmes le cap sur la côte. Le bateau plongeait du nez en gémissant et McMurphy nous racontait de sinistres histoires de naufrages et de requins. Plus nous approchions, plus la mer grossissait. Des flocons d'écume tourbillonnaient dans le vent et rejoignaient les oiseaux. A l'entrée de la jetée, les vagues étaient plus hautes que notre navire et George exigea que chacun mît une ceinture de sauvetage. Je notai que les yachts que nous avions croisés le matin étaient rentrés.

Il manquait trois gilets et l'on discuta avec animation pour savoir quels seraient ceux d'entre nous qui

319

s'en passeraient. Ce furent en définitive Billy Bibbit, Harding et George qui, n'importe comment, n'aurait jamais accepté d'en ceindre un pour des raisons d'hygiène. Nous étions tous quelque peu surpris de ce que Billy eût sans hésiter enlevé le sien dès que nous nous fûmes aperçus que le compte n'y était pas et aidé Candy à le passer. Mais notre étonnement fut plus grand encore de voir que McMurphy n'exigeait pas de faire partie du trio héroïque. Tout le temps qu'avait duré le débat, il était resté adossé à la cabine, les jambes fléchies pour épouser le mouvement du bateau, à observer les types. A les observer et à sourire.

Quand nous atteignîmes la barre, nous disparûmes au fond d'un gouffre liquide ; l'étrave pointait hors de la lame qui nous précédait en mugissant et la poupe s'enfonçait dans l'ombre au creux de celle qui nous suivait. Chacun se cramponnait à la rambarde, regardant successivement la montagne d'eau qui nous pourchassait, les noirs rochers ruisselants de la jetée à une dizaine de mètres sur notre gauche et George à la barre, droit comme un mât qui, surveillant l'avant et l'arrière, donnait des gaz, les réduisait, les redonnait encore pour que l'embarcation chevauchât régulièrement le flanc abrupt de la vague porteuse. Avant le départ, il nous avait dit que si nous franchissions la crête de front, dès que l'hélice et le gouvernail émergeraient, le bateau ne serait plus contrôlé et se conduirait comme un vulgaire aquaplane ; que si, d'autre part, nous nous laissions rattraper par la vague de derrière, celle-ci s'abattrait sur la poupe et dix tonnes d'eau nous submergeraient aussitôt. Personne n'avait envie de plaisanter sur la façon qu'avait George de tendre sans cesse le cou comme si sa tête était montée sur pivot.

Dans le bassin, la mer calmée offrait à nouveau une

surface unie brisée de clapotis. Devant le môle, près de la boutique aux appâts, le capitaine Block nous attendait avec deux flics. Derrière, les badauds du matin formaient un groupe compact. George lança le moteur à bloc et fonça droit sur eux. Le capitaine hurla en agitant les bras, les flics et les types se précipitèrent vers l'escalier. Au moment précis où l'étrave allait heurter et disloquer l'embarcadère, notre pilote vira lof pour lof, fit machine arrière et, avec une clameur sauvage, il drossa le bateau contre les pneus comme s'il le couchait dans un lit. Nous étions déjà en train d'attacher les amarres quand une nappe d'écume brassée par le sillage se répandit sur le quai en une trombe blanche, à croire que nous avions ramené la mer avec nous.

Block, les deux flics et les badauds redescendirent les escaliers au pas de course. Le docteur passa à l'attaque, déniant à la police tout pouvoir de juridiction sur nous du fait que nous étions une expédition légale patronnée par le gouvernement ; si quelqu'un avait des explications à demander, ce ne pouvait être qu'une agence fédérale. Il se pourrait aussi ajouta-t-il, qu'il y eût une enquête à propos du nombre de gilets de sauvetage dont était équipée l'*Alouette* dans le cas où le capitaine Block chercherait vraiment à nous causer des ennuis. La loi n'exigeait-elle pas qu'il y en eût un par passager ? Devant le silence de Block, les flics, gênés, notèrent quelques noms et se retirèrent en maugréant.

Dès qu'ils eurent le dos tourné, McMurphy et le patron en vinrent aux mains. Le premier était tellement ivre qu'il persistait à vouloir se balancer au rythme du roulis ; glissant sur les planches mouillées, il tomba deux fois à l'eau avant d'avoir retrouvé suffisamment d'assiette pour décrocher au patron un coup qui effleura sa tête chauve, ce qui mit fin au différend. Tout le monde se sentit mieux de voir l'affaire réglée et les deux combattants s'en furent trinquer dans la boutique tandis que nous déchargions notre butin. Les badauds nous regardaient faire en fumant leurs pipes. Nous attendions qu'ils recommencent à dire des choses sur Candy — et, pour être francs, nous espérions qu'ils allaient en dire. Or, lorsque l'un d'entre eux se décida à ouvrir la bouche, il ne parla pas de notre compagne mais de notre pêche ; jamais, déclara-t-il, on n'avait pêché un si gros carrelet sur la côte d'Oregon. Ses collègues opinèrent du bonnet : c'était la vérité vraie. Ils descendirent l'escalier afin d'examiner la prise de plus près. Quand ils demandèrent à George où il avait appris à manœuvrer comme il l'avait fait, nous découvrîmes que le Suédois n'avait pas seulement piloté des chalutiers : il avait aussi commandé un torpilleur rapide dans le Pacifique et était décoré de la *Navy Cross*.

« Vous auriez dû entrer dans l'administration, fit un des bonshommes.

— C'est trop sale », répondit George.

Ils étaient sensibles à la transformation que nous avions subie et que nous ne faisions que soupçonner : nous n'étions plus cette bande de lavettes, de dingos en goguette qui avaient, le matin même, plié l'échine sous les insultes. Ils ne firent pas à proprement parler d'excuses à Candy mais c'est avec toutes les marques de la plus grande politesse qu'ils demandèrent à voir le poisson qu'elle avait pris. Quand McMurphy et le capitaine réapparurent, nous bûmes une bière en leur compagnie avant de remonter en voiture.

Il était tard quand nous regagnâmes l'hôpital.

Candy dormait, la tête nichée contre la poitrine de Billy. Lorsqu'elle se réveilla, les bras du pauvre Bibbit étaient tout ankylosés à force de l'avoir tenue serrée tout au long du voyage dans cette inconfortable position. Tandis qu'elle le massait, il lui dit que si elle pouvait disposer d'un week-end, il aimerait lui fixer rendez-vous. Je pourrai venir vous voir dans quinze jours, lui répondit-elle, vous n'avez qu'à fixer l'heure. Billy regarda McMurphy d'un air interrogateur.

« Disons deux heures pétantes, dit Mac.

— Samedi après-midi ? » demanda Candy.

McMurphy lança un clin d'œil à Billy et serra la tête de la fille dans le creux de son coude. « Non. Samedi à deux heures du matin. Je m'arrangerai avec le surveillant de garde pour que tu puisses rentrer. »

Elle hocha la tête en pouffant : « Ah ! Sacré McMurphy ! »

Quelques Aigus étaient encore debout à traîner autour des lavabos. Ils voulaient savoir si, oui ou non, on s'était noyés. Nous défilâmes devant eux comme des héros conquérants, éclaboussés de sang, brûlés par le soleil, puant la bière et le poisson, en brandissant bien haut nos saumons. Le docteur leur proposa d'aller voir son carrelet dans la voiture et tout le monde rebroussa chemin, à l'exception de McMurphy ; il était claqué, nous confia-t-il, et n'avait qu'une envie : retrouver son plumard. Quelqu'un, après son départ, s'étonna qu'il fût à ce point fourbu alors que les autres, le teint fleuri, étaient encore pleins d'animation. Harding avait une explication : pour lui, c'était tout simplement que McMurphy perdait son hâle :

« Rappelez-vous comment il était au début. Arrivant de sa ferme où il avait mené une existence âpre, au grand air, tout bronzé et débordant de santé. Eh bien, nous assistons simplement au déclin de son admirable hâle psychopatique. C'est tout. Il a connu aujourd'hui des heures exténuantes — dans la pénombre de la cabine du bateau, soit dit en passant — alors que nous, nous étions dehors, à affronter les éléments et à nous gorger de vitamine D. Bien sûr, ça a pu l'éreinter dans une certaine mesure, les dures épreuves de la cabine, mais réfléchissez, mes amis. Pour ma part, un peu moins de vitamine D et un peu plus de ce genre d'exercice m'auraient convenu à merveille. Surtout avec la petite Candy comme entraîneuse. Est-ce que j'ai tort ? »

Je n'ai rien dit mais je me demandais si, peut-être, il n'avait pas raison. J'avais déjà remarqué la lassitude de McMurphy pendant le retour quand il avait à toute force voulu faire un détour pour passer par les lieux où il avait vécu autrefois. On s'était partagé la dernière bière et on avait jeté la boîte vide par la portière. On s'était arrêté à un feu rouge. Je m'étais renversé sur le siège pour déguster l'arrière-goût de la journée, plongé dans cette espèce de savoureuse somnolence qui vous prend lorsqu'on s'est dépensé à fond pour quelque chose qui vous a donné du plaisir. Je remarquai confusément que j'en arrivais à penser qu'il y avait quand même du bon dans la vie. Je faisais des progrès, à l'école de McMurphy ! Je ne me rappelais pas m'être jamais senti aussi bien depuis l'époque où j'étais enfant, quand tout, alors, était bon et que la terre était pleine de chansons de gosses.

Au lieu de suivre la côte, nous nous sommes enfoncés vers l'intérieur. Nous croyions être perdus quand nous atteignîmes une ville couvrant deux fois la surface de l'hôpital et de ses dépendances. Un vent aigre avait chassé le soleil. McMurphy a fait halte devant un bouquet de roseaux et a tendu le bras.

« Voilà où s'est obscurément passée ma jeunesse perdue. »

Tout au long de la rue assombrie — il était six heures — se dressaient des arbres dénudés, tels des éclairs de bois qui, en frappant le trottoir, auraient fait éclater le béton. Chacun était entouré d'une grille. Une rangée de piquets de fer sortait du sol en face d'une cour envahie de broussailles et, derrière,

324

se silhouettait une grande maison à véranda, s'arc-boutant de son épaule branlante face au vent pour ne pas s'envoler, Dieu sait où, comme un vieux carton d'emballage.

Le vent charriait quelques gouttes de pluie. La bâtisse avait les yeux hermétiquement clos. Le cadenas de la porte tintait contre sa chaîne.

Sur la véranda était accroché un de ces bibelots de verroterie japonais qui résonnent à la moindre brise. Il ne lui restait plus que quatre morceaux de verre qui se balançaient en tournoyant, éraflant le bois.

McMurphy remit le contact.

« Je suis revenu une fois, l'année où on est rentré de Corée, ce merdier. En visite. Mes vieux étaient toujours vivants. C'était une chouette maison. »

Il embraya et la voiture démarra mais il donna presque aussitôt un coup de frein.

« Bon Dieu ! Regardez là-haut ! Vous voyez ? Une robe... »

Du doigt, il désignait quelque chose dans l'ombre. « Là... dans cet arbre... Un chiffon jaune et noir. »

Je parvins à distinguer comme un drapeau qui claquait parmi les branches au-dessus d'un hangar.

« La première fille avec qui j'ai couché portait exactement la même. J'avais dix ans à peu près et elle n'en avait sans doute pas même autant. A cette époque, baiser ça me paraissait quelque chose de tellement énorme que je lui ai demandé : « Tu crois « pas... t'as pas l'impression qu'on devrait l'annoncer « d'une façon ou d'une autre ? Je pourrais dire, par « exemple : Maman, Judy et moi on s'est fiancés « aujourd'hui. » J'étais si cloche en ce temps-là que j'y croyais dur comme fer. Pour moi, coucher avec une môme, c'était des fiançailles légales, là, sur le terrain, qu'on le veuille ou non. Et rien à faire pour casser le contrat ! Mais cette petite putain, qui avait tout au plus huit ou neuf ans, a ramassé sa robe qui traînait par terre et m'a dit : « Elle est à toi. T'as « qu'à l'accrocher quelque part. Moi, je rentrerai en « culotte. Ça servira de faire-part. Ils comprendront, « chez moi. » Bon Dieu ! A neuf ans, dit-il en pinçant le nez de Candy, elle en connaissait beaucoup plus long que pas mal de professionnelles. »

Candy rit et lui mordit la main.

« Toujours est-il, poursuivit McMurphy en considérant la marque des dents de Candy, qu'elle est rentrée chez elle rien qu'avec son grimpant. Moi, j'ai attendu la nuit pour pouvoir me débarrasser de cette foutue robe. Mais ce vent, hein, vous le sentez ? Il l'a prise comme un cerf-volant. Elle s'est envolée, a tournoyé autour de la maison. Je l'ai perdue de vue mais, le lendemain matin, elle était prise dans cet arbre, de sorte que toute la ville pouvait la contempler. Enfin, c'est comme ça que je m'imaginais la chose.

Il se lécha la main d'un air si abattu que, éclatant de rire à nouveau, Candy y déposa un baiser.

« Bref, j'avais envoyé mes couleurs et, depuis tout ce temps, il m'a semblé que, à tant faire, je pourrais aussi bien persister à me montrer digne de ma renommée d'amant fervent. Et c'est la vérité du Bon Dieu : cette petite greluche de mon enfance, c'est elle qui est à blâmer. »

La maison se perdit derrière nous. McMurphy bâilla et cligna de l'œil. « M'a appris l'amour ! Que son petit cul soit béni. »

Il continua de soliloquer et, tout à coup, les deux feux arrière d'une voiture qui nous dépassa l'éclairèrent et son visage se refléta dans le pare-brise. Il devait penser qu'il faisait trop noir dans la voiture pour que quiconque remarquât son expression abandonnée : une physionomie atrocement lasse, tendue, avec quelque chose de frénétique. Comme s'il ne lui restait plus assez de temps pour faire quelque chose qu'il devait faire...

Et en même temps, sa voix, paisible et joyeuse, nous dévidait par petites bribes son passé — pour que nous puissions en vivre, nous autres. Tout un passé exaltant, plein de jeux d'enfant, de beuveries, de femmes amoureuses, de bagarres de bistrot pour des motifs futiles. De quoi alimenter nos rêves, de quoi identifier nos existences à la sienne.

# QUATRIEME PARTIE

La Chef a déclenché sa contre-attaque le lendemain de la partie de pêche. Sa nouvelle manœuvre lui était venue à l'esprit au moment où elle avait fait allusion aux bénéfices que McMurphy retirait de l'expédition et autres petites opérations du même genre. Cette idée, elle l'avait ruminée pendant la nuit et retournée dans tous les sens jusqu'à ce qu'elle eût acquis l'absolue certitude que l'échec, cette fois, était impossible. Le jour suivant, elle s'employa grâce à quelques insinuations glissées çà et là à faire circuler des rumeurs qui allaient bon train avant même qu'elle n'eût effectivement passé à l'offensive.

Elle savait bien que, les hommes étant ce qu'ils sont, on se détourne tôt ou tard des êtres qui sortent peu ou prou de l'ordinaire, des pères Noël, les missionnaires, des philanthropes voués à la défense des nobles causes ; que les gens finissent par se demander à quels mobiles obéissent les grandes âmes ; qu'ils ricanent discrètement, par exemple, en voyant quelque jeune avocat distribuer des cacahuètes aux enfants des écoles de sa circonscription — juste avant les élections au sénat de l'Etat, le petit malin — et se murmurent à l'oreille : « Pas folle, la guêpe ! »

Miss Ratched savait qu'il ne serait pas très compliqué de pousser les patients à se poser des questions : « C'est vrai, maintenant que vous me le dites... Pourquoi consacre-t-il tellement de temps et d'énergie à organiser des excursions en mer et des parties de bingo[1], à former des équipes de basket ? Qu'est-ce qui le pousse à jeter ainsi feu et flammes au lieu de se contenter, comme tout le monde l'a toujours fait, de flemmarder du matin au soir en jouant au *pinochle* et en feuilletant des magazines vieux d'un an ? » Comment se faisait-il que cet énergumène d'Irlandais, ce pilier de tripot, ce bagarreur invétéré, relégué comme tel dans une ferme pénitentiaire, passât deux heures de rang, un foulard noué sous le menton et minaudant comme une jeune donzelle, à apprendre un pas de danse à Billy Bibbit, aux applaudissements de tout le service ? Et pour quelles raisons cet aventurier patenté, ce vieux cheval de retour, cet ancien saltimbanque, ce flambeur fanatique qui ne laissait rien au hasard courait-il le risque de voir doubler la durée de son internement en s'attirant systématiquement l'animosité de l'infirmière-chef du bon plaisir de qui dépendait en dernier ressort la liberté des pensionnaires ?

Pour semer le trouble dans les esprits, Miss Ratched commença par établir le bilan des manipulations financières des patients au cours des derniers mois. Ce travail de recherches, qui dut lui prendre des heures, lui permit de mettre en évidence que le magot de chacun s'était régulièrement amenuisé, sauf en ce qui concernait celui de McMurphy dont les fonds n'avaient cessé de grossir depuis son entrée.

On dirait que tu as l'intention de nous prendre jusqu'à notre chemise, disaient les copains à Mc-Murphy sur le ton de la plaisanterie. Et McMurphy

---

1. Jeu de société voisin du loto, très populaire aux U.S.A.

n'était certes pas homme à le nier ! Au contraire, il ne se gênait pas pour clamer à tous les échos que, s'il restait un an ou deux à l'hôpital, il n'aurait probablement plus jamais de soucis d'argent et qu'il pourrait se retirer en Floride jusqu'à la fin de ses jours. Tout le monde s'esclaffait en sa présence mais quand il était à la thérapeutique d'occupation ou à l'éducation physique, ou bien quand il se faisait passer un savon dans le bureau des infirmières, opposant son habituel rictus à l'immuable sourire de plastique de la Chef, les rires séchaient sur les lèvres.

Les palabres allaient leur petit bonhomme de chemin : qu'est-ce qui lui avait pris, ces derniers temps, à se démener comme un diable dans un bénitier, à remuer ciel et terre pour obtenir qu'on renonçât à exiger que les patients se rendissent au petit coin par groupes thérapeutiques de huit hommes (« Y a Billy qu'a parlé de se taillader encore les poignets, avait-il lancé en pleine réunion. Faudrait trouver sept bonshommes qu'aillent avec lui pour que ce soit thérapeutique ! » ») ? Et la façon dont il avait travaillé au corps le docteur, qui s'était beaucoup rapproché de nous depuis la partie de pêche, pour qu'on s'abonnât à *Playboy*, à *Nugget* et à *Man* et qu'on flanquât en l'air les vieux *McCall's*, don personnel d'une dame patronnesse qui cochait à l'encre verte les articles censés présenter pour nous un intérêt particulier. Il avait été jusqu'à envoyer à Washington une pétition réclamant l'ouverture d'une enquête à propos des lobotomies et des électrochocs que pratiquaient encore les hôpitaux de l'assistance publique. Je me demande ce qu'il cherche, au fond, ce vieux Mac, chuchotait-on.

Après une semaine de ces messes basses, la Chef tenta d'exploiter la situation en pleine réunion de groupe. Mais McMurphy était là : il la mit dans sa poche avant même qu'elle eût vraiment poussé son avantage. Elle avait commencé par nous exposer à quel point elle était scandalisée, atterrée par l'état pitoyable dans lequel le service était tombé : Pour l'amour de Dieu, regardez ces dessins, découpés dans des livres innommables, qui s'étalent sur les murs ! De la pornographie à l'état pur, ni plus ni moins ! D'ailleurs, soit dit entre parenthèses, elle envisageait d'alerter qui de droit afin que soit déterminée la façon dont ces saletés avaient été introduites dans l'enceinte de l'établissement. Après ces fortes paroles, elle s'était rassise dans son fauteuil comme sur un trône, prête à poursuivre et à mettre les points sur les i en désignant nommément le coupable. Après deux secondes d'un silence lourd de menace, McMurphy brisa le charme : éclatant d'un rire homérique, il lui conseilla de rappeler à qui de droit de se munir de miroirs de poche lors des investigations. Tirant la leçon de son fiasco, elle fit en sorte que sa seconde tentative eût lieu hors de la présence du rouquin.

Ce jour-là, on avait appelé Mac de Portland avec préavis et, en compagnie d'un moricaud, il attendait sa communication dans l'entrée où se trouvait le téléphone. Au moment où on débarrassait la salle pour la réunion, l'avorton se proposa pour aller le chercher. Non, répondit Miss Ratched, ça ira très bien comme cela. Laissez-le où il est — d'ailleurs, les uns ou les autres seront peut-être heureux de pouvoir évoquer le cas de M. Randle Patrick McMurphy sans avoir à subir la pression de l'intéressé.

Pendant tout le début de la conversation, les Aigus se répandirent en joyeuses anecdotes ayant trait aux faits et gestes de notre Irlandais, s'extasiant à l'envi sur ce type formidable. Elle les laissa dire tout ce qu'ils avaient sur le cœur et, peu à peu, d'autres questions vinrent se greffer sur la discussion : Quel but vise-t-il ? Pourquoi se comporte-t-il de cette manière ? Pour certains, les prétendues voies de fait auxquelles il s'était livré à la ferme pénitentiaire afin de se faire transférer à l'hôpital étaient autre chose qu'une de ses mises en scène familières : peut-être était-il plus fou qu'on ne le croyait. La Chef sourit et leva la main :

« Si je comprends bien, vous voulez dire que M. McMurphy est aussi fou qu'un renard.

— Qu'est-ce que v-v-v-vous entendez p-p-par là ? » s'exclama Billy.

McMurphy était son ami, son héros personnel et il doutait que ce dernier eût apprécié les sous-entendus dont Miss Ratched avait truffé le compliment.

« Ce n'est qu'une simple observation, Billy, répondit-elle d'un ton suave. Voyons si quelqu'un d'autre peut l'expliquer. M. Scanlon, par exemple ?

— Elle veut dire que Mac n'est pas né de la dernière pluie. »

Billy frappa l'accoudoir du poing :

« Personne ne p-p-p-prétend le contraire. Mais Miss Ratched insi-si-si-sinuait...

— Je n'ai rien insinué, Billy. J'ai simplement fait remarquer que M. McMurphy n'est pas homme à courir de risques sans un motif impérieux. Tout le monde est bien d'accord là-dessus, n'est-ce pas ? »

Nul ne souffla mot.

« Et pourtant, poursuivit-elle, il donne l'impression d'agir sans penser le moins du monde à lui-même. Comme un martyr ou un saint. L'un d'entre vous s'aviserait-il de le qualifier de saint ? »

Elle savait qu'elle jouait sur du velours : personne ne relèverait le propos.

« Non. McMurphy n'est ni un saint ni un martyr. Tenez, voulez-vous que nous examinions un échantillon de sa philanthropie ? »

Elle saisit une feuille de papier jaune dans sa corbeille.

« Considérons ce que ses partisans avoués pourraient appeler certains de ses dons. D'abord, la salle d'hydrothérapie. Qu'a-t-il donné, en réalité ? A-t-il perdu quelque chose en en faisant un casino ? Par ailleurs, combien pensez-vous que lui a rapporté le peu de temps pendant lequel il a joué les croupiers dans son petit Monte-Carlo ? Combien y avez-vous laissé, Bruce ? Et vous, monsieur Sefelt ? Et vous, monsieur Scanlon ? J'imagine que chacun connaît à peu près le montant de ses propres pertes mais savez-vous le total de ses gains calculé d'après les sommes qu'il a déposées ? Près de trois cents dollars. »

Scanlon émit un léger sifflement mais il n'y eut pas d'autres réactions.

« J'ai sous les yeux la liste de divers paris qu'il a engagés et dont plusieurs avaient pour fin de gêner délibérément le travail de l'équipe soignante. Or, les jeux de hasard étaient — et sont ! — absolument contraires à notre politique. Cela, aucun de ceux qui se sont faits ses complices ne l'ignorait ! »

Elle regarda une dernière fois la feuille avant de la ranger dans la corbeille.

« Tenez, revenons à cette fameuse partie de pêche. Quel profit M. McMurphy a-t-il retiré de cette aventure ? Non seulement le docteur a mis une voiture à sa disposition mais encore il lui a donné de quoi acheter l'essence. En outre, je me suis laissé dire que Randall McMurphy a réalisé dans cette aventure pas mal d'autres petits bénéfices sans dépenser un sou. Je le répète : c'est vraiment un fin renard. »

D'un signe de la main, elle imposa silence à Bibbit qui faisait mine de l'interrompre.

« Comprenez-moi, Billy, je vous en prie : je ne critique pas ce genre d'activités en tant que telles. Je pense simplement qu'il serait préférable de ne pas nourrir d'illusions quant aux mobiles des actes de votre ami. Cela dit, il n'est peut-être pas très loyal d'instruire son procès en son absence. Aussi, je pro-

336

pose que l'on en revienne à la question qui a fait l'objet de notre précédente discussion. Voyons... De quoi s'agissait-il donc ? »

Elle feuilleta sa liasse de documents. « Docteur Spivey, vous souvenez-vous de quoi nous parlions ? »

Le docteur tressaillit :

« Non... Attendez... Laissez-moi réfléchir... »

D'une chemise cartonnée, elle sortit un papier. « Ah !... J'y suis... Nous discutions de l'attirance que M. Scanlon éprouve à l'endroit des explosifs. Parfait. Nous allons reprendre ce problème en nous réservant d'évoquer à nouveau le cas de M. McMurphy quand il sera présent. Toutefois, j'aimerais que vous réfléchissiez un peu à tout ce que nous avons dit aujourd'hui. Donc, M. Scanlon... »

Un peu plus tard, McMurphy fit encore les frais de la conversation tandis qu'un petit groupe de patients attendait devant la cantine le moricaud de service qui achetait de la brillantine. Il y avait des gars qui n'étaient pas d'accord avec la Chef. Pourtant, certains des arguments de la vieille étaient solides, bon Dieu de bon Dieu... Ça n'empêchait pas que le Mac était malgré tout un type au poil, 'fant de pute ! Sans charre... Harding finit par mettre les pieds dans le plat :

« Vous protestez trop pour croire vraiment à vos protestations, mes bons amis. Tout au fond de vos petites âmes mesquines, vous êtes convaincus que notre Ange de Miséricorde a raison sur tous les plans. Et elle a raison : vous le savez comme moi. Alors, pourquoi le nier ? Soyons honnêtes et donnons son dû à ce garçon au lieu de critiquer derrière son dos ses talents de capitaliste. A quoi cela ressemble-t-il de lui reprocher ses petits bénéfices ? Chaque fois qu'il nous a tondus, n'en avons-nous pas eu pour notre argent ? Il s'y entend en affaires et quand il y a un dollar à ramasser, il ne se le fait pas dire deux fois. A-t-il jamais camouflé ses desseins derrière de fausses raisons ? Alors, pourquoi être plus royaliste que le roi et le faire à sa place ? Il manifeste à l'égard de sa propre industrie une attitude saine et franche. Moi je suis à fond de son côté comme je suis à fond pour le bon vieux système de l'entreprise individuelle, mes camarades. Je suis pour lui et pour son imperturbable culot, pour la bannière étoilée (Dieu la bénisse !), pour le Mémorial Lincoln et tout ce qui s'ensuit. Vive Barnum, vive le 4 juillet[1] ! Je me sens dans l'obligation de défendre l'honneur de mon ami qui est un truand américain cent pour cent, tout ce qu'il y a de rouge, blanc et bleu. Un type au poil ? Mon œil ! McMurphy serait atterré s'il se doutait que, pour d'aucuns, ses opérations dissimulent des desseins d'une pureté de cristal. Il y verrait un affront direct à son art.

Harding se fouilla à la recherche d'une cigarette ; n'en trouvant pas, il en emprunta une à Frederickson, l'alluma en traçant une arabesque spectaculaire avec son allumette.

« J'admets que son comportement m'a troublé au début, enchaîna-t-il. Quand il a cassé le carreau de Miss Ratched, je me suis dit : « Seigneur, voilà un garçon « bien décidé à rester à l'hôpital, à ne pas quitter ses « copains, et des tas de choses du même genre. Et « puis, j'ai compris ce qu'il cherchait : à conserver « une situation où il trouvait son avantage. Il ne perd « pas son temps ici. Ne vous laissez pas prendre à ses « manières de sauvage : c'est un fin manœuvrier et « il a la tête froide. Observez-le : il n'a jamais rien « fait sans une bonne raison. »

— Ouais, grogna Billy qui n'abandonnait pas si facilement. Et pourquoi m'a-t-il appris à d-d-d-danser ? »

_____

1. Jour anniversaire de l'indépendance américaine.

Les bras ballants, il serrait les poings et je voyais le dos de ses mains : les brûlures de cigarettes étaient presque cicatrisées et, à leur place, il y avait des tatouages dessinés au crayon indélébile.

« Hein, Harding, qu'est-ce que tu réponds à ça ? Ça l'a beaucoup enrichi de m-m-m-m'apprendre à d-d-danser ?

— Ne t'énerve pas, William. Sois patient. Tu n'as qu'à attendre : tu verras bien où il veut en venir. »

Apparemment, Billy et moi étions les seuls à avoir foi en McMurphy. Mais dans la soirée, Bibbit commença à reviser son point de vue et s'aligner sur celui de Harding. Mac avait reçu un nouveau coup de téléphone. Le rendez-vous de Billy avec Candy était arrangé, annonça-t-il à l'intéressé en remontant, et il ajouta que ce serait peut-être une bonne idée d'envoyer « un peu d'oseille » à la fille pour le voyage.

« De l'oseille ? De l'arg-g-g-ent ? Comb-b-bien ? »

Billy jeta un coup d'œil à Harding qui l'observait d'un air gouailleur.

« Disons... dix dollars pour elle et dix...

— Vingt dollars ! Ça coûte p-p-p-pas tant que ça de prendre le car ! »

McMurphy lui décocha un coup d'œil appuyé par dessous sa visière baissée et, lentement, un sourire s'ébaucha sur ses lèvres. Il se gratta le cou et tira une langue rêche.

« J'ai le gosier complètement desséché. Qu'est-ce que ce sera samedi prochain ! Tu vas quand même pas rechigner si elle m'apporte ce qu'il faut pour me rincer la dalle, mon petit Billy ? »

Le regard accompagnant ses mots était chargé de tant d'innocence que Billy n'eut d'autre solution que de rire et d'acquiescer avant d'aller se réfugier dans un coin pour entamer avec celui qu'il considérait probablement comme un maquereau une discussion animée afin de mettre au point les détails de la rencontre.

En ce qui me concernait, mon opinion sur Mc-Murphy n'avait pas varié : il était un géant descendu du ciel pour nous libérer du Système qui ligotait le monde de son réseau de fils électriques et de cristaux, un être de trop d'envergure pour se soucier de mesquines questions d'intérêt. Et pourtant, quelque chose se produisit qui m'amena à me rapprocher de la manière de voir des autres.

L'événement en question eut lieu comme nous débarrassions la salle avant une réunion de groupe. Mac nous aidait à transporter les tables dans la salle d'hydrothérapie.

« Bon Dieu, m'a-t-il dit, t'as grandi d'au moins vingt-cinq centimètres depuis la partie de pêche, Grand Chef ! Seigneur tout-puissant ! Regarde-moi ce pied : on dirait un wagon ! »

C'était vrai : jamais mon pied n'avait été aussi grand. Le rouquin n'avait pas menti : il l'avait fait doubler de taille.

« Et ton bras ! Que je sois pendu si ce n'est pas le bras d'un ex-champion de football ! Tiens, il me vient une idée ! Tu devrais essayer de soulever le régulateur, ne serait-ce que pour que tu te rendes compte où tu en es. »

J'ai refusé mais il a répondu qu'on avait conclu un marché, que j'étais tenu de faire un essai afin de vérifier l'efficacité de sa méthode. Ne voyant vraiment pas comment réfuter l'argument, je me suis approché de l'appareil rien que pour lui prouver que je ne réussirai pas et me suis mis en position, le corps plié en deux, les mains serrées sur les leviers.

« Voilà l'enfant, Grand Chef. Allez ! T'as qu'à te redresser. Les talons sous les fesses... là... Bien. Et maintenant, en avant... Ho hisse ! Parfait ! Lâche-le maintenant. »

J'étais persuadé qu'il était déçu mais, quand je me suis retourné, il riait aux anges en désignant du doigt le régulateur qui avait bougé d'une quinzaine de centimètres. « Vaut mieux le remettre là où il était, mec. Personne ne doit savoir. Pas encore. »

Après la réunion, il commença à se balader nonchalamment entre les tables et à engager la conversation sur les exercices corporels, sur la force physique et, de fil en aiguille, il en vint à faire allusion au régulateur. Moi, je croyais qu'il allait dévoiler à tout le monde qu'il m'avait rendu ma taille d'avant : ç'aurait été la preuve qu'il n'agissait pas toujours par esprit de lucre.

Mais il n'a pas parlé de moi. Il a continué de bavarder sur ce ton tant et si bien que Harding lui demanda s'il se sentait d'attaque pour une nouvelle tentative. McMurphy se récusa, répondant que, s'il n'était pas parvenu à ébranler l'engin, cela ne signifiait pas que c'était impossible. Il faudrait une grue, jeta Scanlon, mais pour un homme réduit à ses seules forces, c'était hors de question. Mac secoua la tête. Peut-être, peut-être. Mais sait-on jamais ?

J'observais sa tactique, la façon qu'il avait de les amener là où il voulait en venir, de les forcer à dire : Non... Jamais un homme ne pourra réussir. Finalement, ce furent eux qui proposèrent le pari. Il eut l'air de rechigner et laissa monter les enjeux qui atteignirent la cote de cinq contre un. Tout le monde voulait en être et certains allèrent jusqu'à miser des vingt dollars. Seulement, il se garda de les avertir qu'il m'avait vu réaliser l'exploit.

Je conservais cependant l'espoir qu'il n'irait pas jusqu'au bout. Le lendemain, la Chef annonça au cours de la réunion que ceux d'entre nous qui avaient participé à l'expédition en mer devraient prendre une douche spéciale de crainte qu'ils n'aient ramené

341

de la vermine ; j'escomptais encore que ça s'arran-
gerait grâce à elle, qu'on nous conduirait immédiatement à la douche, qu'il se produirait quelque chose
— n'importe quoi qui m'épargnerait d'avoir à soulever le régulateur.

Mais, la réunion terminée, nous nous rendîmes
tous à l'hydro sous la conduite de Mac avant que des
moricauds n'eussent eu le temps de fermer la salle à
clef et je dus m'exécuter en dépit de ma répugnance :
il n'y avait rien à faire. J'avais l'impression d'aider
McMurphy à escroquer les camarades. Ils payèrent
avec le sourire mais je savais ce qu'ils éprouvaient au
fond d'eux-mêmes. C'était comme si on leur avait
brusquement ôté une branche sur laquelle ils auraient
été assis.

Dès que j'eus remis le régulateur en place, je suis
allé me réfugier dans les lavabos. J'avais besoin d'être
seul. Je me suis examiné dans la glace. Il avait tenu
sa promesse. Mes bras étaient de nouveau comme du
temps où j'étais au village ; mes épaules étaient
larges et dures. Mon torse aussi. Tandis que je
m'étudiais de la sorte, McMurphy m'a rejoint.

« Tiens, Grand Chef, a-t-il fait en me tendant une
coupure de cinq dollars. Pour t'acheter du chewing-
gum. »

J'ai fait non de la tête et j'ai voulu partir mais il
m'a retenu.

« C'est un témoignage d'admiration. Si tu t'attendais que ta part soit plus grosse...

— Non. Garde ton argent. Je n'en veux pas. »

Il a reculé et, glissant ses pouces dans ses poches,
il m'a dévisagé un bon moment, le cou incliné.

« O.K. Mais qu'est-ce qui vous prend, à vous
autres ? Pourquoi tout le monde me fait la gueule ? »

Je n'ai pas répondu.

« Je n'ai pas tenu ma parole ? Je t'ai pas rendu ta
taille ? Qu'est-ce que vous avez contre moi subite-

ment ? A vous voir, on dirait que j'ai commis un crime de haute trahison.

— Tu... tu gagnes toujours...

— Je gagne ? Mais de quoi donc m'accusez-vous, bande d'enfoirés ? Ce qu'il y a, c'est que je sais où je vais en affaires. Alors, qu'est-ce que c'est que ces conneries...

— Ce n'est pas simplement le fait de gagner... »

Mon menton s'est mis à trembler comme quand je vais me mettre à pleurer ; mais je n'ai pas pleuré. Il a ouvert la bouche, l'a refermée, il a sorti ses pouces de ses poches, s'est caressé l'arête du nez entre deux doigts comme les gens qui ont des lunettes trop justes et ses paupières ont soudain masqué son regard.

« Gagné ! Crénom ! Entendre ça ! Gagner ! »

Ce qui eut lieu ce jour-là à la douche, je crois bien que j'en portais la responsabilité plus qu'aucun autre. C'est pourquoi la seule façon de réparer était d'agir comme j'ai agi en oubliant tout souci de prudence et de sécurité, sans m'inquiéter de ce qui pourrait m'advenir, sans songer pour une fois à autre chose qu'à ce qui devait être fait. Et à le faire.

A peine avions-nous quitté les lavabos, McMurphy et moi, que les trois moricauds sont venus chercher tout le monde pour la désinfection. L'avorton, le bras tendu en avant telle une pince noire et froide, détachait les types qui semblaient faire corps avec le mur.

Quand on a été alignés en rang d'oignons, tout nus, dans la douche, un autre négro s'est amené, muni d'un tuyau noir en matière plastique d'où jaillissait un liquide malodorant et poisseux à la consistance du blanc d'œuf. D'abord, il vous arrosait les cheveux avec, et puis il fallait se retourner et se baisser pour qu'il vous asperge les fesses !

Les gars ronchonnaient et plaisantaient en s'efforçant de ne pas se regarder les uns les autres. De ne pas regarder non plus les noirs visages d'ardoise qui flottaient derrière le tuyau en batterie, masques de cauchemar en négatif, fusils de cauchemar. Les patients se fichaient d'eux : « Eh, Washington, tu peux me dire ce que j'ai mangé au petit déjeuner ? »

L'hilarité était générale et les moricauds, réfugiés dans leur mutisme, se contentaient de serrer les dents : les choses se passaient différemment avant l'arrivée du rouquin.

Quand Frederickson a écarté les fesses, il a pété si bruyamment que j'ai cru que le nabot allait s'envoler. « Ecoutez, a fait Harding en plaçant la main en coupe derrière l'oreille. Un ange passe. »

Les gars rigolaient et se mettaient mutuellement en boîte. Mais lorsque le moricaud passa au suivant, c'est-à-dire à George, le silence tomba brusquement. A la seconde précise où rires et protestations se turent soudain, où Frederickson se redressait, où le noir allait ordonner à George de pencher la tête, tout le monde comprit que nous nous étions mépris sur le compte de McMurphy.

George ne se savonnait jamais quand il prenait sa douche ; il n'acceptait même pas qu'on lui passât une serviette. Les moricauds de garde la nuit, qui surveillaient les ablutions traditionnelles du mardi et du jeudi, trouvaient plus simple de le laisser agir à sa guise, et cela depuis bien longtemps. Tous les infirmiers étaient au courant mais, cette fois, chacun — y compris George qui, penché en arrière, faisait non de la tête en se protégeant derrière le bouclier de sa main —, chacun savait que l'avorton au nez en pied de marmite et ses acolytes qui le guettaient, un peu en retrait, ne pouvaient se permettre de renoncer.

« Allez, Geo'ge... Baisse voir un peu la tête. »

Les types louchaient déjà en direction de Mc-Murphy.

« Allez, Geo'ge, allez... »

Martini et Sefelt s'étaient immobilisés dans le box de la douche. George considéra les bulles de savon qui crevaient entre leurs pieds, l'eau qui s'écoulait dans le déversoir comme si son gargouillis lui était un message, considéra le pommeau de la lance d'arrosage d'où suintait un liquide gluant qui ruisselait sur la main du moricaud, massive comme un manchon de fonte. Washington approcha le tube de quelques centimètres et George recula, le torse de plus en plus fléchi en arrière.

« Non... Pas de ce truc-là.

— Il faut bien, Frotti-Frotta, et l'on aurait presque dit que le négro s'excusait. Tu dois y passer. Tu voudrais quand même pas qu'on laisse les petites bêtes nous envahir, hein ? Tu sais que t'en as une couche épaisse de deux bons centimètres sur la peau ?

— Non !

— C'est que tu t'en rends pas compte, Geo'ge. Ces bestioles, elles sont petites, toutes petites. Pas plus grosses qu'une tête d'épingle. Et tu sais pas ce qu'elles font ? Elles se fixent dans les poils ; ensuite, elles creusent un trou et elles te rentrent dans le corps.

— Non... Pas de bestioles !

— Ecoute-moi, Geo'ge. J'ai connu des cas où ces saloperies, elles...

— Laisse tomber, Washington », dit McMurphy.

La cicatrice du moricaud, souvenir de la partie de basket où il avait eu le nez cassé, brillait comme une zébrure de néon. Il ne daigna même pas se tourner vers celui qui l'avait apostrophé ; son silence et le geste qu'il eut pour caresser sa balafre furent les seuls signes indiquant qu'il avait entendu. Après s'être ainsi frotté le nez une seconde, il agita une main crochue sous les yeux de George :

« Un morpion, Geo'ge, un morpion, que je te dis. Tu sais comment c'est, un morpion, hein ? Sûr et certain qu't'en as attrapé, des morbacs, sur c'bateau. On ne va pas les laisser t'envahir, quand même !

— Pas de morpions ! Non ! » hurla George qui se redressa et haussa un peu les sourcils, de sorte que ses yeux devinrent visibles. Le moricaud fit un pas en arrière et ses deux copains ricanèrent : « Qu'est-ce qui ne va pas, Washington, mon vieux ? demanda le plus gros. Quelque chose qui t'arrête ?

— Allez, Geo'ge, baisse-toi. Ou tu te baisses pour que je te récure, ou je te touche. »

A nouveau, il brandit sa main ; elle était noire et boueuse.

« Je te touche avec ma pogne dégueulasse. Partout.

— Pas la main ! »

George leva le poing comme s'il allait fracasser le crâne de l'autre dans un jaillissement de roues dentées, d'engrenages, de vis. Mais le nègre braqua la lance d'arrosage sur le nombril du vieux qui, suffoquant, eut un sursaut de recul lorsque Washington actionna le ressort. Il aspergea les cheveux blancs de sa victime qu'il frictionna ensuite. George, protégeant son ventre de ses bras serrés, hurlait : « Non... Non ! »

« Maintenant, tourne-toi.

— J'ai dit que ça suffisait comme ça, mon pote. »

Cette fois, le nègre le regarda. La nudité de Mac lui arracha un sourire : le rouquin n'avait plus de casquette, plus de godillots, plus de poches où glisser les pouces. Narquois, il toisa McMurphy :

« Eh bien, quand même ! Je commençais à désespérer !

— Va donc, eh, ordure de mal blanchi ! »

Il y avait plus de lassitude que de colère dans la

voix de Randal. Washington ne répondit pas. Alors, haussant le ton, Mac jeta :

« T'es qu'un enfant de garce, une merde de négro ! »

L'autre s'esclaffa et lança à ses camarades :

« Qu'est-ce qu'il cherche, à me dire des choses comme ça ? Vous croyez qu'il veut me provoquer ? Aaah ! Il sait pas qu'on en a l'habitude, des insultes des dingues ?

— Enculé, espèce de... »

Washington lui avait tourné le dos pour en finir avec George qui, toujours plié en deux, n'arrivait pas à reprendre son souffle. L'empoignant par le bras, il le fit pivoter pour le mettre face au mur.

« Ça va y être, Geo'ge. Maintenant, écarte les fesses.

— Nooon !

— Washington ! »

McMurphy prit une longue aspiration et s'avança vers le moricaud qu'il repoussa d'une bourrade.

« Ça va comme ça, Washington, ça va comme ça... »

Une voix accablée, à la limite du désespoir.

« McMurphy, tu m'obliges à me défendre. C'est-y pas vrai, les gars ? »

Les deux autres acquiescèrent. Précautionneusement, Washington coucha sa lance d'arrosage sur un banc, fit volte-face et son poing s'abattit sur le menton de Mac. Pris à l'improviste, celui-ci recula en chancelant en direction des patients qui le refoulèrent vers le nègre souriant. Il lui fallut encore encaisser un coup à la gorge avant d'admettre que les dés étaient jetés et qu'il n'y avait plus rien à faire, sinon de tirer le meilleur parti possible de la situation. Quand, derechef, Washington détendit son bras, Mac lui agrippa le poignet.

Les deux adversaires s'observèrent un moment, oscillant sur leurs jambes et leur halètement se confondait avec le glouglou de la chasse d'eau. Puis,

347

McMurphy chargea. La tête rentrée dans les épaules pour se couvrir le menton, protégeant son visage de ses poings fermés, il se mit à sautiller autour du moricaud.

Au silence sans faille succéda la clameur des spectateurs pressés les uns contre les autres.

Les bras d'ébène entrèrent en action et le sang gicla de la figure et du cou de taureau de Mac. D'un pas dansant, Washington esquivait et, comme il avait plus d'allonge, comme son punch était plus rapide et plus puissant, il parvenait à éviter le corps à corps. McMurphy, cependant, continuait à progresser péniblement, centimètre par centimètre, surveillant le noir entre ses doigts entrouverts jusqu'à ce qu'il l'eût repoussé jusqu'au cercle d'hommes nus. Alors, son poing partit à la rencontre de la chemise immaculée. Le visage d'ardoise vira au rose et une langue de la couleur de la glace à la fraise sortit de la bouche de Washington qui feinta, encaissa encore deux autres coups avant de se faire cueillir par un nouveau direct bien placé. Cette fois, sa bouche s'ouvrit toute grande, pustule d'un rouge malsain.

En dépit des traînées sanglantes qui le zébraient de la tête aux épaules, Mac ne paraissait pas sérieusement touché. Essuyant dix coups pour un qu'il donnait, avançant toujours, il réduisit finalement à la défensive le moricaud qui, soufflant comme un phoque, les jambes flageolantes, n'avait plus qu'une idée : s'abriter de la pluie de coups de poing qui le martelaient.

« Vas-y ! Aplatis-le », hurlaient les patients à l'adresse de McMurphy. Mais McMurphy prenait son temps.

Un direct à l'épaule fit pivoter sur lui-même Washington qui lança un bref coup d'œil à ses collègues :

« Williams... Warren... Qu'est-ce que vous attendez ? »

A cet appel, le malabar fendit la foule des malades et immobilisa Mac en lui empoignant les bras par-derrière. Le rouquin se débarrassa de lui d'une secousse mais l'autre repartit à l'attaque.

Alors, je lui suis tombé dessus et je l'ai balancé dans la douche. Il était bourré de tubes creux et ne pesait pas plus de vingt ou trente kilos.

L'avorton regarda à droite et à gauche et, faisant demi-tour, il se rua vers la porte. Profitant de ce que mon attention était ainsi occupée ailleurs, mon adversaire eut un goût de revenez-y et me fit une clef : force me fut de le réexpédier dans la douche et de le cogner contre le carrelage.

Lorsque l'avorton est revenu en courant accompagné de quatre infirmiers qu'il était allé chercher en renfort chez les Agités, les bras chargés de sangles, de cabriolets de cuir et de couvertures, tout le monde était rhabillé ; les copains nous serraient la main, à McMurphy et à moi, et nous félicitaient. Ils disaient que c'était une dérouillée carabinée qu'on avait infligée aux moricauds, qu'on avait remporté une victoire formidable. Ils continuèrent à nous acclamer tout le temps que la Chef aida les infirmiers à nous emprisonner les poignets avec leurs menottes.

Là-haut, chez les Agités, on se croirait dans une usine bourdonnant sans fin d'une rumeur de machines, dans un atelier de prison où l'on fabrique à l'emporte-pièce des plaques de police pour les autos ; le temps y est mesuré par le tap-tap des balles de ping-pong. Les pensionnaires font les cent pas en suivant chacun son itinéraire personnel : arrivés devant un mur, leur épaule bascule, ils pivotent sur eux-mêmes, repartent vers l'autre mur, inclinent le haut du corps, pivotent sur eux-mêmes, repartent... Ils marchent à petits pas pressés et leurs déambulations d'ours en cage, usant le carrelage, y ont creusé des gouttières en zigzags. Une vague odeur de roussi émane de ces êtres hagards aux yeux d'épouvante ; dans les coins, sous la table de ping-pong des choses se tapissent, des choses aux dents grinçantes qui échappent aux yeux du personnel médical et résistent aux désinfectants. A peine la porte était-elle ouverte que j'ai senti cette odeur et perçu ces grincements de dents.

Un vieux type dégingandé, avec un fil de métal qui lui sortait entre les épaules, est venu nous accueillir. Il a secoué la tête et dit à un surveillant : « Je me lave les mains de toute cette affaire. » Et puis, il est reparti à travers le hall, tiré par ce fil.

Nous l'avons suivi jusqu'à la salle commune. McMurphy s'est arrêté sur le seuil, bien d'aplomb sur ses jambes écartées pour examiner les lieux. Les menottes de cuir étaient trop serrées pour qu'il pût glisser ses pouces dans l'entournure de ses poches. « Drôle de paysage », a-t-il murmuré sans remuer les lèvres. J'ai opiné du bonnet. Pour moi, ce n'était pas nouveau.

Deux types ont interrompu leur promenade pour nous détailler et le bonhomme osseux, celui qui se lavait les mains de toute l'affaire, est revenu rôder de notre côté. En dehors de ceux-là, personne ne nous a prêté beaucoup d'attention. Les infirmiers qui nous escortaient nous ont abandonnés pour se rendre au bureau. McMurphy avait une paupière tellement enflée qu'il avait l'air de cligner tout le temps de l'œil. Il souriait mais il était visible qu'il lui fallait faire un pénible effort pour retrousser ses lèvres. Il a levé ses mains ligotées et, prenant une profonde aspiration, il a lancé de sa voix traînante de cow-boy d'opérette : « J'm'appelle McMurphy, collègues. Je voudrais savoir qui c'est, le roi du poker, chez vous. »

La balle de ping-pong, cessant de battre la mesure, a rebondi sur le sol avec un tic-tac affolé.

« Je ne parle pas des jeux de cloches comme le *blackjack*. C'est le stud qui m'intéresse, et là, je crains personne. »

Il bâilla, se racla la gorge et cracha ; quelque chose s'en fut atterrir en tintant à deux mètres de là, dans une corbeille à papier. Quand Mac se redressa, toujours souriant, il lui manquait une dent de devant. Il passa sa langue dans la brèche ensanglantée et expliqua :

« Il y a eu du grabuge en dessous. Le Grand Chef ici présent et mézigue, on a volé dans les plumes à deux armoires à glace. »

Le martèlement de la presse à emboutir s'est arrêté ; tout le monde nous contemplait. McMurphy attirait les regards comme un bonimentateur à la foire ; moi, comme j'étais à côté de lui, c'était forcé qu'on me remarque aussi et, devant ce cercle de prunelles attentives, je me sentais obligé de me tenir le plus droit possible. Ça me faisait mal au dos, là où j'étais tombé en me bagarrant avec le moricaud, mais je ne le laissais pas voir. Un type hirsute à l'air affairé s'est approché, la main tendue comme s'il se figurait que j'allais lui donner une aumône. J'ai feint d'ignorer sa présence mais j'avais beau me détourner, il revenait toujours se planter en face de moi, pareil à un gosse, avec sa main vide.

McMurphy a raconté la bataille. Mon dos me faisait de plus en plus mal ; j'étais habitué depuis si longtemps à rester ramassé au fond de mon fauteuil que ça m'était dur de demeurer debout. Quel soulagement lorsqu'une petite infirmière japonaise nous a fait entrer dans le bureau ! J'allais pouvoir me reposer !

Elle nous a demandé si nous étions calmés et si on pouvait nous délier les mains. McMurphy a fait signe que oui. Il s'est laissé tomber comme une masse et, la tête rentrée dans la poitrine, les bras pendant entre les genoux, il paraissait exténué. Je n'avais pas songé que la station debout lui était aussi pénible qu'à moi.

Après nous avoir détachés, l'infirmière — un petit bout de rien du tout qu'on a glissé dans un trou d'épingle, ainsi que la décrivit McMurphy — offrit une cigarette à ce dernier et, à moi, une tablette de chewing-gum. Elle se rappelait que j'aimais ça, me dit-elle. Pour ma part, je n'avais aucun souvenir d'elle. Elle plongea ses doigts roses dans un pot d'onguent et se mit en devoir de mettre du baume sur les phalanges écorchées de McMurphy. Chaque fois qu'il tressaillait, elle s'interrompait en s'excusant.

« Qui était-ce ? lui demanda-t-elle. Warren ou Washington ?

— Washington. Warren, c'est le Grand Chef qui s'est chargé de lui. »

Elle lâcha la main du rouquin et se tourna vers moi. Les os de son visage étaient fins comme ceux d'un oiseau.

« Etes-vous blessé ? »

Je fis signe que non.

« Qu'est-ce qui est arrivé aux surveillants ?

— Je crois bien que la prochaine fois que vous les verrez, ils seront dans le plâtre. »

Elle baissa la tête.

« Les services hospitaliers ne ressemblent pas toujours à celui de Miss Ratched. Sauf lorsqu'ils sont dirigés par d'anciennes infirmières militaires qui se figurent être encore dans l'armée. Ces femmes-là sont un peu malades, elles aussi. Il y a des moments où je trouve que l'on devrait congédier les infirmières célibataires qui atteignent trente-cinq ans.

— Au moins les infirmières militaires, ajouta Mc-

Murphy. Combien de temps pouvons-nous espérer avoir le plaisir d'être vos hôtes ?

— Pas très longtemps, je le crains.

— Vous le craignez ?

— Oui. J'aimerais ne pas avoir à me séparer tout de suite des patients que l'on m'envoie. Mais elle a le privilège de l'ancienneté. Non, selon toute vraisemblance, vous ne resterez pas très longtemps... pas très longtemps dans l'état où vous êtes actuellement. »

Ils laissaient beaucoup à désirer, les lits, chez les Agités : ceux qui n'étaient pas durs comme des planches branlaient dans tous les sens. Ils nous ont donné deux places voisines. Au milieu de la nuit, quelqu'un s'est mis à hurler : « Ça y est, je tourne ! Hé, l'Indien ! Regarde ! » J'ai ouvert l'œil : devant moi luisaient deux rangées de longues dents jaunes. C'était le type à l'air affamé ! « Ça y est : je tourne. Regarde-moi... »

Deux infirmiers l'ont évacué sans qu'il cessât pour autant de rire et de répéter d'une voix de stentor : « Eh, l'Indien ! Je tourne ! » Le bruit décrut et le calme revint dans le dortoir. J'entendis l'autre déclarer : « Oui... Moi, toute cette affaire, je m'en lave les mains.

— Eh bien, Grand Chef, murmura McMurphy avant de se rendormir, tu t'es trouvé un copain. »

Je restai éveillé pendant presque tout le reste de la nuit, incapable de chasser de mon esprit l'image de cette mâchoire jaune, de ce masque famélique et implorant. Quand je sombrai enfin dans le sommeil, il continua de me hanter, planant dans l'ombre, symbole d'une faim, d'un désir, d'un besoin. Symbole de dénuement. Suppliant. Interrogeant. Comment McMurphy, que hantaient cent, deux cents, mille visages semblables, parvenait-il à dormir ?

Ici, on ne se contentait pas d'allumer le dortoir le matin comme chez Miss Ratched. Il y avait une sonnerie qui éclata, stridente ; on aurait dit un moulin à café géant broyant quelque chose d'effrayant. A ce bruit, nous nous dressâmes sur notre séant, McMurphy et moi. Nous étions sur le point de nous glisser à nouveau sous les couvertures quand le haut-parleur nous intima à l'un et l'autre l'ordre de nous rendre au bureau. Je me levai. Mon dos meurtri était ankylosé et j'avais un mal fou à me baisser. McMurphy n'était pas moins raide que moi : ça se voyait à sa façon de se tenir tout de guingois.

« Qu'est-ce qu'il y a de prévu au programme, Grand Chef ? Les brodequins ? Le chevalet ? La poire d'angoisse ? J'espère que ça ne sera quand même pas trop pénible : je ne suis pas en forme, ce matin. »

J'ai répondu que ce ne serait pas trop grave mais sans insister parce que je ne savais pas très bien moi-même comment les choses allaient tourner.

La petite Japonaise n'était pas là. Sa remplaçante nous remit à chacun un gobelet de carton.

Je regarde au fond du mien. Il contient trois dragées rouges. Ça se met à siffler dans ma tête. Ce sifflement que je ne peux pas arrêter...

« Une minute, fait McMurphy. C'est des pilules assommoirs, pas ? »

L'infirmière acquiesce. McMurphy lui rend sa timbale.

« Non merci, m'dame. Pas besoin de me bander les yeux. Par contre, une cigarette serait pas de refus. »

A mon tour, je refuse le gobelet. Alors, la fille dit qu'elle doit donner un coup de téléphone ; la porte de verre glisse, nous isolant d'elle, et elle a déjà l'écouteur en main avant que personne n'ait pu ajouter un mot.

« Je regrette si je t'ai entraîné dans une sale affaire, Grand Chef », murmure McMurphy. — Mais c'est tout juste si j'arrive à percevoir ses paroles que noie le bruissement des fils téléphoniques qui courent dans l'épaisseur des murs. A l'intérieur de

354

mon crâne, c'est une sarabande de pensées affolées.

On s'est assis dans la salle commune au centre d'un cercle de visages. Soudain, flanquée de ses deux moricauds qu'elle précède d'un pas, la Chef surgit.

Je me fais tout petit dans mon fauteuil, je me recroqueville pour essayer de lui échapper. Trop tard. Tous ces regards dardés sur moi me clouent sur place.

« Bonjour », dit-elle.

Elle a retrouvé son sourire.

McMurphy lui renvoie le compliment. Moi, je conserve mon mutisme bien qu'elle m'ait également salué à haute et intelligible voix. L'un des Noirs a un sparadrap sur le nez et le bras en écharpe ; sa main grise pend hors de l'appareil comme une araignée noyée. A sa façon de marcher, on peut supposer que l'autre a la poitrine dans le plâtre. Tous les deux arborent un vague rictus. Probable que, dans leur état, ils auraient pu rester chez eux. Mais pensez-vous qu'ils auraient manqué le spectacle ! Pas pour un empire ! Je leur rends leur sourire. Rien que pour leur faire voir.

Doucement, patiemment, la Chef entreprend McMurphy : il s'est conduit de manière déraisonnable, puérile. N'a-t-il pas honte d'avoir piqué une colère comme un garnement ?

« Honte ? Eh bien, je ne crois pas, lui répond-il. Mais continuez, je vous en prie. »

Elle poursuit : en bas, les patients sont tombés d'accord avec l'équipe soignante lors de la réunion de groupe extraordinaire de la veille pour juger qu'un traitement de choc serait dans son intérêt. A moins qu'il ne fasse amende honorable. Il n'a qu'à reconnaître ses torts, en rechercher les raisons. Cela suffirait : on renoncerait au traitement.

Ce cercle de visages attentifs, vigilants...

A McMurphy de décider.

« Bon... Vous avez un papier pour que je signe ?

— Euh... non, mais si vous pensez qu'il est nécess...

— Pourquoi que vous n'ajoutez pas autre chose pendant que vous y êtes ?... Je ne sais pas, moi : que je conspire pour renverser le gouvernement, par exemple, ou que je trouve que votre service, c'est le paradis sur terre... Des genres de salades comme ça, quoi.

— McMurphy, je ne crois pas que vous...

— Et puis, une fois que j'aurai signé, vous m'apporterez une couverture et un paquet de cigarettes de la Croix-Rouge. Parole, ma petite mère, les communistes chinois, c'est des enfants de chœur à côté de vous !

— Randle, nous cherchons à vous aider. »

Mais il se lève et, se grattant le ventre, se dirige vers les tables de jeu.

« Bien, bien, bien... C'est là que ça se tient, le poker, les potes ? »

Elle le suit des yeux un instant, puis elle va droit au téléphone.

Trois surveillants (deux Noirs et un Blanc aux cheveux blonds et bouclés) nous escortent jusqu'au pavillon principal. McMurphy discute avec le blondinet pendant tout le chemin comme s'il n'avait pas la moindre appréhension.

Une épaisse croûte de givre recouvre l'herbe et les deux moricauds qui ouvrent la marche recrachent des bouffées de fumée. Ça fait penser à des locomotives. Le soleil, soudain, déchire les nuages, parsemant le sol gelé d'une poussière d'étincelles que viennent picorer des moineaux ébouriffés. La pelouse à travers laquelle nous coupons craque sous nos pas. Nous passons devant l'endroit où, l'autre nuit, le chien cherchait les écureuils. Etincelles glacées... La nappe de givre dissimule les terriers.

Ce froid me tenaille les entrailles.

La porte. La fameuse porte derrière laquelle ça fait

un bruit comme s'il y avait un essaim d'abeilles. Et deux types. Chancelants à cause des pilules rouges. L'un d'eux braille : « C'est ma croix, merci Seigneur. C'est tout ce que j'ai, merci Seigneur... » L'autre répète : « Merde de merde de merde de merde... » C'est le maître nageur. Il pleure un peu.

Moi, je ne veux ni pleurer ni crier. Pas devant McMurphy.

Quand le technicien nous dit de nous déchausser, McMurphy lui demande si on va aussi repasser nos pantalons et nous faire un shampooing. « Vous n'aurez pas cette chance », répond l'homme.

La porte de fer nous regarde de tous ses rivets. Elle s'ouvre pour engloutir le premier patient. Le maître nageur ne veut pas bouger. Telle une vaporeuse lumière de néon, un faisceau d'énergie jaillit du tableau de commande, s'enroule autour de son front où les agrafes ont laissé leur marque et le remorque comme un chien au bout d'une laisse. Sous la traction, il pivote trois fois sur lui-même avant que la porte ne se referme. Le visage brouillé d'effroi, il marmonne : « Un, les bras ; deux, les pieds ; trois, les bras... »

A l'intérieur, je les entends qui lui décalottent le crâne comme on soulève une plaque d'égout. Les engrenages faussés grincent.

La porte s'ouvre, laissant échapper un nuage de fumée. Le premier type sort, allongé sur une civière roulante. Son regard me brûle. Oh ! Ce visage !

Retour de la civière qui vient chercher le maître nageur. On épelle son nom.

« Groupe suivant », s'écrie le technicien.

Par terre, c'est froid, c'est gelé, ça craque sous le pied. En haut, s'étire la lumière glaciale et nacrée des tubes fluorescents. Odeur de cambouis, odeur de garage. Odeur acide de la peur. Par l'étroite et lointaine fenêtre, j'aperçois, collier de perles rousses, les moineaux ébouriffés perchés sur les fils téléphoniques, la tête rentrée dans les plumes. Le froid s'engouffre à l'intérieur de mes os, ça monte, ça monte, alerte aérienne, alerte aérienne !

« Gueule pas comme ça, Grand Chef... »

Alerte aérienne !

« Calme-toi. Je passe le premier. J'ai rien à craindre : j'ai le crâne trop épais. Et s'ils ne peuvent pas me faire de mal, ils pourront pas t'en faire non plus. »

Il grimpe sur la table, tout seul, étend les bras pour qu'ils épousent l'ombre de la croix. Les bracelets se referment sèchement sur ses poignets, sur ses chevilles. Une main s'avance, détache la montre qu'il a gagnée en jouant avec Scanlon ; en tombant, elle s'ouvre, vomissant pignons et roues dentées ; le ressort s'en va rouler en tressautant jusqu'au panneau de commande.

Mac n'a pas l'air le moins du monde effrayé. Il me regarde toujours en souriant.

On lui enduit les tempes de pâte.

« Qu'est-ce que c'est que ça ?

— Du graphite. C'est pour conduire le courant, explique le technicien.

— Ils m'ont ceint le front de graphite ! Vous ne me mettez pas la couronne d'épines ? »

Ils continuent de lui frotter les tempes d'une main mal assurée tandis qu'il fredonne :

« La meilleure crème,
La plus onctueuse,
La crème Wildroot... »

Ils lui appliquent cette espèce de serre-tête qui ressemble à un casque à écouteurs — couronne d'épines aux reflets d'argent — et, pour le faire taire, lui enfoncent un bout de tuyau de caoutchouc dans la bouche.

« La pâte magique à la lanoline pour vos dents... »

358

Ils tournent des manettes. La machine frémit ; deux bras robot saisissent les fers à souder et commencent à se refermer autour de sa tête. Il me lance son clin d'œil familier et, à l'instant même où les électrodes vont entrer en contact avec ses tempes, il me dit quelque chose à travers le caoutchouc. L'arc jaillit. Le corps de Mac se raidit ; il se cambre de sorte que seuls ses poignets et ses chevilles touchent encore la table. Un mugissement s'échappe du caoutchouc et une pluie d'étincelles s'abat sur lui.

De l'autre côté de la fenêtre, pareils à des flocons de fumée, les moineaux ont quitté leur perchoir.

Il sort sur la civière, encore secoué de convulsions. Sa figure est comme du givre. Corrosion. Acide de batteries. Le technicien se tourne vers moi.

Attention : celui-là, c'est une brute ! Je le connais. Tiens-le bon.

Mac n'est plus qu'une chose sans volonté.

Tiens-le bien, nom de Dieu. C'est la dernière fois qu'on opère des types qui n'ont pas pris de séconal.

Les bracelets claquent sur mes poignets, sur mes chevilles.

La limaille qu'il y a dans le graphite m'écorche les tempes.

Quand il a cligné de l'œil, il a parlé. Il m'a dit quelque chose.

Le technicien approche les électrodes du bandeau qui me maintient la tête.

Les bras de la machine me happent.

ALERTE... ALERTE AERIENNE.

La pente. La dévaler à toute vitesse. Impossible de faire demi-tour, impossible de continuer. Regarde dans le canon du fusil et tu es un homme mort, mort, mort.

On émerge des hautes herbes qui longent la voie ferrée. Je colle mon oreille contre le rail. Ça me brûle la joue.

« Il n'y a rien ni en avant ni en arrière à moins de cent kilomètres.

— Hum, répond papa.

— Si on enfonce dans la terre un couteau et qu'on en mord le manche, on peut repérer un troupeau de buffles très loin. C'était la méthode qu'on pratiquait, non ? »

Papa répète « hum » mais il a l'air ravi. De l'autre côté de la voie, une palissade de chaume datant de l'hiver dernier. Le chien affirme que c'est plein de souris.

« On remonte la voie ou on la redescend, mon gars ?

— Le chien veut qu'on la traverse.

— Il ne nous suivra pas.

— Si. Il dit qu'il y a des oiseaux là-bas.

— Moi, ton père, je dis qu'il vaut mieux suivre le remblai vers l'amont.

— Le chien dit qu'il vaut mieux traverser les chaumes. »

Traverser. Tout ce que je sais, c'est qu'il y a une foule de gens sur la voie qui tirent des faisans dans tous les sens. Le chien a l'air d'être allé trop loin ; il rabat les oiseaux vers la voie.

Il a attrapé trois souris.

...Un homme, un Homme, un HOMME, UN HOMME... grand, fort, son œil qui cligne est une étoile...

Des fourmis encore, Seigneur, et mauvaises, cette fois, saloperie de saloperie.

Tu te rappelles le jour où on a découvert qu'elles avaient le goût de fenouil ? Hein ? Tu as dit que ce n'était pas du fenouil ; moi je disais que si et maman a essuyé cette poix vivante qui te barbouillait... Apprendre à un enfant à manger des insectes !

Ugh ! Un vrai petit Indien doit apprendre à manger tout ce qui ne le mange pas le premier, pour survivre.

Nous ne sommes pas des Indiens. Nous sommes civilisés.

Papa, tu m'as dit : quand je serai mort, cloue-moi à contre-ciel.

Le nom de maman, c'était Bromden. Elle s'appelle toujours pareil. Papa disait qu'on ne lui a donné qu'un seul nom à sa naissance. Tee Ah Millatoona, Le - Pin - Le - Plus - Haut - Qui - Se - Dresse - Sur - La - Montagne. Je suis le plus grand des Indiens de l'Oregon, et probablement de la Californie et de l'Idaho aussi. Je suis né avec ce nom.

Tu es le plus grand des imbéciles si tu crois qu'une bonne chrétienne acceptera de s'appeler Tee Ah Millatoona. Tu es né avec ton nom ? Eh bien, moi, je suis née avec le mien. Bromden. Mary Louise Bromden.

Quand on quittera le village pour habiter en ville, ce sera beaucoup plus facile pour obtenir la carte de la Sécurité sociale si on s'appelle Bromden.

Un type fonce sur quelqu'un avec un marteau. Il va l'avoir s'il continue. Je revois les éclairs, des couleurs qui éclatent.

Ce petit doigt prend un panier, ce petit-là va au marché, ce petit-là mange un poulet...

C'était un jeu auquel on jouait pendant des heures, Mémée et moi, en raclant les poissons. Elle chantonnait les paroles et, à chaque phrase, elle me secouait un doigt.

J'aime ce jeu. J'aime la Mémée qui est toute ridée.

La dernière fois que je l'ai vue, elle s'était allongée sur un trottoir des Dalles, froide comme la pierre, raide comme un bout de bois au milieu d'un groupe d'Indiens, de conducteurs de troupeaux et de paysans aux chemises multicolores. Ils l'ont transportée à la fosse commune. Ils lui ont mis de la glaise rouge dans les yeux.

Je me rappelle. L'après-midi étouffant, chargé

d'électricité ; les lapins qui gambadaient entre les roues du camion.

Joey Poisson-Dans-L'Eau a vingt mille dollars et trois Cadillac depuis le contrat. Il ne sait pas les conduire.

Un dé.

Je suis au fond et je le vois de l'intérieur. C'est moi le lest qui le fait tomber du bon côté. C'est le un qui sort. Là, au-dessus de ma tête. Il est truqué, le dé, et c'est moi qui sers de surcharge. Je suis sur la face qui ne sort jamais. Le six. Comment est pipé l'autre dé ? De la même façon, je parie. Pour l'as. Ils trichent dans la partie qui est engagée avec Mac. Et c'est moi le lest.

Attention... Ils jettent les dés...

La poisse.

De l'eau. Je suis allongé dans une mare d'eau.

Je vois l'as au-dessus de moi. Ils ont encore marqué le point. Et il ne peut pas se débarrasser des dés en les balançant dans le caniveau d'une rue de Portland.

La rue est un tunnel. Il fait froid parce que la journée est déjà bien avancée et que le soleil a disparu. Je veux... je veux aller voir grand-mère, Maman.

Qu'est-ce qu'il a dit quand il a fait ce clin d'œil ?

A moi de jouer. Merde. Encore possédé ! C'est l'as qui est sorti.

Ta maîtresse m'a dit que ça marchait bien à l'école, mon gars. Faut devenir quelqu'un dans la vie...

Quoi, papa ? Fabriquer des couvertures comme l'oncle Loup - qui - Court - et - Bondit ? Des paniers d'osier ? Ou devenir un Indien ivrogne de plus ?

Tu es un Indien, oui ou non ?

Bien sûr que oui.

Je reconnais que tu parles très bien la langue.

Ouais.

Bon... Trois dollars d'ordinaire.

Ils ne feraient pas tellement les malins s'ils savaient

où on est allé, la lune et moi. Il n'y a pas un Indien digne de ce nom...

Celui qui... Comment est-ce déjà ? Celui qui ne marche pas au pas entend un autre tambour.

Encore l'as ! Ce qu'ils sont froids, ces dés !

Papa, l'oncle et moi, on a déterré grand-mère après la cérémonie. Maman a refusé de nous accompagner. Elle n'avait jamais entendu parler d'une chose pareille : attacher un mort à un arbre ! De quoi vous rendre malade !

L'oncle et papa sont restés vingt jours à jouer au rummy dans la cellule des ivrognes de la prison des Dalles. Pour violation de sépulture.

C'est que c'était notre grand-mère, bon Dieu !

Et alors ? En voilà une raison ! Il fallait la laisser dans son trou. Ils ne comprennent jamais rien à rien, ces maudits Indiens ! Où est-elle ? Vous avez intérêt à avouer.

Va te faire foutre, visage pâle, a dit l'oncle en se roulant une cigarette.

Là-haut là-haut là-haut sur les collines, tout là-haut au milieu des pins, le vent joue avec sa vieille main, elle compte les nuages en fredonnant sa vieille mélopée : ce petit doigt va au marché...

Qu'est-ce que tu m'as dit quand tu as cligné de l'œil ?

L'orchestre attaque. Le ciel... Regarde le ciel... C'est le 4 juillet.

Les dés sont immobiles.

Ils m'ont encore eu avec leur machine... Je me demande...

Qu'est-ce qu'il a dit ?

... Je me demande comment McMurphy m'a fait grandir.

Chierie, il a dit.

Ils sont là, les moricauds en blanc, à pisser sur moi. Après, il viendront m'accuser d'avoir souillé les six oreillers. Le six. J'ai cru que la pièce était un dé. Le un, l'as, là-haut, le cercle, la lumière blanche au plafond... C'était ça que je voyais... La petite salle carrée. Autrement dit, la nuit est tombée. Combien d'heures suis-je resté inconscient ? Il y a un peu de brouillard mais pas question que je m'y réfugie. Non... Ça, c'est fini. Pour toujours.

Lentement, je me suis relevé. Mon dos était ankylosé. Les oreillers éraillés de l'Isolement étaient trempés tellement j'avais pissé dessus pendant que j'étais dans la vape. Je n'arrivais pas encore à tout me rappeler mais, me frottant les yeux pour m'éclaircir les idées, je m'acharnai. C'était la première fois que je faisais cet effort.

Je me suis approché en vacillant de la petite lucarne ronde qui s'ouvrait dans la porte et j'ai heurté le grillage du doigts. J'ai vu un surveillant s'avancer avec un plateau. Ce coup-là, je les avais battus.


Parfois, après un électrochoc, il m'était arrivé de rester jusqu'à des quinze jours plongé dans une sorte de torpeur, errant dans une grisaille confuse et trouble en marge du sommeil, zone crépusculaire qui n'était ni tout à fait le jour ni tout à fait la nuit, à mi-chemin du sommeil et de la veille, de la vie et de la mort. On n'est plus inconscient, certes, mais l'on ne sait plus où l'on en est, on ne sait plus qui l'on est, on ne sait même plus à quoi ça servirait de se retrouver soi-même. Si l'on n'a pas une raison pour en sortir, on peut végéter longtemps dans cet intermonde floconneux. Mais j'avais fini par apprendre qu'il était possible de lutter pour émerger à condition de le vouloir avec assez de force. Cette fois, il m'a fallu moins d'une journée. Un record.

Quand ma tête s'est enfin trouvée débarrassée de la

364

brume, j'ai eu l'impression de refaire surface après une éternité passée au fond, tout au fond de l'eau.

Cette séance fut la seule qu'ils me firent subir. A McMurphy, ils en infligèrent trois autres pendant la semaine. Dès qu'il commençait à récupérer, dès qu'il retrouvait son clin d'œil familier, Miss Ratched et le docteur s'amenaient pour lui demander s'il était prêt à regarder son problème en face et à revenir se faire traiter en bas. Alors, il gonflait la poitrine, sachant que tous les visages étaient fixés sur lui, que chacun des Agités guettait sa réponse : désolé, disait-il mais je n'ai rien qu'une vie à donner à la patrie et pour que je laisse tomber, il faudra d'abord que vous m'embrassiez le cul. Aussitôt, la Ratched s'empressait de téléphoner au Pavillon Un pour une nouvelle séance tandis qu'il saluait les patients épanouis. Une fois, au moment où elle allait s'esquiver, il lui pinça le bas des reins à travers l'uniforme. Elle devint cramoisie et si le docteur, qui s'efforçait de dissimuler son hilarité, n'avait pas été là, sûr qu'elle l'aurait giflé.

J'essayais de le convaincre d'en passer par où elle voulait afin d'en finir mais il se contentait de rire : « Mais, nom de Dieu, ils font rien que de me recharger les batteries, et à l'œil par-dessus le marché ! Quand je me tirerai d'ici, la première sauterelle qui se tapera les dix mille watts du père McMurphy, elle s'allumera comme un billard électrique. Ça lui en fera baver des dollars d'argent. Non... leur petit zinzin à recharger les accus j'en n'ai pas peur. »

Il jurait ses grands dieux qu'il ne sentait rien et il refusait les pilules rouges. Mais chaque fois que le haut-parleur lui ordonnait de laisser son petit déjeuner en plan et de se préparer, les muscles de ses mâchoires se nouaient, il devenait livide, une expression d'effroi envahissait ses traits soudain ravagés — c'était à nouveau le masque dont j'avais entrevu le reflet dans le pare-brise en revenant de la partie de pêche.

A la fin de la semaine, je quittai le service des Agités. J''avais une foule de choses à dire à McMurphy avant de partir mais il arrivait tout juste d'une nouvelle séance : il était immobile sur son siège et sa tête se déplaçait au rythme de la balle de ping-pong comme si ses yeux y étaient rivés.

Chez nous, ça me parut terriblement calme par contraste. Je m'arrêtai sur le seuil de la salle commune, je ne sais trop pourquoi. Une expression inconnue animait les visages qui se tournèrent vers moi : ils étaient comme illuminés par l'éclat rayonnant qui monte de la piste du cirque. Harding commença à déclamer :

« Et devant vous, m'sieu-dames, en chair et en os, voilà l'Homme des Bois. Celui qui a cassé le bras... le bras du moricaud. Regardez-le, regardez-le bien. »

Je souris. Je comprenais ce qu'avait dû ressentir McMurphy devant ces faces qui se tendaient vers lui, hurlantes.

Tous m'ont entouré ; ils voulaient que je leur raconte ce qui s'était passé, ce que fabriquait McMurphy. Etait-il vrai, comme on le chuchotait au gymnase, qu'ils lui donnaient un électrochoc chaque jour et que ça ne lui faisait pas plus d'effet que d'avaler un verre d'eau ? Qu'il pariait avec les techniciens sur le temps pendant lequel il garderait les yeux ouverts après l'application des électrodes ?

Je racontai tout ce que je pus et personne n'eut l'air surpris qu'un type considéré depuis toujours comme sourd et muet, bavardât et entendît aussi bien que n'importe qui. J'affirmai que les rumeurs qui couraient étaient la pure vérité et j'ajoutai même quelques anecdotes de mon cru. Ils riaient tellement fort à certaines répliques que Mac avait lancées à la tête de la Chef que, du fond de leur cocon de draps humides, deux Légumes se mirent à pousser des glapissements de plaisir comme s'ils comprenaient.

Le lendemain de mon retour, Miss Ratched posa le problème McMurphy en réunion de groupe. Pour une raison inexpliquée, annonça-t-elle, Mac ne semblait pas réagir à l'électrochoc ; aussi, des moyens plus énergiques s'imposaient-ils si l'on voulait établir le contact avec lui. A ces mots, Harding l'interrompit :

« C'est possible, Miss Ratched, mais, à ce qu'on raconte, il ne lui a guère été difficile d'établir un contact avec vous. »

Alors, tout le monde a hurlé de joie et ça l'a tellement démontée qu'elle n'a pas insisté.

Elle se rendit compte que, dans la mesure où les malades ne voyaient pas directement les blessures qu'elle lui infligeait, Mac était plus grand que jamais à leurs yeux. Il prenait presque les proportions d'un personnage de légende et elle comprit qu'il était impossible de le discréditer en absent ; aussi prit-elle la décision de lui faire réintégrer le service, s'imaginant que ses admirateurs seraient alors à même de constater qu'il était aussi vulnérable que tout un chacun. Comment continuerait-il à faire figure de héros, en effet, lorsque les autres le verraient plongé dans l'hébétude consécutive aux électrochocs ?

Son plan était clair aux yeux de tous et il était facile de prévoir que, aussi longtemps qu'il serait parmi nous, elle l'expédierait à la Casserole chaque fois qu'il reprendrait pied. C'est pour quoi nous entreprîmes, Harding, Scanlon, Frederickson et moi, de chercher à le convaincre que, dans l'intérêt général, le mieux était qu'il prît la poudre d'escampette. Quand, le samedi, il fit son entrée dans la salle, les mains jointes au-dessus de la tête, la démarche dansante comme un boxeur montant sur le ring, nous étions fin prêts : la nuit venue, on mettrait le feu à un matelas et, quand les pompiers arriveraient, Mac n'aurait qu'à profiter de ce que la porte serait ouverte pour décamper. Notre plan paraissait être si remarquable que nous ne voyions vraiment pas comment il pourrait le rejeter.

Mais nous avions omis un détail : c'était ce samedi-là que Billy avait rendez-vous avec Candy.

Il était environ dix heures du matin quand ils le ramenèrent chez nous. « Ça a drôlement pété le feu, les potes. Ils m'ont vérifié les bobines et réglé le carburateur. Je lançais des étincelles comme si que j'étais une bougie d'allumage. Comment qu'on a rigolé ! »

Plus grand que jamais, il allait et venait dans la salle à grandes enjambées ; il a renversé un seau d'eau sale devant le bureau des infirmières, laissé tomber une rondelle de beurre sur la chaussure de daim blanc du nabot qui n'y a vu que du bleu ; on en riait encore pendant le déjeuner : le beurre, en fondant, prenait une teinte que Harding qualifia de « jaune éminemment suggestif ». Non : il n'avait jamais été si grand et, chaque fois qu'il frôlait une stagiaire, la fille poussait un cri et, les yeux exorbités, s'enfuyait précipitamment en se frottant le côté.

Quand nous lui avons exposé notre plan d'évasion il a répondu que rien ne pressait et nous a rappelé le rendez-vous : « On ne peut pas causer une déception pareille à ce pauvre Billy au moment où il va rafler le pot, voyons les gars ! D'autant que ça devrait être une bath soirée si on s'organise. Ma soirée d'adieu, si vous voulez, peut-être bien. »

La Chef, qui était de service ce week-end (elle n'avait pas voulu rater le retour de Mac), jugea bon de tenir une réunion. A nouveau, elle reposa la question de ces fameuses « mesures énergiques » auxquelles elle avait précédemment fait allusion, conjurant le docteur d'agir « avant qu'il ne soit trop tard pour améliorer le patient ». Tout le temps que dura son intervention, McMurphy ne s'arrêta de cligner de l'œil que pour bâiller ou pour roter (un vrai festival !), tant et si bien qu'elle finit par se taire. Alors, le rouquin s'empressa de se déclarer publiquement partisan des suggestions de la Chef.

« Elle a peut-être bien raison, docteur, vous savez. Regardez le bien que quelques malheureux volts m'ont fait. Si on doublait la dose qui sait si je n'arriverais pas à capter la même chaîne que Martini ? J'en ai assez des hallucinations de la quatre : il y a rien que les nouvelles et la météo. »

La Chef toussota et tenta de reprendre la direction des débats.

« Ce n'est pas à une nouvelle série d'électrochocs que je pensais, monsieur McMurphy...

— Ah ?

— Ce que je propose, c'est une intervention chirurgicale. Toute simple. Nous avons réussi dans certains cas à éliminer par ce moyen les tendances agressives...

— Agressif, moi ? Mais, m'dame, je suis doux comme un agneau ! Y a près de quinze jours que je n'ai pas dérouillé un seul de vos mal blanchis. Je ne vois pas de raison pour qu'on me coupe quoi que ce soit.

— Il n'est pas question de couper, Randle... »

Son sourire le suppliait de comprendre toute la sympathie dont elle débordait.

« D'ailleurs, ça ne servirait à rien : j'en ai une autre paire dans ma table de nuit.

— Une autre paire ?

— Oui, docteur. Il y en a une qui est aussi grosse qu'une balle de base-ball.

— Monsieur McMurphy ! »

Le sourire de la Chef se brisa comme du verre : elle s'apercevait brusquement qu'il se payait sa tête.

« Mais on peut considérer l'autre comme normale. »

Il a continué sur ce ton jusqu'à l'heure du coucher.

A ce moment, il régnait dans le service une atmosphère de kermesse. Les supputations allaient bon train : si la fille apportait de quoi boire, se chuchotait-on de bouche à oreille, ça pourrait être une véritable soirée. Les types cherchaient à surprendre le regard de Billy ; ils lui souriaient et lui lançaient des œillades complices chaque fois qu'il levait la tête. Au moment de la distribution des médicaments, McMurphy s'est approché de la petite au crucifix et à la marque de naissance pour lui demander des vitamines. Bien qu'un peu étonnée, elle a dit qu'elle n'y voyait pas d'inconvénient et lui a remis quelques pilules grosses comme des noisettes qu'il a glissées dans sa poche.

« Vous ne les prenez pas ?

— Moi ? Seigneur, je n'en ai pas besoin ! C'est pour mon petit Billy. Depuis quelque temps, je le trouve pâlichon. Le sang un peu pauvre sûrement.

— Eh bien... Pourquoi ne les lui donnez-vous pas ?

— Je les lui donnerai, ma belle, mais plus tard. Vers minuit. C'est à ce moment qu'elles lui seront le plus nécessaires. »

Sur ces mots, il est parti en direction du dortoir, le bras passé autour des épaules de Billy dont la nuque était devenue cramoisie. Il a fait une grimace de connivence en croisant Harding et m'a enfoncé le coude entre les côtes tandis que l'infirmière, estomaquée, le regardait s'éloigner en ouvrant de grands yeux et en s'arrosant les pieds avec son cruchon.

Il faut dire que Billy, malgré ses rides et ses cheveux qui commençaient à grisonner, avait encore l'air d'un gosse — un de ces gamins comme on en voit sur les calendriers, les oreilles en feuilles de chou, les joues semées de taches de son, les dents saillantes, qui se baladent pieds nus en sifflotant et en traînant des poissons enfilés après une ficelle. Ce n'était pourtant nullement un gamin. On était toujours étonné de constater, quand il était à côté de quelqu'un d'autre, qu'il avait une taille normale. Pas d'oreille en feuilles de chou, pas de taches de rousseur, pas de dents proéminentes ; le galopin avait, en fait, trente ans et plus.

Je ne l'ai entendu dire son âge qu'une seule fois — par indiscrétion pour être franc — un jour où il bavardait dans l'entrée avec sa mère. Celle-ci était la réceptionniste. C'était une femme bien en chair dont les cheveux étaient tantôt blonds, tantôt bleus et tantôt noirs. D'après ce que je savais, elle était intime avec la Chef. Lorsqu'on nous conduisait ici ou là, Billy était chaque fois obligé de s'arrêter et de tendre par-dessus le bureau de réception une joue écarlate pour qu'elle y piquât un baiser. Nous ne nous sentions pas moins gênés que lui et personne, pas même McMurphy, ne faisait jamais allusion à ce rite.

Un après-midi, donc, je ne me rappelle plus quand, nous attendions, les uns vautrés dans les profonds canapés de plastique qui meublaient l'entrée, les autres allongés dehors en plein soleil, que le moricaud qui nous escortait eût fini de téléphoner à son bookmaker. Profitant de l'occasion, la mère de Billy se leva et prenant son fils par la main, vint s'installer dans l'herbe pas loin de moi. Elle s'est assise en tailleur, très droite, et la couleur de ses grosses jambes rondes me rappelait celle de la mortadelle. Avec une tige de pissenlit, elle chatouillait l'oreille de Billy qui, la tête posée sur son giron, échafaudait des projets d'avenir : un jour, il se chercherait une femme ; et puis il ferait des études.

Elle se mit à rire :

« Tu as bien le temps de songer à cela, mon chéri ! Tu as toute la vie devant toi.

— Mais j'ai t-t-t-trente ans, mère. »

Elle a encore ri.

« Mon tout petit, ai-je l'air d'avoir un fils de trente ans ? »

Plissant le nez, elle a entrouvert les lèvres et émis un bruit de baiser mouillé. Il fallait bien admettre qu'elle n'avait pas du tout l'air d'une mère de famille. Je ne me persuadai que Billy avait effectivement la trentaine que lorsque je pus jeter un coup d'œil sur sa gourmette où sa date de naissance était gravée.

Quand à minuit, le vieux Turkle arriva pour remplacer l'infirmière, Geever et son collègue, McMurphy et Billy étaient déjà debout, en train de se bourrer de vitamines sans doute... J'enfilai une robe de chambre et les rejoignis dans la salle commune où je les trouvai en grande discussion avec le moricaud. D'autres patients, dont Harding, Scanlon et Sefelt, firent leur apparition à leur tour. McMurphy expliquait la marche à suivre au vieux nègre — plus exactement, il lui rafraîchissait la mémoire car, selon toute apparence, tous deux avaient déjà évoqué le problème en long et en large quinze jours plus tôt. Il faudrait faire passer la fille par la fenêtre et non par l'entrée où elle risquerait de tomber sur la garde de nuit. Et ne pas oublier d'ouvrir la salle d'Isolement. Ce sera-t-y pas un chouette nid d'amour pour leur lune de miel ? La solitude totale (« Ahhh, McM-m-m-murphy » essaya de murmurer Billy). Et puis, couper l'électricité : comme ça, la garde de nuit n'y verra que du bleu. Boucler les portes du dortoir, sinon ça réveillerait ces gâteux de Chroniques. Dernière recommandation : ne pas faire de bruit. Faut leur ficher la paix, à ces enfants !

« A ! s-s-sacré M-m-m-Mac ! »

M. Turkle opinait du bonnet et on avait l'impression qu'il s'assoupissait. Mais quand McMurphy lança finalement : « Je crois que tout est réglé », le négro protesta : « Pas tout à fait. » Il souriait béatement et le crâne chauve qui oscillait au bout de son cou faisait penser à un ballon captif.

« T'en fais pas, Turkle. Tu n'y perdras rien. La môme doit apporter des flacons.

— Ah ! C'est déjà mieux », postillonna Turkle en branlant du chef. Il paraissait incapable de garder les yeux ouverts. J'avais entendu dire qu'il avait un autre travail pendant la journée. Sur le champ de courses.

McMurphy se tourna vers Billy.

« Turkle est plus gourmand que je ne pensais. Tu crois pas que ça vaudrait le coup de lui lâcher un peu d'oseille ? »

Mais M. Turkle ne laissa pas à Billy le temps de répondre.

« Non. Ce n'est pas l'argent qui m'intéresse. C'est pas rien qu'avec une bouteille qu'elle va rappliquer, la mignonne, pas vrai ? C'est pas rien qu'une bouteille que vous allez vous partager, les gars ? »

Il souriait en nous dévisageant.

Billy faillit éclater. Bégayant de plus belle il bredouilla quelque chose comme *Non... Pas Candy... Pas sa fille à lui.*

Le prenant alors à l'écart, McMurphy lui conseilla de ne pas se faire de souci pour la vertu de « sa fille à lui ». Quand il aurait fini sa petite affaire, Turkle serait certainement ivre au point de ne pas pouvoir mettre une carotte dans une bassine.

Cette fois encore, Candy était en retard. Assis dans la salle commune, on attendait tandis que Mac et M. Turkle racontaient des histoires de l'armée tout en fumant. C'étaient les cigarettes du négro qu'ils fumaient et ils tiraient dessus d'une curieuse façon, sans rejeter la fumée ; ça leur faisait saillir les yeux. Harding finit par demander ce que c'était que ce tabac à l'odeur si aguichante et M. Turkle répondit d'une voix aiguë en retenant son souffle : « C'est rien que des bonnes vieilles cigarettes ordinaires, ma foi. Vous en voulez une goulée ? »

La nervosité de Billy augmentait : il avait peur que

Candy ne vînt pas, et peur aussi qu'elle vînt. « Au lieu de rester dans le froid et l'obscurité comme des chiens qui montent la garde autour de la table dans l'espoir qu'on leur jettera des restes, on ferait mieux de retourner se coucher », répétait-il sans arrêt. Nous, on se contentait de sourire. Personne n'avait envie de regagner le dortoir ; il ne faisait pas froid du tout et c'était agréable d'être là, dans la pénombre, à écouter les histoires de McMurphy et de M. Turkle. Personne n'avait l'air d'avoir sommeil ni même d'être très contrarié de ce que, à deux heures passées, Candy ne fût pas encore arrivée. C'était peut-être à cause de la nuit, suggéra le moricaud : il faisait tellement noir qu'elle ne pouvait pas trouver le bon pavillon. C'est évident, répondit Mac qui, en compagnie du nègre, se mit en devoir de tourner tous les commutateurs.

Ils étaient sur le point d'allumer le grand plafonnier du dortoir, celui qui nous réveille le matin, quand Harding les avertit que cela ferait sortir du lit tous les dormeurs et qu'ils voudraient être de la fête. Se rendant à cet argument convaincant, McMurphy et M. Turkle se rabattirent sur le bureau du docteur dont ils branchèrent toutes les lampes.

A peine le bâtiment fut-il éclairé comme en plein jour que l'on entendit frapper à la fenêtre. Mac se précipita et colla son visage contre la vitre. Quand il se retourna, il souriait de toutes ses dents.

« Ce qu'elle est belle dans la nuit ! »

Il saisit le poignet de Billy qu'il attira vers la baie.

« Fais-la entrer, Turkle. Regarde celui-là qui se dessèche sur pied. »

Billy se mit à bramer :

« N-n-n-non, attends, Mc-M-M-M-Murphy...

— Y a pas de Mc-M-M-M-Murphy qui tienne, mon petit vieux. A présent, il est trop tard pour reculer et il faut que tu ailles jusqu'au bout. Tiens, je te parie cinq dollars que tu vas la mettre sur les genoux. D'accord ? Ouvre-moi cette fenêtre, Turkle. »

Elles étaient deux : Candy et l'autre, celle qui nous avait fait faux bond le jour de la partie de pêche.

« Au poil, murmura M. Turkle en s'exécutant. Il y en aura pour tout le monde. »

Nous nous précipitâmes pour aider les filles qui avaient dû retrousser leurs jupes jusqu'aux cuisses pour enjamber la barre d'appui. « Sacré McMurphy », s'exclama Candy et elle serra le rouquin dans ses bras avec tant de chaleur qu'elle faillit fracasser les deux bouteilles qu'elle brandissait. Elle titubait en marchant et des mèches folles s'échappaient de la coque qui lui surmontait le crâne. Moi, je la préférais avec les cheveux flottants, comme l'autre jour.

Elle désigna sa compagne.

« J'ai amené Sandy. Elle a plaqué son timbré de Beavertone. C'est pas du tonnerre ? »

Sandy sauta dans la pièce et embrassa McMurphy.

« Salut, Mac. Faut m'excuser pour la dernière fois. Maintenant, c'est class. Les souris dans les taies d'oreillers, les asticots dans la crème à démaquiller, les grenouilles dans le soutien-gorge, ça va un moment mais il y a une limite ! »

Elle hocha énergiquement la tête et se passa la main sur le front comme pour effacer une fois pour toutes le souvenir de son ex-époux et de ses petites bêtes chéries. « Un vrai maniaque, ce type ! »

Elles étaient toutes les deux très rouges et riaient d'un rire saccadé : « On a été obligé de s'arrêter dans tous les bistrots qu'on a rencontrés pour demander le chemin », expliqua Candy.

Sandy examinait les lieux en ouvrant de grands yeux.

« C'est pas possible ! C'est réellement un asile ? Un vrai ? Ben, crotte ! »

Elle était plus grande et un peu plus âgée que Candy. En dépit de son chignon artistique ses cheveux pendaient sur ses joues rebondies et laiteuses. On aurait dit une fille de ferme essayant de se faire passer pour une femme du monde ; ses épaules, ses seins, ses hanches étaient trop larges, le sourire étudié qu'elle arborait en permanence était trop épanoui mais elle était gentille et respirait la santé. Et puis, il y avait cette grosse flasque de vin rouge qu'elle balançait, le doigt passé dans l'anse.

« Candy, comment se fait-il qu'il nous arrive toujours des choses invraisemblables ? »

Elle pivota sur elle-même et s'immobilisa, jambes écartées, tordue de rire.

« Elles n'arrivent pas, déclara solennellement Harding. Ce ne sont que des phantasmes qui viennent hanter vos nuits et que vous avez peur de raconter au psychanalyste. Vous n'êtes pas réellement ici. Ce vin n'est pas réel. Rien de tout ça n'existe. Cela étant dit, continuons.

— Bonsoir, Billy, dit Candy.

— Voyons un peu le liquide », grogna Turkle.

D'un geste rigide et maladroit, Candy tendit une bouteille à Billy.

« Je t'ai apporté un cadeau.

— Oh ! ma mère, où avons-nous mis les pieds ! » gémit Sandy.

Scanlon fronça le sourcil :

« Chut ! Ne parlez pas si fort : vous allez réveillez les autres cons. »

Sandy se retourna.

« Oh ! Le pingre ! s'exclama-t-elle. T'as peur qu'il n'y ait pas assez à boire pour tout le monde ?

— Ah ! Sandy ! J'aurais dû me douter que tu apporterais de cette infâme piquette ! »

Brusquement, la fille s'arrêta de tournoyer pour me contempler.

« Mince alors ! Vise un peu celui-là, Candy. Tu parles d'un Goliath ! Mince alors », répéta-t-elle tan-

376

dis que M. Turkle allait verrouiller la fenêtre.

On s'était amalgamé au milieu de la pièce, pas tellement à l'aise ; on allait de l'un à l'autre pour se dire des choses à l'oreille ; personne ne savait trop quoi faire car c'était là une situation sans précédent. Je ne sais combien de temps on aurait continué à se trémousser comme ça avec des accès de rire nerveux et gêné si une clef n'avait soudain heurté la porte du hall. Ce bruit eut instantanément l'effet d'une sonnerie d'alarme.

« Seigneur, mon Dieu, gémit M. Turkle en s'assenant force claques sur son crâne chauve, la garde de nuit ! Qu'est-ce que je vais prendre ! »

On s'est rués dans les latrines que l'on a aussitôt éteintes et on a attendu dans le noir tandis que la surveillante s'avançait dans le hall en appelant M. Turkle d'une voix inquiète.

« Où qu'il est passé, ce Turkle ? souffla McMurphy. Pourquoi qu'il répond pas ?

— T'occupe pas, murmura Scanlon. Elle viendra pas le chercher dans les gogues.

— Mais pourquoi qu'il répond pas ? Peut-être qu'il est complètement envappé si ça se trouve.

— Qu'est-ce qu'il raconte, celui-là ? Moi, envappé ? J'en ai vu d'autres.

— Qu'est-ce que tu fais ici ? »

McMurphy s'efforçait de parler d'un ton sévère mais il avait du mal à s'empêcher de rire.

« Va voir ce qu'elle veut. Qu'est-ce qu'elle penserait si elle ne te trouvait pas ?

— C'est la fin du monde, déclara Harding en s'asseyant. Qu'Allah nous protège. »

Turkle se glissa par la porte entrebâillée et alla à la rencontre de la garde de nuit. Comment se fait-il que toutes les lampes soient allumées ? s'étonna cette dernière. Elles ne le sont pas toutes, répondit l'intéressé : c'est éteint dans le dortoir et dans les latrines. Cela ne justifie pas qu'il y ait de la lumière ailleurs. Expliquez-moi un peu, monsieur Turkle...

Mais Turkle était incapable de trouver une réponse. Le silence se prolongeait. J'entendais derrière moi la bouteille qui passait de main en main.

« Alors, monsieur Turkle ?

— Eh bien, je nettoyais... Je... J'astiquais...

— Dans ce cas, j'aimerais savoir pourquoi les latrines sont éteintes alors que c'est précisément l'endroit que vous êtes chargé de nettoyer ! »

Quelqu'un me tendit la bouteille et je bus au goulot. J'en avais besoin. Turkle avalait bruyamment sa salive et poussait des soupirs à fendre l'âme.

« Y a rien à en tirer, murmura McMurphy. Faut que l'un de nous aille lui donner un coup de main. »

Quelqu'un tira la chasse ; la porte des W.-C. s'ouvrit et Harding sortit en nouant son pyjama. A cette vue, la surveillante sursauta. Il s'excusa : il faisait si noir qu'il ne l'avait pas vue.

« Mais c'est allumé.

— Dans les latrines, je veux dire. J'éteins toujours quand j'y vais : c'est mieux pour l'évacuation. A cause des miroirs, vous comprenez. Quand c'est allumé, j'ai l'impression de passer en jugement et que je serai puni si tout ne se passe pas bien.

— Mais M. Turkle me disait qu'il nettoyait les lieux...

— Et rudement bien si l'on tient compte qu'il était forcé de travailler dans l'obscurité. Voulez-vous voir ? »

Il tira un petit peu le battant et un rai de lumière étincela sur le carrelage. J'entr'aperçus le mouvement de recul de la surveillante qui déclina l'offre : il fallait qu'elle poursuive sa ronde. La porte du hall grinça à nouveau et l'intruse s'éclipsa tandis que Harding la conjurait de revenir bientôt pour une nouvelle visite.

Nous abandonnâmes alors notre refuge et le félicitâmes de la maestria dont il avait fait preuve.

La bouteille circula à nouveau. Sefelt déclara que ça n'allait pas comme ça et qu'il fallait couper la boisson avec quelque chose. Ici, il n'y a rien que de l'eau, dit Turkle. Frederickson proposa d'essayer du sirop contre la toux. « On m'en donne de temps en temps : ça n'a pas mauvais goût. Il y en a une bouteille dans la pharmacie. T'as la clef, Turkle ? »

Non : c'était la garde de nuit qui l'avait. « Ça ne fait rien, fit McMurphy : on va forcer la serrure de la pharmacie, Turkle et moi. » Le vieux nègre sourit en dodelinant du chef et, tandis que les deux hommes, armés d'agrafes-trombones, se mettaient à l'ouvrage, nous envahîmes le bureau des infirmières, ouvrant les classeurs, fouillant les dossiers.

« Eh ! Regardez, s'exclama Scanlon en brandissant une chemise. Il ne manque rien ! Jusqu'à mes notes à la communale ! Oh ! Ce qu'elles sont mauvaises ! »

Candy se pencha sur l'épaule de Billy qui compulsait son propre dossier.

« Eh bien, alors ! Je ne sais quoi *phrène* et je ne sais quoi *pathe !* T'es tout cela ? On ne dirait pas ! »

L'autre fille, qui avait ouvert un tiroir, s'étonnait qu'il eût tant de bouillottes. Qu'est-ce que les infirmières pouvaient bien en faire ?

Assis derrière la table de la Chef, Harding contemplait le spectacle en secouant la tête.

Enfin, McMurphy et Turkle, leur mission accomplie, nous rejoignirent avec leur trophée : un flacon contenant un liquide épais et rouge. Le rouquin lut l'étiquette à haute voix :

« *Ingrédients sapides artificiels, colorant, acide citrique, 70 p. 100 de corps inertes* (ça, ça doit être de l'eau) *20 p. 100 d'alcool* (bravo !) *et 10 p. 100 de codéine. Attention : l'usage de ce narcotique risque de provoquer l'accoutumance.*

Il dévissa le bouchon et, les yeux fermés, goûta le produit. Après avoir promené sa langue sur ses lèvres, il reprit une gorgée et se replongea dans la lecture de l'étiquette. Sa bouche se referma avec un claquement sec comme si ses dents venaient d'être aiguisées. « Je crois que ce sera parfait. Eh, petite tête de Turc, ajouta-t-il à l'adresse du moricaud, on peut avoir des cubes de glace ? »

On fit le mélange dans les gobelets de carton où nous prenions habituellement les médicaments. Ça avait le goût d'une boisson pour enfant mais c'était fort comme le vin de cactus qu'on buvait aux Dalles ; c'était frais et doux dans la gorge mais, quand ça descendait, ça vous embrasait le corps. On a éteint et on s'est assis pour boire. Les deux premiers verres, on les a avalés comme une médecine : sérieusement, silencieusement, en louchant du côté des copains pour voir si ça ne faisait mourir personne. McMurphy et Turkle ne s'interrompaient que pour fumer les fameuses cigarettes du moricaud. Le premier se demandait en rigolant ce que ça donnerait, de baiser la petite infirmière à la marque de naissance.

« Moi, disait Turkle, j'aurais peur qu'elle me flanque des coups avec le crucifix qu'elle porte au bout de sa chaîne.

— Moi, j'aurais peur qu'au moment de me mettre en batterie, elle saisisse un thermomètre et me prenne ma température. »

Tout le monde s'esclaffa et Harding renchérit :

« Il pourrait y avoir pire encore : tu la vois, étendue sous toi, qui te dirait : Votre pouls bat à tant la minute.

— Bon Dieu... Ça, c'est la meilleure !

— Ou bien qu'elle soit capable de te prendre à la

380

fois ton pouls et ta température... Comme ça... *Sans instruments* [1].

— Tais-toi, Harding, je ne tiens plus... »

On en avait les larmes aux yeux. Les filles se tordaient tellement qu'elles durent s'y prendre à deux ou trois fois pour se lever. « Faut... faut que j'aille pisser un coup... », a déclaré Sandy. Elle s'est avancée en titubant vers les W.-C. ; seulement, elle s'est trompée de porte et est entrée dans le dortoir. On a attendu en silence. Et puis, on a entendu un petit cri et la voix caverneuse du colonel Matterson : « L'oreiller, c'est... un cheval ! » et le vieux est sorti du dortoir à toute allure dans son fauteuil à roulettes. Sefelts a été le reconduire avant d'indiquer d'un geste solennel à Sandy où se trouvaient les latrines. Ce sont exclusivement les hommes qui les utilisent, lui expliqua-t-il, mais qu'elle soit tranquille : il monterait la garde sur le seuil tout le temps qu'elle y serait et, bon Dieu de bon Dieu, il défendrait son intimité contre toute intrusion — personne ne pénétrerait dans la place ! Elle le remercia avec une égale solennité, lui serra la main et tous deux échangèrent un profond salut. Mais, pendant qu'elle était enfermée, voilà que le colonel Matterson a rappliqué. Quand Sandy a ouvert la porte, Sefelt repoussait l'assaillant en bloquant le véhicule avec son pied tandis que nous encouragions bruyamment les deux adversaires. La fille aida son chevalier servant à recoucher le vieux. Lorsque tous deux nous rejoignirent, ce fut en valsant au rythme d'une musique inaudible.

Harding avait observé toute la scène en buvant. « Rien de tout cela n'est réel, disait-il en hochant la tête. C'est un mélange de Kafka, de Mark Twain et de Martini. »

_____

1. En français dans le texte.

McMurphy et Turkle exprimèrent soudain leur crainte qu'il n'y eût trop de lumière et ils décidèrent de tout éteindre, y compris les petites veilleuses qui scintillaient à la hauteur du genou. Les ténèbres engloutirent le hall.

Le moricaud trouva des torches électriques et nous nous mîmes à faire du stock-car avec les fauteuils roulants de la réserve. On s'amusait comme des fous quand les hurlements retentirent : c'était Sefelt en proie à une attaque. Le corps tordu de spasmes, il gisait aux pieds de Sandy, elle-même assise par terre. « Je n'ai jamais connu une expérience pareille », dit-elle avec respect en épousseetant calmement sa jupe. S'agenouillant, Frederickson glissa un portefeuille entre les dents de son ami pour qu'il ne se tranchât pas la langue et lui reboutonna son pantalon.

« Ça va, Sef ? Dis ? Ça va ? »

Sans ouvrir les yeux, Sefelt leva une main molle et retira le portefeuille de sa bouche. Il parvint à sourire à travers l'écume qui ruisselait de ses lèvres.

« Oui. Donne-moi le médicament et redéfais mes boutons.

— Tu en as vraiment besoin ?

— Le médicament... »

Frederickson, toujours à genoux, tourna la tête :
« Médicament !

— Médicament », répéta Harding en se dirigeant vers la pharmacie, la lampe électrique à la main. Sandy le regardait s'éloigner, l'œil vitreux. Elle secouait la tête avec émerveillement.

« Vaudrait peut-être mieux que vous apportiez quelque chose pour moi aussi, fit-elle d'une voix pâteuse. Je n'ai jamais, mais alors jamais, rien vu d'approchant. »

Il y eut un bruit de verre cassé et Harding réapparut, les mains pleines de pilules qu'il fit pleuvoir sur le couple comme s'il répandait des mottes de terre au-dessus d'une tombe.

« Seigneur miséricordieux, psalmodiait-il, les yeux levés au ciel, reçois ces deux pauvres pécheurs dans ton sein. Et laisse la porte entrebâillée pour nous autres qui allons arriver, car c'est la fin, la fin absolue, irrévocable, fantastique à laquelle tu assistes. Maintenant, je comprends ce qui arrive : c'est l'ultime sursaut. Désormais, nous sommes damnés. Rassemblons notre courage pour affronter notre destin. Nous serons fusillés à l'aube. Cent centicubes par tête de pipe. Miss Ratched nous fera aligner devant le mur. Face à nous, la gueule immonde des seringues chargées. Chargées de thorazine, de librium, de stélazine. Elle lèvera son épée et... feu ! Le tranquillisant suprême et définitif... »

Il se laissa glisser par terre, le dos contre le mur. Rouges, vertes, orange, les pilules roulaient dans toutes les directions. « Amen. » Il ferma les yeux.

Sandy rabaissa sa jupe sur ses longues cuisses musclées et considéra Sefelt qui grimaçait toujours, le corps secoué de convulsions. « Jamais rien vu d'approchant de toute mon existence », murmura-t-elle.


S'il ne nous avait pas réellement calmés, le discours de Harding nous fit du moins toucher du doigt la gravité de ce que nous étions en train de faire. La nuit était déjà bien avancée et il fallait commencer à penser à l'équipe qui, au matin, viendrait prendre son service. Billy Bibbit et Candy firent remarquer qu'il était quatre heures passées : aussi, si personne n'y voyait d'inconvénient, ils aimeraient que M. Turkle ouvrît la chambre d'Isolement. Les pinceaux lumineux de nos torches levées vers le ciel faisaient comme un dais au-dessus de leur tête quand ils s'y enfermèrent. Nous autres, nous restâmes dans la salle commune à nous demander ce que nous pourrions bien faire pour remettre de l'ordre.

Avec une sorte de surprise, je m'aperçus que j'étais ivre, vraiment ivre, ivre pour la première fois depuis ma démobilisation. Dans le service de Miss Ratched, en compagnie d'une demi-douzaine de gars et de deux filles ! Ivre ! A gambader, à rigoler, à faire le fou avec des femmes au cœur du bastion le plus solide du Système ! Je récapitulai les événements de la nuit : c'était presque incroyable. Il fallait que je me répète qu'ils avaient réellement eu lieu, que nous les avions déclenchés. Il avait suffi d'ouvrir une fenêtre comme pour laisser entrer une bouffée d'air pur. Peut-être que le Système n'était pas si puissant que ça, après tout ? Qui nous empêcherait de recommencer, maintenant que nous avions sauté le pas ? Ou même de faire autre chose encore si l'envie nous en prenait ? C'était si merveilleux que je poussai une clameur de joie et me précipitai sur McMurphy et Sandy que j'empoignai chacun par un bras et entraînai en courant. Ils se débattaient et criaient comme des gosses. Tellement je me sentais heureux...

Pour la troisième fois, le colonel Matterson, le regard brillant plus radoteur que jamais fit une sortie et Scanlon dut lui faire réintégrer le dortoir. Sefelt, Martini et Frederickson jugèrent préférable d'aller piquer un somme tandis que McMurphy, Harding et Sandy, Turkle et moi-même décidions de liquider le sirop et de réfléchir aux mesures à prendre pour remettre la salle en état. Mais Harding et moi étions apparemment les seuls à s'en inquiéter vraiment : Mac et Sandy se contentaient de boire en se faisant des mamours et en se pelotant dans l'ombre. Quant à M. Turkle, pour ne pas changer, il dormait.

« Vous ne voyez pas à quel point la situation est complexe ! s'exclama Harding qui s'efforçait de son mieux de secouer leur apathie.

384

— Merde », répondit simplement McMurphy.

Harding frappa la table du poing.

« McMurphy, Turkle, rendez-vous compte ! Ici...
Dans un service de malades mentaux ! Le service de
Miss Ratched ! Les *rékerputions* en seront... catas-
trophiques. »

McMurphy mordilla l'oreille de sa compagne et
M. Turkle, entrouvrant un œil, acquiesça :

« C'est vrai. Elle sera là, demain. »

Harding bondit sur ses pieds :

« Mais j'ai un plan. »

Et il expliqua que, au point où en étaient arrivées
les choses, McMurphy ne pouvait plus faire face à la
situation. A mesure qu'il parlait, il se redressait et il
se dégrisait peu à peu. Sa voix était fébrile et, dans
son désir de convaincre, il soulignait ses mots du geste
de ses mains comme pour leur donner forme. J'étais
content qu'il fût là pour faire preuve d'autorité.

Il proposait de ligoter Turkle avec des draps déchi-
rés en bandes. McMurphy aurait été censé l'avoir
agressé afin de le délester de ses clefs, avoir pillé la
pharmacie et saccagé les archives uniquement pour
contrarier la Chef — cette partie du scénario, elle
l'avalerait sans difficulté. Ensuite, il aurait déver-
rouillé la fenêtre et pris la poudre d'escampette.

Le plan avait tout d'un complot style télévision,
répondit Mac : il était si ridicule qu'il avait toutes
les chances de marcher. Et il le complimenta pour sa
clarté d'esprit. Son projet avait un triple intérêt,
ajouta Harding : outre qu'il donnait à McMurphy le
moyen de jouer la fille de l'air, il permettait aux
autres d'échapper à la colère de Ratched et à Turkle
de conserver son emploi. En ce qui concernait l'évasion, la fille n'aurait qu'à conduire Mac en voiture
n'importe où, au Canada, à Tiajuana ou même dans le
Nevada où il n'aurait rien à craindre, la police ne
manifestant jamais un zèle exagéré pour arrêter les

échappés en rupture d'hôpital car 90 p. 100 d'entre eux rentrent au bercail au bout de quelques jours, épuisés, ivres morts et ne souhaitant qu'une chose : retrouver un lit et de quoi manger gratuitement. On retourna le problème tout en terminant le sirop. Quand nous eûmes fait le tour du sujet, Harding se rassit. Alors, détachant son bras de la fille qu'il enlaçait, Mac nous dévisagea d'un air songeur. A nouveau, il avait cette curieuse expression de lassitude. « Et nous, demanda-t-il, pourquoi ne pas nous habiller en vitesse et nous enfuir avec lui ?

« Je ne suis pas encore tout à fait prêt, Mac, répondit Harding.

— Qu'est-ce qui te fait penser que je le suis, moi ? »
Après un silence, Harding dit en souriant :

« Tu ne saisis pas. Je serai prêt dans quelques semaines. Mais je veux me débrouiller par mes propres moyens. Je veux passer par la grande porte avec toutes les formalités et tous les rites officiels. Je veux que ma femme m'attende avec la voiture à l'heure dite. Je veux leur prouver que je suis capable de le faire.

— Et toi, Grand Chef ?

— Moi ? Je n'ai aucune objection. Simplement, je ne sais pas encore où aller. Et puis, il faut que quelqu'un reste un bout de temps après ton départ pour s'assurer que tout ne recommence pas comme avant.

— Et les autres ? Billy ? Sefelt ? Frederickson ?

— Je ne peux pas parler en leur nom, fit Harding. Ils ont chacun leurs problèmes, comme tout le monde. Ce sont encore des hommes malades par bien des côtés ; mais il y a au moins un point d'acquis : malades, ils le sont sans doute. Seulement, maintenant, ce sont des hommes. Plus des lapins. Peut-être seront-ils un jour des hommes normaux. Qui peut le savoir ? »

McMurphy médita sur ses paroles en étudiant le dos de sa main. Enfin, son regard croisa celui de Harding.

« Qu'est-ce qu'il y a, Harding ? Qu'est-ce qui se passe ?

— Toute cette histoire, tu veux dire ? »

Le rouquin acquiesça.

« Je suis incapable de te donner une réponse. Bien sûr, je pourrais te sortir des boniments freudiens et ce serait très convaincant. Mais les raisons, les raisons de base, ne compte pas sur moi pour te les expliquer. Pas en ce qui concerne les autres, en tout cas. Pour moi ? Sentiment de culpabilité. De honte. De peur. Masochisme. J'ai découvert très jeune que j'étais... comment dirais-je ? différent, pour employer un euphémisme. J'aime mieux ce mot que l'autre ; il est plus général. Je sacrifiais à certaines pratiques que la société réprouve. Et je suis tombé malade. Pas à cause desdites pratiques... non, je ne le pense pas. Mais parce que j'avais l'impression que le doigt de la société, gigantesque, menaçant était pointé sur moi, que des millions de voix hurlaient en chœur : « Honte ! Honte sur lui ! » C'est comme ça que la société agit envers ceux qui sont... différents.

— Moi aussi, je suis différent et rien de semblable ne m'est arrivé. Pourquoi ? D'aussi loin que je me le rappelle, il y a toujours eu des gens qui me cherchaient des poux dans la tête pour ceci ou pour cela. Mais ce n'est pas ça qui... enfin, ça ne m'a pas rendu dingue.

— Tu as parfaitement raison : ce n'est pas ça qui vous rend fou. Je ne prétends pas que mon explication ait une valeur universelle. Quoique je considérais naguère que la censure sociale était la seule et unique force qui vous poussait sur le chemin de la folie. Je reconnais que tu as contribué à me faire reviser cette théorie. C'est autre chose

387

qui fait sombrer les forts comme toi dans la démence.

— Quoi donc ? Note bien que je ne crois pas du tout être sur cette voie. Mais qu'est-ce qu'il y a d'autre ?

— Nous. »

Les mains blanches de Harding tracèrent un cercle aérien et il répéta : « Nous. »

« Merde », murmura McMurphy en grimaçant un sourire. Mais le cœur n'y était pas. Il se leva et aida Sandy à se mettre debout elle aussi. « Presque cinq heures, murmura-t-il en plissant les yeux pour apercevoir la pendule noyée dans l'ombre. Il faut que je pique un petit roupillon avant de me faire la paire. Encore deux heures avant que l'équipe de jour ne rapplique. Ça laisse une bonne petite marge pour Billy et Candy. Je me tirerai vers six plombes. On va dormir une heure, hein Sandy ? Ça nous remettra les idées en place. Je ne sais pas si on ira au Canada, au Mexique ou ailleurs mais il y a un joli bout de chemin à faire. »

On titubait pas mal mais un sentiment à la fois doux et triste avait chassé notre ivresse. Turkle promit qu'il sortirait McMurphy et la fille du lit en temps voulu.

« Réveille-moi aussi, lui demanda Harding, je veux être à la fenêtre quand ils partiront. Avec une balle d'argent à la main. « Quel était cet homme masqué... »

— Tu nous emmerdes. Allez ! au pieu, vous deux, et je ne veux plus jamais voir l'ombre de votre petit doigt à l'un ou à l'autre. Vu ? »

Harding fit signe que oui. Il serra la main que McMurphy lui tendait. Le rouquin s'éloigna en se dandinant comme un cow-boy qui quitte le saloon et il ajouta en fermant un œil : « Quand le Grand Mac sera plus là, tu pourras redevenir le dingo trois étoiles. »

Puis, il me dévisagea, le front plissé.

« Toi, Grand Chef, je sais pas ce que tu pourras être. Faudra que t'y réfléchisses. Peut-être le méchant truand des films de bagarres à la télé ? En tout cas, te casse pas le bourrichon. »

Nous échangeâmes une poignée de mains et tout le monde prit la direction du dortoir tandis que McMurphy conseillait à Turkle de commencer à déchirer quelques draps et à préparer ses nœuds favoris. Une lueur grisâtre envahissait déjà le dortoir quand je me fourrai sous les couvertures. McMurphy et Sandy se glissèrent dans leur lit. Une bonne chaleur m'engourdissait. J'entendis M. Turkle entrer dans la lingerie en bâillant sans retenue. Il tira la porte sur lui. Mes yeux s'habituant à la pénombre, je voyais le rouquin et son amie enlacés s'installer le plus confortablement possible. On aurait dit deux enfants fatigués plutôt qu'un homme et une femme couchés ensemble pour faire l'amour.

C'est dans cette attitude que les moricauds les découvrirent quand, à six heures et demie, ils allumèrent le dortoir.


J'ai longuement réfléchi à la suite des événements et j'ai fini par conclure que leur issue était inévitable ; que, d'une manière ou d'une autre, ils auraient pris tôt ou tard le tour qu'ils ont pris, même si M. Turkle avait réveillé McMurphy et les filles et les avait fait partir comme prévu. La Chef aurait deviné ce qui s'était passé — l'attitude de Billy aurait peut-être suffi à le lui faire comprendre — et, avec ou sans McMurphy, elle aurait agi exactement comme elle a agi, Billy aurait fait ce qu'il a fait. Mac l'aurait appris et il serait revenu.

Il n'aurait pas pu rester tranquillement hors d'atteinte, continuer à écumer les casinos de Carson

City, de Reno ou Dieu sait où en sachant qu'elle avait eu le dernier mot.

L'absence n'aurait rien fait à l'affaire ; il n'aurait pas pu admettre qu'elle eût remporté la belle. C'était comme s'il avait pris l'engagement de mener la partie jusqu'à son terme sans qu'il y eût aucun moyen pour lui de tirer son épingle du jeu.

A peine fûmes-nous debout que l'histoire de la surprise-party, transmise de bouche à oreille, se répandit dans tout le service comme une traînée de poudre. « Une quoi, vous dites ? » s'exclamaient ceux qui n'avaient pas participé aux réjouissances. « Une putain ? Dans la chambre ? Ce n'est pas possible ! » S'il n'y avait eu que ça, répondaient les autres ! Ils ont fait une foire à tout casser. « Qu'est-ce que c'est que ces bobards ? » Ce ne sont pas des bobards. Il n'y a pas un mot de faux. J'y étais.

Les patients qui avaient été de la fête en parlaient avec une sorte de fierté émerveillée — comme les gens qui, ayant été témoins de l'incendie d'un palace ou d'une rupture de barrage, relatent la catastrophe d'un ton empreint d'un solennel respect car on ignore encore le nombre de victimes — mais, plus les récits s'allongeaient, plus s'estompait leur solennité. Chaque fois que la Chef et les moricauds débordant d'agitation faisaient une nouvelle découverte (la bouteille de sirop vide, l'armada des fauteuils à roulettes entassés au bout du hall comme les chevaux de bois désaffectés dans un parc d'attraction désert), c'était un fragment de la nuit soudain rendu à la lumière qu'il fallait reconstituer à l'intention de ceux qui l'ignoraient et dont ceux qui le connaissaient savouraient le souvenir.

Les négros avaient parqué tout le monde, Chroniques et Aigus, dans la salle commune où nous tournions en rond avec excitation dans la plus grande confusion sous le regard des deux vieux Légumes

390

enfouis dans leur litière, paupières papillotantes, lèvres tremblotantes. On était tous en pyjama et en pantoufles, sauf McMurphy vêtu de son caleçon noir où dansaient les baleines et Sandy, à qui ne manquaient que ses chaussures et dont les bas étaient négligemment jetés sur l'épaule. Le couple était assis sur le canapé, la main dans la main ; la fille s'était rendormie et Mac, le visage fendu d'un sourire béat et somnolent, s'était calé contre elle.

Malgré nous, notre sérieux et notre gravité cédaient peu à peu la place à l'amusement et à la gaieté. Quand la Chef trouva toutes les pilules que Harding avait semées à la volée, seuls quelques grognements étouffés trahirent le rire que nous nous efforcions de contenir ; mais lorsque les moricauds exhumèrent M. Turkle embobiné dans des mètres et des mètres de bandelettes à l'instar d'une momie et le sortirent de la lingerie, gémissant, incapable de garder les yeux ouverts, affligé qu'il était d'une sérieuse gueule de bois, nous explosâmes. Devant notre hilarité, il ne restait plus grand-chose du sourire à l'emporte-pièce de Miss Ratched. Les éclats de notre joie lui restaient dans la gorge : on avait l'impression qu'elle allait crever comme une baudruche d'une minute à l'autre.

Une jambe nue posée en travers du canapé, Mac baissa la visière de sa casquette pour protéger ses yeux rougis de la lumière ; il tirait une langue apparemment cartonnée par le sirop contre la toux. La tête entre les poings, il avait l'air atrocement fatigué et poussait bâillement sur bâillement. Mais, si mal en point qu'il fût, il gardait le sourire, un sourire que, une ou deux fois, les découvertes de la Chef transformèrent en rire sonore.

Profitant de ce que Miss Ratched allait téléphoner aux autorités pour les avertir qu'il était renvoyé, M. Turkle, rejoint par Sandy, s'empressa de déverrouiller la fenêtre. Après un geste d'adieu, le vieux nègre et la fille sautèrent et se hâtèrent en trébuchant à travers la pelouse.

Harding se tourna vers McMurphy :

« Il n'a pas refermé. Va-t'en avec eux. Vite ! »

Le rouquin leva une paupière en grognant. Son œil était injecté de sang.

« Tu rigoles ? Je pourrais pas seulement passer ma tête par cette fenêtre.

— Mon cher, je crains que tu ne comprennes pas pleinement...

— Tu me casses les pieds avec tes grands mots ! Tout ce que je comprends pleinement, ce matin, c'est que je suis encore à moitié rond. Et que je suis malade. D'ailleurs, je crois que tu es dans le même état. Et toi, Grand Chef, tu as digéré ta cuite ? »

Mon nez et mes joues étaient comme du bois, répondis-je, si ça pouvait être une indication.

McMurphy hocha la tête et referma les yeux. Croisant les mains sur la poitrine, il se laissa glisser sur son siège, le menton enfoui dans le cou ; ses lèvres se retroussèrent et il sourit comme dans un rêve. « Terrible. Ils sont encore tous givrés ! »

Mais Harding ne s'avoua pas battu : la meilleure solution, insistait-il, était que McMurphy s'habillât en vitesse pendant que l'Ange de Miséricorde mettait le docteur au courant des ignominies qu'elle avait mises au jour. Mais Mac persistait à répéter qu'il n'y avait aucune raison pour faire tant d'histoires. Il n'était pas en plus mauvaise posture qu'avant. Et puis, était déjà passé par le pire, n'est-ce pas ? Levant les bras au ciel, Harding, à ces mots, s'éloigna en prédisant une catastrophe imminente.

Un des moricauds s'aperçut tout à coup que la fenêtre était ouverte. Après l'avoir prestement verrouillée, il s'en fut chercher la liste d'appel. Comme celle-ci était établie selon l'ordre alphabétique inversé à seule fin de désorienter les gens, les B se trouvaient à la fin.

Le négro, le doigt posé sur le dernier nom, leva la tête :

« Bibbit. Où est Billy Bibbit ? »

Il ouvrait des yeux gros comme des soucoupes, persuadé que Billy lui avait filé sous le nez et que ce serait le diable et son train pour le récupérer.

« Lequel de cette putain de bande de minus a vu Billy Bibbit ? »

Du coup, l'endroit où était ce dernier nous revint à la mémoire : chuchotements et rires recommencèrent de plus belle.

Le moricaud se précipita dans le bureau pour avertir la Chef qui raccrocha d'un geste brusque et sortit en coup de vent. Une mèche qui avait glissé hors de sa coiffe lui barrait le visage, semblable à une traînée de cendres mouillées. La sueur perlait autour de ses sourcils et de ses lèvres. Quand elle s'enquit à son tour de notre Roméo, un éclat de rire général accueillit sa question.

« Alors, il n'est pas parti, n'est-ce pas ? fit-elle en scrutant le cercle des visages. Il est toujours ici ? ici ? Dans le service ? Harding ? Répondez-moi. Sefelt ? »

A chaque mot, elle nous fusillait du regard. Mais elle était à présent sans pouvoir sur nous. Les patients ne baissaient pas les yeux et leur rictus parodiait le sourire assuré qu'elle avait perdu.

« Washington ! Warren ! Suivez-moi. Nous allons visiter toutes les pièces. »

Nous nous levâmes pour accompagner le trio qui fouilla tour à tour le labo, la salle d'hydrothérapie, le cabinet du docteur. Dissimulant son ricanement derrière sa main noueuse, Scanlon murmura : « Ce vieux Billy, il va la trouver saumâtre ! » Nous acquiesçâmes. « Et il y a pas que Billy, maintenant que j'y pense. Vous vous rappelez avec qui il est ? »

La Chef, enfin, arriva devant la chambre d'Isolement et nous nous pressâmes derrière elle, épaule contre épaule, tandis qu'elle ouvrait la porte. Il faisait noir dans le réduit sans fenêtre. Quelque chose bougea et il y eut un grincement dans l'ombre. La Chef avança d'un pas et alluma. De la nuit surgit alors le matelas posé à même le sol sur lequel Billy et la fille étaient étendus côte à côte. Leurs paupières battaient. On aurait dit deux hiboux au nid. Miss Ratched feignit de ne pas entendre notre clameur de joie.

« William Bibbit ! dit-elle de sa voix la plus froide et la plus sévère, William... Bibbit !

— Bonjour, Miss Ratched », dit Billy sans même faire mine de reboutonner son pyjama. Il prit la main de la fille dans la sienne et sourit :

« Je vous présente Candy. »

Miss Ratched émit une sorte de borborygme.

« Oh ! Billy ! Billy... Billy... J'ai honte pour vous. »

Billy était encore trop endormi pour réagir. Sa compagne, tout aussi ensommeillée, tâtonnait sous le matelas à la recherche de ses bas, interrompant de temps à autre ses efforts léthargiques pour adresser un sourire à l'infirmière qui la considérait, debout, les bras croisés sur la poitrine, le visage de bois, ou pour s'assurer que son corsage était bien fermé. Ses mouvements et ceux de Billy avaient la paresseuse lenteur de ceux de deux chats repus qui s'étirent au soleil. Ils devaient tenir une cuite bien tapée, eux aussi !

« Oh ! Billy ! s'exclama derechef Miss Ratched, et son accent vibrait d'un tel désespoir qu'on aurait juré qu'elle était prête à s'effondrer en sanglots. Une femme de cet acabit ! Une fille publique, une Marie-couche-toi-là, une fille peinte, une... une...

— Une courtisane ? suggéra Harding. Une Jézabel ? »

La Chef lui jeta un regard noir mais, nullement impressionné, Harding continua :

« Pas une Jézabel ? Non ? »

Songeur, il se gratta le crâne. « Salomé, peut-être ? C'était une pécheresse insigne. Dame est peut-être le mot que vous cherchez. J'essaie de vous aider, moi, c'est tout ! »

Miss Ratched revint à Billy qui, l'air concentré, tentait de se mettre debout péniblement. Ses jambes le trahirent et il retomba à quatre pattes, la croupe en l'air ; sans se décourager, prenant appui sur ses mains, avançant d'abord un pied, puis l'autre, il parvint à se relever, et sa réussite parut le combler de ravissement. Il ne prêtait apparemment aucune attention à nos lazzis et à nos hourras.

Commentaires animés et rires fusaient de partout. Le masque d'émail et de plastique de la Ratched se défaisait tandis que ses yeux allaient et venaient du couple à notre groupe tumultueux. Les paupières fermées, elle rassembla toute son énergie pour se maîtriser : elle savait que c'était la minute de vérité, qu'elle avait le dos au mur.

Ses yeux, quand elle les rouvrit, étaient tout petits. Et fixes.

« Comment votre pauvre maman va-t-elle prendre la chose, Billy ? »

Le changement de timbre était perceptible.

Elle obtint la réaction qu'elle espérait : Billy tressaillit et porta la main à sa joue comme s'il avait reçu un jet d'acide brûlant en pleine figure.

« Elle était tellement fière de votre conduite. Je suis bien placée pour le savoir, croyez-moi. Elle va être bouleversée et vous n'ignorez pas dans quel état l'émotion met la pauvre femme. Elle est archisensible. Surtout lorsqu'il s'agit de son fils. Elle parle de vous avec tant de fierté ! Elle...

— Non ! Non ! implora Billy dont la bouche était

tiraillée de tics et dont la tête ballottait de droite à gauche. Non ! Vous n'avez p-p-pas besoin de lui d-d-d-dire.

— Voyons, Billy ! Nous sommes deux vieilles amies.

— Non ! »

Le cri griffa les murs nus du réduit. Le menton pointé vers la lampe qui brillait au plafond, il paraissait hurler à la lune.

« Non ! N-N-Non ! »

Nos rires s'éteignirent. Billy plia les genoux, son cou s'affaissa. Dans un geste mécanique, sa main montait et descendait le long de sa jambe. Il secouait la tête comme un petit garçon terrifié à qui l'on a promis le fouet. La Chef lui tapota l'épaule d'une main consolante. A ce contact, il sursauta comme s'il avait reçu un coup.

« Ça me semble incroyable de votre part, Billy, mais quelle conclusion voulez-vous que je tire après vous avoir surpris dans cette situation ?

— Ne d-d-d-dites r-r-rien, M-m-m-Miss Ratched. Ne lui d-d-d-d-... »

— Ce n'est pas possible. Je suis stupéfaite de votre conduite mais les faits sont là : je vous trouve seul sur un matelas avec cette sorte de femme.

— Non ! Ce n'est p-p-p-pas moi ! Je... »

Sa main remonta jusqu'à sa joue. « C'est elle.

— Elle ne vous a pas entraîné ici de vive force. Comprenez bien : j'aimerais pouvoir penser que je me trompe — dans l'intérêt de votre pauvre maman... »

Le bras de Bibbit retomba. Ses doigts avaient laissé des marques rouges sur sa joue.

« C'est elle, répéta-t-il, et il ajouta : Et M-M-M-M-Mc-Murphy ! Et Harding ! Et t-t-t-tous les autres. Ils m'ont p-p-p-provoqué, insu-su-su-sulté... »

Son regard, à présent attaché à celui de Miss Ratched, était aimanté par le visage de la Chef comme si celui-ci n'était plus qu'une spirale lumineuse, un hypnotique tourbillon d'éclairs multicolores, bleus et orangés, éclatant sur un fond d'un blanc crémeux. Il avala avec difficulté sa salive, attendant qu'elle dît quelque chose. Mais elle s'en gardait bien. Elle était à nouveau maîtresse d'elle-même ; à nouveau, elle était en pleine possession de ses moyens et rayonnait de cette fantastique énergie mécanique retrouvée qui, analysant la situation, l'avertissait que le silence était son meilleur atout.

« Ils m'ont f-f-f-f-forcé ! M-m-m-Miss Ratched, dites... Ils... »

Elle émit un faisceau d'ondes. Billy laissa sa tête retomber, pleurant de soulagement. Elle l'attira par le cou contre son corsage empesé tout en écrasant notre groupe d'un regard flamboyant de mépris.

« C'est fini, Billy. Personne ne vous fera plus de mal. C'est fini. J'expliquerai à votre maman. »

C'était étrange, cette voix douce, apaisante et moelleuse qui sortait de ce casque de dure faïence.

« Allons, Billy. Venez avec moi. Vous vous installerez chez le docteur. Il n'y a aucune raison pour que vous soyez obligé de rester dans la salle commune avec... avec vos amis. »

Elle le conduisit chez Spivey en lui caressant la nuque. « Pauvre petit garçon, murmurait-elle. Pauvre petit ! » En silence, nous rejoignîmes la grande salle. McMurphy fut le dernier à s'asseoir.

Les Chroniques dont l'agitation était retombée avaient réintégré leur place. Du coin de l'œil, j'observai McMurphy sans en avoir l'air. Il reprenait son souffle pour le round suivant — un round qui ne ferait que préluder à combien d'autres ? Ce contre quoi il luttait, il était impossible d'en avoir raison une bonne fois. Il n'y avait rien à faire : il fallait continuer à se battre jusqu'à épuisement. Et un autre prendrait alors la relève.

Le téléphone fonctionnait sans désemparer dans le bureau et une foule de gens à l'allure officielle venaient se rendre compte *de visu*. Quand le docteur fit son entrée, les gros pontes semblaient par leur attitude l'accuser d'avoir lui-même organisé le scandale. Ou, en tout cas, de l'avoir autorisé et couvert. Il était pâle et tremblant. Visiblement, il était déjà au courant de l'essentiel mais la Chef ne lui fit néanmoins grâce d'aucun détail. Elle parlait d'une voix profonde en détachant ses mots pour que ses paroles ne fussent perdues par personne. Cette fois, nous l'écoutions comme il convenait : avec une attention solennelle, sans chuchoter entre nous, sans pouffer de rire. Spivey hochait la tête en jouant avec ses lorgnons. Enfin, elle en arriva à Billy, à la tragédie dont nous étions responsables.

« Il est dans votre bureau. Si désemparé que je vous conseille d'aller le voir immédiatement. Il a subi une torture affreuse et je tremble à l'idée des conséquences que cette expérience risque d'avoir pour ce malheureux. Vous devriez essayer de lui parler, conclut-elle. Il a besoin de beaucoup de sympathie. Il fait pitié. »

Le docteur acquiesça et s'en fut vers son cabinet.

« Eh, Mac ! fit Scanlon. Tu crois pas qu'on va se laisser posséder comme Bibbit, hein ? On est dans le pétrin mais on sait bien que c'est nous qui sommes à blâmer, pas toi.

— Non, McMurphy, ajoutai-je. Personne ne te reproche quoi que ce soit. »

Mais quand j'ai vu le regard qu'il m'a lancé, j'ai regretté qu'on ne m'eût pas arraché la langue.

Il ferma les yeux et laissa son corps se détendre. Il avait l'air de se préparer à la suite. Harding s'approcha de lui mais à l'instant où il allait ouvrir la bouche, le hurlement du docteur retentit et une même horreur se peignit sur nos traits. Chacun avait compris.

« Miss Ratched ! Pour l'amour du Ciel, venez vite ! »

Elle s'élança. Les trois moricauds s'élancèrent. Mais les patients ne bougèrent pas. Nous savions qu'il n'y avait plus rien d'autre à faire qu'à rester où nous étions, à attendre qu'elle vînt nous apprendre ce qui, nous le savions tous, devait fatalement arriver.

Elle se dirigea droit vers McMurphy.

« Il s'est tranché la gorge », murmura-t-elle.

Elle ménagea une pause dans l'espoir qu'il répondrait. Il ne leva même pas la tête.

« Il a trouvé des instruments dans le tiroir. Et il s'est tranché la gorge. Pauvre, malheureux incompris ! Il est mort. La gorge ouverte. Dans le fauteuil du docteur. »

Elle observa encore quelques instants de silence. McMurphy ne la regardait toujours pas.

« D'abord Charles Cheswick. Maintenant William Bibbit ! J'espère que vous êtes satisfait, que cela vous a bien amusé de jouer avec les vies humaines comme au poker. A vous figurer que vous êtes un dieu ! »

Elle regagna le bureau dont la porte, en se rabattant, fit vibrer les tubes fluorescents, leur arrachant un cri funèbre.

Sur le moment, je me suis dit qu'il fallait retenir Mac, le persuader qu'il devait se contenter de ce qu'il avait déjà gagné et concéder le dernier round à la Chef ; mais cette impulsion fut brève : je vis avec une clarté de cristal que rien ni personne ne pourrait l'arrêter. Ni les arguments de Harding, ni les jérémiades de Scanlon, ni les prêches du vieux colonel. Et si je me jetais sur lui par-derrière, cela ne servirait à rien non plus.

Parce que c'était nous qui le poussions. Pas la Chef. C'était nous, c'était notre besoin tyrannique qui l'obligèrent à se lever lourdement. S'appuyant des deux poings sur l'accoudoir, il se redressait tel un zombie de cinéma obéissant aux ordres que lui intimaient quarante maîtres. C'était nous qui l'avions contraint à poursuivre des semaines durant son entreprise, à rester debout longtemps après que ses jambes eurent cessé de pouvoir le supporter. Pendant des semaines, nous l'avons fait cligner de l'œil, ricaner, rire alors que les électrodes avaient réduit sa gaieté en cèndres.

Obéissant à notre volonté, il s'est levé, il a remonté d'un geste sec son caleçon noir comme s'il portait des culottes de cow-boy, repoussé du doigt sa casquette en arrière comme s'il s'agissait d'un sombrero. Ses mouvements étaient lents, mécaniques. Quand il a traversé le hall, les fers de ses talons arrachaient des étincelles à chacun de ses pas.

Quand il eut fait voler en éclat la porte vitrée, agrippé par le col la Chef hurlante dont le visage affolé, mangé par la terreur, serait désormais incapable de jamais refléter aucune autre expression et arraché tout le devant de son uniforme, libérant ainsi deux seins tièdes et roses, plus gros que personne ne se l'était imaginé, les officiels comprirent finalement que les moricauds ne feraient pas un geste et qu'il faudrait se passer de leur concours. Docteur, surveillantes, infirmières se ruèrent en avant pour détacher les énormes doigts rouges, si profondément incrustés dans la gorge de la Chef qu'ils avaient l'air de faire corps avec sa chair blanche. Ce ne fut que lorsque, ahanant et soufflant, ils eurent réussi à dénouer son emprise que Mac laissa enfin voir qu'il n'était pas simplement un être accomplissant bon gré mal gré avec ténacité, avec conscience, avec détermination une tâche nécessaire.

Il cria.

Quand il tomba à la renverse, pendant la fraction de seconde où son visage surgit à nos regards avant de disparaître sous l'avalanche des uniformes blancs, il cria.

Un cri de bête forcée, vaincue, hurlant sa peur, sa haine, son défi, le cri que connaissent bien ceux qui ont déjà traqué le puma ou le lynx, le cri que lance l'animal foudroyé quand la meute fond sur lui pour la curée et que rien n'a plus d'importance à ses yeux que lui-même et que son agonie.

Je suis encore resté quinze jours pour voir comment les choses allaient tourner. Il y eut pas mal de changements. Sefelt et Frederickson furent libérés à leur demande contre l'avis du corps médical et, deux jours plus tard, deux nouveaux Aigus les imitèrent tandis que six autres étaient transférés ailleurs. On enquêta longuement sur la folle nuit et sur la mort de Billy. Le docteur fut informé que sa démission serait acceptée, ce à quoi il répondit qu'il n'y avait rien à faire : si l'on voulait se passer de ses services, eh bien, qu'on le mette à la porte !

La Chef resta huit jours en clinique et la petite Japonaise des Agités assura l'intérim, ce qui nous donna la possibilité d'apporter de profondes modifications à la politique du service. Quand Miss Ratched reprit le travail, Harding avait obtenu que l'hydrothérapie fût remise à notre disposition. Il était au beau milieu d'une partie de *blackjack*, essayant d'imiter les accents de commissaire priseur qu'affectait Mac, en dépit de son frêle filet de voix, quand la clef tinta contre la serrure.

Nous nous précipitâmes dans le hall, avides d'obtenir des nouvelles de McMurphy. A notre vue, Miss Ratched recula de deux pas et, l'espace d'une seconde, je crus qu'elle allait s'enfuir à toutes jambes. Tout un côté de son visage violacé était déformé ;

elle avait un œil fermé et un épais bandage lui enveloppait le cou. Son uniforme était neuf. Il y eut quelques ricanements bruyants : bien qu'elle fût plus étroite, plus raide et plus empesée que l'ancienne, sa tenue ne parvenait pas à dissimuler le fait qu'elle était femme.

Harding, le sourire aux lèvres, s'approcha de la Chef à la toucher et lui demanda ce qu'il était advenu de McMurphy.

Sortant un crayon et un bloc de sa poche, elle écrivit : « Il va revenir. » La feuille, quand elle la tendit à Harding, tremblait entre ses doigts. « C'est sûr ? » s'enquit Harding. Une foule de rumeurs avaient couru : Mac s'était échappé après avoir assommé deux infirmiers du service des Agités et dérobé leurs clefs... on l'avait réexpédié à la ferme pénitentiaire... on le soumettait à un traitement spécial...

Harding insista :

« Pouvez-vous nous affirmer catégoriquement qu'il reviendra ? »

Miss Ratched reprit son bloc. Elle avait les doigts raides et sa main qui courait sur le papier, plus blanche qu'elle ne l'avait jamais été, semblait être celle d'une diseuse de bonne aventure. « Oui, monsieur Harding, griffonna-t-elle. Je ne vous l'aurais pas dit si je n'en avait l'absolue certitude. Il va revenir. »

Harding déchira le feuillet et lui en lança les morceaux à la tête. Elle tressaillit, leva la main pour protéger sa figure meurtrie. « Tout ce que vous pouvez raconter, c'est de la merde en bâton. » Elle le regarda fixement, eut un geste vers son bloc mais, changeant d'avis, le remit dans sa poche et, se détournant, gagna le bureau.

« Voilà un dialogue un tantinet unilatéral, fit Harding. Il est vrai que je vois assez mal quelle réplique faire, plume en main, lorsque l'on assimile vos paroles à de la merde en bâton ! »

Miss Ratched essaya de rendre au service son visage d'antan mais c'était là une tâche ardue, car l'ombre de Mac continuait à hanter les lieux, parcourant le hall à grands pas, s'esclaffant sans retenue pendant les réunions, poussant la chansonnette dans les latrines. Réduite à s'exprimer par le seul truchement de son bloc, elle voyait son autorité se dégrader et ses pensionnaires lui fausser compagnie à tour de rôle. Mme Harding vint chercher son mari, George fut transféré à un autre service. De l'équipe qui avait participé à la partie de pêche, il ne restait plus que Martini, Scanlon et moi.

Je ne voulais pas m'en aller tout de suite : elle avait l'air trop sûre d'elle, comme si elle prévoyait un nouveau round et je tenais à être là à toutes fins utiles.

Ce fut trois semaines après l'affaire Bibbit qu'elle abattit sa dernière carte.

La porte de la salle s'ouvrit, livrant passage aux moricauds qui poussaient une civière où se balançait un carton avec ces mots en grosses lettres noires : MCMURPHY, RANDLE P. POST-OPERATOIRE. En dessous, une seule ligne : LOBOTOMIE.

Quand la civière fut rangée à côté des Légumes, nous nous sommes approchés pour déchiffrer l'étiquette. Puis, nous avons contemplé la tête qui creusait l'oreiller. Des mèches d'un rouge ardent encadraient un visage livide dont les profonds cernes violacés entourant des yeux constituaient l'unique tache de couleur.

Ce fut Scanlon qui rompit le silence. Il cracha par terre :

« Ah ! la peau de vache ! Elle ne recule devant aucun bobard pour essayer de nous posséder ! Ça n'a jamais été lui !

— Ça ne lui ressemble absolument pas, renchérit Martini.

403

— Elle se figure qu'on est bête à ce point-là ?

— Oh ! c'est du beau boulot, reprit Martini en tendant le doigt vers la face qui émergeait de la couverture. Il ne manque rien : le nez cassé, cette cicatrice invraisemblable. Jusqu'à ses pattes de lapin. »

Repoussant les autres, je m'approchai de Martini : « Bien sûr, ils sont capables de fabriquer des nez cassés et des cicatrices. Mais l'expression ? Ce visage est aussi vide que celui d'une poupée dans une vitrine. Pas vrai, Scanlon ? »

Scanlon lança un autre jet de salive sur le sol.

« T'as fichtrement raison. Rien que du vide. Ça ne peut tromper personne. »

Un patient repoussa un peu les draps.

« Hé ! Visez ces tatouages !

— Bien sûr, dis-je, ils peuvent fabriquer des tatouages. Mais les bras, hein ? Regarde-les un peu. Les siens, c'était quelqu'un ! »

Tout le reste de l'après-midi, avec Martini et Scanlon, on a ridiculisé ce que ce dernier appelait une minable contrefaçon, mais à mesure que les heures passaient et que diminuait l'enflure du visage mort, les types venaient en nombre croissant pour l'examiner. Ils approchaient d'un pas négligent du porte-revues ou du distributeur d'eau et glissaient un coup d'œil subreptice en direction de la civière. Tout en observant le manège, je me demandais ce qu'il aurait fait, lui. Une chose, en tout cas, était sûre : il n'aurait jamais accepté qu'un mannequin pareil, estampillé de son propre nom, restât exposé de la sorte pendant vingt, trente ans comme un avertissement ; voilà le sort qui attend ceux qui sabotent le Système. Non... J'étais certain qu'il n'aurait jamais accepté que la Chef l'utilisât à titre d'exemple.

Cette nuit-là, quand tout le monde fut endormi, quand les moricauds eurent achevé leur ronde, je tournai la tête vers mon voisin. Depuis des heures, depuis l'instant où l'on avait posé le brancard sur le lit, je n'avais cessé de tendre l'oreille pour surveiller sa respiration, de guetter ce souffle qui s'embrouillait, s'interrompait, repartait, souhaitant que les poumons arrêtent enfin de pomper l'air. Mais je n'avais pas encore posé mes yeux sur lui.

La clarté de la lune, s'engouffrant par la fenêtre, baignait le dortoir d'une lueur froide et laiteuse. Je m'assis et mon ombre coupa en deux le gisant qui, de la tête aux épaules, sombra dans la nuit. L'enflure du visage avait diminué et il pouvait garder les yeux ouverts. Il n'avait pas un battement de paupières : aussi, le regard fixé sur la lune était-il embué. Des fusibles sautés ! Quand je pris mon oreiller, ses prunelles suivirent mon geste. Elles m'accompagnèrent encore tandis que je me levais et franchissais la courte distance qui nous séparait.

Ce corps dur et vigoureux s'accrochait ferme à la vie. Il fallut lutter longtemps pour en avoir raison. Il se démenait tant que je dus me coucher sur lui de tout mon long, immobilisant entre les miennes les jambes qui ne cessaient de lancer des ruades. J'écrasai alors l'oreiller sur sa figure. J'eus l'impression que je le tenais ainsi embrassé pendant des jours et des jours. Enfin, il cessa de se débattre. Un frisson, un seul, le parcourut et il ne bougea plus. Je me relevai, soulevai l'oreiller. L'asphyxie n'avait pas modifié son expression : c'était toujours le même visage absent, la même face aveugle. Je lui fermai les paupières en appuyant longuement mes pouces dessus pour les maintenir closes. Après un moment de silence total pendant lequel je restai allongé, les couvertures ramenées jusqu'aux sourcils, un chuchotement me parvint. C'était Scanlon.

« Du calme, Grand Chef. Du calme. »

Je n'avait pas été aussi silencieux que je l'avais cru.

« Tais-toi. Et rendors-toi. »

Quelques secondes s'écoulèrent. Puis il demanda :
« C'est fini ?

— Oui, répondis-je.

— Elle comprendra. Tu t'en rends compte, hein ? »

Bien sûr, personne ne pourrait rien prouver — des types qui passent l'arme à gauche après l'opération, ça arrive tout le temps — mais elle, elle comprendrait.

Je ne fis pas de commentaire.

« Si j'étais toi, Grand Chef, je me taillerais. Suis mon conseil : barre-toi. Je raconterai que je l'ai vu se lever et se balader après ton départ. Comme ça, tu seras couvert. C'est le mieux, tu crois pas ?

— T'as vu ça de ta fenêtre ! Je vais leur demander de m'ouvrir la porte, hein ?

— Non. Rappelle-toi : il t'a indiqué le moyen. La semaine de son arrivée. Tu ne t'en souviens pas ? »

Je ne répondis pas et Scanlon n'ajouta rien. Le silence régnait à nouveau dans la chambrée. J'attendis encore quelques minutes, puis j'enfilai mes vêtements. Quand je fus prêt, j'ouvris sa table de nuit et essayai sa casquette. Elle était trop petite pour moi et j'eus soudain honte de mon geste. Avant de sortir du dortoir, je lançai la coiffure sur le lit de Scanlon. « T'en fais pas, mon pote ! » souffla celui-ci.

Les rais de lumière filtrant entre les lames des volets faisaient miroiter les chromes et les cadrans du régulateur dont la masse trapue se silhouettait dans l'ombre et j'avais l'impression de les entendre heurter le métal. Prenant une profonde aspiration, j'étreignis les poignées et fléchis les genoux. Mes semelles crissèrent sur le sol. Quand je bandai mes muscles, les fils et les branchements sortirent du plancher. D'un seul effort, je soulevai l'engin à l'arrachée jusqu'à la hauteur de mes genoux et parvins à glisser mon bras sous la base. Je sentis le froid de l'acier sur mon cou et ma joue. Je tournai le dos à la fenêtre, pivotai sur moi-même pour prendre mon élan et précipitai de toutes mes forces l'appareil contre les volets. La vitre se brisa avec fracas et les éclats de verre jaillirent au clair de lune comme autant de gouttelettes d'une eau claire et froide pour le baptême de la terre endormie. Je haletais. L'espace d'une seconde, j'envisageai d'aller chercher Scanlon et quelques copains mais j'entendis le pas feutré des moricauds qui accouraient. Prenant appui sur le rebord du balcon, je sautai.

Je traversai la pelouse au pas de course en direction de la route comme le chien dont j'avais surpris, une nuit, les ébats. Je me rappelle : j'avançais à longues foulées. C'était comme si, entre chaque bond, je planais. Je volais. J'étais libre. Qui se soucierait de prendre en chasse un évadé de l'hôpital ? Et Scanlon était capable d'expliquer la mort de McMurphy : je n'avais nul besoin d'aller si vite. Pourtant, je n'adoptai une allure plus normale qu'après avoir couvert plusieurs kilomètres.

J'arrêtai un camion chargé de moutons qui allait vers le nord et racontai au conducteur que j'étais un pugiliste professionnel que le syndicat avait essayé de faire interner. Mon histoire était si convaincante que le chauffeur freina illico et me fit enfiler son cuir afin de dissimuler mon uniforme vert. Il me prêta dix dollars pour que j'aie de quoi manger le temps d'arriver au Canada en auto-stop. Je lui fis écrire son adresse et lui promis de les lui rendre dès que je serais à bonne distance.

J'irai peut-être au Canada, au bout du compte, mais je crois que je m'arrêterai un peu dans la région du Columbia. J'aimerais rôder autour de Portland, de Hood River et des Dalles, histoire de savoir s'il reste encore des gens de mon village qui ne soient pas encore totalement abrutis par la boisson. Je voudrais savoir ce qu'ils sont devenus depuis que le gouvernement s'est mis en tête de les obliger à lui céder leur droit d'être des Indiens. J'ai entendu dire que certains ont recommencé à réédifier leurs vieux échafaudages branlants sur le barrage et qu'ils chassent le saumon dans le passe-déversoir. Je donnerais gros pour voir ça. Et puis, surtout, j'ai tout bonnement envie de retrouver le ravin, de retrouver ma campagne, de me rappeler le paysage.

Il y a si longtemps que je les ai quittés.

Composition réalisée par Compofac - Paris.

IMPRIMÉ EN FRANCE PAR BRODARD ET TAUPIN
7, bd Romain-Rolland - Montrouge - Usine de La Flèche.
LE LIVRE DE POCHE - 22, avenue Pierre 1er de Serbie - Paris.
ISBN : 2 - 253 - 01607 - 1

# Le Livre de Poche
## « Jules Verne »

*Intégralité des textes avec toutes les illustrations de la célèbre collection Hetzel.*

*Dans la même série :* **Hector Malot**

# Le Livre de Poche
## « exploration », « nature »

# Le Livre de Poche illustré

## Série Art

**Burckhardt (Jacob).**
La Civilisation de la Renaissance en Italie, t. 1, 2001/3; t. 2, 2002/1; t. 3, 2003/9.

**Cachin (Françoise).**
Gauguin, 2362/9.

**Clark (Kenneth).**
Léonard de Vinci, 2094/8.
Le Nu, t. 1, 2453/6; t. 2, 2454/4.

**Faure (Élie).**
Histoire de l'Art :
1. L'Art antique, 1928/8.
2. L'Art médiéval, 1929/6.
3. L'Art renaissant, 1930/4.
4. L'Art moderne, t. 1, 1931/2.
5. L'Art moderne, t. 2, 1932/0.
L'Esprit des Formes, t. 1, 1933/8; t. 2, 1934/6.

**Fermigier (André).**
Picasso, 2669/7.

**Focillon (Henri).**
L'Art d'Occident :
1. Le Moyen Age roman, 1922/1.
2. Le Moyen Age gothique, 1923/9.

**Friedländer (M. J.).**
De l'art et du connaisseur, 2598/8.

**Fromentin (Eugène).**
Les Maîtres d'autrefois, 1927/0.

**Golding (John).**
Le Cubisme, 2223/3.

**Gombrich (E. H.).**
L'Art et son histoire, t. 1, 1986/6; t. 2, 1987/4.

**Guinard (Paul).**
Les Peintres espagnols, 2096/3.

**Laude (Jean).**
Les Arts de l'Afrique Noire, 1943/7.

**Levey (Michaël).**
La peinture à Venise au XVIIIe siècle, 2097/1.

**Mâle (Émile).**
L'Art religieux du XIIIe siècle, t. 1, 2407/2; t. 2, 2408/0.

**Passeron (René).**
Histoire de la Peinture surréaliste, 2261/3.

**Pevsner (Nikolaus).**
Génie de l'Architecture européenne, t. 1, 2643/2; t. 2, 2644/0.

**Read (Herbert).**
Histoire de la Peinture moderne, 1926/2.

**Rewald (John).**
Histoire de l'impressionnisme, t. 1, 1924/7; t. 2, 1925/4.

**Richards (J.-M.).**
L'Architecture moderne, 2466/8.

**Sullivan (Michaël).**
Introduction à l'art chinois, 2343/9.

**Teyssèdre (Bernard).**
L'Art au siècle de Louis XIV, 2098/9.

**Vallier (Dora).**
L'Art abstrait, 2100/3.

**Wolfflin (H.).**
Renaissance et Baroque, 2099/7.

## Série Planète

**Albessard (N.).**
D'où vient l'humanité, 2619/2.

**Alleau (René).**
Les Sociétés secrètes, 2599/6.

**Mahé (André).**
Les Médecines différentes, 2836/2.

**Martin (Charles-Noël).**
Le Cosmos et la Vie, 2822/2.

**Nord (Pierre) et Bergier (Jacques).**
L'Actuelle Guerre secrète 2672/1.

**Sprague de Camp (L. et C.).**
Les Énigmes de l'Archéologie, 2660/6.

## Série Histoire *dirigée par Gilbert Guilleminault*
### Le roman vrai de la IIIe République
La France de la Madelon, 1711/8.

### Le roman vrai du demi-siècle
Du premier Jazz au dernier Tsar, 2351/2.

De Charlot à Hitler, 2352/0.
La Drôle de Paix, 2579/8.

### Le roman vrai de la IVe République
Les lendemains qui ne chantaient pas, 2722/4.

La France de Vincent Auriol, 2758/8.

# Encyclopédie Larousse de poche

Bouissou (Dr R.).
**Histoire de la Médecine**, 2294/4.
Cazeneuve (Jean).
**L'Ethnologie**, 2141/7.
Friedel (Henri).
**Les Conquêtes de la vie**, 2285/2.
Galiana (Thomas de).
**A la Conquête de l'espace**, 2139/1.

Muller (J.-E.).
**L'Art au XXᵉ siècle**, 2286/0.

Perrin (Michel).
**Histoire du Jazz**, 2140/9.

Tocquet (Robert).
**L'Aventure de la Vie**, 2295/1.

# Histoire universelle Larousse de poche

Lafforgue (Gilbert).
**La Haute Antiquité (des origines à 550 av. J.-C.)**, 2501/2.
van Effenterre (Henri).
**L'Age grec (550-270 av. J.-C.)**, 2314/0.
Rouche (Michel).
**Les Empires universels (IIᵉ s.-IVᵉ s.)**, 2312/4.
Lévêque (Pierre).
**Empires et Barbaries (IIIᵉ s. av. J.-C.-Iᵉʳ s. ap.)**, 2317/3.
Riché (Pierre).
**Grandes Invasions et Empires (Vᵉ s.-Xᵉ s.)**, 2313/2.
Guillemain (Bernard).
**L'Éveil de l'Europe (An mille à 1250)**, 2550/9.

Favier (Jean).
**De Marco Polo à Christophe Colomb (1250-1492)**, 2310/8.
Morineau (Michel).
**Le XVIᵉ siècle (1492-1610)**, 2311/6.
Pillorget (Suzanne).
**Apogée et Déclin des Sociétés d'ordres (1610-1787)**, 2529/3.
Dreyfus (François).
**Le Temps des Révolutions (1787-1870)**, 2315/7.
Jourcin (Albert).
**Prologue à notre siècle (1871-1918)**, 2316/5.
Thibault (Pierre).
**L'Age des dictatures (1918-1947)**, 2578/0.
**Le Temps de la contestation (1947-1969)**, 2689/5.

# Humour, Dessins, Jeux et Mots croisés

## HUMOUR
Allais (Alphonse).
* **Allais... grement**, 1392/7.
* **A la une...**, 1601/1.
* **Plaisir d'Humour**, 1956/9.
Bernard (Tristan).
** **Rires et Sourires**, 3651/4.
** **Les Parents paresseux**, 3989/8.
Comtesse M. de la F.
** **L'Album de la Comtesse**, 3520/1.
Dac (Pierre).
** **L'Os à moelle**, 3937/7.
Étienne (Luc).
** **L'Art du contrepet**, 3392/5.
** **L'Art de la charade à tiroirs**, 3431/1.
Jarry (Alfred).
**** **Tout Ubu**, 838/0.
*** **La Chandelle verte**, 1623/5.
Jean-Charles.
* **Les Perles du Facteur**, 2779/4.
** **Les Nouvelles perles du Facteur**, 3968/2.
Leacock (Stephen).
* **Histoires humoristiques**, 3384/2.
Mignon (Ernest).
* **Les Mots du Général**, 3350/3.
Nègre (Hervé).
**** **Dictionnaire des histoires drôles**, t. 1, 4053/2; **** t. 2, 4054/0.
Peter (L. J.) et Hull (R.).
* **Le Principe de Peter**, 3118/4.
Ribaud (André).
** **La Cour**, 3102/8.
Rouland (Jacques).
* **Les Employés du Gag**, 3237/2.

## DESSINS
Chaval.
** **L'Homme**, 3534/2.
** **L'Animalier**, 3535/9.
Effel (Jean).
LA CRÉATION DU MONDE :
** **1. Le Ciel et la Terre**, 3228/1.
** **2. Les Plantes et les Animaux**, 3304/0.
** **3. L'Homme**, 3663/9.
** **4. La Femme**, 4025/0.
**** **5. Le Roman d'Adam et Ève**, 4028/0.
Forest (Jean-Claude).
** **Barbarella**, 4055/7.
Henry (Maurice).
** **Dessins : 1930-1970**, 3613/4.

Simoen (Jean-Claude).
** **De Gaulle à travers la caricature internationale**, 3465/9.
Siné.
** **Je ne pense qu'à chat**, 2360/3.
** **Siné Massacre**, 3628/2.
Wolinski.
** **Je ne pense qu'à ça**, 3467/5.

## JEUX
Aveline (Claude).
**** **Le Code des jeux**, 2645/7.
Berloquin (Pierre).
* **Jeux alphabétiques**, 3519/3.
* **Jeux logiques**, 3568/0.
* **Jeux numériques**, 3669/6.
* **Jeux géométriques**, 3537/5.
** **Testez votre intelligence**, 3915/3.
Diwo (François).
** **100 Nouveaux Jeux**, 3917/9.
Grandjean (Odette).
** **100 Krakmuk**, 3897/3.
La Ferté (R.) et Remondon (M.).
* **100 Jeux et Problèmes**, 2870/1.
La Ferté (Roger) et Diwo (François).
* **100 Nouveaux Jeux**, 3347/9.

## MOTS CROISÉS
Asmodée, Hug, Jason, Théophraste et Vega.
* **Mots croisés du « Figaro »**, 2216/7.
Brouty (Guy).
* **Mots croisés de « l'Aurore »**, 3518/5.
Favalelli (Max).
* **Mots croisés**, 1er recueil, 1054/3;
* **2e recueil**, 1223/4; * **3e recueil**, 1463/6;
* **4e recueil**, 1622/7; * **5e recueil**, 3722/3.
* **Mots croisés de « L'Express »**, 3334/7.
La Ferté (Roger).
* **Mots croisés**, 2465/0.
* **Mots croisés de « France-Soir »**, 2439/5.
* **Mots croisés de « Télé 7 jours »**, 3662/1.
Lespagnol (Robert).
* **Mots croisés du « Canard Enchaîné »**, 1972/6.
* **Mots croisés du « Monde »**, 2135/9.
Scipion (Robert).
* **Mots croisés du « Nouvel Observateur »**, 3159/8.
Tristan Bernard.
* **Mots croisés**, 1522/9.

# Le Livre de Poche pratique

Méric (Philippe de).
** **Le yoga pour chacun,** 2514/5.
* **L'ABC du yoga,** 3404/8.
** **Yoga sans postures,** 3629/0.
Merrien (Jean).
** **Naviguez ! sans voile,** 2276/1.
*** **Naviguez ! à la voile,** 2277/9.
Monge (Jacqueline) et Villiers (Hélène).
** **Le bateau de plaisance,** 2515/2.
Nadaud (Jérôme).
**** **Guide de la chasse,** 2305/8.
Prévention routière.
**Le Permis de conduire,** 4086/2.
XXX
** **En pleine forme avec 10 minutes
  de gymnastique par jour,** 2500/4.
Aveline (Claude).
**** **Le Code des jeux,** 2645/7.
Berloquin (Pierre).
* **Jeux alphabétiques,** 3519/3.
* **Jeux logiques,** 3568/0.
* **Jeux numériques,** 3669/6.
* **Jeux géométriques,** 3537/5.
** **Testez votre intelligence,** 3915/3.
Diwo (François).
** **100 Nouveaux Jeux Vacances,**
  3917/9.
Grandjean (Odette).
** **100 Krakmuk et autres jeux,**
  3897/3.
La Ferté (R.) et Remondon (M.).
* **100 Jeux et problèmes,** 2870/1.
La Ferté (Roger) et Diwo (François).
* **100 nouveaux jeux,** 3347/9.
Le Dentu (José).
*** **Bridge facile,** 2837/0.
Seneca (Camil).
**** **Les Échecs,** 3873/4.
Boubat (Édouard).
** **La Photographie,** 3626/6.
Bovis (Marcel) et Caillaud (Louis).
** **Initiation à la photographie noir
  et couleur,** 3668/8.
Rignac (Jean).
** **Les lignes de la main,** 3580/5.

## VI. DICTIONNAIRES, MÉTHODES DE LANGUES (Disques, Livres), OUVRAGES DE RÉFÉRENCES

Berman-Savio-Marcheteau.
*** **Méthode 90 : Anglais,** 2297/7
  (Livre).
**Méthode 90 : Anglais,** 3472/5.
  (Coffret de disques. Prix : 130 F).
Donvez (Jacques).
*** **Méthode 90 : Espagnol,** 2299/3
  (Livre).
**Méthode 90 : Espagnol,** 3473/3.
  (Coffret de disques. Prix : 130 F).
Jenny (Alphonse).
*** **Méthode 90 : Allemand,** 2298/5
  (Livre).
**Méthode 90 : Allemand,** 3699/3.
  (Coffret de disques. Prix : 130 F).
Fiocca (Vittorio).
*** **Méthode 90 : Italien,** 2684/6.

### *Dictionnaires Larousse*

**** **Larousse de Poche,** 2288/6.
**** **Français-Anglais,**
**Anglais-Français,** 2221/7.
**** **Français-Espagnol,**
**Espagnol-Français,** 2219/1.
**** **Français-Allemand,**
**Allemand-Français,** 2220/9.
**** **Français-Italien,**
**Italien-Français,** 2218/7.
XXX **Atlas de Poche,** 2222/5.
Georgin (René).
** **Guide de Langue française,** 2551/7.
Renty (Ivan de).
**** **Lexique de l'anglais des affaires,**
  3667/0.